中公文庫

バビロンの秘文字（上）

堂場瞬一

中央公論新社

目次

第一部　胎動　9
第二部　追跡　362

—下巻目次—

第二部　追跡（承前）
第三部　激突
解説　竹内海南江

バビロンの秘文字（上）登場人物

ILL（国際言語研究所）

松村里香《まつむらりか》
ILLの研究員。鷹見の恋人。

スティーグ・ラーション
ILLの所長。

アイラ・リン
ILLの研究員。
爆発で怪我を負う。

鷹見正輝《たかみまさき》
カメラマン。恋人・里香の行方を追う。

鷹見の協力者たち

松村繁信《まつむらしげのぶ》
里香の弟。商社勤務。

牧《まき》
デンマーク日本大使館員。警視庁より出向中。以前は公安部に所属。

竹入光俊《たけいりみつとし》
城南大学文学部考古学科教授。
シュメル研究者。

警察関係者

アンドレ・エリクソン
ストックホルム市警テロ対策特別班。

スティーグ・オロフソン
マルメ警察。

モーテンセン
コペンハーゲン警察の警部。

アドリアン・ハンセンとその家族

アドリアン・ハンセン
隠遁中の考古学者。

中川孝次《なかがわたかじ》
会社員。ハンセンの義理の息子。

エラ・ナカガワ
ハンセンの娘。中川の妻。

ラガーン……シュメル人の末裔を名乗る民族

穏健派

ザリー
ラガーンの指導者。

レオ
ザリーの甥。ラガーンの次期指導者。

強硬派

バリ
ラガーンのエージェント。

バルレ・ナム
ラガーン臨時政府首班。

ダガット
ラガーンのエージェント。

クルカ
ラガーン臨時政府情報担当相。

ダナト
ラガーンのエージェント。

CIA・FBI関係者

マイケル・ウォン
CIAのエージェント。中東担当。

ウォーレン・ヘクター
CIAのエージェント。在モスクワ。

レスリー・ケリー
FBI主任捜査官。

ジョイス
CIA所属。ウォンの上司。

バビロンの秘文字（上）

第一部　胎動

1……ザーホー

アブドゥッラー・ゴバディは、店の前に置いた古いプラスティック製の椅子《いす》に腰かけ、ぼんやりと人の流れを見ていた。今日も暑い……八月には、日中の最高気温が四十度を超えることも珍しくはないのだ。生まれてから六十年以上もここで暮らしてきて、凶暴な暑さには慣れているはずなのに、ここ数年、きつく感じられることが多くなった。これが年を取るということか——うんざりしながら、顔を両手で拭《ぬぐ》う。乾いた肌の感触が悲しい。この街の空気は、ゴバディの体から水分を奪う。死ぬ時は干からび、ミイラのようになるのだろう。

「失礼」

声をかけられ、のろのろと顔を上げる。この町の多数派であるクルド人ではない……見覚えのない外国人の顔が頭の上にあった。全体に白っぽい服を着ているが、それが土埃《つちぼこり》で汚れ、薄茶色に見える。話しかけてきた言葉はクルド語だったが、たどたどしく訛《なま》りがひどい。

「水を売ってもらえますか」

「ああ……」ゴバディは軋《きし》む膝《ひざ》を宥《なだ》めながら立ち上がり、自分の店に入っていった。どこの国の人間だろう。アラブ世界の人間のようには見えるが、自分が見知ったタイプではない。

ゴバディは、棚からミネラルウォーターのボトルを一本持ち出し、外に出た。男は直立不動のまま待っていた。

「ありがとう」男が涼しげな笑みを浮かべる。まだ若い……三十歳ぐらいだろうか。金を受け取ろうとゴバディが右手を伸ばした瞬間に、男が申し訳なさそうな表情を浮かべ、「あと十本もらえるだろうか」と追加注文した。

「一人で？」

「いや」

男が振り向く。釣られてゴバディがそちらを向くと、同じような白い服を着た男たちが、一塊《ひとかたまり》になって立っていた。ゴバディは一瞬、軽い恐怖を覚えた。見慣れぬ顔、見慣れぬ服の一団。最近は落ち着いてきたとはいえ、この街、ザーホーは、度重《たびかさ》なる混乱の中で何度も被害を受けた。また新たな侵略者かと思うと、顔面から血が引く思いだった。

しかし、商売は商売。他の物も買ってくれたら御《おん》の字《じ》だ。円形の噴水を囲んだ広場の周りには何軒かの店が固まっているが、ゴバディの店は潰れる寸前なのだ。売れない——売る気もない。年を取るにつれ、店を繁盛させて金儲《かねもう》けをすることなど、どうでもよくなってきていた。だがこの連中は……どうやら旅をしているらしい。道中必要な飲み物や食べ物を、大量に買ってくれるかもしれないと考えると、欲も出てくる。

ゴバディは店内に戻り、両腕に十本のボトルを抱えて戻って来た。若い男が全部を受け取り、背後に控えた男たちに渡す——そう、全員男だった。年齢、背格好はばらばらだが、制服のように同じ白い服を着た男たちの集団。何となく気味が悪いが、明確な敵意は感じられなかった。

仲間たちにボトルを配り終えると、若い男はキャップをひねり取って自分でも水を飲んだ。喉仏《のどぼとけ》が勢いよく上下する。半分ほどを飲んでしまってから、ハッと気づいたようにキャップを閉めた。どこまで行くつもりか分からないが、道中、大事に飲んでいくのだろう。

それにしても車はどこだろう、とゴバディは周囲を見回した。これだけの人数が乗っているとなると、バスか何かのはずだ。しかし、それらしい車は見当たらず……ふと若い男の足元を見ると、これも白い靴が相当汚れているのに気づいた。余計な詮索《せんさく》だと考えながら、思わず訊《たず》ねてしまう。

「どこから来なすったね」

「イブラヒム・カリルから」

トルコ国境の検問所だ。ザーホーからは、西へ十キロほど。まさか、この男たちはそこからわざわざ歩いてきたのか？　その疑問をぶつけると、若い男が屈託《くったく》のない笑みを浮かべて素早くうなずく。ゴバディは呆《あき》れて首を振った。

「それは……ありえんな」

「どうして」

「このクソ暑い中、どうして歩きなすった。死ぬぞ」

「無事にザーホーまでは着いた」若い男が肩をすくめる。「本番はこれからだ」

「どちらへ行きなさる？」

「バビロン」

「バビロン？」ゴバディは思わず声を張り上げてしまった。ほとんどザーホーから出ることのないゴバディにとっては、聞いたことのない地名である。

「バグダッドの先だ」

「まさか」いったい、ここからどれだけ離れているのか……。

「我々ラガーン人にとっては大事な場所だ」

「あんたたち、ラガーン人なのか？　どうして歩いて？」

「そういう決まりになっているからだ」

まともじゃない。車ならともかく、徒歩での移動は無謀以外の何物でもない。

「いったいどんな決まりだね」

「ラガーンの決まりだ」

「それは知らんが……」

「知る必要もない。我々の事情だ」若い男が、また笑みを浮かべる。邪念の感じられない、透《す》き通《とお》った笑み。「我々は行かなくてはならない。誰かの邪魔をするつもりもない。ただ歩くだけだ……ああ、申し訳ない。金を払っていなかった」

男が、たすきがけした鞄《かばん》から財布を抜く。開いた瞬間、ぎっしり札束が詰まっているのが見えて、ゴバディは仰天《ぎょうてん》した。いや……ラガーンというのは、金持ちが多いと聞いたことがある。あの噂《うわさ》は本当だったわけだ。

「では、これで失礼する」若者が軽く頭を下げた。

「ああ……他に食べ物とかはいらないかな?」ゴバディは、商売っ気を出して訊ねた。

「この先本当に歩いていくつもりなら、家もないぞ」

「それは大丈夫だ。旅の間は、デーツしか食べない」

何が大丈夫なものか、とゴバディは鼻を鳴らした。まるで集団自殺のようなものではないか。札を握り締めた手に力が入る。よく分からない連中だが、みすみす死にに行くのを見送るのは気が進まない。

「いったいどうして、歩いて行かなくてはならんのかね。しかもデーツしか食べないとは」

「それがラガーンの決まりだから」若者がさらりとした口調で繰り返した。

「そいつはいったい、どういう決まりなんだね」ゴバディは次第に腹が立ってきた。命は、もっと大事にしなければいけないのではないか。長い人生で、多くの死を――悲惨な死を見てきたゴバディにすれば、若者の言い分も態度も許し難い。

「四千五百年前からの決まりなので……では、失礼する。知識と平和を」

若者がさっとゴバディに背中を向けた。軽い身のこなしで、ほとんど荒野の中を十キロも歩いて来た疲れは見えない。

男たちは、整然と二列に並んで歩き出した。急ぐ様子でもなく、疲れている感じでもなく、ただひたすら歩みを進める。

ほどなく、低音の詠唱《えいしょう》が聞こえてくる。男たちが何か、呪文のように唱えているのだと分かった。旋律があるような、ないような……言葉はまったく理解できない。しかしゴバディがまったく知らないその言葉は、妙に耳にまとわりつき、溶けた飴《あめ》のようにゆっくりと流れて頭に入りこんだ。

あれがラガーンの言葉なのだろうか。だとしたら、彼らはやはり異教の民だ。聞くだけで心がざわつくような言葉は、悪魔のものに違いない。

男たちの背中を見送りながら、ゴバディは不気味な胸騒ぎを覚えていた。

水を一口飲んで、バリは喉を湿《しめ》らせた。気力はともかく、体力は確実に奪われているのを意識する。これからの長い道のりを考えると、ふっと気が遠のくようだった。果たして無事に辿《たど》りつけるのか……いや、まだイラクに入ったばかりなのにそんなことを考えてはいけない。

バリは低い声で、古い詩を唱え始めた。自分たちに残されている、数少ない詩。単調な節回しで詠唱すると、まだ見ぬ故郷への思いが募る。昔から謡《うた》われてきたものだが、今はこの詩が、自分たちの運命を暗示している。

遥《はる》けき我らが故郷
苦しき道のりの果てに見ゆるは
豊かなりし大地と母なる川

自分の声に、すぐに仲間たちの声がかぶさる。単調な低いメロディなのに、体に力が入り、足取りが軽くなるようだった。

目指すは故郷。体と気持ちを痛めつけるこの旅を終えてこそ、故郷を再建する権利が得られる。

2……ストックホルム

午後七時過ぎ、ストックホルム郊外のアーランダ空港着。ここは巨大な冷蔵庫だ――いつもながら俺は思う。冷たく清潔で、人が少ない。遅い時間帯だからかもしれないが、既《すで》に店じまい、という感じである。ゼロ・ハリバートンのスーツケースをピックアップすると、ベルトコンベアのすぐ側にある自動販売機で、ストックホルム中央駅に向かうアーランダ・エクスプレスのチケットを購入する。二百六十スウェーデンクローナ……。スウェーデンは物価の高い国だと、空港に着いた途端に毎回思い知らされる。地下のホームへ向かう途中、通路にあるブライトリング製の巨大な時計を見て、自分の腕時計をスウェーデン時間に合わせた。

白地にアクセントとして黄色をあしらったのが特徴のアーランダ・エクスプレスは、清潔で速く――そして味気ない。空港と同じ感じだ。空港と中央駅を結ぶこの列車に乗るのは三度目だが、俺は毎回妙な居心地の悪さを抱く。車内はゆったりした造りで、日本の通勤電車などとは比べ物にならない快適さなのだが、どうしてもそれに馴染《なじ》めないのだ。我ながら奇妙な好みだな、と苦笑する。

歴戦の兵《つわもの》である凹《へこ》みだらけのスーツケースを傍《かたわ》らに、俺は窓に向いたカウンター席に座った。既に夜――窓の外に何が見えるわけではない。スーツケースを引き寄せて、ロックを確認する。「鷹見正輝《たかみまさき》」の名前が入ったタグはぼろぼろで、名前が読み取りにくくなっている。これはそろそろ替えなくてはいけない……世界各地の旅には、このスーツケースが一番の相棒なのだ。絶対になくせない。

やはりゼロ・ハリバートン製のカメラバッグをカウンターに置き、中から愛用のニコンを取り出す。フライト中もずっと手元に置いておくのだが、旅の後は取り出して確認しないと安心できないのだ。我ながら心配性だ、と苦笑してしまう。カメラにも、ファインダーの横に「M. Takami」のラベル。こちらはスーツケース以上に命綱だ。カメラマンとしてのアイデンティティ。その割に乱暴に扱うことが多く、傷だらけなのだが。

いつもの癖《くせ》でレンズを磨《みが》き、ファインダーを覗《のぞ》く。窓の外は真っ暗――スウェーデンの晩秋、昼は短い。それは分かっていることだが、何となく気分も暗くなってくる。あと三十分ほどで恋人の松村里香《まつむらりか》に会えるのだが、それを考えても気分が上向かない。彼女に呼び出されてスウェーデンまで来たわけで――何か面倒臭い用事が待っているのは想像できた。

こういう関係も、いい加減に解消しなくてはいけないとは思っている。互いに好きな仕事を続けていくにしても、限界はあるだろう。そろそろ家庭を持ち、人生を新たに設計し直す時期だ、と何度考えたことか——しかし二人の仕事を考えると、その決断はいつも先送りになっていた。

アーランダ・エクスプレスは最初、ゆるゆると走る。日本なら各駅停車のスピードだ。しかしいつの間にかスピードが上がり、闇の中にかすかに見える光が、飛ぶように後方に流れ始める。スピードを示す車内の電光掲示板は、時速二百キロを示していた。これだけ速いなら、値段が高いのも当たり前か。日本で新幹線に乗るようなものだろう——時間を金で買うわけだ。

空港からストックホルム中央駅までは、わずか二十分。外へ出ると、肌に染み入るような冷気に思わず首をすくめてしまう。そして、意外に深い闇……北欧最大の都市にしては、ストックホルムの夜は早い。

目の前がちょうどタクシー乗り場だから、車を拾って彼女の部屋まで行くか。が……見慣れた濃緑色のミニ・クーパーが、フォルクスワーゲンの白いタクシーの前に停まっているのにすぐに気づいた。何だ、待っていてくれたのか。俺は頰《ほお》が緩《ゆる》むのを意識しながら、スーツケースを引っ張ってミニに近づいた。

ドアが開き、里香が白い息を吐《は》きながら出て来る。顔には薄い笑みが張りついていた……久々に会ったのに、どうして作り笑いをしているのか怪訝《けげん》に思ったが、寒さに負けているのだと気づく。気温は零度近いはずなのに、彼女はパーカー一枚しか着ていないのだ。

「何でそんな薄着で？」

ハッチゲートを上げてスーツケースを中に入れながら、俺は訊ねた。

「ここで待つ予定はなかったのよ。すぐにピックアップできると思ったから、薄着で来ちゃって……飛行機、ちょっと遅れたでしょう？」

俺は思わず腕時計に視線を落とした。確かに、到着は定刻から二十分遅れだった。

「わざわざ待っててくれなくてよかったのに」

「駅まですぐだし」上体を両腕で抱き締めるようにしながら、里香が言った。化粧っ気はないし、唇からは血の気が抜けて白くなっている。

「とにかく、乗らないか？」俺は助手席のドアを開けた。「凍死するぞ」

「そこまでは寒くないけど」言いながら、里香が運転席に滑りこむ。

ドアを閉めると、車内の暖房のおかげで体が一気に解凍された。ふと、里香の香りをはっきりと嗅《か》ぐ。久しぶり……半年ぶりだろうか。時の流れは速い、と実感する。髪型は日本にいる時と同じセミロングに、綺麗《きれい》にカットされていた。ストックホルムで、いい美容院でも見つけたのだろうか。俺は海外に長期間滞在していると、いつも床屋をどうするかで悩んでしまうのだが。

「元気だった？」里香がいつもの軽い調子で訊ねる。

「何とかね」

「ちょっと疲れてる?」

「まあ……」俺は顔を擦《こす》った。顔の下半分を覆う髭《ひげ》も、そろそろ剃《そ》らないと。伸ばすのはファッションではなく、単に面倒臭いからだ。「最近は、あちこち飛び回ってたからね。ほとんど日本に帰ってないんだ」

「中国、韓国……」

「台湾も」

「アジアサーキットっていう感じね」里香が首を捻《ひね》って後ろを確認した。結構乱暴にアクセルを踏みこむのは、いつもと同じ。里香は、重心が低く小回りが利くこの車を、ゴーカートのように扱う。

「そうだな。だから、寒いところは久しぶりだよ」

「今年のスウェーデンは、いつもより冬が早いそうよ」

「その冬も、君は二回目か」

「そうね」

ぽつりと言って、里香が黙りこむ。それで俺は、彼女に呼びつけられた理由を何となく察した。

里香は古代言語学者である。専門は、古代メソポタミアで使われていたシュメル語。本籍は東京にある独立法人の「総合言語研究所」で、昨年から、ストックホルムに本拠を置く「国際言語研究所」に派遣されている。二年の派遣期間は来年三月に切れるのだが、彼女は以前から「できれば延長したい」と言っていた。国際言語研究所は、古代言語の研究では世界有数の機関で、刺激を受けることも多いらしい。「研究環境は最高」という評価を、俺も何度も聞いていた。もしかしたら、「完全移籍」を考えているのかもしれない。総合言語研究所を退職し、活動拠点を完全にスウェーデンに移す……。

「今回は、どれぐらいいられそう？」

「二週間。こっちでちょっと楽な仕事をするつもりなんだ」

俺はダウンジャケットのポケットからコンパクトデジカメを取り出し、窓の外へ向けた。ストックホルムの夜景は……あまり絵にならない。少なくとも駅の周辺は。何度か訪れたガムラスタンの方が、撮影には適しているだろう。ただしあの辺《あた》りは暗く、夜の撮影では光の使い方が難しい。

「あなたに、楽な仕事なんてあるの？」驚いたように里香が言った。

「たまには、金のためだけの楽な仕事だってするよ」俺は軽く笑った。「カレンダーの撮影依頼がきているんだ。その事前調査ができればいいんだけど」

「スウェーデンだけでいいの？」

「できれば、ノルウェーやフィンランドにも足を伸ばしたいけど……そこまで余裕はないかな。君の用事が簡単に済めば、別だけど」

言った途端、欠伸《あくび》が飛び出した。さすがにヨーロッパへ飛んで来る時は、時差ボケに苦しめられる。

「詳しい話は明日にしようか？」里香が言った。「今日はもう、集中力はないでしょう？」

「ない」俺は認めた。「八時間の睡眠を確保できるなら、何でもやるよ」

「大袈裟《おおげさ》」

里香が声を上げて笑う。ちらりと横を見ると、屈託のない笑みを浮かべていた。しかし……形のいい顎《あご》に、少しだけ力が入っている。緊張しているのに無理に笑っている感じ。元々、感情が表に出やすいタイプではあるが。

「とにかく今夜はゆっくり休んで。食事の用意はしてあるから。まだ食べてないんでしょう？」

「ああ」言った途端に空腹を意識する。「何があるかな？」

「ミートボール。いつも同じものでごめんね」

「俺にとっては久しぶりなんだけど」

「ああ、そうか……私、しょっちゅう食べてるから」

「スウェーデンには、あれしかないのかって感じだよな」

「ねえ」里香が苦笑する。「でも、慣れると悪くないけど。ソースのバリエーションはいくらでも増やせるから、飽きないし」

会話は軽く流れている。里香の機嫌も悪くない。いい感じだ、と俺は少しだけほっとしていた。もっと重要な話題かもしれないと警戒していたが、やはり、「完全移籍」ではなく「派遣延長」の話なのだろう。一年か、二年か……普通のカップルなら、離れて暮らす生活は大きな障害になるだろうが、俺も一年の半分ぐらいは、ニュースになりそうな写真を追って海外にいる。彼女が日本にいようがスウェーデンにいようがすれ違っているわけで、派遣期間が延びても大きな影響はない。

ただ……そんな暮らしをいつまでも続けていけるのか、とまた不安になってくる。浮き草のような生活は、俺にはそれなりの充実感を与えてくれるのだが、一生続けていけるわけでもあるまい。三十八歳……そろそろ人生の安定を考えてもいい年齢である。安定しなくてもいいが、思い切って変えてみるのも悪くないだろう。カメラマンとして仕事をするようになって十五年、その日暮らしのような毎日が、自分に確実なダメージを刻んでいることは意識している。

人生は、常に同じようには進まない。

彼女もそれは意識しているだろう。

ミートボールは、クリームソースで味つけされていた。クランベリーが添えられており、甘酸っぱい味がアクセントになって食が進む。満腹になったところで、俺は完全にダウンした。シャワーもパスして、早々とベッドルームに向かうことにした。

セミダブルのベッドは、二人で寝るには狭いのだが、俺は極端に寝相がいい。このベッドで同衾《どうきん》しても、里香が「狭い」と文句を言うことはない。

ベッドに入る前に、カーテンを開けて通りを見下ろす。彼女の家は、研究所まで歩いて行けるカールベルスヴァーゲン通りにある。ストックホルム駅の二キロほど北にある静かな住宅街で、マンションが通りの両側にずらりと建ち並んでいた。静かで住みやすい一角であり、里香もここでの暮らしについては不平をこぼしたことがない。ワンベッドルームのこのマンションもまだ新しく、「それが珍しい」というのが彼女の説明だった。スウェーデンはもう二百年も戦火に見舞われておらず、ヨーロッパの中でも古い建物が残っている国だというのだ。

「もう寝たら？」

ミネラルウォーターのボトルをぶら下げた里香が、寝室に入って来た。俺はカーテンを閉め、彼女に向き直った。

「なあ」

「何？」里香が首を傾《かし》げる。

「結婚しないか？」

「何、いきなり」里香が笑おうとしたが、笑顔はすぐに引き攣《ひ　っ》ってしまった。「真剣に言ってるの？」

「真剣に考えて欲しいんだけど」

「あなたは真剣に考えてる？」

「考えたい——いや、今晩は無理だな」

「年なんだから、無理しちゃ駄目よ」

「そんな風に言われる年でもないけど」俺は思わず顔をしかめた。

「私より七歳も年上なのよ？　それを忘れないで」

「了解……じゃあ、早めに休ませてもらうよ」

「明日の朝、無理に起きなくていいわよ。私はいつも、六時過ぎには起きちゃうから」

「そんなに早く？　前は、ぎりぎりまで寝てたじゃないか」

「最近、習慣を変えたの。早く研究所に行って、朝のうちに雑用を片づけておけば、四時には仕事が終わるから」

「終わりも早いんだ」

「暗くなるまでには、仕事は終えたいじゃない……朝ごはんは用意しておくわ。ゆっくり食べて研究所に来てみたら？」

「そうだな。表敬訪問しておくか」

ここへ来る度に俺は研究所を訪ねていて、所長を含め、顔見知りは何人もいる。学問の

って気さくだ。
世界のことはよく分からないが、世界中からこの研究所に集《つど》ってきている人たちは、いた

ベッドに潜りこんだものの、すぐには眠れない。
結婚——里香はすぐには返事してくれなかった。ということは、彼女も間違いなく迷っている。結婚をまったく考えていないわけではないと思うが、今の環境を変えるのを怖がっているのだろう。スウェーデンに来てからの里香が充実した毎日を送っていることは、俺も十分意識していた。メールでも電話でも、言葉の弾《はじ》け方《かた》が違う。余計なしがらみに縛られず、ひたすら自分の研究に打ちこむ日々——彼女のような研究者にとって、ここでの暮らしが夢のような毎日であることは、俺でも想像できる。

まあ……時間をかけて話し合うしかないだろうな。強気に出られないのは、俺自身に迷いがあるからだ。俺は基本的に、根無し草である。興味の赴《おもむ》くまま、ニュースになりそうな写真を探して世界中を旅する。一方彼女は、現地での発掘調査に従事していたこともあったが、今は研究室に籠《こも》る生活を選んでいる。

水と油とは言わない。が、そもそも生活のリズムがまったく違うのだから……突っこんだ会話を交わすのを恐れているのだと、俺はきちんと意識していた。

3……ストックホルム

翌朝、俺は七時半に目覚めた。意外に早く起きた感じだが、昨夜《ゆうべ》は十一時には夢の中だったので、睡眠は十分足りている。

部屋は温まっており、ベッドを抜け出すのに苦労はしなかった。ダイニングルームの小さな丸テーブルには、白い深皿――その下にメモが挟んである。俺は寝《ね》ぼけ眼《まなこ》でメモを取り上げ、つい苦笑してしまった。

ごめん、朝食を作ってる時間がなかった。シリアルがあるから食べて。コーヒーは二杯分、用意してあります。

まあ、そうだろうなと納得して、メモを折《お》り畳《たた》む。里香は、とりたてて家庭的な女性ではない。二人で一緒にいる時、いつも「朝食は用意しておくから」と言うのだが、実際には食べさせてもらった例《ためし》がない。だいたい俺の方が先に起きるか、せいぜい同時に目覚めて、朝食は一緒に用意するのが常だった。

とはいえ……スウェーデン到着後最初の朝食がシリアルというのは侘《わび》しい限りだ。ふいに、口の中にニシンの酢漬けの味が蘇《よみがえ》る。北の国らしく、酢と塩がきつく利いたあの料理は、俺にとってはミートボール以上にスウェーデンを象徴する味なのだ。特に朝食べると、きつい味つけのせいで一気に目が覚める。

コーヒーをカップに注ぎ、一口飲んでからバスルームに向かう。鏡に映る自分の顔をじっくり観察した。日焼けと深い皺《しわ》は、もはやどうしようもない。寒い国、暑い国、焼けるような陽射しの場所……厳しい外気に身を晒《さら》すことも多いので、肌を綺麗に保っておこうという試みは、とうに放棄《ほうき》していた。こちらは写す立場で、写されることは滅多にないし。せいぜい髭をきちんと剃っておくぐらいが礼儀だと思っているが、このところの忙しさでそれもサボりがちだった。

スーツケースから電動剃刀《かみそり》を取り出して、ゆっくりと髭を剃っていく。一か月ぶりに顔の下半分の素肌が見えると、何だか間抜けな感じがした。洗面台の横にある扉を開ける。あった……前回ここへ来た時――半年も前だ――に預けておいたアフターシェーブローションを取り出す。まったく減っていないのは当然か……顔に叩《たた》きつけるようにして塗りこみ、冷たい感触が収まるのを待ってから、改めて顔を洗う。

アフターシェーブローションを戻す時、棚の中身を検《あらた》めてみた。彼女はひどい頭痛持ちで、鎮痛剤に頼り過ぎるきらいがある。しかしここを見た限りでは、開いていない頭痛薬のパッケージが一つあるだけ。どうやら健康状態も良好らしい。よほどスウェーデンの水が合っているのか。

さて、急ごう。大慌《おおあわ》てでシリアルを貪り食《むさぼく》い、コーヒーを二杯飲み干してから着替える。ベッドルームの窓を開けてみると、日本なら真冬並みの寒風に頬を叩かれた。まだ十月だというのに……こちらの人が、真夏の太陽に憧れる気持ちはよく分かる。最近は、バカンスのシーズンにはタイに出かけて行く人が多いそうだが、それもむべなるかな、だ。

空には低く雲がかかり、今にも雪が――少なくとも雨が降り出しそうだ。シャツ一枚では寒いと判断し、太いケーブル編みのセーターも着こんだ。これに薄手のダウンジャケットを合わせる。カメラは……小さめのズームレンズを選んで装着する。一八ミリから五五ミリはスケッチ用という感じで、街中を歩き回る時の相棒にはちょうどいい。もっと軽いコンパクトデジカメでもいいのだが、基本的に俺はあまり信用していなかった。あれは、構図を決める時に使うだけだ。あるいはメモ代わり。

財布、スマートフォン、念のためにパスポート。出かける準備を整えてから、俺はもう一度バスルームに入り、鏡を覗きこんだ。髭がないせいで、何歳か若返ったように見える……はずだ。顎を撫《な》で、髭の剃り残しがないのを確認して、部屋を出た。家の鍵は、里香から預かっている。離れて暮らしている俺にとって、それはお守りのようなものだった。

国際言語研究所――ＩＬＬは、ストックホルム市の北方、ソルナ市との市境近くにある。

里香の家からは、ノルバックガータンをだらだらと下って十分ほどだろうか。この通りは、奇妙なことに途中で分断されている。道の真ん中に、唐突に小さな公園ができているのだ。歩いては行けるが車は通れない。何の目的でこんな造りになっているのかは分からなかった。

朝八時過ぎだと、まだ夜が明け切っていない感じだ。犬の散歩をする人、紙のコーヒーカップを右手に、新聞を左の脇の下に挟んで急ぐビジネスマン、公園の中の大きな岩に腰かけて煙草《たばこ》を吸っている人——どこの都市でも見かける朝の光景だが、空の暗さが、どんよりとした雰囲気《ふんいき》を加速させている。

しかし、寒い……俺は、顔の周りに白い息がまとわりつくのを鬱陶《うっとう》しく思った。寒い国と暑い国……どちらが好きかといえば、暑い国だ。脳みそが溶けてしまいそうなほどの暑さになることもあるが、関節が緩んで体の動きが大きくなる感じがする。

里香と最初に出会ったのも、気温五十度近い中だった。イラクのモースル、八月——まだ大学院生で、アッシリアの古代遺跡の発掘調査に参加していた里香は、陽炎《かげろう》の中でゆらゆらと揺れているように見えた。イラク戦争後の混乱を取材するために現地入りした俺は、そこで拍子抜けしたのを覚えている。イラクは広い。確かに、まだ戦場のように混乱している場所もあったし、毎日のように自爆テロのニュースも聞いたのだが、当時モースルの近辺は比較的平穏で、日本やドイツ、フランスなどによる共同発掘調査が早くも再開されていたのだ。

そこで出会った二人が今、氷点下に近いストックホルムにいる。奇妙な関係だな、と改めて思った。

ノルバックガータンは、坂の終わりでノラ・スタションスガータンにぶつかる。高速道路の向こうは既にソルナで、ノーベル生理学・医学賞の選考委員会が置かれていることで有名なカロリンスカ研究所の建物がかすかに見える。

ＩＬＬは、坂を下り切る直前にある。ガラスと鉄骨を多用したモダンな造りの建物で、この辺の落ち着いた雰囲気からは浮いていた。古い建物が多く残るスウェーデンでは、モダンな建物は街全体の風景の統一感を乱してしまうのだ。

さて、一応電話ぐらい入れておくか。スマートフォンを取り出した瞬間、俺は異変に気づいた。

音。

風。

――爆音と爆風だ。

五十メートルほど先にあるＩＬＬの正面部分が、いきなり吹き飛ぶ。四階建ての建物の、正面側のガラスが全て崩れ落ちた。滝のようにアスファルトに降り注ぐガラス片の激しい音が、俺を凍りつかせる。しかし次の瞬間には、俺は反射的にカメラを庇《かば》いながら、歩道に身を伏せていた。戦地での取材経験から身についた、一番簡単な危険回避策は、とにかく姿勢を低く保つことである。銃を持った相手の標的にならないよう……相手が爆弾ではどうしようもないが、それに気づいたのは伏せてからだった。

両手で頭を抱え、次の衝撃に備える。いや、こんなことをしている場合ではない。俺は慌てて顔を上げ、すぐに立ち上がった。ＩＬＬの正面はノルバックガータンに向いており、爆発しても横手にいる俺には被害は及ばないはずだ。カメラの無事を確認し、電源を入れてから走り出す。ただし、慎重に近づかないと……俺は通りを渡り、建物を斜め前から見られる位置に移動した。正面に回るのはまだ危険だ。

ファインダーを覗きこむ。透明な雪のような……粉々になったガラスが、道路一杯に広がっていた。四階分のガラスが全て崩れ落ちたのだから相当な量で――いや、予想していたよりも少なかった。つまり、中で爆発が起きて、外へ向けてガラス片が吹き飛ばされたのではない。誰かが、外から爆弾をしかけたに違いない。

テロだ、と一瞬で判断する。

俺は慌てて何度かシャッターを切った。夢中でファインダーを覗きこんでいるうちに、火薬と埃の臭いが鼻を強烈に刺激し始め、体を折り曲げて咳《せ》きこんでしまった。

改めて、今度はファインダー越しにではなく現場を見渡す。人は……誰も倒れていない。それで少しだけほっとした。もともとこの通りは、それほど多くの人が歩いていたわけではないようだ。しかし、研究所の中はどうなっているだろう。相当な被害が出ているのは間違いないはずで……スマートフォンを取り出したが、スウェーデンの緊急通報用の番号が思い出せない。911？　119？　クソ、中では絶対に怪我人《けがにん》が出ているはずなのに。

里香は？

途端に顔から血の気が引いた。里香の研究室は、二階の正面側にあったはずである。もしも彼女が、爆風によるガラスの破片をシャワーのように浴びていたら……震えがくる。そうやって切り刻まれた遺体を、俺はあちこちで見ていた。

駆け出そうとすると、途端に腕を摑《つか》まれた。「放せ！」と日本語で叫んで振り返ると、腹の突き出た中年の男が、険しい表情で立っている。俺の腕を摑む握力が凄《すさ》まじく、痣《あざ》ができてしまいそうだった。早口のスウェーデン語で何かまくしたてる。

「知り合いが中にいるんだ！」俺は英語で叫び返した。

「今、警察を呼んだ」男が英語に切り替えて冷静に言う。しかし次の瞬間には顔をしかめ、耳に人差し指を突っこんだ。「あんた、耳は大丈夫か？」

「え？」男の声が遠い。

「耳は、大丈夫か、と聞いたんだ」男が音節ごとに言葉を区切るようにして言った。

「ああ、ああ……とにかく、知り合いが中にいるんだ。行かせてくれ」

「馬鹿言うな。これはテロだぞ」

「そうかもしれないけど……」

「焦る気持ちは分かるが、プロに任せろ」

スウェーデンの「プロ」はどこまであてになるだろう……俺は腕を思い切り振るい、男の縛《いまし》めから逃れた。改めて見ると、男はごく普通のビジネスマンといった風体《ふうてい》である。背広にネクタイ、薄手のコートの前をはだけているので、突き出た腹が目立つ。年の頃、四十歳ぐらいか。金髪は既に薄くなりかけており、額が広かった。

「あんたは？　スウェーデンの人間じゃないな？」男が訊ねる。

「日本人だ」

「知り合いというのは？」

「恋人」

男の顔が歪《ゆが》む。その隙に俺は、駆け出した。正面から入るのは危険かもしれない。しかし裏口なら――確か、ノラ・スタションスガータン側にも出入り口があるはずだ。ただしそちらへ行くには、建物の爆発した正面を横切らなければならない。まだ爆弾が残っていたらと考えたが、一瞬のことだった。

「待て！」

男の声が追いかけてくるが、無視してダッシュする。カメラは左手で握り締めたまま。こんな状態であっても、カメラだけは本能で守っていた。

できるだけ建物から遠い場所を選んで走った。しかし、次第に靴の裏を刺激するガラス片の存在が大きくなり、走るのは危険だと思い知った。歩く——正面に差しかかった時には思わず立ち止まり、建物を見て唖然《あぜん》としてしまった。

やはりガラスは全面的に吹き飛び、ほぼ鉄骨の枠組みだけになってしまっている。ただし爆発のショック自体は、それほど大きくはなかったらしい。建物の軀体《くたい》そのものに被害が及んだようには見えず、ガラスだけが崩れ落ちたようだった。二階部分には火の手も上がっている。

各部屋がむき出しになっているのが、奇妙な感じだった。まるで建築途中の建物。気づくと、紙が宙を舞っている。巨大な雪片のようだ……俺は思わずカメラを構え、建物の写真を正面から押さえた。こんなことをしている場合ではないと思う一方、これほど生々しい写真は滅多に撮れないと興奮もしていた。爆破テロ直後なのだから。

誰かが、恐る恐る建物の際まで出て来る。四階……ガラスがないと下まで丸見えで、一歩間違ったらガラス片の山の上に転落だ。顔を出したのは、一見アジア系の若い男——俺は思わず、「危ない！」と叫んだ。「下がれ」と続けると、男がようやく我に返り、慌てて建物の内部に引っこむ。

ここであと何枚か写真を撮りたい——クソ、違う。俺が今やるべきことはそれじゃない。慌てて走り出すと、靴の下でガラスが嫌な音を立てる。ようやくガラス片が散らばる一角を抜け、そのままノラ・スタションスガータンまで駆け下りた。研究所のもう一か所の出口を探してまた走り出そうとした瞬間、自転車に気づく——自転車というか、里香に。彼女はバッグをたすきがけにして、必死に自転車を漕《こ》いでいた。既に五十メートルほどの距離がある。

「里香！」

叫んだが、声が届かないのか無視しているのか、振り向く様子はない。

「里香！」もう一度叫ぶと喉が限界になり、俺はまた激しく咳きこんでしまった。何なんだ？　爆破された研究所から逃げ出したようにも見えるが、どうしてそんなことを……あれは「避難」ではない。「逃走」にしか見えなかった。

スマートフォンを取り出し、里香の番号を呼び出す。鳴った。呼び出してはいる。しかし返事はなかった。里香の背中は既に豆粒のように小さくなっている。クソ、走っても絶対に追いつけない。タクシーは……ストックホルムでは流しのタクシーは少ないと思い出した。呼び出しているうちに、里香はどこか遠くへ行ってしまうだろう。

彼女は何を考えている？　どうしてこんな行動に出た？　さっぱり分からなかった。

4……ストックホルム

寒かった。

寒いのは、アスファルトが濡《ぬ》れているせいだ。ＩＬＬの前の路上が消防車の放水で濡れ、それが大気中の熱を奪っているようだった。太い放水パイプが、堆積《たいせき》したガラス片の上に、怪物の内臓のようにうねっている。あれで傷つかないのだろうか、と俺はぼんやりと考えた。そう——何一つ、判断できない。動き出せない。爆発、そして里香が避難したまま戻ってこないこと。その一連の出来事は俺にショックを与え、普段は売りにしている身軽さはどこかへ消えてしまっていた。いち早く建物を出た里香の後で、脱出してきた研究所のスタッフたちが、心配そうに肩を寄せ合っている。寒いのにワイシャツ姿の人も……里香だけが、事前に準備していたように思えた。

消防車や警察車両が詰めかけ、現場は封鎖されている。どこの国でも見かける事故現場の光景だが、それを冷静に観察できるわけでもなかった。何しろ俺は、現場に——その瞬間に近過ぎた。もしかしたら爆発にもろに巻きこまれ、ガラス片で全身をずたずたにされていたかもしれないのだから。想像しただけで震えがきたが、幸いなことに俺は、自分を取り戻さざるを得ない状況に追いこまれた——警察の事情聴取。警察というのは、どこの国でも、どんな状況でも、現実に打ちこまれた楔《くさび》である。連中の相手をしていると、余計なことを想像したり、夢想の中に遊ぶことは許されない。

「ミスタ・マサキ・タカミ」アンドレ・エリクソンと名乗った刑事が、パスポートを閉じて俺に返した。「どうしてここに？」

「俺の恋人が、この研究所に勤務している」

「日本人？」

「ああ」

現場で事情聴取を受けながら、俺は次第に居心地が悪くなってくるのを感じた。里香と連絡が取れずに、気持ちが焦っているせいもある。エリクソンが軽く百九十センチはある大男で、常に見下ろされているせいもあった。俺も身長は百八十センチあるので、普段は相手を見下ろす機会の方が多いのだが、立場が逆転すると、何とも頼りない気分になってくる――とにかく、こんなところでのんびり話をしている暇はない。一刻も早く里香を捜さないと。

「彼女が行方不明《ゆくえふめい》なんだ」

「それは聞いた」

「だったら、一刻も早く――」

「無事なんだろう？」

俺は言葉に詰まった。確かに里香は無事だ。あんなに全速力で自転車を漕いでいったのだから……しかし、今に至るまで姿を現さないのはどういうことだろう。何かあったんじゃないか。不安だけがどんどん膨《ふく》らんでいく。

「怪我人が大勢出ている。その中で無傷だったんだから……申し訳ないが、警察としては優先順位は高くない」

「冗談じゃない。彼女は行方不明なんだぞ」俺は突っかかったが、身長差もあって、上手《うま》くいかなかった。子どもが大人に喧嘩《けんか》を売るようなものである。

「分かっている。しかし、心配し過ぎだ」

「どうして」

「取《と》り敢《あ》えず、無事なんだから。それにまだ、一時間しか経っていない。我々としては、現場の様子を確認するのが先だ。あなたが、第一発見者のようなものなのは間違いないんだから、まずそこから……」エリクソンの視線が、俺のカメラを捉える。「現場の様子は撮影した？」

「ああ」

「その写真を提供してもらうことはできるだろうか」

「それは――」俺は軽い抵抗感を覚えた。俺が撮る写真は、基本的にすべて報道用である。それを警察に提供することには、何となく引っかかりを感じる。ただし、これだけの大事件であり、拒否するのは市民——俺はストックホルム市民ではないが——としての義務の放棄だろう。ここは取り引きだ、と思った。「コピーしてもらう分には構わない」

「マスコミに売るのか？」

「金の問題じゃない」俺は宣言したが、声が強張《こわば》っているのは自分でも分かった。「これだけの事件なんだから、現場写真は貴重なものだ」

「どう使おうが、それはあなたの自由だ」エリクソンがうなずく。「とにかく、コピーだけさせてくれればいい」

　案外あっさり引いたな、と俺は驚いた。マスコミと権力——その力関係は、国によってだいぶ違うのだろう。

「それで、だ。ミスタ・タカミ。改めて確認するが、誰か怪しい人間は見なかったか？」

「いや」二度目の質問。二度目の否定。間違いなく誰もいなかった。

「爆発の前後に、建物に入って行く人間は見なかったか？」

「見なかった」

　俺は、直後に撮影した写真を呼び出した。小さなモニターでは確認するにも限度があるが……二人で、顔をくっつけるようにして覗きこむ。

「少なくともこれで見た限り、誰もいない」

「後できちんと確認させてくれ」エリクソンが言った。「大きい画面で見れば分かるかもしれない」

「ああ」

俺は、建物の外側に爆弾がしかけられたと判断したのだが、エリクソンはそうは考えていないようだ。しかしそうだとしても、侵入は爆発前だから、俺のカメラが姿を捉えた可能性は低い。

「テロなのか？」俺はエリクソンに訊ねた。

「可能性はある」エリクソンが緊張した面持ちで答える。「だから、俺が出てきたんだから」

「つまり——」

「ストックホルム市警テロ対策特別班」エリクソンがうなずく。「テロ対策と捜査のために組織された。俺は二年前からそこで動いている」

「テロ対策のスペシャリストか」

「公安警察とも協力を密にしている」

この男はクソ真面目で融通《ゆうずう》が利かないタイプなのだろう、と俺は判断した。おそらくきちんと捜査はしてくれるだろうが、こういう人間は動かしにくい……。

エリクソンの事情聴取は、極めて合理的に進んだ。時間軸に沿って俺に証言させ、流れを確認しようとしている。しかし途中で何度も電話が入り、あるいは若い刑事が直接報告に来たりと妨害が入って、話はなかなか進まなかった。ようやく彼が納得した時には、午前九時半になっていた。

しかし彼は、まだ俺を解放してくれなかった。若い刑事を呼びつけ、彼が持っているパソコンに俺の写真をコピーさせたのだ。手際が悪くのろのろしていて……途中で「俺がやる」と何度も口を挟みそうになった。

「あなたの滞在場所は？」

俺がメモリーカードを受け取ると、エリクソンが淡々と訊ねる。

「彼女の家にいる」

「これからどうする？」

「彼女を捜すよ」警察はあてにできないから、という本音《ほんね》を俺は呑《の》みこんだ。

「そんなに心配することはないだろう……何かあてはあるのか？」

「ない」俺は肩をすくめた。地元の警察ではなく、日本大使館に助けを求めるべきかもしれない。これは邦人保護の仕事になるはずだ。

「彼女……ミズ・リカ・マツムラは、いつからストックホルムに住んでいる？」

「一年半前——去年の四月からだ」

「それなら、この街のことは相当詳しく知っているな」

エリクソンが顎を撫でる。綺麗に剃っているというよりあまり髭が伸びないタイプではないかと俺は思った。

「この街に、隠れる場所は？」

「いくらでも。ストックホルムは、迷路みたいな街なんだ」エリクソンが肩をすくめる。

その瞬間、彼の携帯が鳴った。舌打ちすると電話に出て、話し始める。ほぼ一方的に相手の話を聞いている感じだったが、途中で顔色が変わり、ちらちらと俺の顔を見始めた。何だか気に食わない目つきだったので、俺も睨《にら》み返《かえ》した。最後は俺に完全に背を向け、聞き取れないほど早口のスウェーデン語でまくしたてる。最後に「オーケイ」――これはスウェーデン語でも同じだと知っている――と言って電話を切り、俺に向き直った。

「何か？」これまでは俺のことを比較的丁寧に扱ってくれていた感じだが、今は完全に刑事の鋭い目つきになっていた。俺は世界各国で警察官にも取材しているから、これが「スウィッチの入った目つき」であることはすぐに分かった。何か新しい情報が入ってきたのだろう――それも、俺にとって不都合な情報が。

「ちょっと市警本部まで来てもらおうか」

「俺が？　どうして」

「ここは寒いからだ」エリクソンが両手を広げる。「あんたたち日本人は、ここまでの寒さに慣れていないんじゃないか」

「いや、ここで大丈夫だ」嫌な予感を抱え、俺は反駁《はんばく》した。「俺は青森の生まれなんだ」

「アオモリ……」

「日本でも北の、相当寒いところだ」ヨーロッパで言えばスペイン辺りと同じ緯度なのだが、海流の影響は大きい。

「とにかく、本部に来てもらいたい。暖かいところで、落ち着いて話そうじゃないか」

俺は思わず、カメラのストラップを握りしめた。俺はいつの間にか容疑者になったのか？　全く身に覚えのないことであり、ここで要求に屈してはいけない。それは、北京《ペキン》で知り合った公安警察の人間から言われたことだ。「警察の枠の中に一歩でも足を踏み入れたら、あんたの負けだ」。そんなことを言う人間が本当に公安警察官だったのか、俺は未《いま》だに疑っているが。

「ここでも話はできるだろう」俺は言い張った。

「分かった」案外あっさりとエリクソンは折れた。「一つ、確認させてくれ。彼女は――ミズ・マツムラは、イラクにいたことがあるそうだな」

それですぐに、糸がつながった。エリクソンは、爆破事件とイスラム過激派の関係を疑っているのだ。しかも、里香がイラクにいたことがあるとなれば……警察官らしい発想だが、冗談ではない。

「ああ。彼女は六年ほど前に、モースルの近くに三か月滞在していた」

「目的は？」

「俺と会うため」

エリクソンが顔を上げた。しかめっ面になっている——からかわれたと思っているのだろう。

「俺と彼女は、そこで初めて会ったんだ」

「あんたもイラクにいたわけか」エリクソンが血相を変えて一歩詰め寄る。テロリストの同志、とでも考えたのかもしれない。

「言いたいことは分かる」俺は両手を突き出して、彼がこれ以上近づけないように距離を保った。「俺たちが、イスラム過激派と関係しているんじゃないかと思ってるんだろう」

「実際のところ、どうなんだ」

「ない」俺は断言した。「彼女は、遺跡発掘のためにイラクにいた。日本の大学から派遣されたんだ。そこに確認してもらえば、すぐに分かる」

「一日中、砂を掘り起こしていたわけではあるまい」

「もちろん。夜は疲れて、毎日十時間、昏睡《こんすい》していた……あなたが何を考えているか分かるけど、当時のモースル付近は比較的平穏だった。イスラム過激派は上手く排除していたんだ。だからこそ、遺跡の発掘が許可されたんだし」

「あんたは？」

「俺はカメラマンだから。写真が撮れそうな場所なら、どこへでも行く」俺はカメラを持ち上げて構え、ファインダー越しにエリクソンの顔を覗きこんだ。ひどく嫌そうな表情だったが、写真を撮られるのが嫌いなわけではなく、レンズが近過ぎたのだろう。カメラを下ろし、正面からエリクソンと向き合う。「何だったら、今までの俺の仕事を全部教えてもいい。どれだけの写真を写してきたか知ったら、あんたも驚くよ。それにイラク取材は、ある雑誌の依頼だった。その後写真も掲載されたし、そこに確かめてもらえれば、テロリストと接触する機会なんかなかったことはすぐに分かる」

「そうか」エリクソンは手帳を広げなかった。不要な情報、ということか。「で、あんたらはそこで知り合ったと」

「ああ」

「出会いの場としては、極めて異常だな」

「あの国では全てが異常なんだ」多少落ち着いてきたとはいえ、まだまだ不安定に揺れている。何かきっかけがあれば、また泥沼の内戦が始まるだろう。

「あんたの言うように、彼女は逃げだしたのかもしれんな。どう思う？」

「ＩＬＬの中で何があったんだと思う？」俺は逆に聞き返した。「建物が爆破された、それだけなのか？」

「そこから先のことは、まだ捜査中だ」

「何が起きたと思う？」言葉を変えて俺はしつこく訊ねた。「単に爆破しただけか？」

「まだ捜査中だ」エリクソンが、硬い表情で繰り返した。「とにかく、いつでも連絡が取れるようにしておいてくれ。ミズ・マツムラのことについては、何か分かったらすぐに連絡する。そちらに電話でもあったら、すぐに知らせてくれ」

「ああ」

結局、何も分からなかったも同然だ。一人取り残された俺は、その場で固まってしまった。規制線の内側――関係者ではないのだから、すぐに叩き出されてもおかしくないのに、誰も俺に声をかけてこない。何だか、突然透明な存在になってしまったようだった。無意識のうちにカメラを持ち、ファインダーを覗きこむ。壊れたＩＬＬの建物は、五十メートルほど向こう。他の建物の陰に隠れて、はっきりとは見えない。そちらから、一人の男が重い足取りで歩いて来た。あれは――ＩＬＬの所長、スティーグ・ラーションだとすぐに分かった。冗談のように目立つ体形なのだ。上から圧縮したように背が低く、丸々としている。長年の不摂生の結果は、一目見たら忘れられない。白くなった髪の毛は、両耳の上にわずかに残っているだけで、ふさふさの髭を生やしているのは、顔全体の毛の総量バランスを保っているつもりかもしれない。しかし今は、頭に包帯が巻かれているので、一気に白髪が増えたようにも見える。俺はこれまで二回会っただけだが、極めて人懐っこい人間で、俺のことも旧知の友扱いする。

「マサキ、来ていたのか」

近づきながら、ラーションが両手を前に突き出した。目が潤《うる》んでいるのが分かる。怪我の痛みのせいか、あるいはショックのせいか。俺はラーションと一瞬だけ抱き合った。震えている。

「リカがいないんだ」

「彼女は、自転車で避難しました」

「どうして知ってる?」

「その現場を見たんです。呼びかけたんですが、振り向きもしなかった。電話にも出ない」説明しているうちに、暗い気分になってくる。そう、里香は俺を無視したのではないか。普段ならあり得ないことだ。危険から逃れるため——あるいは恐怖のせいだとしたらその行動は理解できるが、俺を無視する理由が分からない。単に気づかなかっただけだと思いたかった。

「意味が分からない」ラーションが両手で頭を抱え、呻《うめ》き声《ごえ》を漏《も》らす。

「怪我は大丈夫なんですか」

「あ、ああ——大したことはない。しかし、研究所が滅茶苦茶だ」

「復旧できそうなんですか」

「分からん。爆発で貴重な資料も相当失われた。研究所内で使っている共用サーバーにも障害が出ている」

「致命的じゃないですか」

　俺は、心臓が少しだけ早く打ち始めるのを意識した。ＩＬＬには、世界各地の遺跡で発掘された遺物が持ちこまれている。その中には、未解読文字のオリジナルの石板や粘土板もあり、学術的な価値は計り知れない。

「しばらくは、被害状況を調べることに追われそうだ」

「分かりますが……ちょっと落ち着きませんか？　あなたがここを離れて構わなければ、お茶でも飲みましょう。そういう時間じゃないですか」

　里香を通じて、俺もスウェーデン人の生態を多少は知ることになった。スウェーデン人のコーヒー好きは有名らしく、「フィーカ」というコーヒーブレークがどの職場でも行われている。実際、俺もＩＬＬのフィーカに参加させてもらったことがある。その時にラーションが、コーヒーよりも、一緒に食べるペストリーに多大な興味を惹《ひ》かれていることに気づき、この体形も当然だと思った。実に分かりやすい人間である。

「そうだ、シナモンロールも一緒に」

　深刻に蒼褪《あおざ》めていたラーションの顔に、急に血の気が蘇る。

「そうだな……少し血糖値を上げておかないと、持ちそうにない」

「どこか、コーヒーの飲める店はありますか？」

「君ね」ラーションは既に、平常心を取り戻したようだった。「ストックホルムでカフェを探すのは、イラクで荒野を探すよりも簡単だよ」

言った直後、ラーションが口をきつく引き結んでしまう。場違いのジョークだと分かったのだろう。俺も先ほどのエリクソンとのやりとりを思い出し、何となく落ち着かない気分になった。イラク。イスラム過激派。

　無言で歩き、俺たちはガブルガータンとトルスプランの角のビルにあるカフェに入った。百メートル先では、人類の知的遺産が壊滅的打撃を受けたかもしれないのに、店は普通に
営業している。何だか、全てに現実味がない……俺は頭を振った。

　この店で、ラーションはヒーローになった。爆発現場のすぐ近くに、真新しい包帯を巻いた人間がいる——巻き込まれた人間としか見えなかったようで、誰もが声をかけてくる。ラーションは不機嫌にうつむきながら歩き、声をかけられる度に首を横に振っていた。奥の方にあるボックス席につくと、やっと顔を上げて安堵《あんど》の吐息を漏らした。

「ヒーローらしく、手ぐらい振ってあげたらどうですか」

「冗談じゃない」ラーションが憤然と言った。「私はヒーローじゃなくて、ただの被害者だ。怪我してるんだぞ」

「失礼しました」

　俺たちはそれぞれ、コーヒーとシナモンロールを頼んだ。甘いものが食べたい気分ではなかったが、この先、昼食を摂《と》る余裕があるかどうか分からない。一連のどたばたで、は

っきりと疲労も感じていた。ここで糖分を補給しておくのもいいだろう。

「怪我人はどれぐらいいるんですか」

「何人も……まだ確認できていないぐらい」ラーションの顔がまた暗くなる。「一人は、間違いなく重傷だ」

「あれだけの爆発で、よく重傷者が一人で済みましたね」

「彼女も不運だったよ」

「彼女？」里香以外に、女性研究者は……もちろん、いる。それも何人も。研究所全体では、半分近くは女性だと、以前里香がそんなことを言っていたのを思い出す。

「ああ。イラクから派遣されている子だ」

ここでもイラクか。頭の中で「イスラム過激派」という言葉がどんどん大きくなっていく。

「その人は、イスラム過激派と何か関係が……」

「違う、違う」ラーションが首を横に振った。傷に響いたのか、また両手で頭を抱えこんでうつむいてしまう。しばらくして顔を上げた時には、目の端に涙が溜まっていた。

コーヒーとシナモンロールが運ばれてきて、俺たちは口をつぐんだ。大声で喋《しゃべ》っていい話題ではない――無言のうちに、共通認識を持ったようだった。

「イラクから研究者が来ているんですか？　初耳です」

「彼女はイラク国籍だが……イラク人というわけでもない」

「クルド人ですか？」クルド人の独立運動については、以前取材したことがあった。

「ラガーンだ」

「ああ」その言葉には聞き覚えがある。というより、ラガーンの人たちに会ったこともあった——六年前の取材の時だ。イラク国内に住む少数民族であるラガーン人は、モースルの近くに独自のコミュニティを作って暮らしているのだ。そこを訪れる機会はなかったが、モースルで働いている人もおり、街の商店やレストランで何度か顔を合わせ、言葉を交わした。俺より長く滞在してイラクの事情に詳しくなっていた里香が、「あれがラガーンの人たち」と紹介してくれたのだ。「イラクの人たちとは違うでしょう？」と。言われてみれば確かに——イラクの多数派民族であるアラブ人とは明らかに違う、元々白いのが日焼けしたような肌の色、彫りの深い顔立ちなどは、非常に目立っていた。どちらかと言えばペルシア系——イランに住む人たちに近い感じがした。共通していたのは、誰もが流暢《りゅうちょう》な英語を話すことだった。

「ラガーンの人が、ＩＬＬで研究しているというのは……ちょっと意外な感じですね」

「どうして」

「そういうイメージがないというか……」俺の答えは曖昧《あいまい》になってしまった。俺の持っているラガーンの知識は極めて乏しい。イラクに住んでいる人もいるが、多くは海外に散り、国際金融界で活躍しているイメージだった。イラク国内では、あくまで少数民族。露骨な武力弾圧こそされていないかもしれないが、発言力もなく、静かに暮らしているのだろう、と想像していた。

「ラガーンの総人口は、百万人近いんだぞ」

「そんなに？　それじゃ、少数民族とは言えないじゃないですか」

「そのうち、イラクに住んでいるのは十万人程度らしいがね。中心が、ラガヌという街だ。海外で金儲けをしたラガーン人が送金してくるので、経済的には潤《うるお》っている」

「はあ」

「何だ、ぴんとこない様子だな」

「すみません、勉強不足です」俺は素直に頭を下げた。トラブルがあるところ、どこへでも首を突っこむのが俺の商売だが、どうしても「広く浅く」なりがちだ。民族問題については、一通りの知識はあるものの、深い会話ができるほどではない。

「ラガーンの人たちが一番大事にしているのが、教育だ。自分たちが、立場の弱い少数民族だと分かっているからだろうな。教育は、自分の立場を強くする何よりの方法だと信じている。だからこそ、イラクで生まれ育ったラガーンの子たちも、高等教育は海外で受けるケースがほとんどだ。それを支えているのが、国際金融界で活躍するラガーンの人たちなんだよ」

「なるほど」稼いだ金を、故郷へ還流させているわけか。

「大怪我をした女性――アイラ・リンは、オクスフォード大で古代史を勉強して、二年前からＩＬＬに来ている」

「リカとは……」

「もちろん、知り合いだ。彼女から話を聞いてなかったのかね」ラーションが不思議そうに言った。

「聞いていません。専門外の話ですから」何だか胸騒ぎがする。里香は、自分の周りの人たちのことを話すのが大好きだ。俺も多くの研究員の顔は知らなくても、どういう性癖を持った人間か、自分で見てきたように説明できる。ラーション所長のように、実際に親しくなった人もいるわけだし……しかし、「アイラ・リン」という名前は初耳だった。

「仲が良かったんですか」

「ああ。専門も同じで共同研究もしているしな」

「シュメル語？」

「そういうことだ。アイラ・リンにとっては、失われた自分たちの言葉ということになる」

「どういう意味ですか？」

シュメル語、という言葉は知っていても、俺はそれ以上の説明はできない。里香も、説明を諦《あきら》めていた。彼女曰《いわ》く、「高校レベルの世界史しか知らない人には、言っても分からないでしょう？」。まあ、それは事実なのだが……しかしラーションの言葉が引き金になり、乏しい知識が記憶の底から引き出された。

「シュメル語は、実質的には消えた言葉じゃないんですか？　シュメル人の子孫が現代にもいるかどうか、分からないし」

「君にも、基礎知識はあるようだな」

「これぐらいは、日本の学校でも教わりますよ」実際には里香からの受け売りだった。恋人の話でもなければ、真剣には聞かない。

「シュメル人は本当に消えたと思うか？」挑むような口調でラーションが言った。

「そうなんじゃないですか？　それが学界の定説……常識では？」

「ラガーンは、自分たちがシュメル人の末裔《まつえい》だと主張している」

「初耳です」俺はコーヒーを一口飲んだ。ひどく喉が渇いている。

「ラガーンも、声高に主張しているわけではない。しかし、昔から伝承として言い伝えられてきたらしい。詳しいことは私も知らないが」

確かラーションの専門は、中南米の古代文字である。所長としての仕事は予算や人事の管理で、他の研究員の仕事全てに精通しているわけではない——納得して俺はうなずき、またコーヒーを飲んだ。スウェーデン人が世界一コーヒー好きというのは本当だろう。好きでなければ、こんなに美味《うま》いコーヒーは淹《い》れられないはずだ。

「近年、ミトコンドリアＤＮＡの調査が行われて、ラガーンが他の人種とは関係ないことは分かっている。彼らの言語も系統不明だ。いわゆる『孤立した言語』というやつで、日本語と同じようなものだな……とにかくラガーンについては、分からないことだらけだ」

「そんなものなんですか？　百万人もいるのに？」

「世の中には、我々が知らないことの方が多いんだよ」ラーションが薄い笑みを浮かべる。

「ラガーンが孤立した、他の民族とはつながりのない民族であることは間違いないようだ……それは私の専門ではないからこれ以上は説明できないが、ラガーンには洪水伝説があるんだ」

「例の、世界各国で共通の洪水伝説……ノアの箱舟のようなものですか？」

「ちょっと違う。洪水があったのはその通りなんだが、ラガーンはその難を逃れて北方に逃げたことになっている。箱舟の話も出てこない。だから、彼ら独自の伝承と言うのが正解だろう」

「それが今のラガーン人なんですか？」

「事情はもっと複雑なんだろうが、彼らの主張はそういうことだ。私も、アイラ・リンから聞いただけだが……彼女に聞けば詳しく教えてもらえると思うが、病院に運ばれたから、しばらくは面会できないだろう」

「リカの行方は分からないですか？」

「残念ながら……というより、彼女が研究所からいなくなっていることに、我々は気づかなかった」

「そんなにひどい爆発だったんですか？」俺は思わず眉《まゆ》をひそめた。

「爆発もひどかったが、その後で入って来た連中が……」

「入って来た？」俺は声を張り上げた。侵入者がいたというのは、初めて聞く情報である。エリクソンは隠していたのか……腹が立ったが、警察というのは世界中どこでも同じだと思い直す。一般人に情報を漏らすことなど、まずないのだ。今後、エリクソンは当てにならないだろうと考える。あの男は、厳しいわけではないが、緻密《ちみつ》なタイプだろう。迂闊《うかつ》に口を滑らせるとは思えない。「どういうことなんですか」

「君は、どこまで見ていたんだ」

「爆発の瞬間は見ました。でもその後しばらくは、地面に伏せていたので……」わずか数十秒の間の出来事だったのだろうか。俺はテロリストというより、特殊部隊の作戦を想像していた。閃光弾《せんこうだん》で目くらましをし、立てこもり犯がひるんだ隙に突入——しかし今回、狙《ねら》われたのは国際的な研究所である。

「我々も、はっきり情報を把握《はあく》しているわけではない。何しろ爆発の衝撃と音で、茫然《ぼうぜん》自失になっていたわけだから。怪我しているスタッフもいたし、どうしていいかあたふたしている時に、一階に何人かの人間が突入してきた」

「テロリストなんですか？」

「どうだろう。それらしい格好はしていたが」

ラーションの説明によると、目出し帽、上下とも黒のジャンプスーツ、編上げのブーツ……ただし武装としては、機関銃などではなく拳銃だけだったようだ。

「何をしようとしたんですか、そいつらは」

「分からない。すぐに消防と警察が来たから逃げたんだろう……ただし、二階を捜索した形跡がある」

「二階には何があるんですか」里香の研究室だ。しかし……彼女が狙われたとは考えられない。もしもそうだとしたら、里香は俺が知らない裏の顔を持っていたことになるが、それが何なのかは想像もつかなかった。

「スタッフの研究室、それに資料室と倉庫だ」

「何か、狙われるようなものがあるんですか？」

「ないとは言わない。あそこには、世界各地で発掘された古文書が保管してある。そういうものを趣味として集めているコレクターもいるんだ。残念ながら、専用のブラックマーケットも存在している」

「古い美術品と同じようなものですか」

「似ている」ラーションがうなずく。「ただ、古美術品と比べれば、市場規模はずっと小さい」

事実俺も、トルコとイラクの国境で、土産物《みやげもの》のように出土品が売られているのを見たことがある。あれがブラックマーケットの「出店《でみせ》」なのかもしれない。

「金目の物を狙った、ということでしょうか」理屈としてはあり得るが……手段があり得ない。何か物を盗み出そうとすれば、夜中に実行するのが普通だろう。どうしてわざわざ、明るい時間帯を狙ったのか。

「分からない」ラーションが力なく首を振った。「それこそ、犯人に聞いてみないと」

「しかし、すぐにいなくなったんですよね」

「ああ」

「意味が分からないな」俺は腕組みして、コーヒーカップを見下ろした。黒い水面《みなも》に答えが……出ているわけがない。

「リカは、襲撃者たちから逃げたんでしょうか」

「それも分からない」

「捜してみます」俺は、ダウンジャケットのポケットから手帳とペンを引き抜いた。「今は電話がつながらないんですけど……電源を切っているようです。でも、彼女が行きそうな場所があれば、捜しに行きます。そういう場所、教えてもらえませんか」

「そうだな……」ラーションが顎鬚《あごひげ》をしごいた。「彼女のプライベートは、私も全て把握しているわけではない。それこそ、アイラ・リンならよく知っていると思うが……」

「思いつくままで結構です」俺はペンを構えた。それが引き金になったようで、ラーションはいくつかの場所を教えてくれた。ジム、カフェ、レストラン……まずこの辺を当たってみよう。

ラーションのスマートフォンが鳴る。慌ててジャケットの胸ポケットから取り出す際に、落としそうになった。何とか摑んで、一つ咳払《せきばら》いしてから電話に出ると、みるみる表情が硬くなる。

「ああ、はい……すぐ近くに。ええ。すぐに戻ります」

電話を切って、舌打ちする。それから急に思い出したように、シナモンロールに齧《かじ》りついた。二口で食べてしまい、「警察だよ」と口をもごもごさせながら説明する。

「まだ事情聴取が終わっていないんですか」

「ああ。警察もだいぶ混乱しているからな。何度も同じ話を聴かれるんだ」

「後でまた、話を聴かせてもらえますか？　何か手がかりが出てくれば……」

「電話してくれ」ラーションが、耳に受話器を当てる真似をした。「私の電話番号は知っているね？」

無言でうなずくと、ラーションが慌てて立ち上がった。それからいきなり体を屈《かが》め、残ったコーヒーを飲み干す。

よし……まずはジムからだ。里香は、自宅と研究所を中心に、普段は狭い範囲で生活していたようである。歩いて回ることも可能だろう。

手帳を閉じて、俺は立ち上がった。まだ事態を冷静に見ることができていないと自覚していたが、やるべきことは決まっている。

5……ストックホルム

今日――スウェーデンに来てから初めて、俺は幸運に恵まれた。ヴァンディスヴァーゲン沿いにある、里香が通っていたジムには、日本人の女性インストラクターがいたのだ。受付で、俺が里香の情報を求めて四苦八苦しているところにたまたま通りかかり、助け舟を出してくれた。

「日本人の方？」

これがアメリカだと――特にニューヨークだと、日本人同士でもなかなか声をかけ合わないのだが、スウェーデンだと日本人は珍しい存在なのだろう。彼女は身長百七十センチほど、すらりとした体形で、贅肉《ぜいにく》は一切ついていない。タンクトップに、裾がわずかに広がったジャージという格好で、エアロビクスのインストラクターではないかと俺は想像した。教室を終えたばかりという感じで、髪は汗で濡れている。首にかけたタオルを両手で引っ張っていた。

「失礼ですが……」

「私も日本人ですよ」彼女がうなずく。タンクトップの襟元《えりもと》に、「Ｅｒｉ」という名札がついているのが見えた。俺の視線がそこに向いているのに気づいたのか、「田沼絵里《たぬまえり》です」と愛想よく自己紹介した。

「鷹見正輝です。こちらに通っている松村里香……彼女に会いに来たんですが」

「わざわざスウェーデンに？」

「ええ」

「熱愛中？」絵里が面白そうに言った。

「そうです」俺は即座に認めた。話を早く進めるためには、変なところで躊躇《ちゅうちょ》してはいられない。「実は、ＩＬＬ——国際言語研究所が爆破されました。俺はその現場に居合わせたんです」

「その件はニュース速報で聞いたけど……」絵里が、両手をいきなり口に当てた。「それって、里香さんが勤めている……？」

「そうです。彼女が行方不明になったんです」

「爆発で？」

「いや……」説明しにくい。「今、ちょっと時間を貰《もら》ってもいいですか？」

「もちろん。彼女、どうしたんですか」

「爆発直後に建物から避難して、それきり連絡が取れないんです。つまり、行方不明ということで……」

「無事なんですか」

「俺が最後に見た時には……無事でした」

絵里が大きく深呼吸した。何とか笑みを浮かべ、カウンターに近づいて、スウェーデン語でスタッフに何か話しかける。すぐに、ミネラルウォーターのボトルを二本持って戻って来た。

「ちょっと座りませんか？　大変そうですよね？」

「ええ」何だか急に疲れた。

ジムとはいえ、カウンター周辺のロビーは、スウェーデンらしくカラフルだった。カウンターの前に置かれたベンチは、緑と赤。日本なら色やデザインを統一するところだろうが、スウェーデンにはそういう習慣はないようだ。しかし何故か、統一性は感じられる。こういうのが好きな人——特に女性は多いだろうな、と妙に感心する。そう言えば里香の部屋も、色とりどりという感じだ。

絵里がボトルを渡してくれた。躊躇《ためら》わずにキャップを捻り取り、一気に飲む。ひどく喉が渇いていたことを改めて意識した。

「今日、里香はここへは来ていませんか」

「ちょっと待って」座ったと思ったら立ち上がり、絵里がカウンターに向かった。一言二言話して、相手の反応を待つ。すぐに戻って来て、「来ていないわ」と告げた。

「間違いないですか」

「入る時に会員証のICチップでチェックしますから。その記録が残っていないんだから、来ていません」

「そう、ですか」

「何があったんですか」

俺は事情を説明した。絵里の表情が、次第に怪訝なものに変わる。

「それって、自分から逃げ出したということですよね？」

「俺の目にはそう見えました」

「じゃあ、心配することなんてないでしょう。研究所が襲われたから慌てて逃げ出した……普通の反応じゃないんですか」

いや、里香は急いでいたが、慌てた様子ではなかった。

「里香さん、しっかりしてるから」それが慰めになるだろうとでもいうように、絵里が静かに俺に語りかけた。「最初は動転して、意味が分からない行動を取るかもしれないけど、すぐに自分を取り戻しますよ。そうしたら、真っ先にあなたに連絡してくるでしょう。家で待っていたらどうですか？」

「ええ……」相槌《あいづち》を打ちながら、俺はさらなる違和感を覚えていた。里香は、荷物をたすきがけにしていた。あれは彼女のバッグだったか？　違う気がする。研究所に行く時はいつも、革製の大きなバックパックを使っていたはずだ。もちろん、バッグくらいいくつも持っているだろうが、逃げ出す時にかけていたバッグは、彼女のものではないような気がしていた。

研究所から何か持ち出した？

そうかもしれない。襲撃されたことが分かり、守らなければならない物があったら、外へ持ち出すのはごく自然だろう。

だが、彼女がパニックにもならず、そんなことがスムーズにできたのが不思議でならない。事前に、襲撃が分かっていたようではないか。

突然、嫌な予感が頭に満ちる。里香はやはり、襲撃犯と通じていたのではないか。あの爆破、それに襲撃は隠《かく》れ蓑《みの》で、混乱に乗じて里香が何か大事な物を持ち出すのが本当の目的だった――いや、それでは筋が通らない。もしも研究所にあるものを里香が持ち出そうとするのなら、夜中に密《ひそ》かにやるのが一番安全で簡単だろう。もちろん、セキュリティの問題はあるが、外部の人間が忍びこむより、内部犯行の方がはるかに簡単なはずだ。

「――大丈夫ですか？」

声をかけられ、俺ははっと顔を上げた。いつの間にか考えこんで、うなだれてしまっていたのだった。

「すみません、大丈夫です」

「ニュースでは詳しいことは言ってませんでしたけど、テロなんですか？」

「分かりません。でもスウェーデン人は、いきなり建物を爆破したりしないでしょうね」

「怖いですよね」絵里が両手で頬を押さえた。「偏見かもしれないけど、最近、ストックホルムにも中東の人が増えてきてるから」

「そうなんですか？」

「スウェーデンは、移民政策が緩いんですよ。寛大と言うか……ヨーロッパの他の国で拒否された人たちが、こっちへ流れこんで来るんです。元々東欧の人が多かったんですけど、最近は中東の人もよく見かけますね」

「そうですか……」

「こういうことがあると、いろいろ大変なんですけど……」

「日本人も？」

「日本人は、スウェーデンでは少数派ですから」絵里が苦笑する。「別に敵視されているわけでもないし……私がこっちへ来た十五年前は、企業の支店がたくさんあって、結構日本人も多かったんですけど、今は本当に少なくなりましたね。ストックホルムでは、日本人は無害な少数民族ですよ」

日本がはまりこんでいた「空白の二十年」の時期か……確かに、街中でも日本人らしき人を見かける機会は少ない。

「もしも里香が顔を出したら、俺に連絡してもらえますか」俺は名刺を抜いて、絵里に渡した。「携帯は通じますし、メールはいつでもチェックしていますから」

「分かりました。でも、あまり心配しない方がいいですよ。里香さんのことだから、ひょっこり戻って来るんじゃないですか」

確かに……里香は時々、こちらが想像もしていない動きを見せることがある。だが今や、俺の頭の中は疑念で一杯だった。里香はいったい何を考え、今どこにいるのだろうか。

残るカフェ、そしてレストランでは手がかりなし。従業員に話を聞いたのだが、そもそも里香を認識している人がいなかった。どちらも大きな店だし、里香は決まった日時に顔を出す習慣もなかったようだから、印象に残らなくても当然だが。

折れかけた気持ちを抱えながら、俺はヘルシングガータンを南へ向かった。緩い上り坂の両側には、揃《そろ》って五階建てのビルが建ち並んでいる。灰褐色、薄い茶色、くすんだ黄色……建物の色はどれも冴《さ》えないもので、歩いているうちにどんどん憂鬱《ゆううつ》になってきた。スウェーデンでは、家具はカラフルなのに、建物の色合いは地味だ。

一つ、嫌なことを思い出して、さらに憂鬱になった。

里香の両親に連絡しなくては。

千葉県の松戸《まつど》に住む彼女の両親とは、俺も顔見知りである。向こうは一応、「娘の恋人」という認識は持ってくれているが、打ち解けた関係とは言えない。それ故、今回の事実を伝えるのは気が重かった。だいたい、何と話したらいいのだ？　里香と連絡が取れないのは間違いないが、外形的にはあくまで、彼女が自ら姿を消しただけである。俺が一人で心配しているだけかもしれないが……後からニュースで知らされるよりは、俺が伝えた方がいいかもしれない。

そこで急に、より安全な方法が閃《ひらめ》いた。繁信《しげのぶ》に連絡すればいい——里香の弟で、総合商社に勤務している。国際情勢にも詳しいから、すぐに事情を分かってくれるだろう。

左腕を持ち上げ、腕時計を確認する。日本は今、午後八時——いや、スウェーデンはまだサマータイムだから午後七時だと分かった。連絡するにはちょうどいい時間帯である。スマートフォンを取り出し、繁信の番号を呼び出す。彼は、呼び出し音が一回鳴っただけで出た。

「またどこか、海外ですか」軽い調子で繁信が言った。仕事の内容は違うが、世界中を駆け回るという点では共通しており、彼の方ではカメラマンという職業に共感も抱いてくれているようだ。

「ストックホルム」

「ああ、姉貴に会いに――」

「どういうことですか」急に繁信が声を潜める。すぐに「ちょっと待って下さい」と言って会話が途切れた。ほどなく「お待たせしました。自分の席では話せないので」と声が戻ってくる。

廊下にでも出たのだろうと想像して、俺は手短に事情を説明し始めた。

「ＩＬＬを爆破？　いや、そのニュースはまだ聞いてませんけど」

「もう、四時間ぐらい前の話なんだけど」

「日本には入ってきてません。まさか、姉貴が……」

「いや、彼女は無事だ」慌てて情報を追加する。「建物から逃げ出すところを、俺が直接見た。でもその後、連絡が取れないんだ」

「電話がつながらない？」

「ああ」

「変ですね」繁信はすぐに反応した。海外の危険な環境の中で仕事することも多いから、危機意識は高いのだ。

「そうだよな。こういうのは彼女らしくないと思うんだ」

「電話ぐらい、出ますよね」繁信が言った。「状況が混乱してるから、いろいろあるんじゃないですか？　パニックになって、携帯を研究所に忘れたまま逃げ出したとか」自分を安心させるために言っているようにも聞こえる。

「それだったら、呼び出し音は鳴ると思うんだ。研究所にいる時には、電源を切っているわけじゃないから。今は、電源が入っていないんだよ」

「……分かりました。こっちでもちょっと情報収集してみますよ。うちの会社の人間が、ストックホルムに駐在していますから」

「心配させて申し訳ないんだけど、ご両親にも……」

「ああ、話しておきますよ」気楽な調子で繁信が言った。「さすがに怒るだろうなあ」

そうかもしれない。以前里香に聞いたことがあるのだが、両親は彼女のイラク行きに強硬に反対したそうだ。しかし彼女はそれを振り切り、イラクに入った。その時以来、両親の態度は一変してしまったのだと言う。要するに、この子には何を言っても無駄――繁信も同じように世界中を駆け回る仕事だから、子ども二人にはいつ何が起きても仕方ないと、覚悟を決めたのだという。今回のスウェーデン赴任に関しては、むしろ安心していたそうだが……確かに、中東地域に発掘調査に行くより危険度がはるかに低いのは間違いない。だからこそ、怒るのは当然だろう。

少なくとも今日まではそうだったはずだ。

「こっちからも連絡しますよ。正輝さんは、どうするんですか」

「どうするもこうするも、里香を捜すよ。こっちで仕事もあるんだけど、そんなことはどうでもいい」

「飯の種を放棄していいんですか？」

「心が平穏じゃないと、いい写真は撮れないんだ」特に、カレンダーのための「美しいだけ」の写真を撮る時には。今の俺は、紛争地帯でいつ銃弾が飛んでくるか分からず、びくびくしている時と同じ心境である。これでは「美しさ」や「分かりやすさ」を追求できない。

一度、里香の家に引き上げた。冷え切った無人の部屋に入り、施錠をしっかり確認してからダイニングテーブルにつく。もう一度里香の携帯を呼び出してみたが、やはり電源が入っていないようだった。そうこうしているうちに、自分のスマートフォンのバッテリー残量が減ってくる。充電する間に、少し頭をはっきりさせることにした。

シャワーを浴びたいところだが、電話を逃すのが怖く、取り敢えず顔だけ洗うことにした。冷たい水を顔に叩きつけると、髭剃り痕がまだひりひりする。何となく自分に罰を与えているような気分になった。

タオルに顔を埋《うず》めると、馴染みの香りが鼻腔《びこう》を満たす。里香の匂い――正確には里香が使っている洗剤の匂いだ。彼女は妙なところで頑《かたく》なで、スウェーデンに来る時には、日本製の洗剤を大量に持ちこんだ。彼女曰く、「こういうのは日本製じゃないと駄目」。海外の洗剤は、洗浄力も日本製に比べて劣っているし、安全性にも問題がある。それに香りがきつ過ぎる。

海外での生活に対する、彼女ならではのこだわり。俺には、そういうものが一切ない。どこへ行くか、どれぐらいの間行っているか分からないことも多いので、取り敢えず現地で調達できるもので何とかするのが流儀なのだ。苛立《いらだ》つことも多いが、海外へ行くと腰を据えて同じ仕事に取り組むことが多い里香——学生時代のアメリカ留学、イラクでの発掘作業、スウェーデンの研究所への派遣——は、どこかに日本の尻尾《しっぽ》を残そうとしているのだろう。それで気持ちを安定させる。どっちが正しいわけではなく、人にはそれぞれのやり方があるのだ。

ダイニングルームに戻ると、スマートフォンが鳴っているのに気づいた。里香？　慌ててドックから取り上げたが、画面に浮かんでいるのは「里香」の名前ではなく、見知らぬ電話番号だった。不安になりながら耳に押し当てると、少し早口なエリクソンの声が飛びこんでくる。

「何か連絡はあったかな？」

「いや」

「今どこにいる？」

「彼女の家に」

「変わった様子はない？」

「特には……立ち寄った形跡もない」

言いながら俺は、急に心配になって寝室に向かった。クローゼットを開け、中を確認する。逃走を予定していて、服を持ち出したのではないか——しかし、普段一緒に暮らしているわけではないから、服が消えているかどうかも分からなかった。

「ちょっとこちらに来てもらえないだろうか」

「どうして」俺はわざと不満気に訊ねた。エリクソンはニュートラルな態度で接してはくれるが、警察の要求に唯々諾々《いいだくだく》と従っているとろくなことにならないのは、経験上分かっている。

「報告……というか相談したいことがある」

「警察が、俺のような素人《しろうと》に相談？　アドバイスできることなんかないけどね」

「ミズ・マツムラの行方は気にならないのか？」

今の俺を動かす、一番効果的な台詞《せりふ》。俺はすぐに家を出た。慌てていたが、念のためにドアの下に破いた手帳のページを挟みこむのは忘れなかった。こうすれば、誰かが忍びこもうとしたらすぐ分かる。

用心し過ぎかもしれない。しかし、何が起こっているか分からない以上、気を抜くわけにはいかないのだ。

俺は過去二回、ストックホルムを訪れた時の経験を思い出し、地下鉄を使うことにした。ただし、これは失敗だったとすぐに悟ることになった。地下鉄に乗り、わずか一駅でストックホルム市警の最寄り駅に着くのだが、そこから結構歩かなければならなかったのだ。しかも天気は最悪。朝より気温が下がっている感じで、みぞれ混じりの雨になっていた。海外へ行く時には、靴は常に防水の編上げブーツだから、足元が不快になることはないが、ダウンジャケットやジーンズは濡れ、体全体が重い感じがする。

クングスホルムスガータン一帯には警察関係の施設が集まっている。ここへ来るのは初めてだったが、あまり物々しい感じはしない。「POLIS」と横腹に大書されてあちこちに路上駐車している警察車両が、白地に青と黄色というポップなカラーリングのせいかもしれない。どこの国でも警察車両は多少威圧的なものだが、スウェーデンは違うようだ。

受付で名前を名乗ると、そのまましばらく待たされた。五分が十分になる。呼びつけておいてそれはないだろうと、俺はスマートフォンを取り出した。

しかし、発信しようとした瞬間、「ミスタ・タカミ」と声をかけられる。俺は慌てて立ち上がり、受付の横の廊下から出て来るエリクソンを見つけた。彼は俺にうなずきかけたが、表情は現場で会った時よりも硬い。あれから四時間以上……何か状況が大きく変化したのだろうか。

階段で二階へ上がる。「警察本部」という言葉から連想される堅苦しさは、あまり感じられなかった。途中、エリクソンがドアの開いた部屋の前で立ち止まる。

「ここが取調室だ」

そこに俺を放りこむつもりか――と緊張したが、エリクソンがすぐに歩き出したのでほっとする。もっとも、ちらりと覗いた取調室は、緊迫感を抱くようなものではなかったが。格子《こうし》のはまった小さな窓、傷だらけのテーブルとデスクライト――俺が想像する取調室とはだいぶ違う。暗いものの窓は大きく、パソコンなども置いてあり、打ち合わせ用の小部屋という感じだった。

エリクソンは、廊下にいくつか並んだドアの一つに手をかけた。

「私の部屋だ」

「なるほど」

幹部には個室があるわけか。この辺も、日本の警察とはずいぶん違う。日本の場合、警察署でも警察本部でも、課ごとに大部屋になっており、課長も普段はそこで課員と一緒にいるのが普通なのだ――そんなことを知っているのは、イラクに取材に行った後、公安にしつこく事情聴取されたからである。あれは実に不快な経験だった。

エリクソンの部屋は六畳ほど。窓が大きく開き、その脇に彼のデスク、そしてロッカーが置いてある。開いたロッカーの中には、コートがかかっているのが見えた。分厚いウールやダウンではなく、トレンチコート。これでは氷点下の気温には対処できないだろうと思ったが、生まれた時からこの国で暮らしている人は、自然に厳しい気温に慣れてしまうのかもしれない。

デスクの前には小さなテーブルがあり、椅子が二脚置いてあった。さすがに警察内には、スウェーデンらしいカラフルな什器《じゅうき》はない。基本的には白一色だ。

エリクソンは、椅子に座るよう、俺を促した。自分はロッカーの脇に置いてあるコーヒーテーブルの前に立ち、カップにコーヒーを注ぐ。俺の前にカップを置くと、自分はデスクの背後に回りこむようにして座った。大柄な彼がそうすると、戦闘機のコックピットに無理に体を押しこめている感じになる。そこそこ広い部屋なのだから、もう少し楽に座ればいいのに、と俺は不思議に思った。

「カメラは持ってないのか」

俺は、ダウンジャケットのポケットからコンパクトデジカメを取り出し、テーブルに置いた。

「プロ用には見えないな」

「今は、プロのカメラマンとしてここにいるわけじゃない……それにこいつは、単なるメモ用だ」

「カメラは、やはり日本かね」

「もちろん」ドイツ製のライカを愛用しているカメラマンもいるが、多くはキヤノン派かニコン派だ。俺は基本的に、この仕事で生活費を稼ぐようになってから、ずっとニコンに頼りきりである。

しかし……何なんだ、この呑気《のんき》な前置きは？　俺はかすかに苛立ちを感じ、窓の外を見た。隣の建物――やはり警察庁舎だろう――の茶色い壁しか見えないが、それをバックにして大粒の雪が舞っている。みぞれはいつの間にか、完全に雪に変わったようだ。

「ＩＬＬが脅迫されていたことが分かった」

「まさか」

俺が反射的につぶやくと、エリクソンがそれに食いついた。

「何がまさか、なんだ？　俺が知らない事情を知っているのか」

「いや」俺はやけに乾いた唇を舐《な》めた。「常識的に考えて、ＩＬＬが脅迫されるなんておかしいんじゃないかな。どういう脅迫なんだ？」

「君は聞いていないのか」

「どうして俺が」

エリクソンが真っ直ぐ俺の目を覗きこむ。途端に俺は不安になった。彼の青い目はひどく冷たく、こちらの本音を抉《えぐ》り出《だ》そうとしているのが分かる。もっとも俺には、語るべき本音などないのだが。コンパクトデジカメをポケットに戻し、コーヒーを一口飲む。長いこと温められていたであろうに、特有の焦げ臭さはなかった。スウェーデン人が、コーヒーの扱いをよく知っているのは間違いない。

「どういう脅迫なんだ？」俺は質問を繰り返した。

「あるものを渡すように、と」

「あの研究所に、お宝があるとでも？」

「お宝かどうか、俺は知らない」エリクソンが首を横に振った。「大昔の文書だ——タブレットと呼ばれているそうだな」

「文書……」紙切れ一枚にどんな価値が、と思ったが、すぐに「紙」ではないだろうと思い直す。「粘土板のことか？」

「ああ。ＩＬＬの連中に教わったよ。我々が使っているタブレット端末の先祖は、粘土製だったわけだ」皮肉っぽい口調で言ったが、表情は崩れなかった。

「特定のタブレットを要求してきたわけか」

「ああ」

「だったら、それなりに価値があるものなんだろうか」

「それもはっきりしない」

「価値がなければ、脅迫なんかしてこないんじゃないか」

「その辺はこれから調べるんだが……本当に、タブレットについて何か知らないか？」

「知らない」タブレットや楔形文字について、里香ならいくらでも講義してくれるだろう。いや、そもそもラーションに聞けばいいではないか。ラーションに分からなくても、他に古代オリエントの専門家を紹介してもらえるはずだ。何しろあの地域は、「文字が生まれた場所」であり、研究者も多い。

「問題のタブレットについては、ミズ・マツムラが担当していたそうだ」

「確かに、彼女の専門はシュメル語だ」ということは、ひどく古い時代――五千年、あるいは四千年ぐらい前のものなのか……次第に混乱し、自分の知識の乏しさに苛立ってくる。

「こういうことなんだ」エリクソンが、巨大な両手を組み合わせる。バスケットボールを片手で持てるサイズだと分かった。「数日前にアメリカから届けられたタブレットについて、『渡さないと攻撃する』と脅迫してきた人間がいる。昨日の朝だったそうだ」

「ただ渡せというだけか？」

「その人間が、正当な所有者だからという理屈だったそうだ」

「ああ……」盗掘されたものだろうか、と俺は思った。紛争地帯の遺跡は、盗掘し放題である。取り締まる人間もいないし、現在の混乱の中を何とか生き抜いている人から見れば、過去の遺跡などどうでもいい存在なのだろう。しかし、そこから出土したものは、ヨーロッパなどで高く売れる……美術品の愛好家と同じように、出土品を集めている人間もいると、ラーションが教えてくれた。

しかし、「正当な所有者」が誰か判断するのは難しい。その土地の持ち主？ しかし「地下」にまで権限が及ぶのだろうか。国が「遺跡」として指定でもしていれば、国家の管理下に置かれるのかもしれないが、今のイラクでそういう制度があるのか、有効に働いているのかは、俺には分からなかった。

「何者なんだ？」

「それは分からない。名乗りはしなかったようだ」

「警察への届け出は？」

「なかった」エリクソンが渋い表情を作った。「事前に届け出てくれれば、何らかの捜査ができたと思うんだが」

本当かね、と俺は内心で疑った。そもそも、届け出を門前払いしていた可能性もあるのではないか？ 宝石や絵画を要求したりすることとは訳が違うのだ。

「研究所の対応は？」

「無視した」エリクソンがうなずく。「まあ……それも当然かもしれない。名乗りもしない人間が脅迫してきても、真面目に取るわけがないから」

「脅迫は、電話で？」

「ああ」

「だったら、それを解析すれば、犯人に辿り着くのでは？」

「今、やっている」エリクソンが苛立たし気に吐き捨てる。素人は口出しするな、とでも言いたそうだった。「ただ、実は……研究所には、そのタブレットがないんだ」

「意味が分からない」俺は首を捻った。「ない」という言葉は、どうとでも解釈できる。そもそもなかったのか、盗まれたのか……。「もしかしたら、今日の爆破の犯人が盗んでいった？　脅迫が通用しなかったので、無理矢理押し入ることにした？」

「いや、そういうことかどうかは分からないんだが……」エリクソンの言葉は歯切れが悪かった。

「ミスタ・エリクソン」俺は背筋を伸ばして問《と》い質《ただ》した。「はっきりしてくれ。言いたいことがあるなら、言ってくれないか？」

「犯人は、建物を爆破後、内部に侵入した。しかし、警察と消防の到着が早かったので、結局は見つけられずに逃げたようだ……タブレットが数日前に研究所に届けられ、保管されていたのは間違いないし、脅迫があったのも事実だ。保管担当者は……」

「それもリカなのか？」

　エリクソンが無言でうなずく。里香が貴重なタブレットを持って逃げた……脅迫のせいだ。「行方不明」も間違いない。身の危険を感じて、どこかに隠れたのだろう。今後の展開は、様々な可能性が考えられる。警察はすぐに、最悪の可能性を想定するはずだが、簡単にそうできない理由があるのだ、と俺は想像した。

「君の証言では……彼女は、荷物を背負って自転車で逃げた」

「背負っていたんじゃない。たすきがけだ」俺は右肩から左の腰にかけて、手を動かした。

「それは言葉の綾《あや》だ……」エリクソンが渋い表情を浮かべて、顔の前で手を振る。「そのバッグの大きさは？」

「それほど大きくはない。たぶん……」俺は両手を広げた。その間隔は二十センチほど。

「これぐらいだったと思う。横長のバッグだった」それが里香の背中にぴったりとくっついていた様子は、今もありありと思い出せる。おそらく柔らかい素材で、体にフィットするような造りなのだろう。「タブレットの大きさは？」

「こんなものだそうだ」エリクソンが、両手の指先を合わせ、大きな楕円《だえん》を作った。とはいっても、長さ二十センチほどだろう。里香が持っていたバッグなら、楽に入る大きさだ。

「持ち歩くのに不便ではない……」

「それほど重くもないそうだからな」エリクソンがうなずく。「とにかく、ミズ・マツムラがこのタブレットを持っている可能性は高いわけだ」

俺はまた混乱して、窓の外を見た。雪は依然として激しく降っている。積もるのだろうか……里香がせめて屋根のある場所にいることを祈った。

「タブレットには、楔形文字が書いてあったようだ」

「ああ……それこそ、彼女の専門だ」俺はうなずいた。

「シュメル語を書くのに使われた文字……ということだな」苦笑しながらエリクソンが言った。「どうも、専門的な話でよく分からないが……ミズ・マツムラが、そのタブレットを管理していたのは間違いない」

「ちょっと話を整理させてくれ」俺は額を揉《も》んだ。目を瞑《つむ》ったまま、ぼつぼつと話し始める。「そのタブレットを、リカが管理していた。昨日の朝、研究所に脅迫があって、今朝爆破事件が起きた……誰かが研究所内に侵入して、タブレットを捜そうとした形跡がある」この件はラーションからの受け売りを、少し拡大解釈したものだ。ラーションは、賊《ぞく》が「何を」捜していたかまでは把握していないはずである。「そして、リカがタブレットを持って逃げた可能性が高い……」

「そういうことだ」

目を開き、今度は俺の方から積極的に、エリクソンの顔を真っ直ぐ見つめる。冷たく青い瞳には、今は困惑の色が浮かんでいた。

「我々からすれば、彼女は犯罪者ではない――今のところは」

留保つきの断定を聞いて、俺は安堵の吐息をついた。エリクソンが両手を組み合わせ、そこに顎を載せる。

「脅迫電話が本物だったら……研究所は取り合わなかったが、彼女は個人的に、本気で心配していたかもしれない。だから、いざという時のために、いつでもタブレットを持って逃げる準備をしていた、ということも考えられるな。管理責任者だったそうだし」

「ああ」俺は相槌を打った。「勝手《かって》に研究所から持ち出して、どこか別の場所に事前に保管しておくことはできなかったんだろうな。それはルール違反だし、彼女はルールを守る人間だ」

「ちなみに、偶然かどうかは分からないが、研究所で保管していたタブレットの写真、画像データ、全てがサーバーから消えている」

「誰が、そんなことを？」

「爆発で、サーバーに障害が出た。その巻き添えを食ったんだろう……他のデータも多くが消えてしまったそうだ」

「タブレットの解読は終わっていなかったのか？」

「研究所によると、な」エリクソンがうなずく。

「それはちょっと変だな」俺は首を傾げた。「彼女は読めるはずだ。それが専門なんだから」

もちろん紙の文書、あるいは画面上の文書を読むようなわけにはいかないだろう。何しろ何千年も前の粘土板なのだ、「欠け」や「すれ」で文字自体が読めなくなっていることも考えられる。それを説明すると、エリクソンは首を捻った。

「いや、そういうことではないんだ。保存状態は良かったらしい」

「それで読めないというのは……」

「解読が終わっていない、という話だった。何でも、一部はシュメル語だったが、読めない部分もあるそうだ」

俺は再び背筋を伸ばした。考古学についての知識は、ほとんど全て里香の受け売りだが、それが極めて重要な可能性であることぐらいは分かる。彼女はよく言っていたものだ。

「文字については、分からないことだらけ」

「もしも、未解読の文字が書いてあったら、ものすごく重要なタブレットになる」俺はコーヒーカップを手にしたが、口はつけなかった。手が震えている。零《こぼ》さないように、ゆっくりと下ろす。

「なるほど」エリクソンがうなずく。「それほど価値があるなら、誰かが狙ってもおかしくないかもしれない。金になるかどうかは分からないが」

「俺は専門家じゃないから、何とも言えないけど」

「いずれにしても、彼女を捜さなくてはいけない。ちょっと協力してもらえるか？」

「それは構わないけど……」自分に何ができるのか、と俺は不安になった。修羅場《しゅらば》は何度もくぐって来ているが、人の捜索は経験したことがない。

「まず、彼女の家を調べさせてくれ。これはあくまで推論なんだが、ミズ・マツムラは事前に危険を予測して、逃げる準備をしていた可能性が高い。その痕跡が部屋にあるかもしれないじゃないか。君の立ち会いで部屋を調べたい——それにしても、仮に研究所に保管しておくのが心配だったら、自宅へ持ち帰ることもできたんじゃないか?」

「それが敵——引き渡しを要求してきた人間にばれたら、自宅が襲われる可能性もある。さすがにそれは避けたかったんじゃないかな」

「貸金庫とか」

「仮定の話をいくらしても仕方がない」俺は苛立ちを感じ、立ち上がった。「調べるならさっさと調べてくれ。彼女の行方を捜すためなら、いくらでも協力する」

家に入る時には、何事もなかったかのように里香が帰って来ているのでは、と期待した。しかし部屋はがらんとしていて、湿った空気が淀《よど》んでいるだけだった。

エリクソンは三人の刑事を同道していた。俺に気を遣ったのだろう、クローゼットを開ける時にも、一々立ち会いを要求した。しかし、この捜索は不発に終わった……普段の彼女の暮らしぶりを知らないのだから、俺の方でも何がなくなっているのか指摘できなかったのだ。結局エリクソンは、彼女のパソコンを押収するにとどめた。さらに、車のチェック。

近くの駐車場——俺の目から見れば、日本のコイン式駐車場のようだった——に昨夜停めたミニは、そのままになっていた。彼女は車を飾りたてる趣味もないし、掃除もきちんとしているようで、車内にはまったく物がなく、ゴミも落ちていない。シート、後部のトランク……全て空である。グラブボックスには車関係の書類が入っているだけだった。

「車は一応、本部に持って行って調べたいんだが」

エリクソンが遠慮《えんりょ》がちに切り出す。やり過ぎかもしれないと思ったが、俺は無言でキーを差し出した。これでストックホルム市内での足がなくなってしまったが……何とかしよう。

エリクソンはミニを運転していくよう部下に命じて、俺と二人だけで現場に残った。ここは研究所からも近いのだが、警官はおらず物々しい雰囲気はない。

「あんた、昼飯は食べたのか」

「いや」反射的に腕時計を見る。既に午後三時近くになっていた。

「奢《おご》ろう」

「どうして」素直に厚意に甘えられない自分が嫌になる。身の安全を守るためには、どうしても猜疑心《さいぎしん》が強くなってしまうのだ。

「俺も昼飯を食い損ねた。今日はいつまでかかるか分からないから、食べられる時に食べておきたいんだ」

「……分かった」やはり他意はないだろうと判断し、エリクソンについて歩き出す。トルスガータンは賑《にぎ》やかな通りで、食べる場所はいくらでもありそうだった。タイ料理屋……寿司屋。そう言えばストックホルムでは、この二種類の飲食店をよく見かける。

「ここにしよう」

エリクソンが、ビルの一階にある店に迷わず入って行く。チェーンのコーヒーショップか……俺は両手で顔を擦ってから彼の背中を追った。何もチェーン店でなくてもと思うが、のんびり昼食を楽しんでいる暇はないのだから、しょうがないだろう。

店内はアルミと木を多用したインテリアで、どこか冷たい感じがする。カウンターで、それぞれサンドウィッチとコーヒーを頼み、奥のテーブル席に落ち着いた。こういう店の客は、世界中どの大都市でも変わらない。買い物途中の女性、仕事の合間に一服する勤め人、首を伸ばしてノートパソコンに視線を集中させる学生。

小エビと野菜を硬いパンに挟んだサンドウィッチは、結構な食べ応えがある。パンはヨーロッパが圧倒的に美味い、と俺は改めて思った。アメリカではサイズで圧倒するだけで、本当に美味いパンに出会ったことがない。

「タイ料理か寿司でもよかったんだが」

「辛いのは苦手なんだ」エリクソンが顔をしかめる。

「しかし、タイ料理の店がやたらと多くないか？」

「今、スウェーデンはタイと深い関係にあるからな。長期休暇はタイというのが定番だし、向こうから出稼ぎに来る人もいる」

「寿司は？」

「よく分からんが、ここ数年で急に増えた。ただ、日本人がやっている店はほとんどないぞ。それにサーモンの寿司ばかりだ。日本の寿司は、そういうものじゃないだろう？」

「ああ……」真似しただけの寿司なのだろう。そちらに入らなくてよかった、とほっとする。海外で食べる日本料理は、時に壊滅的な味のことがあるのだ。あれでは、日本食が大きく誤解されてしまう。

「これはまだ、現段階での印象だが」さっさとサンドウィッチを片づけてコーヒーを飲みながら、エリクソンが言った。「彼女は、入念に準備していた感じではないな」

「逃走の？」

「ああ。家の方がまったく片づいていない……というより、普通の状態だ。普通に生活していた形跡がそのまま残っている」

「そんなこと、分かるのか？」

「俺がこれまでどれだけ家宅捜索してきたか聞いたら、あんたは驚くだろうな」エリクソンが薄い笑みを浮かべ、次の瞬間には溜息《ためいき》をついた。「見れば、だいたい分かるんだよ」

「だとしたら彼女の逃走準備は……」

「研究所の方が中心だったんだろうな。恐らく、それほど大変なことではなかったと思う。タブレットそのものと関係資料――写真やデータだと思う――をまとめて、いざという時には逃げ出せるようにしておいた」

「自転車は？」あの研究所に、自転車で通っている人がいただろうか。彼女自身は、自転車は持っていなかった。

「アイラ・リン――怪我した女性の自転車だ。勝手に拝借したのか、事前に打ち合わせしていたのかは分からない」

「アイラ・リンの意識は？」

エリクソンが無言で首を横に振った。アイラ・リンは、里香と一番親しかったスタッフである。彼女の意識が戻れば、もっと多くの情報が手に入るはずだが……。

「これからどうする」

「捜すよ」俺としてはそう言うしかなかった。「自分にできる限りのことはする。それと……日本にいる彼女の両親に、きちんと説明しなくてはいけない」

「それは、あんたに任せるしかないな」エリクソンが、トレイに散らばったパン屑《くず》を指先で集めた。「心配だったら、大使館に相談すればいい。彼女が犯罪被害者かどうかは微妙なところだが……何か力にはなってくれるだろう」

「ああ」相槌を打ったものの、大使館がそれほどあてにならないことは、経験上知っていた。基本的に彼らは、単なる役人なのだ。

「あまり気を落とさないように」

「落ちこんではいない。やるべきことがあるんだから、落ちこんでいる暇はないよ」

言ってはみたものの、強がりであることは自分でも分かっていた。あまり馴染みのない国で一人きり……トラブルには慣れているつもりだが、本当に里香を捜し出せるかどうか、自信はまったくなかった。

6……バージニア

このみっともないスタイルは我慢できない。俺の美意識とは完全にずれている。

マイケル・ウォンは、心の中で自分の変装にダメ出しをしながら、ひたすら走り続けた。自分ではマラソンランナー並みのハイスピードで走っているつもりだったが、彼を見た五歳ぐらいの女の子がくすくす笑ったのが気にくわない。まあ……仕方ないか。短パンにTシャツ一枚という格好のせいで、突き出た腹を隠せないのだ。走り慣れている人間には見えまい。

だいたい、よりによって何故俺たちの足元でこんなことが？

粘っこい唾《つば》をアスファルトに吐き、ウォンは心の中で文句を言った。そもそも、普通にスーツ姿で来ればよかった。何もこんな風に、ジョギング姿を装う必要などなかったではないか。かえって疑わしく思われている——何事も、やり過ぎはよくない。

緑深きチェイン・ブリッジ・ロード。片側一車線の狭い道路の両脇に、ぽつりぽつりと民家が建っている。その先に、フェアファクス郡警察のパトカー……朝から青い光をまき散らし、そこが凶行の現場だと周りに周知している。連中は何も事情を知らないはずだ。かといって、自分たちが捜査するわけにもいかない。ＣＩＡは、死体で手を汚すようなことはしないのだ。

ウォンはとうとう、走るのをやめた。軽く休んで歩いている風を装う。腰に両手を当て、一歩一歩を確かめるように歩みを進めた。問題の家の前を通りかかり……でかい家だ。鉄扉の向こうにも道路が続き、家自体は鬱蒼《うっそう》とした木立の中に隠れている。今は鉄扉は開き、その奥、そして門の外にもパトカーが一台ずつ停まっている。現場検証の最中ということか。田舎《いなか》警察に何ができるかな、と鼻を鳴らしながら、ウォンは立ち止まってフェンスの向こうを覗きこんだ。この辺は、やたらと大きな家が間隔を置いて建ち並んでいるので、近所の人たちが野次馬になって集まって来ることもない。

「珍しいところで会うな」

いきなり声をかけられ、ウォンは息を呑んだ。人を脅《おど》かそうとする人間はどこにでもいるもので……特にこいつはそうだ。ゆっくり振り返ると、予想通りに顔馴染みのＦＢＩ主任捜査官、レスリー・ケリーが突っ立っていた。ひょろひょろした白人で、武力作戦では足手まといになる鈍いタイプである。

「それはこっちの台詞だ」ウォンは鼻を鳴らした。「そっちこそ、どうしてこんなところにいる？　クワンティコからここまで、四十マイルはあるだろう」

「近いもんだ」

ケリーも鼻を鳴らした。身長差二十センチほど。見下ろされる格好になり、ウォンは不快な気分を抱えこんだ。こいつは、背が高い上にヒールの高いブーツをよく履いている。長身をことさら強調しようとしているのか、カウボーイを気取っているのか。マッチョには程遠いのに。

「あんたこそ、何なんだ」ケリーがウォンの腹を人差し指で突《つつ》いた。「ジョギングなんかしてると、死んじまうぞ」

「健康のためだ」ウォンは一歩下がった。ケリーの指が触れたところが、撃たれたように熱を持っている感じだった。腹が出ていることぐらい、ちゃんと自覚している。

「ほう。だったらどうして、この先にあんた自慢のマツダが置いてあるのかな？　だいたい、あんなロードスターに乗っていると、髪にも悪いんじゃないか」

こいつは……ウォンは歯を食いしばって、何とか怒りを呑みこんだ。ここ数年、急速に髪が薄くなっているのも自覚している。屋根を開けて走っていると、残り少なくなった髪が頼りなく揺れる——外からはみっともなく見えるだろう。そんなことは自分でも分かっている。いい車だから乗っているだけだ。

「大きなお世話だ」

吐き捨てると、ケリーがにやりと笑う。喉元に手をやってネクタイを締め直し、屋敷の方に目をやった。そのまま、「厄介そうな話じゃないか?」とウォンに話しかける。

「何が?」

「何が厄介かは、あんたにはよく分かってると思うがな」

「何のことだろうか」

「またまた」ケリーが短く笑った。「とぼけるような話じゃないだろう。国益のために、ここはお互いに協力すべきじゃないか?」

「国益」を持ち出されると弱い。しかし、あちこちでしばしば一緒になるこのケリーという男とは、どうにも馬が合わなかった。こういう問題——深刻な問題を、局の垣根を越えて話し合う気にはなれない。向こうはFBI、こっちはCIA。今回の件に口を出す権利がないのはどちらかと言えば……どちらもだ。今のところは、地元の警察が担当すべき問題である。

ウォンがこの事件の一報を受けたのは、午前七時過ぎだった。朝飯を済ませ、出かけようとしていた矢先。まさか、との思いが先に立つ。確かに自分たちが監視していた相手ではあるが、殺されるとは……そういう危険は、事前には察知できていなかった。

取り敢えず現場の様子を観察するために、ジョギングを装って飛んできたのだが……詳しい情報が分からないのが困る。ウォン自身は、地元の警察にパイプがないのだ。まあ、その辺は誰かが確認してくれているだろう。むしろFBIの連中の方が、事件の詳細についてはよく知っているかもしれない。こいつらは、しばしば地元の警察の上位機関として振る舞おうとするのだ。組織的には、直接はつながっていないのだが……そのために、しばしば摩擦を起こす。

それにしても、こいつらもアレクセイ・アンゾフ、通称アレックス・アンゾフを監視していたとは……FBIが注目するような人物とは思えないが、連中も情報収集には余念がないということか。

「で？　何か分かったのか」

「さあ。俺はジョギングしていただけだから」ウォンはとぼけた。

「被害者は、いろいろ溜めこんでいたらしいな」

ウォンは覚悟を固めた。このままとぼけているよりも、情報を小出しにして、逆にケリーからより多くの情報を引き出す方がいい。

「溜めこむ、という言い方はどうだろうか。コレクションと言うべきだろう」

「金になるコレクションとは思えんがね」

「その辺の……ブラックマーケットについては、まだまだ分からないことが多い。美術品とは事情が違うからな」

「絵に何億ドルも値段がつくような世界も、俺には理解できないが」ケリーが肩をすくめる。「しかし、何で殺されたんだ？」

「さあ」今度はウォンが肩をすくめる。それが分かれば苦労はしない。

「監視していたのか？」

「そっちは？」

ケリーがまた肩をすくめる。このままでは、二人とも肩凝《かたこ》りに悩まされることになりそうだ。ウォンは思い切って、一歩突っこんで情報を与えることにした。

「うちは、一年ほど前から監視していた」

「よりによって、あんたたちの地元とはねえ」

「まったく、嫌な感じではあるな」ＣＩＡの本部もこの街、バージニア州マクリーンにあるのだ。ポトマック川を挟んで、向こうはメリーランド州という場所。地元という意味で言えば、ウォンが住む街でもある。

「そちらは、いつから？」

「半年前、かな。具体的な容疑があったわけではないが……で、そっちの狙いは何だったんだ？」

「海外と頻繁に取り引きをする人間は、監視の対象になる」

「しかも、イラク辺りだとな……」

家の中から制服警官が出て来た。険しい表情……こんな田舎街では、殺人事件など滅多に起こるものではない。全身から「緊急事態だ」という雰囲気を発散し、ウォンたちを見つけると、すぐに追い払いにかかった。

「何があったんですか」ウォンは下手に出て、丁寧な口調で訊ねた。デブで髪の薄い台湾系アメリカ人――少なくとも見た目では、相手に警戒心を与えることはない。

「事件なので……近づかないで下さい。現場保存の邪魔になります」

「ここは、アレクセイ・アンゾフの家では？」

「近所の人ですか？」

「ええ。この辺でロシア系の人は珍しいですよね」

「家に戻って大人しくしていて下さい。捜査の邪魔をしないように」

若い警官がすっと前に出たので、体がぶつかりそうになった。面倒を起こすのもまずい……ウォンは一歩下がり、すがるような笑みを浮かべてから踵《きびす》を返した。まあ、しょうがない。ここで調べられることには限りがあるのだし。ケリーが横に並んで歩き出す。

「弱気だな」

「だったらあんたが、強気に出て調べればいいんじゃないか？　地元の警察をからかうのは得意だろう」

「俺は争いを好まないんだ」

「で？　何の情報も手に入れないまま、クワンティコまで帰るのか？」

「ま、ちょっと地元の警察に寄ってみるよ。俺の方が、あんたよりも警察との距離は近いはずだ」

「ご自由に」

　言って、ウォンは歩く速度を上げた。何と情けないことか、一マイルも走っていないのに足ががくがくしている。四十五歳にして、早くも体の衰《おとろ》えを感じることになるとは。愕然としながら、ウォンは自分のマツダに向かって歩き続けた。もっと近くに停めておくべきだったと後悔するばかりだった。


　ＣＩＡ本部に入ると、ウォンはすぐに自分の部下を招集した。この一年、アンゾフを調査していた面々でもある。ただし……その調査は厳しくはなかった。二十四時間ではないし、盗聴もしていなかったから、行動を丸裸にするまでには至らなかったのだ。もう少しきっちり詰めておくべきだったと悔いたが、後の祭りである。

「現在分かっている状況をまとめたい。エド？」

　エドガー・グリーンが立ち上がる。チーム最年少だが有望株だ。コロンビア大学出身で、ウォン自らスカウトした人間でもある。

グリーンがホワイトボードの前に立ち、報告を始めた。この男は、地元の警察にもパイプを作っている。その情報源から一報を受け取ったのはグリーンであり、その後も情報収集を進めてきたはずだ。

「事件が起きた日時は、まだ特定できていません。今朝早く、息子が四日ぶりに家に帰って来て遺体を見つけました」

「あのドラ息子か」ウォンは鼻を鳴らした。アンゾフの息子はジョージ・メイソン大学に籍を置いているが、成績不振で除籍寸前だ。夜遊びが過ぎるのである。アンゾフにすれば、頭の痛い存在だろう。

「はい」グリーンが真面目な表情でうなずく。「911への通報は、午前六時十七分。一階の居間のソファの上で、アンゾフが血まみれで倒れているのを発見した息子が、慌てて電話してきました。地元警察が駆けつけたところ、既に心肺停止状態でした。死因は、失血死と見られています。首と胸に刺し傷……特に首の傷が致命傷のようです」

「死亡推定時刻は？」

「少なくとも死後三日ほど、経っていると見られます」グリーンが顔をしかめる。十月とはいえ、三日も放置された遺体がどうなるか、想像しただけでげんなりするだろう。「詳細は解剖結果待ちですが、四日前の午後十時五十分頃に息子が家を出て行く時、アンゾフと言葉を交わしています。故に、犯行はそれ以降かと」

言わずもがなだが、ウォンはうなずき、さらに「服装は？」と訊ねた。

「普通の服装……シャツにズボン、ですね」

「寝間着ではなかった？」

「違います」

それなら、犯行はそれほど遅い時間帯ではなかっただろうとウォンは見当をつけた。これまでの監視結果から、アンゾフは大抵、十一時には床につくことが分かっている。夜遊びをするわけではなく、頻繁に来客があるわけでもなく、早寝早起きの毎日を送っていたのだ。普通の部屋着なら、犯人は比較的早い時間にアンゾフと会っていたことになる。もしかしたら昼間かもしれない。ウォンは現場の様子を思い浮かべた。隣の家まで百メートルもある、ほぼ孤立した場所。昼間に誰かが訪ねて来ても、隣人は気づかないだろう。銃声がしたならさすがに分かるかもしれないが、今回、凶器は刃物である。

「犯人に心当たりは？　あの家には防犯カメラがあったはずだ」

「警察で解析中です」グリーンが答える。

「しかし、アンゾフが殺されるとはね……」ウォンは顎を撫でた。今朝、髭を剃る前に連絡が入ったので、無精髭《ぶしょうひげ》が顎を覆っている。髪は少なくなる一方なのに、髭の勢いは衰えないのだから、面倒臭い限りだ。

アンゾフは、ソ連崩壊直前にアメリカに渡って来た。ソ連時代には、何らかの不正などビジネスに手を染めていたと見られるが、正式なデータはない。グリーンカードを取得していたが、その経緯にも若干不自然な点が残る。表向きの商売は、ロシア向けの食料品などの輸出だが、現在は一線から引いて、ほぼ引退していた。

ＣＩＡが――ウォンが問題にしていたのは、アンゾフが古美術の収集を趣味にしていたことだ。正確には「古代美術」というべきだろうか。数千年前のオリエントの遺跡から発掘されるものを特に好んでいたようで、自宅に膨大なコレクションがあるのが確認されている。特に隠していたわけでもなく、ウェブサイトを立ち上げてそれを公開していた。特に楔形文字が刻まれた粘土板は、相当な数があった――ウォンにすれば理解しがたい趣味だったが、本人はアマチュア考古学者を気取っていたらしい。

粘土板の出所は？

ウォンが引っかかったのはそれだった。イラクのフセイン政権崩壊後、遺跡の盗掘などはそれまで以上に激しくなった。世界中にはアンゾフのようなマニアがたくさんいるから、掘り出せば掘り出しただけ売れるということなのだろうが、その金がどこへ流れこんでいるかが、ＣＩＡにとっては関心の対象になったのである。イラク国内で活動するイスラム過激派が遺跡を盗掘し、出土品を売ることで活動の資金源にしている、という情報があり、ＣＩＡとしては看過できなかった。テロ活動の資金源を断つためにも、アンゾフを巡る金の動きを監視する必要があった。

「最近のアンゾフの動きは？」

ウォンが報告を求めると、グリーンが着席し、代わってジェームズ・タナカが立ち上がった。小柄な日系四世で、四十歳という年齢よりもだいぶ若く見える。

「相変わらず引きこもりでした。例の男――Aが、一週間前に家を訪ねたのは確認できました」

「Aの正体はまだ分からないのか」

「残念ながら」

ウォンは指先でテーブルを叩いた。CIAの調査能力も落ちたということか――ウォンたちが通称「A」と呼ぶアブドゥ・アル・アズムが、アンゾフ本人に代わって粘土板などの売買に関与しているのは間違いないようだったが、未だにはっきりと正体を割り出せていないのだ。もちろん、氏素性は分かっている。アラブ系のアメリカ人――親が数十年前にシリアからアメリカに移住してきた――だが、普段は何をやっているのかも分からない。CIAがアンゾフを監視していることを察知して、己の正体を巧みに隠している気配もあった。そもそも、それほど頻繁に接触しているわけでもない。直接自宅を訪ねたのは、この一年で、確認できているだけでわずかに四回。電話やメールでのやり取りは頻繁なはずだが……盗聴の手配をしなかったことを、ウォンは今さらながらに悔いた。

「Aですが……」タナカが続ける。「一週間前に被害者の家を車で訪れて、何かを持って出ました。それほど大きなものではありません」

「持ち出した？　持ちこんだのではなく？」

「ええ」

これも妙な話だ。アンゾフは買う一方で、自らのコレクションを放出しないタイプのはずである。

「もう一つ、Aはその直後にスウェーデンに飛んでいます」

「スウェーデン？」ウォンは敏感に反応して、姿勢を立て直した。「何でスウェーデンなんだ？　奴は何かつながりがあるのか」

「その件なんですが……」グリーンが遠慮がちに手を挙げた。

「何だ、エド」

「実は、スウェーデンで爆破事件が起きました」

「聞いてないぞ」一瞬焦ったが、中近東分析部に属するウォンの注意は、常に中東に向いている。スウェーデンなど、関心外の遠い世界の話だ。

「向こう時間で、今朝の話です。国際言語研究所――ＩＬＬが爆破され、賊が押し入ったようです」

ウォンは頭の中で、シナリオを完成させようとした。Aがスウェーデンに飛び、その直後に現地の研究所が爆破される――共通項は「スウェーデン」だけだ。

「Aは、爆破の数日前に、ILLを訪れています。スウェーデンのエージェントが確認しました」

「それを先に言ってくれよ」

ウォンは思わず情けない声で言った。グリーンが肩をすくめる。Aがアンゾフの家から持ち出した「何か」を、スウェーデンの研究所に持ちこんだわけか。

「今、Aはどこにいる」

「既にアメリカに戻っています」グリーンが低い声で報告する。

「すぐに摑まえろ。奴の家は……ボルティモアだったな」

「ええ」

「今日中に尋問を開始する」

もっときちんと監視しておくべきだった、とウォンは悔いた。俺の勘も鈍ったのか……しかし、事態はまだ動き出したばかりだ。必ず真相を暴いてやる、とウォンは両手を握りしめた。

ボルティモアまで車で一時間……Aの自宅は、インナー・ハーバーに近い住宅街にあった。あまり治安のよくないボルティモアにあって、比較的落ち着いた一角である。レンガ造りの古い質素な家が目立ち、街路樹が十分過ぎるほどの緑を提供してくれている。アラブ野郎が住む街じゃないな、とウォンは思い切り人種差別的なことを考えた。

幸い、Aはすぐに摑まった。昨日スウェーデンから戻ったばかりで、時差ボケで寝ていたらしい。グリーンが何度もドアをノックすると、五分ほどしてからようやく姿を見せた。浅黒い肌、彫りの深いハンサムな顔……ふさふさした黒髪を、ウォンは羨《うらや》ましげに眺めた。何故か、CIAで自分の周りにいるスタッフは髪に問題のある人間が多い――自分も含めて。Aは三十歳。半分目が開いていないものの、生気に満ちた顔つきで、いかにも女にもてそうである。ジーンズに青いシャツ一枚というラフな格好で、シャツのボタンはへその上まで開いていた。綺麗に割れた腹筋が覗く。

「CIAだ」このように名乗ることは滅多にないのだが、緊急時である。

「ああ」目を擦りながらAが言った。

グリーンがすかさず前に出て、ドアの隙間《すきま》に足を挟む。それを見てAが苦笑した。

「別に、閉め出す気はないから。ただ、家の中は勘弁してくれないかな」

「外で話すか？」

「三十秒、待ってくれれば」

「ドアは開けたままにしておく」

「好きにしてくれ」苦笑しながらAが引っこんだ。

グリーンがさらに大きくドアを開け、中の様子を見守る。ウォンは腕時計に視線を落とし、秒針の動きを見守った。三十秒かからなかった。ジャケットを着たAが、左手にスマートフォン、右手に煙草を持って出てくる。煙草はマルボロだった。一番アメリカらしい煙草──生意気なんだよ、とも思ったが、Aはあくまでアメリカ生まれのアメリカ育ちである。

「ちょっと歩くか？　今日は天気がいい」

Aの呑気な態度を、ウォンは疑わしく思った。自分たちの訪問に警戒するどころか、あらかじめ予期していたようにも見える。情報漏れ？　やや緊張しながら、湾の方へ向かって歩き出す。ウォンとグリーンは、無言でその後を追った。

キー・ハイウェイを越えると、その向こうには湾が広がっている。Aは、突堤に沿って作られた遊歩道に入り、手すりに背中を預けると煙草に火を点けた。彼の向かいには、巨大なコンドミニアム……港を見下ろす絶好の位置にあり、恐らくクソ高いのだろうとウォンは想像した。Aが背中を向けている狭い水路の向かい側には、白と茶を基調にした低層のコンドミニアムが広がっている。このあたりなら治安もいいし、家に大金をかける人も珍しくないだろう。俺には関係ないな、とウォンはぼんやりと考えた。どういうわけか、昔から水が大嫌いなのだ。

「で？」煙草をふかしながら、Aが呑気な口調で切り出した。

「あなたは、スウェーデンに行っていましたね」

「ああ」グリーンの質問に、Aがあっさりと認める。

「目的は？」

「届け物があってね」海風が吹き抜け、煙草の煙がAの顔にまとわりつく。鬱陶しそうに手を振って煙を追い払うと、「あんたらは全部知っていると思うが？」と皮肉っぽく言った。

「ＣＩＡも暇じゃない。世の中の動き全部は監視できないんだ」ウォンはぶっきらぼうに言った。

「なるほど。それで、俺はＣＩＡの保護下に置いてもらえるのかな？」

「爆破事件を心配しているのか？」

「俺に危害が及ぶとは思えないけど、用心に越したことはないからね」

「考えないでもない」ウォンはうなずいた。煙草の煙が流れてきたので、慌てて顔をそむける。「で、スウェーデンで何をしてきたんだ？　届け物というのは？」

「ミスタ・アンゾフに頼まれたものがあってね」

「つまりあんたは、ミスタ・アンゾフのエージェントということか」

「エージェント」笑いながら、Aが手すり越しに煙草を水路に弾き飛ばす。「そんな大層なものじゃない。ちょっとしたビジネスだ……その辺の話は、今はしたくないんだが」

「ミスタ・アンゾフは殺されたぞ」

瞬時に、Aの顔から血の気が引いた。新しい煙草をくわえたが、手が震えて上手く火が点かない。

「知らなかったのか」

「ああ……」

「ニュースぐらいはチェックしておくべきだな」

「誰が殺《や》ったんだ？」

「まだ分からん。俺たちは捜査していない」

「CIAは、国内の殺人事件なんかに興味はないわけか？」皮肉な口調が蘇る。煙草にも無事に火が点いた。

「必要があれば調査する。今回の件は、必要があるんじゃないか？　それであんたは、何をスウェーデンへ運んだんだ」

「タブレット」

「タブレット？」

ウォンは一瞬、iPadを想像した。Aは素早くウォンの勘違いに気づいたようで、苦笑しながら説明する。

「四千五百年前のタブレット。つまり、楔形文字を刻んだ粘土板だ」

「ミスタ・アンゾフが集めていたものか？」

「そうだよ」あっさり認める。「ミスタ・アンゾフは、純粋に学術的見地から、スウェーデンの研究所に解読を頼んだんだ」

「ＩＬＬだな？」

「ああ」

「ＵＰＳやフェデックスで送るわけにはいかなかった？」

「あんた、冗談言ってるのか？」Ａが声を上げて笑う。「貴重なものなんだぜ。ちゃんと俺が手荷物で機内に持ちこんで、後生大事に抱えていったんだよ」

「機内に持ちこめるようなものなのか」

「横二十センチ、縦十センチぐらいのものだ。完全に乾ききった粘土だから、それほど重くもない」

　そんなものを持ちこんで問題にならないのだろうか……いや、手荷物の中に忍ばせてしまえば、ろくにチェックもされないだろう。仮にチェックが入っても、言い抜けるのは難しくないはずだ。「学術目的」は、いい隠れ蓑になるだろう。

「それは間違いなく、ミスタ・アンゾフのコレクションの一つなんだな？」

「ああ」

「どこから出たものなんだ？」

「イラクの南の方らしいが……俺も出自はよく知らない」Aが肩をすくめる。

「盗掘されたものじゃないのか」

「どういう事情があるかは知らない。俺は、ミスタ・アンゾフに売っただけだからな」

「仲介か？」グリーンがいきなり割りこんだ。顔が紅潮している。「誰から買った？　それも分からないのか」

「エド、それはいい」ウォンはいきなり立つグリーンを止めた。緊張した顔つきで、盛んに煙草をふかしているAに顔を向ける。「ミスタ・アンゾフに売ったのはいつだ？」

「半年ほど前だな」

「それを、どうしてスウェーデンに？」

「あんたらがミスタ・アンゾフのことをどう考えているか分からないが、俺の認識では彼は、いわゆるアマチュア考古学者だね。文献学者と言うべきか……彼は、オリエントの古代文明に興味を抱いている。何しろ、文明発祥の地だからな。彼自身、長年独学で勉強して、ある程度は楔形文字が読める」

恐らく胡散臭《うさんくさ》い商売をしていた人間が、そんな学術的なことに興味を持つものだろうか……いや、これは稼いだ金を美術品に注《つ》ぎこむのと同じようなことかもしれない。

「それで？」

「今回ミスタ・アンゾフが手に入れたタブレットは、解読不能だった」

「彼はアマチュアなんだろう？　古代文字が全部読めるわけじゃないだろうが」

「だからこそ問題なんでね……ミスタ・アンゾフは学究的な人だ。その彼がお手上げになったわけだよ。だから、プロ中のプロに解読を依頼した」

「自分のお宝を人に簡単に渡すものか？」

「ミスタ・アンゾフは、古代の遺物は、人類の共通財産だと考えている」

「そういう人間が、ブラックマーケットに流れる物を買い漁《あさ》るか？」ウォンは鼻を鳴らした。

「その件をあまり追及されると、これ以上話せなくなるんだけどねえ」硬い口調でAが言った。

「分かった、分かった」ウォンは下手に出た。「余計なことを言って悪かったな。続けてくれ」

「ＩＬＬは、古代言語の研究では、世界最高レベルの存在だ。だからこそミスタ・アンゾフは、分析と解読を依頼したんだよ」

「それで、内容が分かったらどうなる？」

「未発見の古代民族の存在が明らかになるかもしれない」Aが遠い目をした。「これは、学術的に大変意義のあることなんだ」

「ミスタ・アンゾフが、そんなに公徳心のある人間だとは知らなかったな」

「調査不足じゃないのか」Aが肩をすくめる。

ウォンはしばらく、Aに対する事情聴取をグリーンに任せ、頭の中で時系列を整理しようとした。

半年前に、Aがアンゾフにタブレットを売りつける。アンゾフは自ら解読しようとしたものの上手く行かず、ＩＬＬに託した。Aが「代理人」としてタブレットをスウェーデンに持ちこんだのが一週間前。無事にＩＬＬに渡した後、少しスウェーデンで観光をして帰国の途に着いたのだが、まさにその朝——アメリカ時間では昨日だ——ＩＬＬで爆破事件が起きた。

「あんた、誰かに監視されていなかったか？」ウォンは訊ねた。

「分からない。あんたら以外には……」

俺たちの動きは筒抜けだったわけか……ウォンは思わず唇を嚙《か》んだ。部下の再教育が必要である。尾行はＣＩＡの業務の基本中の基本なのに。

「誰かがタブレットを狙っていたのか？」

「可能性はある」Aの指先で、煙草が短くなっていた。フィルターまで燃えそうで、Aが慌てて水路に投げこむ。三本目の煙草を引き抜こうとして躊躇い、パッケージをジャケットのポケットに落としこんだ。

「しかしそれなら、あんたが襲われていても、おかしくなかったはずだ。ミスタ・アンゾフの自宅から持って帰る途中、空港、スウェーデン……命拾いしたな」

「だから保護してくれって言ってるんだけどね」

「敵が誰なのか、分かってるのか？」

Aが無言で首を横に振る。ウォンも同じ動作を真似したい気分だった。遺跡関連のブラックマーケットでは巨額の金が動く。CIAとしては、その実態はまだ摑んでいなかったが、年間では数億ドルの取り引きがあると見られている。それだけの額になれば、様々な人間の欲望と思惑が絡み、人の命がやり取りされてもおかしくない。

「では、今後も我々の調査に協力してもらうしかないな。身の周りの安全には、十分配慮しよう」

Aが安堵の吐息を吐いた。それで落ち着いたのか、三本目の煙草に火を点け、深く煙を吸いこむ。

「心当たりもないのか？」ウォンは念のために訊ねた。

「ある」

「教えてもらおう。何もないよりはいい」

「実はミスタ・アンゾフに接触していた連中がいてね」

「何者だ？」

「ラガーン……知っているか？」

もちろん。しかしウォンは、何も知らないふりをして、彼の話を一から聞いた。結果的に、ウォンにとって初耳の情報も手に入った。

7……ストックホルム

足もなく、行くべき場所も思い浮かばない——それでも俺は、とにかく街を彷徨《さまよ》い続けた。里香の家でただ待っているのは耐え難く、足を棒にすることで、何とか正気を保とうとしたのだ。

ストックホルムは、無数の島からなる街である。繁華街はあちこちに分散しているのだが、一番賑やかなのは宮殿などがあるガムラスタン、それに中央駅からもほど近いドロッティンガータン付近だ。ガムラスタンは観光客向け、ドロッティンガータンは地元の若者たちが集まる地域という感じだろうか。里香が、「ドロッティンガータンにはよく買い物に行く」と言っていたのを思い出し、俺は狭い路地を何度も往復した。しかし、歩き続けるうちに、全ての人の顔が同じに見えてくる。

既に陽も落ち、疲れ果ててきた。俺はすぐ近くにあるセルゲル広場まで足を運んだ。ここはラウンドアバウトになっていて、中央部分には巨大な噴水がある。過去二回、ストックホルムに来た時に、里香と一緒に足を運んだ想い出の場所……噴水の中央にある塔が、いかにも現代建築という感じで理解しがたいデザインなのだが、水が乱舞する様は見ていて飽きない。だが今日は水も出ておらず、ひたすら寒さが身に染みるだけだった。

地下街に入り、中央駅目指して歩き始める。天井が低いので圧迫感はあるが、清潔で歩きやすい。ちょうど夕方の帰宅時刻にぶつかり、人の流れは多かったが、東京に比べれば何ということもない。

しかし、寒い……地下とはいっても寒風が遠慮なく入りこんできて、つい首をすくめてしまう。気苦労もあって背中の凝りがひどく、軽い頭痛までしてきた。

気苦労の原因の一つは、里香の父親からかかってきた電話だった。必死に怒りを抑えているようだったが、里香が行方不明になった責任を俺に押しつけようとしているのはすぐに分かった。それも仕方ない……俺と里香の両親との関係は、それほど良好ではないのだ。世界各地を飛び回る報道カメラマン——そういう肩書に憧れるのは中学生までだろう。娘の恋人として見た場合、「ふらふらしていて定収入もないだらしない奴」に過ぎない。詳しく事情を説明し、「絶対に捜し出しますから」と強調したのだが、彼が納得していないのは明らかだった。

確かに、我ながら説得力がない……俺が普通の会社員だったら、父親もあんな風に頑なにはならなかったはずだ。今更就職するわけにもいかないが。

あてもないまま、ストックホルム中央駅まで歩いて来てしまった。ここは文字通り、スウェーデンで最大の駅で、日本で言えば東京駅のような存在である。白い円筒形の屋根が長々と続くコンコースに入ると、俺はいつも巨大なかまぼこを連想してしまう。全体的にはクラシカルな造りで、天井を飾る照明は古めかしいラッパ型である。開業は一八七一年、と里香が言っていたが、その後改装されているにしても、当時の面影はまだ残っているだろう。確かに歴史的な趣《おもむき》はある……何も新しい、近代的な駅ばかりがいいわけではない。ところどころに地下からの吹き抜けがある。あまりにも構内が大きいせいだろうか、ベンチに腰を下ろして休んでいる人の姿も見受けられた。

コンコースの中央付近にある表示板の前に立った。グリーンの地に白い文字で、列車の発着状況が表示されている。里香は、このうちどれかの列車に乗って、ストックホルムを離れたのだろうか……それにしても、と悔しさがこみ上げる。今回、里香が俺を呼びつけたのは、タブレットについて相談するためだったのかもしれない。しかし、肝心の話を聞けないうちに、連絡が取れなくなるとは……いや、それはないだろう。俺は楔形文字については全く知らないし、彼女の助けにはならない。あるいは、研究所が脅迫されていることについて相談しようとした？　それもおかしい。脅迫があったのは昨日の朝である。俺が里香に呼ばれたのは、二週間ほど前だ。まだタブレットそのものが、ＩＬＬに到着していなかったはずである。

頭の中で、様々な情報や仮説がぐるぐると回ったが、考えはまとまらない。

急に寒気、それに喉の渇きを覚えた。確かコンコース内にカフェがあったはずで……周囲を見回してすぐに発見した。カウンター席が空いていたので腰かけ、カフェラテを注文する。寒い中でビールもいいものだが、今日はさすがに、アルコールが呑みたい気分ではない。

暖かなフォームミルクで上唇に髭ができたところで、スマートフォンが鳴った。登録しておいたラーションの番号だった。

「リカから連絡はあったかね？」

「いえ……そちらには？」

「ない」ラーションが暗い声で言った。「疲れたよ……先ほどまでずっと、現場検証につき合って、その後警察から事情聴取を受けていたんだ」

「研究所は、脅迫されていたんですね」

「……誰から聞いた？」探るような、低い声。

「誰でもいいでしょう」俺は思わず声を荒らげてしまった。悪気があったのかなかったのか、午前中話した時に、ラーションはこの情報を明かさなかった。

「どうして隠していたんですか」

「話し忘れていただけだよ」ラーションは、短い間に気持ちを立て直したようだった。

「あれだけ混乱していたんだから、話し忘れることもあるだろう。それは分かってくれ」

「まあ……」俺はそっと息を吸った。「仕方ないですね。混乱していたのは分かります。でもあなたたちは、その脅迫を真剣に受け止めなかったんですね」

「この研究所に脅迫があったこと自体、異例なんだ——いや、初めてだな。少なくとも私が所長になってからは、一度もない」

「それはそうでしょう。脅されるような材料はないはずだ」

俺は、ほとんど中身が減っていないカフェラテのカップに目をやって、席を立った。温かい飲み物は名残《なご》り惜しいが、ここで大声で話しているわけにはいかない。駅を出ると、途端に寒風に襲いかかられ、全身が固まった。

「一つ……非常に気になることがある」

「何ですか」もったいぶったラーションの言い方は気にくわなかったが、俺は必死で怒りを押さえこんだ。

「先ほど、ラガーンの話をしたね」

「ええ」アイラ・リンという女性のことが気になる。里香の友人は、意識を取り戻しただろうか。

「実はあのタブレットは、ラガーンのものではないかと疑われているんだ」

「ちょっと待って下さい」どうしてこんな話が唐突に出てくる？ 混乱を意識しながら、俺はラーションの説明を遮《さえぎ》った。「どういうことなんですか」

「アイラ・リンがそのようなことを言っていた。詳しい事情は分からないが、バビロンから出土した、ということだった」

俺は一つ息を吐き、視線を上げた。硬くなった肩と背中がばきばきと音を立てるようだった。既に暗くなった街……その国を代表する中央駅の前だというのに、人通りも少なく、闇は濃い。目の前には青銅《ブロンズ》の銅像。誰の銅像かは分からないが、日本だったらライトアップして目立たせるところだろう。

「それで……何が仰《おっしゃ》りたいんですか」

「この件は危険かもしれない」

「何がですか」俺は少し白けた気分になった。そんなことは分かっている。タブレットを奪おうとした人間は、わざわざ建物を爆破してまで押し入ろうとしたのだ。人を殺すことも、何とも思わないだろう。

「君も十分気をつけるように」

「誰に――何に気をつけるんですか」

「ラガーンに決まってるじゃないか」少し怒ったような口調で、ラーションが言った。

「しかし、ラガーンの人たちがこんなことをするとは思えない。俺が知っているラガーンの人たちは、知的で穏やかでしたよ」

そう……何年も前のイラクでの記憶が蘇る。国内の混乱が続いた結果、イラクではどこでも、ぴりぴりした雰囲気が流れていた。誰が敵か見極めようとする兵士たち。疑心暗鬼になって、街を歩くだけでもびくびくしている女たち。そんな中、ラガーンの人たちはごく自然に振る舞っているように見えた。俺が知り合った一人は、モースルで雑貨店を開いていたのだが、流暢な英語を話し、いつもイギリス風の皮肉なユーモアを披露してくれた。

「運に見放された男の末路がこれだ」という彼の嘆きを未だに覚えている。聞くと、彼はイギリスに留学して、オクスフォード大学で金融学を学んだのだという。そのまま、シティで金融関係の仕事を続けるつもりだったのだが、一時帰国した際にイラク内戦に巻きこまれ、出国できなくなってしまった。仕方なく、叔父がやっていた雑貨店を手伝っている。あのままロンドンに残っていたら、今頃一億ポンドぐらい稼いでいたんじゃないか。

それは大袈裟だと——あるいはジョークだと思ったが、その後いろいろな話を聞いた限り、本当かもしれないと思えるようになった。それほどラガーンの人たちは、国際金融界に深く根を張り、重要な仕事をしているのだ。「ラガーンは数字に強い」というのが一般的な評判である。それがシュメルの時代から伝わる伝統なのか……今なら、俺はそう想像する。里香の言葉が頭に残っていた。「六十進法を発明したのはシュメル人だから」。失われた民族の伝統は今に続く——もっともそれは、ラガーン人が本当にシュメル人の末裔ならば、だが。

「とにかく、十分に気をつけてくれ」ラーションが念押しする。

「分かりましたけど、リカは捜さなくてはいけない」

「警察に任せなさい」

「こういう時、警察は当てにならないんですよ。世界中どこへ行っても、それは同じです」

当てになるとしたら、里香が「容疑者」と断定された時だ。それなら警察は、必死になって行方を追う。そして警察が必死になった時、できないことはほとんどないと言ってもいい。

「とにかく、気をつけることだ」

「……まだ何か、隠してるんじゃないんですか」

「言えないこともある。君はリカの恋人だから忠告しているんだ」

「それじゃ意味が分かりませんよ。だいたい――もしもし？」

電話は切れていた。何を中途半端なことを……かけ直そうかと思ったが、思いとどまる。もしかしたらラーションは、無理して忠告してくれたのかもしれないのだから。外部の人間には漏らせない秘密があってもおかしくはない。

しかし、謎だ。古代オリエントに関する基礎知識がないが故に、分からないことだらけである。俺は激しく後悔していた。こんなことなら、里香の「講義」をもっときちんと聞いておけばよかった。

夜の時間を利用して、俺は気になっていたことを調べた。そもそもラガーン人とは……ネットでもあまり情報は引っかかってこない。

ラーションが言っていた「バビロン」とは何だろう。もちろんそれが、古代オリエントを代表する都市であることは、俺も知っている。だが、バビロンとラガーンに何の関係があるのか……バビロンの遺跡そのものは、現在のバグダッドの南、約九十キロの場所にある。それこそハンムラビ王の時代から、長く中東の中心都市であり続けた。だが、それとラガーンの関係がはっきりしない。

こういう情報は誰に聞けばいいのか……里香。彼女の不在を強く意識した。

8……………ストックホルム

「その女のデータを教えてくれ」バリは鏡を覗きこみながら、電話に向かって言った。髭が伸びている。鬱陶しいなと思いながら相手の声に耳を傾けていたが、すぐにストップをかける。「いや、やはり直接会おう。ここへ来られるか？　そう。三十分以内に」

電話を切り、一つ溜息をついてからバリは顔を洗った。長く伸びた髭を剃るのは面倒臭い……まずハサミで短く刈《か》りこみ、熱い湯で濡らして柔らかくしてから、たっぷりのシェービングフォームを使って剃刀を肌に滑らせる。半年分伸びた髭はごわごわしているから、剃り終えた時には顔が傷だらけになるだろう。

何とか顔の下半分がきちんと見えるようになるまで、二十分。予想通り、何か所かに小さな血の塊ができていた。幸いなのは、日焼け痕がなかったことだ。このところずっと、ロンドン、ニューヨークと緯度の高いところにいたせいか、日焼けは薄れている。

冷水で肌を引き締め、ホテル備えつけのアフターシェーブローションを顔に叩きつける。かなり刺激が強く、顔の下半分全体がひりひりと痛んだ。もう一度顔を洗い、さらにローションを叩いて馴染ませる。顔を左右に振って、傷痕を確認した。三か所で、小さく血の玉が浮き出ているが、これは放っておいてもいいだろう。ティッシュで拭い、準備完了にする。シャワーを浴びている時間はなかったが、これは仕方あるまい。今は作戦行動中なのだ。

予想していたより少し早めにノックの音が響いた。立て続けに五度。バリは覗き穴に顔を近づけ、廊下を確認した。間違いなく、同じエージェントの通称「ミロ」が立っていた。もちろんこれは本名ではない。「ミロ」はラガーン人の名前ではないのだ。

バリは、自分でも五回、ドアに拳《こぶし》を叩きつけた。それに対して、今度は三回のノック。簡単だが比較的安全な、確認の合図。バリはロックを外してドアを細く開けた。ミロがうなずきかけ、素早く部屋に入って来る。

ミロは小柄な男で、まだ若い——三十二歳の自分より五歳年下で、エージェントの中でも最年少の部類に入る。この「エージェント」は……正確には「諜報部隊」と言うべきかもしれない。銃を持って突撃するわけではなく、情報の収集、裏工作が主な仕事なので、体力自慢の若者は必要ないのだ。ある程度の年齢で、十分な経験を積んだ人間でないと、ラガーンのエージェントにはなれない。三十歳以下の人間はほとんどおらず、ミロは例外的な存在と言っていい。

「ダガット」本名を口にすると、ミロ——ダガットも「バリ」と呼びかけた。ドアの施錠を確認すると、ダガットがすぐに「知識と平和を」と唱える。バリも同じ言葉で返答した。それでようやくダガットが緊張を解き、部屋の中ほどまで進んだ。

「ずいぶん上等な部屋なんだな」ダガットが、少しだけ恨めしそうな口調で言った。

「一級エージェントは、使える経費が違うんだ」

「こういう高級なアメリカ資本のホテルにいる方が安全だろうな……髭、剃ったのか？」

「気づくのが遅い」バリは苦笑して、顎を撫でた。まだひりひりしているが、掌《てのひら》を見ると血はついていない。出血は止まったようだ。「座ってくれ」

ダガットが、ベッドの脇にある一人がけのソファに浅く腰を下ろす。バリは椅子を引いてきて、彼の斜め前に座った。

「先ほどの情報——リカ・マツムラという女性について教えてくれ」

「ＩＬＬの研究員で、日本人だ。日本の研究機関から派遣されてきている」

「その女がタブレットを持ち出したのか？」

「状況的にそうとしか考えられない。ジュリアンもそう言っていた」

「ジュリアン」は実行部隊「アスワド」――アラビア語で黒――のチームリーダーである。フランス人らしい偽名を使っているが、もちろん純粋のラガーン人だ。

「突入したのは、ジュリアンと……」訊ねるだけでも怒りが膨れ上がる。あの連中は、無謀過ぎるのだ。朝から研究所を爆破するなど、正気の沙汰とは思えない。

「他に三人」ダガットがうなずいた。「彼らは、その女を見ている。現場から逃げ出すところも確認した」

「どうして追い切れなかったんだ」バリは自分の腿《もも》を強く叩いた。もう一歩のところまで迫っていたのに……。

「混乱していたから、仕方がない」

ダガットが肩をすくめる。この男は諦めが早いのが弱点だ。もう少し粘らないと、諜報の世界では生き残れない。

「その女は、どうしてタブレットを持って逃げたんだ？」

「どうやら、シュメル語の専門家らしい」

「当然、我々の要求は知っていた……」

「研究所が、その件を真面目に取らなかったのは残念だな」ダガットが皮肉に唇を歪ませる。「最初から黙って渡していれば、こんなことにはならなかったのに」

「終わってしまったことを悔やんでも仕方がない」バリは即座に言った。反省はするが後悔はしないのが、ラガーンのエージェントの掟《おきて》だ。

「そもそも、この突入作戦が失敗だったと思うね」ダガットが言った。「もっと安全な……柔らかい方法があったんじゃないかな」

「決めたのは我々じゃない」バリは苦い思いを味わった。自分としては、上層部が決めた強硬策に反対したのだが、決まってしまったことはどうしようもなかった。対案を出せなかった自分も悪い、と反省するしかなかった。しかし今でも、あのやり方はまずかったと思う。これまで自分たちは、派手な方法は避けてきた。それが、アメリカでの拷問《ごうもん》、そしてスウェーデンでの研究所の爆破……目立つ一方である。今のところ、当局に目をつけられている気配はないが、こんなことを続けていれば、いつかは必ずターゲットにされる。

「あのやり方で安全だという話だったんだが」ダガットが疲れたように溜息を漏らす。

「金で買える情報には限界がある」

「自ら姿を隠したなら、捜すのは相当大変だ」

「ストックホルムにいるのか?」

「それも分からない。列車を使って逃げたら、追跡しようがないだろうな」

確かに。少し知恵の回る人間なら、列車を使うだろう。他の北欧の国——ノルウェー、フィンランド、デンマークに渡るのは比較的簡単なのだ。タブレットは、大荷物ではないのだし……問題は女の方が、「追われている」意識を持っているかどうかだ。用心している人間に気づかれずに追うのは、かなり難しい。

「女がタブレットを持って逃げたのは間違いないのか」

「ああ」

「確実な情報源か？」

ダガットが無言でうなずく。実際、ひどく疲れているようで、話をするのも面倒なようだった。

「追うしかないな。何か、手がかりは？」

「今のところは切れている」ダガットが顎を撫でた。彼自身は髭を生やしておらず、つるりとした、少年のような肌だ。「一つだけ、筋があるんだが……」

「何だ。もったいぶらずに早く言え」

「男だ」

「男？」

「ああ。日本人の男――彼女の恋人が、こちらに来ている。しかも、爆破現場にいた」

「どうしてそんな場所に？」バリは顔から血の気が引くのを意識した。その男は何か知っているのだろうか。自分たちが知らないうちに、情報が漏れている恐れもある。

「偶然らしい。おそらく、女に会いに来たんだろう。恋人の職場を表敬訪問とか」

「身元は割れているのか？」

「今、調べている」ダガットがうなずく。「すぐに分かるだろう。もしかしたら、女と連絡を取り合っているかもしれないから、要注意だな」

「そいつに張りつけ」

「分かっている」緊張した表情で、ダガットがまたうなずいた。「それより、アイラ・リンが……」

「どうなんだ」バリは身を乗り出した。

「まだ意識が戻っていないらしい。命に別状はないようだが」

「そうか」バリは、胃の中にざわつきを感じた。もう何でもない、過去の話だと割り切っているつもりだったが、人間の心はそんなに単純なものではない。

「彼女をどうするつもりだ？　役回りが、今一つよく分からない」

「彼女はレオと通じているからな」バリは鼻を鳴らした。「要注意だ」

「殺す気か？」

バリは肩をすくめた。そんなことは……エージェントの仕事ではない。しかも、簡単に「殺す」などとは言えない。かつては愛した女なのだ。

「用心して見張ってくれ。動きに十分気をつけて。誰かと接触するかもしれない」

「あなたにとっては気になることだろうが……まだ未練があるのか」

バリは素早く動いた。屈みこみ、ブーツの脇に仕こんだ短いナイフを引き抜き、ダガットの胸元に突きつける——その間、一秒とかかっていないはずだ。ダガットは顔を引き攣らせていたが、まったく反応できなかった。

「準備が足りないな」バリはナイフを下ろした。血が騒ぐ。「もっと反射神経を鍛《きた》えないと」

「冗談はやめてくれ」ようやくダガットが、両手を前に突き出した——ナイフの恐怖を押しのけるように。

「いや、冗談じゃない。俺は私情では動かない。変な邪推をしたら、次は確実に刺す」

「分かった、分かった」ダガットの喉仏が上下する。「ナイフをしまってくれよ」

バリは、ナイフをブーツに戻した。冷たく硬い感触が、心地好さを与える。実際にこれで人を刺したことはないが、いざとなれば確実にやれる自信はあった。

報告と相談を終えたダガットを部屋から送り出すと、バリはニューヨークへ電話をかけた。本当は、電話もまずいかもしれないが……まだ盗聴などはされていないと信じるしかない。

「私だ」相手は不機嫌そうだった。

「知識と平和を」

「知識と平和を」お決まりの挨拶《あいさつ》がいかにも面倒臭そうだった。この辺が、バリには許せない。過去を現代に蘇らせるためには、守らなければならないものがあるのに、この男はラガーンが何千年も守ってきた風習を馬鹿にしている節がある。この男――クルカ。ラガーン臨時政府情報担当相で、バリにとっては直属の上司である。

「面倒なことになっています」

「タブレットはまだ見つかっていないのか」クルカの声は深く沈みこみ、怒りが感じられた。元々、機嫌が悪くなればなるほど、声が低くなるのだ。

「申し訳ありません」バリは素直に謝った――言葉だけ。ベッドに放り出してあったミネラルウォーターのボトルを取り上げ、一口飲む。冷たい感触が喉を伝い、すっと冷静になれた。クルカが怒りっぽいのはいつものことで、一々本気で謝る必要はない。

「手がかりは？」

「全力で捜索しています」

「あれがないと……全ての計画は砂上の楼閣になる」

「承知しています」

「どんなことでもいい。何か分かったら、すぐに連絡してくれ。いつでも構わない」

「分かりました」

激しい突っこみはない。妙にさらりとしたところもある男なのだ。それこそを、ラガーン気質と呼ぶ人間もいる――激しやすいが、すぐに冷静になる。

自分もそうかもしれない、とバリは反省した。先ほどダガットにナイフを突きつけてしまったこと――あれはやはり、やり過ぎだった。あらゆる出来事に、もっと冷静に対処しなければ。これから生まれる新しいラガーンの国には、冷静な自分が必要なのだ。決してクルカではない――彼は指導者の器ではないのだ。クルカには早めに退場してもらう必要がある。そのための策略も考えねばならないが、今は後回しだ。最優先にすべきは、建国の理念を具体的な形にすること。

バリはゆっくりとシャワーを浴びて入念に体を洗い、新しい服に着替えた。黒ではなく、濃いグレー。ダウンジャケットは黄色である。どこにいても黄色は目立つのだが、晩秋のストックホルムではごく普通の格好だ。今晩も、突然出動することになるかもしれないから、仮眠を取る時もこの格好のままだ。

タオルで髪を乾かしていると、電話が鳴った。またもダガット……何か動きがあったのかと、バリは緊張して電話を取り上げた。

「男の名前が割れた」

ダガットが前置き抜きで切り出した。バリも、必ず交わす挨拶を省略した。

「何者だ？」

「マサキ・タカミ。日本人で、カメラマンらしい」

「カメラマンか……」面倒な相手かもしれない。カメラマンは、ファインダーを覗くことで、目にした光景を常人より鮮明に脳に焼きつける——そんな話をどこかで聞いたことがあった。「何か、特別な人間ではないんだな？　どこかのエージェントが、カメラマンを隠れ蓑にしているとか」

「いや、間違いなく報道カメラマンだ。あちこちに行っている。イラクに足を踏み入れたこともあるようだ」

途端に、嫌な予感が頭を過《よぎ》った。ラガーンは静かに動いているが、あの男はそういう事情も知っているのだろうか。知っていたら、どんな動きをするか……いや、知っているとは限らない。

「その男、今はどこにいる？」

「女の家だ。どうする？　尋問するか」

「いや」一瞬考えた後、バリは否定した。「騒ぎを大きくしたくない。おそらく、アメリカの一件も問題になっているはずだ。これ以上死人が出ると面倒なことになる」

「殺さなければいい」ダガットが軽く笑った。「殺さない程度に痛めつけて、女の居場所を吐かせる」

尋問は、ダガットが得意とするところだ。しかし何かの拍子に殺してしまわないとも限らない。バリとしては、自分たちに疑いの目が向くことだけは避けたかった。運命の日まで、あまり時間がないのだから……。

「監視しろ」

「……それだけか？」ダガットが疑わしげに訊ねる。

「ああ。それと、アスワドの連中には絶対に気づかれないようにしろ。あいつらは、こっちの意図を無視して暴走する時がある」今回の爆破もそうだ。エージェントとしては、絶対に実行部隊のアスワドを先行させてはならない。派手な動きは厳禁だし、万が一アスワドが手柄を立てれば、連中の上部組織である「防衛省」が「情報省」に対して有利に立つことになる。バリは武力衝突を望んではいなかった。あくまで情報戦を仕かけ、戦わずして勝つのが理想なのだ。

「少し手ぬるい感じがするが」ダガットが疑問を呈する。

「一滴も血を流さないで、成功させる。それがラガーン本来のやり方だ。それに、流血騒ぎになれば人目を引く。ＩＬＬの爆破だけで、もう十分だ」

9……ストックホルム

寝過ごした。昨夜、だらだらとネットで調べ物をしていたからだ。

俺はいきなり目覚め、頬を一発張った。早朝から動くつもりだったのに、気づくと午前八時。予定より二時間も長く寝てしまったことになる。しかも、睡眠時間が長かった割に体は重く、疲れが取れていない。鈍い頭痛も頭の奥で自己主張していた。

俺はソファから起き上がり――主のいないベッドで寝る気にはなれなかった――顔を洗いに行った。冷たい水で一気に意識をはっきりさせる。昨夜は結局食事を抜いてしまったから、何か腹に入れておかないと……動き回るエネルギーが足りない。シリアルとコーヒーで手を打つか、と思った瞬間にスマートフォンが鳴った。里香か？　慌てて駆け寄り、床に置いたまま充電していたスマートフォンを取り上げる。

エリクソンだった。あまり聞きたい声ではない――特に朝一番には。

「彼女から何か連絡は？」

「ない」

「そうか……こちらは事務連絡だ」

「こんな朝早い時間には、もっといい知らせを受けたいな」

エリクソンは、俺の軽口につき合おうとしなかった。淡々とした口調で続ける。

「車の検証が終わった。いつでも取りに来てもらっていい。分かるようにしておくから」

「ああ。だったら……これからすぐ行くよ」北欧随一の大都市であるストックホルムは、公共交通機関の発達した街だが、市内を動き回るのにはやはり足があった方がいい。

「俺はあちこち動き回っているから、勝手にやってくれ」

「分かった」特に彼の顔を見たいわけでもないし。とにかく腹ごしらえしてから出かけよう。

電話を切って、何気なく画面を見る。メールの着信……メールは毎日のようにくるから驚くことはないが、妙な予感がある。

里香だった。着信は、今朝五時。俺は慌てて、メールの内容を確認する前に、里香の電話番号を呼び出した……依然として電源が入っていない。落ち着け。彼女は無事だったんだから――自分に言い聞かせて、メールを開いた。

ストックホルム市立図書館の開架で、正面入り口の真上、二階の棚を見て。私のことは捜さないで下さい。

「クソ！」俺は思わず吐き捨てた。里香が無事だと分かったことよりも、「捜さないで下さい」の一言が引っかかる。まるで、俺から逃げているようではないか。

焦るな、と言い聞かせて、メールをもう一度読み返す。スマートフォンのアドレスではなく、Gメールだった。彼女が「バックアップ用」と呼んでいるアドレスで、これを使って俺にメールを送ってきたことは、一度か二度しかない。

取り敢えず、メールに返信する。

今どこにいる？　図書館の件は分かったけど、電話してくれ。

送信――届けと願ったが、このメールは、サイバー空間のどこかに消えてしまうような気がしてならなかった。

深呼吸。俺はすぐに、やるべきことに取りかかった。まず、市立図書館の開館時間と住所を調べる。今日はウィークデーなので、オープンは午前九時。彼女がここに何を隠したかは分からないが、開館と同時に飛びこんで、すぐに回収した方がいいだろう。場所は……市警本部のあるクングスホルムスガータンからは、二、三キロだ。車を回収してから行っても、九時には着けるだろう。

朝食は抜き。まずは図書館優先だ。

車を返してもらうのに、少しだけ手間取った。どこの国の役所も、手続きが面倒なのは同じようだ。ようやくキーを受け取り、エンジンを始動させたのは八時五十分。ナビに図書館の住所を叩きこみ、アクセルを思い切り踏みこむ。すぐに右折して橋を渡り――ストックホルムは橋だらけの街だ――前を行くボルボのバンパーに嚙みつく勢いでアクセルを踏み続ける。しかし所々《ところどころ》の一方通行が、車のスピードを削《そ》いだ。八十万人近くが住む街にしては車は少ないが、流れが悪い。公園の脇の狭い道を走り抜け、左折してすぐ右折。スヴェアヴァーゲンを北上し、オデンガータンに入ると、やっと特徴的な図書館の建物が見えてきた。渋いオレンジ色をした普通のビルのようだが、上部が塔になっているのだ。

道路端に駐車している車列に強引にミニを割りこませて停めたが、図書館は反対側……俺は車を降りると、信号もない道路に飛び出し、クラクションの嵐を浴びながら何とか横断した。図書館に駆けこんだところで、ジャスト九時。荒い呼吸を何とか整えながら、開架に飛びこんだ瞬間、思わず息を呑む。噂に聞いたことはあったが――本好きの理想郷だった。

ここが塔の内部ということか……三階建ての開架は塔の形のまま、ぐるりと円形になっているのだ。まるで湾曲した本の壁に取り囲まれているような気分になり、一瞬眩暈《めまい》を覚えるほどである。広角レンズを使い、長時間の露光で撮影してみたい、という欲求に駆られる。風景写真などは「金のため」に撮ることがほとんどなのだが、この場所が目を引くのは間違いない。

俺は首を振ってカメラマン根性を頭から追い出し、階段を駆け上がった。本は国別に並べられているようだが、並びを吟味している余裕はない……正面入り口側の書棚に回り、上から下までざっと見ていく。棚は六段。俺は楽に一番上の段まで手が届くが、里香はどうだろう……彼女は身長百六十センチで、最上段には爪先立ってようやく指先が届く感じではないか。上から二段目から探し始める。こうやって本の前に立っている限り、普通の図書館と同じ感じだった。

　それにしても本が多過ぎる。ちょうどドイツの作家の本が並んでいる一角なのだが……遠目に見るとモザイク模様のようだった本の並びも、すぐ近くで見ると、一冊一冊が命を持って迫ってくるようだった。当たり前だが、背表紙は全てドイツ語。クソ、里香はここに何を隠した？　もしかしたらメモ一枚とか。それなら、本を全て引き出して確認しないと分からないだろう。だがそうする前に、まずは全体を見て何かおかしいところがないかどうか、確認しないと。

　おかしいところがあるわけがない。本は本。書棚は書棚。単にずらりと本が並んでいるだけ……上から下まで見てしまい、俺は早くも絶望的な気分に襲われた。これでは本当に、端から端まで本を引き抜かねばならないだろう。

　最初にざっと見ただけの最上段に、改めて視線をやった。さすがにそこは見上げる感じになるので、よく見えない。俺はぐっと後ろに下がり、細い手すりに体を預けて背中を反らしながら最上段を確認した。

『新明解国語辞典』？　俺は慌てて書棚に取りつき、背伸びして指先をこの馴染みの辞典に引っかけた。確か、里香の部屋で見かけたことがある。急いで引き抜こうとしたが、やけに重い。本の重さではない……ようやく掌に転げ落ちてきた時、箱の中でカタリ、と軽く硬い音がした。

空？

箱には辞書が入っているはずだが、手に取った瞬間、俺の手の中でたわんだ。見ると、中は辞書ではなく、ビニール袋に包まれた何かが突っこまれている。何かメッセージもあるはずだ——ビニール袋を引き抜こうとしたが、慌ててやめる。こんなところで中を確認するのは危険だ。

俺はまだ書棚を探すふりをしながら、ちらちらと周囲を見回した。二階部分に人はいないし、一階にいる人はこちらを気にしてもいないだろう。どうする……ダウンジャケットには余裕があるので、この程度の大きさのものを懐に突っこんでも目立たない。隠したまま、慌てず騒がず静かに退出すれば、問題ないはずだ。

ダウンジャケットの前を開けようとした瞬間、俺は並んだ本の上に、一冊の本が横倒しに無造作に置いてあるのに気づいた。そうか、里香は本来ここにあるべき本を引き抜いてスペースを作り、そこに新明解を入れたのだろう。タイトルも確認せず、俺はその本を空いた隙間に戻した。ぴったり。それから新明解を懐に入れ、ジッパーを引き上げる。さほど目立たないはずだと自分に言い聞かせ、さらにバッグを前に抱えてカバーする。背中を丸めて階段を降り、外へ……新明解の箱が腹に当たって妙に不快だった。

誰にも見咎《みとが》められず、外に出る。冷たい風に身震いして、やけに汗をかいていたのに気づいた。何とかミッション完了……信号が遠い。仕方なく、車の流れが途切れるのを待って、ダッシュで道路を横断した。

狭いミニの車内に腰を落ち着けると、ようやく鼓動が落ち着く。念のためにロックして、深呼吸してから中身を引き抜いた。

半透明のビニール袋だが、ぐるぐる巻きにされているので、中身は完全に見えなくなっている。そっと指で押してみたが、指先の感覚では中身を確認できない。用心しながら握ってみると、硬い感触があった。重さはそれほどではない。

俺は妙な予感を覚えて、ビニール袋を剝《は》がし始めた。ゴミ袋で雑に分厚く包んであるのを、裂かないように慎重に広げたので、全容が見えるまでにやけに時間がかかった。

出てきたのは……予想はしていたが、タブレットだった。ごく薄い茶色で、角が丸まった長方形。長辺が二十センチ、短辺が十センチほどで、細かい楔形文字がびっしりと書きこまれている。当然内容は分からないが、俺は再び鼓動が激しくなるのを感じた。楔形文字は左右どちら側から読むのだろうか……里香が以前話していたような気がするが、覚えていない。俺から見れば、書かれているのは抽象画も同然だった。

直《じか》に触っていいかどうか分からず——何しろ何千年も前のものだ——俺はビニール袋を敷いた状態でタブレットを持ったまま、観察を続けた。裏はあるのだろうか。慎重に転がしてみたが、裏側はまっさらだった。戻して、もう一度凝視する。見慣れぬ楔形文字は、不思議と宗教的な感じがした。古さがそう感じさせるのだろうが、いつまでも持っていると、何か嫌なことが起きそうな予感がする。普段の俺は徹底したリアリスト、無神論者を自認しており、迷信の類《たぐい》はまったく信じていないのだが。

一つ、違和感がある……じっくり見ているうちに、その源にすぐ気づいた。タブレットの左上──横長の状態での左上だ──に、楔形文字らしくないマークが刻んである。正三角形を丸で囲んだ形。どこかで見たような記憶もあるのだが、定かではない。一種のピクトグラムのようだ。楔形文字は、基本的に直線の組み合わせで、曲線さえもない。しかしこのマークは……楔形文字は、どのように書かれたのだろう。たしか原始的なペン──葦《あし》を縦に割って作り、それを粘土板に押しつけるように刻んだと聞いたことがあった。そういうペンは、曲線を書くのに適していないはずで、このマークは印鑑のように押されたものではないかと想像できた。円が綺麗にまとまっており、手書きには見えない。

バッグからカメラを取り出し、何枚か撮影した。立体的に刻まれた文字がくっきり見えるように……ちゃんとした照明の下で撮りたいが、贅沢《ぜいたく》は言えない。撮影した画像を確認し、思いついてメモリーカードを交換した。このメモリーカードには、昨日の爆破直後の現場の写真も入っている。そういえば、地元の新聞社に売りつけようと考えたのだが、すっかり忘れていた……考えてみればそれも不謹慎なことで──里香が巻きこまれていたのだ──余計なことをしなくてよかった、とほっとする。どこかのメディアにニュース写真として掲載するのが大事だとは分かっていたが、やっていいことと悪いことがある。職業倫理と人としての気持ちの間で揺れ動くことなど滅多にないが、自分でも驚くことに、俺はあっさり人としての気持ちを取った。

交換したメモリーカードを、バッグの内ポケットにしまう。念のためにタブレットをもう一度ビニール袋でぐるぐる巻きにし、新明解の箱に戻そうとして、中に紙片が入っているのに気づいた。慌てて引っ張り出すと、里香の字が見える。普段は読みやすい、落ち着いた字を書くのだが、このメモに限って字は乱れていた。


突然こんなことをしてごめんなさい。

このタブレットはとても大事なものです。私が分析しなくてはいけないもので、絶対に他の人の手に渡すわけにはいきません。他の人の手に渡ると、恐ろしいことが起きます。警察にも秘密にして、どこか安全なところに隠して下さい。あなたが持っている限り、安全だと思います。

私はしばらく身を隠します。必ず近いうちに連絡を取りますから、捜さないで下さい。


何なんだ、これは。俺はもう一度メモを読み返した。まるで敵に追われるスパイのようではないか。里香はいったい、どんな厄介事に巻きこまれているのだろう。だいたいこのタブレットの所有者は、ＩＬＬではないのか。それをどうして彼女が持ち出し、さらに隠そうとしているのか。だいたい隠すなら、俺に頼むのではなく、自分でやればいいではないか――しかし俺は、一つの可能性に思い至った。里香は、自分が誰かに追われているのを意識しているのではないだろうか。だからこそ、ノーマークの俺に、このタブレットを「リレー」した。

となると、一刻も早く隠さなければならない。安全な隠し場所は、と考えて凍りついてしまった。何しろここストックホルムは、俺にとってほぼ未知の街である。里香の家というわけにはいかないだろうし、ＩＬＬに戻すのもまずい。コインロッカーかどこかだろうか……しかし、駅でコインロッカーを見かけた記憶もなかった。

自らが隠し場所になるしかない。抱えたままホテルにでも泊まっていれば、見つけにくくなるはずだ。俺は「敵」のレーダーから消える――そもそも、「敵」が俺を認識しているとは思えない。

だが、その「敵」は何者なのか。里香が恐れるのは、あの爆破事件をしかけた犯人と同一グループだろう。だとしたら、敵は大き過ぎる。あれだけ大規模な襲撃事件を起こすには、かなりの人数と資金力が必要なはずだ。国際的なテロ組織、という考えがまず頭に浮かぶ。だが、どういう組織なのかは見当もつかない。

「近いうちに連絡を取る」という、彼女のメッセージを信じるしかないだろう。とにもかくにも、里香の無事は確認できたのだ。メモの字は、乱れているものの間違いなく里香のそれである。誰かに脅されて書いたとも考えられるが、疑い出せばきりがない。

まず宿をとって、そこへ逃げこもう——方針を決めて、俺はメモを財布に忍ばせた。タブレットは新明解の箱へ戻す。いつまでもこの箱を使うわけにもいかないから、何か包む方法を考えないと。丁寧に、安全に保管しておく必要がある。ビニール袋越しに触れた感触では案外硬くしっかりしていたが、何千年もの歳月を経てきたものが、それほど堅牢とは思えない。

新明解の箱をグラブボックスにしまい、ミニのエンジンをかけようとして、大事なことを忘れていたのに気づいた。里香の家族に連絡しないと……向こうは夕方。電話するにはちょうどいい。父親にまた攻撃されるのを避けるため、俺は繁信の携帯を呼び出した。こちらからの連絡を待ちかねていたようで、すぐに電話に出る。

「里香が、取り敢えず無事らしいのは確認できた」

「取り敢えず？　らしい？」繁信は言葉尻に引っかかったようだった。「会ったんじゃないんですか」

「会ってはいない」俺は状況を説明した。

「ということは……少なくとも昨日の段階では、姉貴は無事だったということですね」

「ああ」俺は開館時間とほぼ同時に、図書館に飛びこんだ。彼女が、昨日のうちに図書館に行ったのは間違いない。その時点では間違いなく生きていた……今はどこにいるのだろう。安全を求めてストックホルムを離れたのか、あるいはこの街のどこかに姿を隠しているのか。

「まあ……一安心していいんでしょうね」

「取り敢えずは。それで、申し訳ないんだけど、今回もご両親には説明しておいてもらえるかな」

「いいですよ」

繁信が快諾したので、俺は安堵の吐息をついた。途端に電話の向こうで繁信が笑う。

「オヤジ、そっちに電話したそうですね」

「ああ。こっぴどくやられた」

「申し訳ないですけど、心配するのは仕方ないと思うんで」

「分かってる。こっちこそ申し訳ないと思ってるよ」

「でも姉貴は、自分のことは自分で守れる人間ですよ。それぐらいはちゃんとしてるから」

「それも分かってる」しかし今回は分《ぶ》が悪いのではないか。何しろ相手は、平気で建物を爆破するような人間だ。「それより、最近彼女から何か話を聞いてないか？」

「いや、その、大事な話は何も聞いてません。俺の娘――姪《めい》っ子《こ》の話ぐらいで」

「ああ」繁信のところは、確か一年前に子どもが生まれたばかりなのだ。里香はまだ、その子を抱いていない。

「とにかく写真を送れって、そんな話ばかりで」

「早く抱きたがってたよ」

「まあ、でも、しょうがないですよね。スウェーデンは遠いし」

「こちらでの滞在を延長するような話、してなかったか？」だからこそ、会えない姪っ子の成長を、写真で確かめようとしたのかもしれない。

「いや、俺は聞いてないですね」

「そうか……とにかく、彼女はまた連絡するってメッセージを残しているから。電話がなくても、何か分かったら連絡するよ」

「ひとまず安心しましたよ」

実際はまだ油断できないような気がしていたが、ほっとしている繁信の気持ちを逆撫《さかな》でするようなことをわざわざ言わなくてもいい。俺は「また連絡する」と繰り返して、電話を切った。

さて、宿はどこにするか……市街地、それも中心部の方がいいだろう。できるだけ人が多い場所にいる方が目立たないはずだ。俺は中央駅近くのホテルを検索し、空き部屋を探した。すぐに見つかったが、チェックインできるまでにはまだ時間があるので、どこかで時間を潰さなければならない。エネルギーが切れかけているのを感じ、取り敢えず遅い朝食を食べようと思った。その前に……エリクソンを無視しておいていいだろうか、と検討する。彼は彼で、里香の行方を捜してくれているはずだし、この情報は伝えておくべきではないだろうか。しかし、里香のメモがすぐに頭に浮かんだ。「警察にも秘密にして」。いったい彼女は、どんな秘密を抱えこんでいるのか。①エリクソンに全面的に状況を説明して協力を仰ぐ、②あくまで里香が託した秘密を守る――二つの方針を天秤《てんびん》にかけて、俺は結局、里香を取った。警察が常に百パーセント信用できるわけではないのだし。よし、このまま秘密を抱えていこう。里香からは絶対に連絡がくる。彼女は約束を違《たが》える人間ではないのだ。

生きていさえすれば。

車を発進させた。取り敢えずホテルの近くまで行って車を停め、食べ物を探す――と計画を立てる。ストックホルムはチェーンのカフェがたくさんある街なのだが、今日はああいう店は願い下げだ。体にエネルギーを取りこむために、頼りないサンドウィッチではなく、たっぷりの朝食を食べたい。それこそニシンの酢漬けとジャガイモで腹を膨らませ、美味いコーヒーをたらふく飲みたかった。

それにしても、ストックホルムは車に優しくない街だ。特に市の中心部は一方通行が多いので、すぐ近くへ行くのにも、大きく迂回《うかい》しなければならないことが多い。馬鹿らしい限りだが、焦っても仕方がない。

オデンガータンからカールベルスヴァーゲンに入り、最初の交差点で左折。これで何とか中央駅の方へ近づけるはずだ。焦るな、と自分に言い聞かせ、アクセルに乗せる右足に無駄な力を入れないように気をつける。スピード違反で警察に止められたら面倒だ。

左折してすぐ、奇妙な気配に気づいた。バックミラーに映る車の影――ボルボなのだが、この車は先ほどまで、俺が運転するミニの後ろに停まっていなかったか？ 尾行されている？

途端に鼓動が跳ね上がる。俺が跡をつけられていてもおかしくないのだ。「敵」が里香を追っているとしたら、当然周辺の情報も集めているだろう。どこの国――国ではなく「組織」かもしれない――の人間たちかは分からないが、諜報機関の能力を馬鹿にしてはいけない。特に今は、ネットが使える。セキュリティはとても完璧《かんぺき》とは言えず、あちこちに潜入して、ごく短い時間で個人情報を丸裸にするのも簡単なのだ。

次の角で右折し、またオデンガータンに入った。先ほど出て来た図書館の前を通り過ぎ、左へ曲がってスヴェアヴァーゲンへ。ボルボを運転する人間は、尾行の基本を知らないか、まったく無関係な人間かのどちらかだ。尾行するなら、間に一台か二台、別の車を入れるだろう。あるいは、わざと自分の姿を見せつける尾行というのもある。お前は狙われているぞ、と相手にしっかり思い知らせるのだ。そのパターンだろうか……

バックミラーをちらちら見ながら、何とか運転している人間の顔を確認しようとする。見えてはいた。男。しかし野球帽を被《かぶ》り、薄い色のサングラスをかけているので、人相ははっきりしなかった。スウェーデンの人間かもしれないし、そうでないかもしれない。クソ、何なんだ。少しアクセルを強く踏みこみ、距離を開ける。ナンバーが見えたので頭に叩きこんだが、これが役にたつかどうか。

スヴェアヴァーゲンは街路樹が立ち並ぶ落ち着いた通りだが、精神状態にいい影響を与えてくれるわけではない。しばらくすると、昨日歩いて通りかかったセルゲル広場に到達する。ラウンドアバウトを上手く使い、駅の方へ進路を変えた。依然として、ボルボはぴたりとくっついている。

駅を通過すると、俺は複数の道路が複雑に交差する交差点を左折した。高速道路ではないが、南行きのこの道路では、どの車も飛ばしている。俺は車の流れに乗り、急に左車線に割りこんだ。背後からクラクションを浴びせられ、さらにその直後にもクラクションの連打――バックミラーを見ると、強引に車線変更したボルボの姿があった。間違いない。尾行されている。

どうする？　あまり馴染みのない街で、どうやって逃げ切るか。遠くへ行けば行くほど、面倒なことになる。郊外へ出たら、逃げ切れる可能性は低くなるだろう。

大きく右カーブ、続いて左カーブ。俺はアクセルを踏む右足の力を抜かず、車線を変更しながら走り続けた。クラクションの嵐にもすぐに慣れてしまう。右からの合流があり、車線は三つに増えた。ちょうど橋を渡っている……正面には、ガムラスタンの古い街並みが見えていた。あそこへ逃げこめれば、と一瞬考える。ガムラスタンは小さな島で、ストックホルムの元々の発祥の地である。フランスのシテと同じようなもので、まずは攻撃されにくい島に要塞《ようさい》代わりに街を作った、ということだろう。古いが故に道路は細く、くねくねとねじ曲がって、車が入れない場所も多い。何度か来て、迷路のような街だということは分かっていた。追っ手を撒《ま》くには相応《ふさわ》しい場所だが、逆に言えば向こうがスウェーデンの——ストックホルムの人間だとしたら、こちらが不利になる。撒いたつもりが、相手が先回りして待ち伏せしている可能性も考慮しなければならない。

道路は、線路と並行して走っている。薄汚れたシルバーの列車を追い越し、ガムラスタンの街並みを横目で見ながら、俺はそのまま直進するしかなかった。青地の標識が見える。正面が「NACKA」、右へ曲がれば「HORNSTULL」……ナッカとホルンスタル。読めても、どこにあるのか分からない。こんなことなら、ストックホルムの地図をもっと頭に入れておくべきだった。

結局俺は直進を続け、すぐにガムラスタンを抜けてしまった。ストックホルム発祥の地であるここは、本当に小さい島なのだと改めて思い知る。斜め左にはヒルトン。さらに正面にトンネルが見えてきた。正確には、建物の下をくぐるような道路。暗く穴を開けたトンネルに飛びこむ直前、ボルボがいつの間にか横に並んでいるのに気づいた。

もう一人、ドライバー以外に後部座席に誰か乗っている。ウィンドウが下がり……男が銃を取り出した。冗談じゃない——俺は思い切りブレーキを踏んだ。ボルボが斜め前に出る格好になり、同時に俺は背後から軽い衝撃が襲うのを感じた。後続の車が追突したのだと分かる。車は無事か……アクセルを踏みこみ、乱暴にハンドルを切ってボルボの真後ろにつけた。この位置なら撃たれることはあるまい。トンネルの中は片側一車線だから、向こうも手の出しようがないだろう。

トンネルは案外長い。追っ手の後を追う奇妙な形になってしまったが、この間に俺は考えを巡らした。さっきの銃が本物かどうかは分からないが、俺が追跡されていたのは間違いない。こういう時こそ、エリクソンに連絡すべきではないか……ダウンジャケットのポケットからスマートフォンを取り出したが、躊躇う。里香のメモが、未だに頭にこびりついていた。警察には頼らない。

長い長いトンネルの先に、ようやく白い光が見えてくる。その直前に、右へ入る車線——よし。俺はウィンカーを出さず、右に急ハンドルを切って、そちらの車線に飛びこんだ。曲がりくねった細いトンネルの先に、明るい光。ここを出てしまえば、ボルボは追いつけないだろう。暗闇の中から、急に陽光の下に飛び出して、目がくらむ。制限速度五十キロの看板を横目で見ながら、俺は七十キロを保ったままゆるい左カーブを抜けた。

快哉《かいさい》を叫びたい気分だったが、まだ安心はできない。どこへ逃げればいいのか、さっぱり見当がつかないし、自分がどこにいるかも分からない。ガムラスタンの南側はどこだったか……確かこの辺も島になっているはずだが。あまり市街地を離れるとまずいと思い、俺はストックホルムの中心部に戻ることにした。どこかで方向転換し、北へ向かう――しかし高架を抜けると、道路は右にカーブして、さらに南へ向かうルートになっていた。

右折、左折を繰り返し、何とか北へ進路を取った。あとは周囲に気をつけて、焦らず運転していこう。ぶつけられた影響は……今のところは感じられない。バンパーは凹んでいるかもしれないが、それを気に病むのは日本のドライバーぐらいだ。里香は文句を言うかもしれないが、そういうこともいつかは笑い話にしたい。

そんなことを考えて、気が抜けてしまったのかもしれない。

再びボルボが接近してきたのに気づかなかった。気づいた瞬間には、体が浮くほどの衝撃に襲われる。街中で発砲するわけにはいかないとでも考えたのか、ぶつけてきたようだ。そちらの方がよほど悪目立ちすると思うが……後ろの方からガラガラと嫌な音がする。俺は必死にハンドルにしがみつき、思い切りアクセルを踏んだ。ミニは俺の体には小さな車だが、小さいが故に便利なこともある。軽くて小回りが利くのだ。細い道に飛びこむために思い切りハンドルを切っても、ボディはびくともしない。ほとんどロールせずに、タイヤが鳴くこともなく、楽々カーブをクリアした。車高が低く地面が近いので、ゴーカートに乗っている感覚である。

赤信号に強引に突っこむ。左から大型トラックが迫ってきて、それまで浴びたのとは全く違う大音量のクラクションの音が響いた。俺は体が硬直するのを意識しながら、思い切り右へハンドルを切った。前を行く車のバンパーが迫る。さらに右へハンドルを切り続ける。いっそ後輪が滑ってくれた方が逃げやすいのだが、ミニは小径のタイヤを踏ん張って必死にこらえていた。体が横に持っていかれそうになる横Gに耐えながら、反対側の車線に飛び出す。正面からトヨタ——なおもアクセルを踏みこみ、トヨタ車が左側によけてできた隙間に飛びこんで、後続車と接触する寸前に元の車線に戻った。

ほっと一息ついたものの、バックミラーを見るとボルボはまだ追ってくる。何者か分からないが、運転の腕が立つのは間違いない。しかし——ふと疑念が芽生える。先ほど、トンネルを出るところで撒いたはずなのに、何故こちらの動きが分かったのだろう。

発信機？

そうかもしれないし、そうでないかもしれない。いずれにせよ、この車は乗り捨てなければならないだろう。もっと人が多いところへ紛《まぎ》れこみ、徒歩で逃げる方がずっと効果的だ。そのためには、何としてもストックホルムの中心部に戻らないと。

右折。石畳の道路が目の前に現れた。細かな石を踏み、絶え間ない振動が襲ってくる。どうしてこんな走りにくい道を作ったのか……ふと前を見ると、塞《ふさ》がっている。おい、冗談じゃない……ブレーキを踏みこもうとした瞬間、前を塞いでいるのは緑色のビニールシートだと気づいた。その向こうでは、ビルの外壁を工事中——臨時に通れなくしてあるだけだと気づいた。

一か八かだ。

俺はアクセルを床まで踏みこみ、ビニールシートめがけて突っこんでいった。一瞬、向こうにコンクリート壁があるのではと想像したが、ミニはシートをあっさり突き破った。フロントグラスにへばりついたシートのせいで視界の半分が失われたが、それでも前にトラックが停まっているのは分かる。慌ててハンドルを左へ切り、すんでのところでトラックをかわして、そのままさらに左側へ——正面には街路樹が立ちはだかっているのだ。もしかしたら、そもそもここは歩行者専用の道だったのかもしれない。

がたん、と何かを乗り越えたショックが床から襲ってシートを突き抜ける。ミニはアスファルトの道路に戻っていた。バックミラーには……何もない。逃げ切れたかと思ったが、まだ油断してはいけないと、俺はアクセルを踏み続けた。一瞬計器類に目をやる。水温その他、異常なし。小さい割に、実にタフな車だ。無事に逃げ切って後で回収できたら、愛情こめて洗車でもしてやろう。

少しスピードを落とし、俺は車を乗り捨てられる場所を探した。右折、左折を繰り返しているうちに、突然急な上り坂に出る。ここも石畳だったが、埋めこまれた石の一つ一つが大きい。タイヤが一回転する間に、体が何回も上下する感じになった。舌を嚙まないように歯を食いしばりながら、なおもアクセルを深く踏みこむ。キックダウンでギアが落ち、タコメーターの針が一気にレッドゾーンに飛びこんで、体がぐっとシートに押しつけられた。

この先、どこかに脇道があるのでは……俺は一定のスピードを保ちながら、左右を見回した。よし……この先、左側だ。ウィンカーも出さずにハンドルを左に切って、細い路地に飛びこむ。両側をビルに挟まれた、車一台がぎりぎり通れるような道路である。入ってから一方通行——進入禁止だと気づいたが、かまうものか。

エンジンを止め、グラブボックスを開く。乱暴な運転をしてしまったので、タブレットが傷ついているかもしれない……と蒼くなったが、今は確かめている暇もない。ぐるぐる巻きにしたビニール袋が、クッションの役割を果たしてくれていることを祈るばかりだった。

荷物をまとめて車を降りる。そういえばスウェーデンの警察は、違法駐車車両をどう処理するのだろう。日本のように、レッカー車があるのだろうか。

キーをどうするか、一瞬迷う。このまま車内に残しておいてもいいのだが、車が盗まれると後で厄介なことになる。まあ……とにかく持って行こう。何が起きたか、言い訳はいくらでも考えられる。以前——三年ほど前だが、俺はアフリカの某国で警察に追われたことがある。当然誤解だったし、向こうが金を欲しがっているのはすぐに分かったが、あの時も口八丁手八丁で乗り切ったのだ。あれに比べれば、スウェーデンの警察は軽いものだろう。

ドアはロックしないままにしておいた。新明解は……今持っている小さなバッグには入らない。ダウンジャケットの腹のところに押しこむのも不自然だ。堂々と小脇に抱えて歩き出す。歩きにくい石畳の坂を上りながら、もう少し大きいバッグを手にいれないといけないな、と考えた。

10……ストックホルム

なるべく自然に動くことだ。

俺は自分に言い聞かせ、地下鉄を乗り継いでホテルに向かった。少し早いが、何とか強引に部屋に入れてもらおう。駄目だったら、ロビーで待てばいい。さすがにホテルにまで、襲撃の手が及ぶとは思えなかった。

エネルギーは完全に切れかけていたが、どこかの店に入ってゆっくり食事をする時間も気持ちの余裕もない。結局、ホテルへ向かう途中のセブン‐イレブンでBLTサンドウィッチ——367キロカロリーだった——とローストビーフのラップバーガー——こちらは

459キロカロリー——それに巨大なカップのコーヒーと飲み物を何本か買いこみ、大荷物を抱えてホテルに向かった。タブレットを入れておくためのバッグを買い忘れたことに気づいたが、それは後で何とかしよう。

ホテルではもう、部屋を用意してくれていた。ポーターが近づいて来て荷物を引き受けようとしたが、断る。顔つきからして明らかにラテン系のポーターはやけに人懐っこく話しかけてきた。相手を信用していいかどうか分からない。今では、あらゆる人間がスパイに思えてきた。考えてみれば、カードで支払いしたのもまずかったのではないか……ただし、パスポートを見せなくてはいけないから、現金で払っても同じように身元が知れてしまう。ホテル内にスパイがいないことを、切に祈るしかなかった。

何とかポーターの親切とお喋りを振り切り、部屋に入る。中庭に面した部屋で、窓からの光景は期待すべくもなかったが、取り敢えず安心した。

荷物をベッドに置き、立ったまま、まずはコーヒーを一口飲む。コンビニエンスストアのコーヒーなのに期待以上に美味く、俺はスウェーデンのコーヒー文化をまた見直した。

もっとも、サンドウィッチにはマイナス評価をつけざるを得なかった。BLTサンドのベーコンは塩気が利き過ぎていて、コーヒーの他に水も欲しくなるぐらいだったし、逆にローストビーフの方は頼りない味で、ホースラディッシュではなくマスタードをたっぷり追加したくなる。

それでも、二食抜いてしまった後なので、二つともあっという間に平らげてしまった。

そういえば、コンビニではバナナも売っていたな、と思い出す。日本と違ってやたらと高かったが、あれも買っておけばよかった。疲れた体には糖分も必要なのだ。

施錠を確認して、もう一度ベッドの上でビニール袋を広げる。タブレット自体は本当に乾いた粘土の塊で、これに金銭的価値があるとは思えない。もちろん、学術的価値はあるのだろうが、それと金が結びつくかどうか……この手のことに知識が乏しいのは致命的だな、と悔いる。こんなことなら、里香が話してくれた時——彼女は自分の専門については異常に雄弁になる——もっとちゃんと聞いておけばよかった。

そうだ、スマートフォンだ。

しばらく確認する余裕がなかったが……慌てて取り出し、メールの着信を確かめる。三件——いずれも仕事関係のメールで、急ぎの返信は必要なかった。里香から連絡はない。それはそうだろうと自分に言い聞かせようとしたが、急激に空気が抜けて、体が萎《しぼ》んでいくような感じがした。

仕方がない。

唐突に疲労を感じた。たっぷり湯を張ったバスタブに身を沈め、その後で八時間の睡眠を貪りたい。時差ボケもあって、体には相当ガタがきている感じだった。

しかし、明るいうちにやっておかねばならないことがある。まずは、今後の逃走用の手はずを整えないと。さらに、自分の荷物を心配しなくてはいけない。里香の家にスーツケースを置きっ放しなのだが、今は回収できない。そちらはどうでもいい……服しか入っていないから、最悪、放棄しても構わない。問題はカメラバッグだ。愛用の一眼レフは、今日は持ち歩いているが、使い慣れたレンズ、それにコンパクトデジカメは里香の家にある。単なる商売道具ではなくアイデンティティと言ってもいい存在なので、何としても回収したかった。

エリクソンに全てを打ち明け、一緒に行ってもらうか。

「敵」は、俺が里香の恋人だという事実を摑んでいるに違いない。俺自身が、このタブレットとはまったく関係ないトラブルに巻きこまれるとは思えなかったから。危ない橋は何度も渡ってきたが、後々まで悪影響を引きずるようなことは一切なかったはずだ――元凶は間違いなく、このタブレット。

しかし考えてみれば……何か妙だ。もしも自分と里香が夫婦なら、様々な情報を得ることができるだろう。公的な書類などがあるから、変な話、役所のデータベースをハッキングすれば丸裸にできる。だが恋人同士の場合、そういうやり方で探ろうとしても何も引っかかってこないはずだ。情報は人伝《ひとづて》に聞くしかなく……もしかしたら、誰かが情報を漏らしているのかもしれないと考えると、ぞっとした。日本にいる知り合いか、あるいはＩＬの連中か。

これでは誰を信用していいか分からない——しかし疑心暗鬼になるな。とにかく動け。

俺は自分を叱咤《しった》して、動く準備を始めた。バッグの中身を全てセーフティボックスに移し、代わりにタブレットを突っこむ。これだけは、肌身離さず持っていなければならない。なるべくたくさん仕切りがついた大きめのバッグを手に入れて、常に他の荷物と一緒にタブレットを持ち歩くようにしなければ。どこかへ隠すといっても、ほとんど状況が分からない街である。むしろ危険で——隠し場所を忘れてしまう可能性もある——結局自分でいつも持っているのが一番安全だろう。

「よし」声に出して自分に気合いを入れ、部屋を出た。廊下に人気《ひとけ》はない。さすがに、ここまでは追いかけてきていないのかとほっとしながら、小走りにエレベーターの方へ向かった。絨毯《じゅうたん》が靴音を吸収してくれるはずなのに、やけに高い足音が響くような気がしてならない。

スウェーデンにいる時、ファッション関係で頼りになるのは、やはりH&Mだ。俺は大きめの黒いバックパックを手に入れ、すぐにホテルに戻った。里香の家を外から監視することも考えたが、わざわざ危険を冒す必要はないだろう。一人では近づかない方がいい、と判断する。

ホテルへ戻ると、まだ午後三時だった。今日は結構早くから動き回っていたのだと意識する。これからどうするか……下手《へた》に動き回れない。この部屋で休んで体力の温存に努めるのも手なのだが、それはサボっているようで嫌だった。

かといって、やるべきことも思い浮かばない。里香の行方のヒントもない。しっかりしろ、と自分を叱咤したが、駄目なものは駄目だ。間違いなく、あの追跡劇でダメージを受けている。多くの人は、車の運転などでは疲れないと思うだろうが本気の運転はスポーツになる。何年前だったか、自動車雑誌の依頼で、ニュルブルクリンク北コースでタイムアタックする車に同乗して、写真を撮ったことがある。車に求められるあらゆるシチュエーションが揃っていると言われるこのコースは、コーナーが百七十二もあり、直進より体が左右に揺られている時間の方が多い。しかも直線では、スピードが二百五十キロ以上に達する。ドライバーはプロだから、ぴしりと体を固定していたが、それだけでも大変な体力を要すると分かった。腹筋を始め、全身の力が必要とされる中、横を向いてドライバーの写真を撮るのは至難の業だった。俺がこれまで撮ってきた何十万枚もの写真の中で、もっとも出来が悪かったのがこの時のものである。しかも、車を降りた瞬間に激しい吐き気に襲われ、翌日は筋肉痛で一日動けないほどだった。

今日の逃走劇が、あの時の走りほどハードだったとは言えないが、緊張感を加味すれば、同程度のひどさだったと言えるだろう。大体今日は、自分でハンドルを握っていたのだし。

電話が鳴った。慌てて飛びつく……里香ではなく、エリクソンだった。今になって何の用事かと一瞬疑ったが、車のことではないかと見当をつける。それならとぼけるしかない。

「あんたは、俺の街——ストックホルムでいったい何をやってるんだ」エリクソンは最初の一言から不機嫌だった。

「リカを捜している」

「分かっている……それはちょっと置いておいて、別の件で質問があるんだが」声に意地悪な調子が滲《にじ》む。

「俺に答えられることなら」

「車はどうした」

「車？」

「ミニだよ、ミニ」エリクソンが苛ついた口調で言った。今にも怒りが爆発しそうである。

「見つかったのか！」俺は大声を上げた——演技で。

「見つかった？　あんたが運転していたんじゃないのか」

「違う。盗まれたんだ」

俺が低い声で言うと、エリクソンが沈黙する。「疑っている」とこちらの頭に染みこませるのに十分なぐらいの時間が経った。

「盗まれた」エリクソンが低い声で繰り返す。

「ああ。警察から引き取って、リカの家まで戻ろうとしたんだ。その途中、ちょっと用事があって図書館に行ったんだが、三十分ほど停めておいた隙になくなっていた」

「どこに停めておいたんだ？」

「……路上」

「市立図書館付近は駐車禁止だったと思うが」

「スウェーデンの交通標識に、まだ慣れないので」

「何で届け出なかった」エリクソンは追及をやめようとしない。

「自分で探していた。こんなことで、警察の手を煩《わずら》わせたくなかったしね」

この言い訳を彼は信用しているだろうか、と心配になってきた。嘘はつき始めたら最後までつき通すべきなのだが、突かれたら風船のようにパンクしてしまうだろう。

しかしエリクソンの疑念は壁にぶち当たったようだった。

「ゼーデルマルム」

「それは……どこだ？」確認しなかったので、自分が最後はどこを走っていたか、分からないままだった。

「ガムラスタンは分かるか？」

「それは、もちろん」

「その南側だ。細い道路を塞ぐように違法駐車してあるのが見つかった。近所の人が、迷惑だといって通報してきたんだ」

「ひどい話だな」俺は憤慨《ふんがい》して見せた。「盗んで乗り回して、最後は乗り捨てた？　そういうことをする人間が、ストックホルムにもいるのか？」

「俺は交通問題の専門家じゃないから、よく分からん」

「それは失礼」俺は一つ咳払いした。「で、車は無事だったのか」

「何か所か、ぶつかってる。それが、他の車とぶつかったような形跡なんだが」

「事故を起こした？」

「車が発見される少し前に、ゼーデルマルムで二台の車がカーチェイスしているのが目撃されている」

「映画の撮影でもあったのか？　ハリウッドみたいじゃないか」

再び沈黙。先ほどよりも長く続き、俺は立ち上がって叫びたいという欲望と必死に戦った。エリクソンがどれぐらい有能な刑事かは分からないが、沈黙の使い方はよく知っている。

「しかもキーがない」

「キーは俺が持ってる。直結で動かしたんじゃないか？　車を盗む奴は、世界中どこでも同じようにするだろう……実は、図書館の前に停めた時に、鍵をかけ忘れたんだ」

「そろそろ本当のことを言わないか？」

「言ってるけど」

エリクソンが盛大に溜息を漏らした。申し訳ないことをしたとは思うが、今はまだ本当のことは言えない。誰が敵で誰が味方か分からない状況——警察も例外ではないのだ。

「車は動かせる状態なのか？」

「さあな。そこまで詳しい状況は聞いていない」エリクソンは素っ気なかった。「ゼーデルマルムの所轄に保管してある。連中も困ってる様子だ」

「俺にどうしろと？」

「引き取ってくれ。あんたの恋人の車じゃないか」

「分かった」しかしあの車に乗ると、また追跡されそうな気がする。発信機がついていないかどうか確認しないといけないが、素人の俺にそんなことができるかどうか。車なしで動くしかないか……いや、今は動いてはいけないかもしれない。ただホテルの部屋に籠って、里香からの連絡を待つだけの方が安全ではないか。いつまでも連絡がないまま、俺はこの狭い部屋で腐っていくかもしれないが。

「一つ、頼みがあるんだが」

「断る」エリクソンが即座に言った。

「内容を聞いてからにしてくれよ」さすがに俺も苦笑してしまった。ここまで嫌われるとは……確かに、嫌われてもおかしくないようなことはしているが。

「あんたは、ストックホルムでは疫病神《やくびょうがみ》になりつつあるようだ」エリクソンが指摘する。

「そう言わず……」

「何か、余計なことをしてるんじゃないか？」

「余計なことって？」

「それは、こっちが教えてもらいたいぐらいだ」

「警察官ともあろうものが、憶測で物を言っていいのかね」俺は大袈裟に鼻を鳴らしてやった。

「……用件は？」嫌々ながらエリクソンが言った。

「リカの家に行きたい」

「行けばいいじゃないか。あんたは鍵も持ってるんだろう」どこか馬鹿にしたように、エリクソンが言った。

「ああ、持ってる」

「だいたい今、どこにいるんだ。彼女の家で大人しくしてるんじゃないのか」

「いや、ホテルを取ったんだ。何となく、家には居辛くてね」

「冷たい恋人だな」今度はエリクソンが鼻を鳴らす。このまま続けていたら、俺たちのうちどちらかが鼻炎になるだろう。

「……とにかく、彼女の部屋に荷物を置きっ放しなんだ。回収したい。つき合ってもらえないだろうか」

「スウェーデン警察は、そういうサービスは行っていない」

「彼女は事件に巻きこまれた人間だぞ？　危険じゃないのか。つまり……家も危険だ」この理屈は通じているだろうかと、喋りながら俺は不安になった。「そういうところに俺を一人で放り出すのは、警察としてどうなんだ」

「昨夜は彼女の家に泊まったじゃないか」エリクソンが冷静に指摘する。「何で今日になって、そんなに心配してるんだ？」

「昨夜は昨夜、今日は今日だよ」俺も言い張った。次第に頭の中で「負け」の文字が大きくなる。

「ストックホルム市警の仕事は、今日はもう終わりだ」

「こんな非常時なのに？」

「戒厳令が敷かれているわけじゃない」

「あれは警察じゃなくて、軍が担当するものだと思うけど」

押し問答の末、ようやくエリクソンが折れた。俺は「晩飯を奢るから」とつい自棄《やけ》になって言ってしまったのだが、それが決め手になったようである。どんなに豪勢なディナーを要求されるかと心配になったが、用心に越したことはない。金で買える安全もある、と考えないと。

電話を切ってから、言い忘れに気づいた……忘れずに銃を持ってきてくれと頼むべきだったのではないだろうか。

所轄に立ち寄り、ミニを返してもらう。所轄――警察署は何ともお役所的で、二階の受付できちんと手続きをしなければならなかった。ガラス窓越しに応対してくれた制服姿の警官は、ひたすら事務的に振る舞い、愛想の欠片《かけら》もなかった。無事に返してもらうまで、三十分。うんざりするような時間だった。俺の他に、アラブ系の若者が二人、順番待ちで苛々していた。

部屋には、荒らされた形跡はなかった。ドアに挟んだ紙もそのまま。もちろん、目端が利くベテランなら、紙の存在に気づき、侵入した後で元通りにしておくだろう。家探《やさが》しも、当人にも気づかれないぐらい慎重にやるかもしれない。だが、そんなことをするのは誰なんだ？　テロリストではなく、どこかの国の諜報部員？　考えれば考えるほど分からなくなる。

「これで気が済んだか？」腰に両手を当てたエリクソンが、面倒臭そうに言った。

「ああ」俺はスーツケースを引っ張って来て、玄関に向かった。途中で気が変わり、スーツケースを放置したまま窓辺に寄る。カーテンを一センチほど開けて、その隙間から既に暗くなった通りを見下ろした。車が行きかうだけで、人気はない。

「何してるんだ」エリクソンが苛立った声で訊ねる。

「いや、気をつけないと」

「何を」

「誰かに見張られているかもしれない」

「心あたりがあるのか？」エリクソンが真剣な口調で訊ねる。

　俺は振り返り、思わずエリクソンを睨んだ。彼が真顔で睨み返してくる。でかい男だけに、嫌な迫力が滲んだ。

「スウェーデンは安全な国なのか？」

「何が言いたい？」

「安全なんだろうな」俺は部屋の真ん中に歩み寄り、スーツケースのハンドルに手をかけた。「今回みたいな事件は、珍しいんだろう？」

「そんなことはない」エリクソンの顔から血の気が引いた。「二〇一〇年の自爆テロを知らないのか」

「ああ……」俺は唾を呑んだ。世界中を回って、紛争地帯や危険な地域の取材を続けているうちに、多くの事件が頭から抜け落ちてしまっている。しかし、一瞬で記憶が蘇った。あれは、スウェーデンで初めての自爆テロとして有名なのだ。

「クリスマスセールの初日に、ドロットニングガータン近くでアウディが爆発したんだ。実際に突っこむ前に手違いで爆発したんだろうが、一歩間違えれば大惨事になっていた」

エリクソンの目は充血していた。「それがきっかけで、ストックホルム市警にもテロ対策特別班ができたんだ」

「そうか」

「知ってるか？　今、この国の人口の十パーセントは、海外にルーツがあるんだ」

「移民国家ということか……」

「そう。だから、人種や宗教の問題には一々目くじらを立てないのが肝要だ」

それは、現実に目を瞑っているだけではないか、と俺は思った。異なる人種、宗教の人たちが、互いの権利を尊重しながら暮らす――などというのは絵空事に過ぎない。人は基本的に争い、自分の権利を主張する生き物なのだ。だからこそ戦争はなくならない。戦争こそが、人間を人間たらしめているものではないかと、俺は皮肉に思うことがあった。現実を見るにつれ、理想主義は次第に萎んでいく。この仕事を始めた頃は、悲惨な現実を世に問いかけることで、人の心を動かせるのではないかと希望を持っていた。しかし今は、単なる悲惨な現在の「記録係」ではないかと悲観的に、そして皮肉に考えることが多くなっている。

「我々は、今回の件も軽視していない。一般的なテロと断定できる材料はないが、爆破事件だからな」

「ああ」

「あんたの恋人もきちんと捜す。それは保証するよ」

「分かっている」

彼女は無事だ——その言葉が喉元まで上がってくる。だが、今はまだ言えない。里香との約束なのだ。

後ろめたい気分を少しでも解消するためには、予定通り飯を奢るしかないだろう。彼が夕食にいったい何を選ぶのか、びくびくしながら俺は部屋を出た。


エリクソンは、自分の車——白いルノーを運転してきていた。里香の家を出ると、「ガムラスタンで食事にするか」と切り出す。

「構わないけど……」あそこでは里香と一緒に食事をしたことがあるが、やけに高かった記憶がある。やはり観光客向けの店が多いので、強気な値段設定なのだろう。エリクソンなら、地元の人たちが普段食事をする、安くて美味い店をいくらでも知っていそうだが。

エリクソンが案内してくれたのは、予想通り、何とも気取った店だった。彼は行きつけのようで、ウェイターと気さくに言葉を交わし、案内を待たずに、勝手に一番奥のテーブルにつく。

「警察官なら只《ただ》で食べられる店か」世界中、どこの街にもそういう店がある。癒着《ゆちゃく》なのだが、警察官がいつくことで、店の「防衛」にもなる。

「馬鹿言うな。ここは、弟が経営しているんだ」

「失礼」俺は一つ咳払いして、メニューに目を通した。やはり高い……まあ、仕方ないだろう。インテリアからして、かなり高級そうなのだ。茶色と黒で統一された店内は、どこかイギリスっぽい雰囲気を漂わせている。

「何が美味い？」

「何でも。うちの弟は、料理に関しては天才的な才能を持っている。我が家の家系だな。父親も祖父もシェフだった」

「あんたは？」

「俺だけが例外だった」エリクソンが肩をすくめた。「リブを試してみろ。生姜《しょうが》とはちみつの味つけが最高だ」

「……いや」二百三十五クローナ。目が回るほどの金額ではないが、財布には優しくない。ソーセージのグリルを見つけ、そちらにした。百七十クローナ。

「俺はリブにする。ここに来るといつもそうなんだ……飲み物は」

「水を。ガス入りで」

「アルコールは？」エリクソンが片目を見開く。

「今は呑む気になれない」

「無理には勧めない。俺もビールにしておく」

「そんなもので足りるのか？」俺は、毛細血管が浮いた彼の白い鼻を凝視した。相当きついアルコールを、常時呑んでいる証拠だ。だいたいスウェーデンでは、飲酒の問題がかなり深刻なはずである。スウェーデンの酒と言えば……。「アクアビットじゃなくていいのか」

「俺は昔から、ビール一辺倒なんだ」エリクソンが鼻を鳴らす。「警察官は、きつい酒で意識をなくしている暇はないからな」

そういうところは、やはり四角四面の刑事なわけか。俺は納得して、彼の飲酒問題にはこれ以上首を突っこまないことにした。実際、エリクソンの呑み方は、酒と結婚した男のそれとは思えなかった。グラスのビールをちびちびと呑み、なかなか水面が下がらない。俺はガス入りのミネラルウォーターを啜《すす》りながら、会話の糸口を捜した。話していいこと、いけないこと——今のところは、話せないことの方が多い。結局、スウェーデンの料理についで話し、時間を潰した。

ふいに思い出したように、エリクソンが打ち明ける。

「そういえば、意識不明だった研究所の女性が、意識を回復したそうだ」

アイラ・リンか。俺は黙ってうなずき、彼の次の言葉を待った。

「これから事情聴取を始める。上手くいけば、あんたの彼女の行方が分かるかもしれないよ」

「期待してるよ」本当に期待できるかどうかは分からなかったが。重傷を負った彼女は、「その瞬間」を見ていなかった可能性が高い。

エリクソンが頼んだリブは、確かに美味そうだった。リブと言えば、アメリカではステーキの定番だが、あれは「ただ肉を焼いた」料理である。この店のリブは、凝ったソースを使い、ザワークラウトとリンゴのコンポートがついていた。一皿でメインとデザートの両方を食べさせる感じだが、ミートボールにクランベリーを添えるのと同じ感覚かもしれない。

俺が頼んだソーセージもまた、凝った感じだった。皿の直径とほぼ同じ長さのソーセージはグリルしただけだが、生の香草が添えられ、ビーツやキノコも載っている。ソースは赤ワインベースだろうか。添え物は、綺麗に丸められたマッシュポテトが二つ。パンもあったが、それなしでも十分腹が膨れそうだった。一口食べてみると、美味いのだが塩気がきつい。慌てて水を飲み、塩気を洗い流した。何というか……北国はやはり味つけが濃いのだろうか。俺は思わず、地元青森の漬物を思い出していた。

「彼女はストックホルムにいると思うか」突然、エリクソンが訊ねた。

「分からない。姿を隠すとしたら、ストックホルムが一番いいと思うけど」

「大都会だからな。誰も隣の人間に関心を示さない」

「ここから出たと思うか？」俺は逆に訊ねた。

「可能性はあるな」エリクソンがフォークを置き、静かに言った。「ストックホルムは交通のハブなんだ。飛行機なら、乗ったらすぐに分かるように手配しているが、鉄道も使える。デンマーク、ノルウェーまでは簡単に行けるし、マルメを経由すればドイツへ向かう夜行列車もある」

「一番可能性があるのは？」

「デンマークじゃないかな」エリクソンが、背広の内ポケットから手帳を取り出した。折り畳んだスウェーデンの地図を取り出し、テーブルの上で広げる。「マルメがポイントだ。ここまで行けば、オーレスン・リンクを通る列車で、コペンハーゲンまでは三十分しかからない」

「コペンハーゲンまで行けば、後はヨーロッパ各国へも移動しやすい……」俺は話を合わせた。

「彼女は、ヨーロッパの他の国に行くあてはないのか？　どこかに知り合いがいるとか」

「どうかな……」俺は顎を撫でた。「研究者の知り合いはいると思う」

「逃げやすいのは間違いない……英語ができれば、どこでも何とかなるだろうし」

「鉄道か……」スウェーデン最南端の街、マルメまでは、どれぐらい時間がかかるのだろう。訊ねると、エリクソンは「四時間半」とすぐに答えた。長い旅だ……それでも、飛行機に乗って足がつくよりはましかもしれない。

「駅で監視はしてないのか」

「そこまで人手は割けない。ただ、監視カメラはフル活用している」

それでは見つかるはずがないと思ったが、俺は文句を呑みこんだ。「もっと人手を使って捜索してくれ」とは頼めない。

「あんたの方はどうなんだ？　何か手がかりは？」

「警察にそれを聞かれるとは思わなかった」

俺は皮肉で返したが、エリクソンの表情は崩れなかった。皿に視線を落とし、残った肉を黙々と片づける。俺は、ソーセージを三分の一ほど残してしまった。二日分ほどの塩分を一気に取った感じがする。

「ＩＬＬをどう思う？」

「どうって」マッシュポテトをフォークで突いていた俺は顔を上げた。この質問は想定外だ。

「警察がかかわるような研究所じゃない。少なくとも今までは」

「だろうな」

「ただ、気になる話を聞いた。ブラックマーケットの件は知ってるか？」

「ああ。イラクで、いかにも盗掘されたようなものが売られているのを見たことがある」

ラーションからも話を聞いて、闇が深そうなのは分かっていた。

「博物館なんかの展示品でも、出所不明のものが多いそうだな」

俺はうなずいた。欧米の博物館で展示されている考古学的な資料は、確かに豊富だ。十九世紀頃から、中東での遺跡発掘が盛んになり、掘り出した物をそのまま持ち帰ってしまったケースが多い。それが法的に問題があるかどうか……里香が、そういう状況を怒りながら説明してくれたことがある。

「何の権利があって持ち帰ったか、はっきりしないの。日本の古墳をアメリカの調査隊が勝手に発掘して、出土品を持っていくようなものでしょう」

彼女は「文化侵略だ」とも言った。だがそういうことは、以前から――それこそ紀元前から行われてきた。戦争で勝った国が、負けた国の宝物を分捕っていく。あるいは、地元の人たちにとっては「ゴミ屑」に過ぎない物が、外国人にとっては大変なお宝に見える。

しかし、先進国にそんなことをする権利はない、というのが里香の言い分だった。俺は思わず反論したものだ。「中東の出土品は、そのまま現地に置いてあったら破壊されていたかもしれない」。そこで里香は黙りこんだのだった。その地に住んだ先人の遺跡を破壊するのと、盗人《ぬすっと》のように自分の国に持ち帰るのと、文化的にはどちらが蛮行なのだろうか。

「そう考えると、結構な金が絡む話じゃないのか？」エリクソンが指摘する。

「そうかもしれない」

「ミズ・マツムラが持ち出した粘土板のことだが……」

鼓動が跳ね上がり、俺は隣の椅子に置いたバッグにそっと触れた。直接タブレットの感触があるわけではないが、かすかに熱を持っているように感じられる。

「それが何か？」

「彼女はどうして、そのタブレットを持ち出したんだろう。それほど重要なものなら、もっと安全な隠し場所もあったはずだ。何も、ＩＬＬに置いておかなければならない決まりがあったわけでもないだろうし」

「研究材料だから、自分の手元に置いておきたかったんじゃないかな」

「研究所の連中は、どうにもはっきりしない」エリクソンが、太い指を俺に突きつけた。

「あの所長……ラーションか？　彼にしても、何か隠しているような気がしてならないんだ」

「それは刑事の勘？」

「そうかもしれない」エリクソンがうなずく。「ただ、隠す理由が分からない。例えばその粘土板――タブレットが盗品だと分かっていて所持していたら、隠す気になるだろうか」

「どうかな」俺は腕組みした。「タブレットそのものは、中東の遺跡では大量に出土するらしい。それこそ、物置き場みたいな場所もあったそうだから」

「ミズ・マツムラからの受け売りか？」

「ああ」

「そんなに大量に出土するものに、金銭的な価値がつくだろうか。ある意味、インフレ状態じゃないか」

「前にも話したけど、内容によっては……ということじゃないかな」

「どうにも腑《ふ》に落ちないんだな……」エリクソンが首を捻る。「タブレットの管理は研究所の問題だろう。個人が責任を負うべきことじゃないはずだ」

「どうかな……」俺も両手を組み合わせて楕円を作った。本当のタブレットは、ほぼ丸みのない長方形なのだが。「本当にこれぐらいの大きさだとしたら、ポケットに入るんじゃないか？　まずいと思ったら、とっさに持ち出すのも簡単だったと思う」

「そうかもしれないが、どうしてあれが、襲撃だと分かったのかね」エリクソンが俺の目を真っ直ぐ覗きこんだ。「爆発の規模は、実はそれほど大きくなかったんだ」

「そうなのか？」崩れ落ちたガラス、宙を舞う書類……彼の言い分が正しいとは思えない。

「建物の構造を考えてくれ。正面は脆《もろ》いガラスだ。それほど威力のない爆発物でも、全て吹っ飛ぶ。その他に、少し火が出たぐらいだ。あれは誰かを殺そうとしたというより、目くらましだったんじゃないかな」

「所員がショックで呆然としている間に、中に押し入る――」

「そういうことだ」エリクソンが俺の言葉を途中で遮り、うなずく。「何かを盗もうとしたら、それも一つのやり方だと思う。夜、忍びこむよりも、効果的かもしれない。あの研究所は、夜間のセキュリティはしっかりしているから、賊が押し入ればすぐに分かるんだ」

「そうかもしれないけど、あんな時間に建物を爆破して無理に押し入るっていうのは、ただの泥棒――いや、泥棒以下じゃないか」

「だからテロの線を考えているんだが……」沈んだ表情を浮かべ、エリクソンが顎を撫でる。「テロだったら、何らかの形で犯行声明が出るのが普通だ。テロリストは、自分たちがやったことを世間に知らしめたいわけだから。そういうわけで、いろいろ矛盾だらけの事件なんだが……俺は、ミズ・マツムラが躊躇なく逃げたことが怪しいと思う」

「彼女が何かやったって言うのか」俺は気色《けしき》ばんだ――気色ばんだふりをした。やはり、この男の勘を舐めてはいけないようだ。

「そういう意味じゃない。俺の中では……せいぜい『参考人』だ」

「参考人は、すぐに容疑者に格上げされることが多いと思うが」

「あんたが心配するのは当然だが、冷静に考えてくれ。俺がおかしいと思ったのは、彼女の動きの早さだ」

「どういう意味だ?」

「まるで、襲撃を事前に知っていたようじゃないか。だから、賊が押し入った時に、すぐに脱出できた」

その考えをそのまま押し進めると、里香の立場はまた危うくなる。彼女は「内通者」で、さらにあの混乱に乗じてタブレットを持ち出す役目を負っていたのではないか。実際にはそうではない――彼女は、俺にタブレットを託しているのだから。もしも賊とつながっていたら、持ち出したタブレットを連中に渡してそれで終わりだろう。そうではないから、「隠して欲しい」と頼んできた。

何か、全てが微妙にずれている気がしてならない。

「俺たちは、諦めてないからな」エリクソンが自分に言い聞かせるように言った。

「賊の正体は分かったのか？」

「それは言えない。捜査の秘密だ」

「しかし――」

「俺がこうやってあんたと話しているのは、あんたがミズ・マツムラの恋人だからだ。要するにあんたに同情しているんだよ、俺は」

「……ああ」

「それ以上の理由はない。これだけでも大サービスだ。捜査の本筋に関する情報を教えるつもりはない」

「分かった」

「とにかく、そちらでも何か分かったら——」怪訝そうな表情を浮かべ、エリクソンが背広の内ポケットから携帯電話を引っ張り出した。「ちょっと待ってくれ」と言って耳に押しつけ、顔を背《そむ》けて話し出す。「ああ、俺だ——何だと？」いきなり声のトーンが上がる。「ああ、そうだ。それで、いつ……午後？　ふざけるな！」

立ち上がったエリクソンを、俺は唖然として見上げた。この大男が、ここまで本気で怒ったのを見るのは初めてだった。

「どうして逃がした？　連絡ミス？　もう手遅れかもしれないぞ」

手遅れという言葉が、嫌な感じで胸に染みこんできた。俺は腰を浮かしかけたが、エリクソンがまくしたてる勢いに押され、結局立ち上がれなかった。

「マルメに連絡しろ。向こうで、空港と駅を徹底的にチェックさせるんだ」

電話を切り、音を立てて椅子に腰を下ろす。顔は真っ赤で、鼻息が炎になって吹き出す様を、俺は想像した。

「阿呆《あほう》な部下をどうすればいいと思う？」

「俺はフリーランスだ。部下も上司もいないから分からない」俺は肩をすくめた。「それより、何かあったのか？　リカの行方の手がかりでも？」

「彼女は、今日の午後遅い便でマルメに飛んだ。航空会社との連絡の行き違いで、予約名簿のチェックに漏れがあったようだ。本名で搭乗したそうだ……今、空港と駅をチェックさせている」

マルメからだと、デンマークに簡単に渡れる。その先に広がるヨーロッパ全域を、スウェーデン警察が捜索の対象にするのは無理だろう。

「あんたは──ストックホルム市警はどうするんだ」

「マルメ署に捜索を依頼した。こちらからも人を出すことになると思う」

「あんたが行くのか？」

「分からん」勢いよく、携帯をポケットに突っこむ。「この件は秘密に──」

「あんたからは何も聞かなかった」俺はすかさず言った。

「結構だ」エリクソンがうなずく。「捜査の秘密を明かすわけにはいかないからな」

こちらも、里香の秘密を明かすわけにはいかない。俺はまたそっと、バッグに触れた。

里香は「捜さないで欲しい」と書き残したが、それで俺が諦めると思ったら、彼女は俺のことを勘違いしている。

猟犬の本能は、恋人に頼まれても抑えられるものではないのだ。だいたい彼女は、俺がどれだけ心配しているか、想像できないのだろうか。

11……マルメ

ストックホルムからマルメまでは、直線距離にして六百キロほど、飛行機で飛べばわずか一時間だ。両都市間を結ぶフライトは、スウェーデンの空の交通の大動脈でもあるらしく、便数も多い。俺は何とか、朝八時過ぎにアーランダ空港を発《た》つフライトを確保し、寝ぼけ眼のまま乗りこんだ。

幸い、荷物のチェックは緩かった。手荷物で持ちこんだタブレットは、当然X線検査で映っていたはずだが、ノーチェックだった。おそらくどこの空港でも同じだろう。これなら持ち運びも簡単だ。

マルメ空港に到着して、いきなりの田舎ぶりに驚く。アーランダ空港がいかにも都会的、巨大で清潔な印象なのに、こちらは田舎のJRの駅という感じである。しかも、市の中心部からは遠く離れている。足がないと動けそうにないので、エイビスのカウンターで車を調達することにした。日本車もあったが、ヨーロッパという土地柄に合わせてゴルフを選ぶ。地味だが信頼できる車だ。

スーツケースとカメラバッグはトランクルームに、ストックホルムで買ったバックパックは助手席に置いた。離れる前に空港を見てみると、何と建物全体が黄色である。北欧らしい色遣いとも言えるのだが、空港には不似合いな派手さだった。

走り出してすぐ、ストックホルムとの違いに気づく。周辺の緑が濃い。ストックホルムは、晩秋というより既に冬の気配を漂わせていたのだが、ここでは広々とした緑の絨毯が広がり、春の様相さえ見せている。窓を開けると、途端に寒風が吹きこんできて、首をすくめる羽目になったが。

そういう、何もない景色の中を三十分。ようやく市街地に入ると、マルメはどこかしっとりとした落ち着きのある街だと気づいた。中心部は賑やかなのだろうが、地味な色合いの建物が並ぶ様は、郊外の上品な住宅地という感じだった。

しかし、そういう光景の中をドライブしても、気が休まるわけではない。ハンドルを握る手には、自然に力が入ってしまう。

どこから攻めるか——地元の警察だ。相手にしてもらえるかどうか分からなかったが、とっかかりとして顔を売っておく必要はある。

マルメ警察は、マルメ中央駅にほど近い場所にあった。歴史の古さを感じさせるごちゃごちゃとした一角の中で、建物自体はまだ真新しい、素っ気ない直方体だった。二階までは茶色いレンガをあしらってあるが、三階から上はグレーの無機質な壁である。警察署以外にも行政機関が入っているようで、乏しいスウェーデン語の知識を動員した結果、検察と……もう一つは犯罪局、とでも訳すのだろうか。要するに、悪人は足を踏み入れたくないビルのようだ。

近くに車を停め、建物に入って行く。一般的に「警察署」という言葉がイメージさせるような物々しい雰囲気はない。制服警官がいるわけでもないし、一階のホールに受付があるだけだった。そこで事情を説明し、多少手間取ったものの、何とか納得してもらう。待つように言われたので、ホールの片隅にあるベンチに座り、バックパックを胸に抱えたまま待った。

五分ほどしてホールに出て来たのは、ワイシャツにネクタイ姿の男だった。縦横が同じサイズ――身長はエリクソンと同じぐらいだが、とにかく横幅が広い。腹は前に突き出て、下を向いても自分の靴さえ見えないだろう。金髪は薄くなりかけており、その代わりというわけではないだろうが、ドジョウ髭を生やしていた。

値踏みするように俺を見る。俺は特大の笑みを浮かべ――この笑顔で何度も危機を脱してきた――右手を差し出した。無事に握手は交わしたが、男の手にはまったく力は入っていなかった。

「ストックホルムの爆破事件の関係だって？」英語にまったく訛りはなかったが、第一声から面倒臭そうだった。

「正確に言えば、その現場からいなくなった女性を捜しています」

「あんたの恋人だそうだな」

「ストックホルムからは、そういう情報が？」

「まったく、何でもかんでも押しつけてきやがる。ストックホルムはそんなに偉いのかね」

　吐き捨てるような言い方に、俺は昨夜エリクソンから聞いた忠告を思い出した。マルメを含むスウェーデン南部は「スコーネ地方」と呼ばれていて、ストックホルムとは完全に別の文化圏だと考えた方がいい。何となれば、デンマーク領だった時期が長いから。ひどい訛りがあるから会話には不自由するかもしれない——偏見だろうと思っていたが、マルメの人もストックホルムに対して、敵愾心《てきがいしん》に近い気持ちを抱いているようだ。ライバル意識というべきか……東京と大阪のような関係だろうか、と俺は想像した。

「とにかく、話だけは聞こう……ちょっとこっちに来てくれ」

　男が建物の奥に入っていく。建物自体は真新しいのだが、どこか迷路にも似た造りで、俺はすぐに自分と受付の位置関係が分からなくなった。男は細い廊下を歩いて、ある部屋の前で立ち止まった。取調室か何かかと警戒したが、彼がカードを使ってドアを開けると、単なる会議室だと分かった。窓もない部屋ではあったが。

　部屋に入り、ようやく名刺を交換する。男の名前は、スティーグ・オロフソン。スウェーデンではよくある名前と苗字だ。

「カメラマン？」

「そうです」

「女の裸専門じゃないのかね」

「違います。女性相手だと、興奮して撮影できない」

オロフソンがニヤリと笑い、髭の両端が下がった。ようやく警戒心を解いたのか、俺に椅子を勧める。本人も座ったが、椅子が明らかに小さく、両脇の肉がはみ出して垂れ下がっているように見えた。

「ストックホルムから、一応事情は聞いている。厄介な日本人が行くかもしれない、と警告も受けた」

「厄介、というのは心外です。俺はただ、彼女を捜しているだけですから」

「日本人が、わざわざスウェーデンで厄介事に巻きこまれるのは馬鹿らしいだろう。こういうのは、大使館にでも任せておけばいいんじゃないか」

「経験的に、大使館はこういう時にちゃんと仕事をしてくれないことを知ってますから」

「そんなものかね」オロフソンが右手の人差し指で髭を撫でつけた。

「彼らは、厄介事が大嫌いですよ」

「それは我々も同じだがね。世の中、平和が一番だ」

「……彼女についての手がかりはないんですか」俺は本題に入った。

「今のところ、ない」オロフソンがあっさり言い切った。「空港と駅、それにフェリーの監視を強化しているが、姿を見せない。現段階では、それぐらいしかできることはないな」

「道路は……デンマークに車で行くこともできますよね？　そこではチェックできないんですか」

「オーレスン・リンクのことか？」

「ええ。あれは有料ではないんですか？　料金所を調べれば……」

「車を使っているとしても、ナンバーが分からなければどうしようもないだろう」

「だったらレンタカーの会社を調べれば――」

「とっくにやった。彼女が車を借りた形跡はない」オロフソンが冷たく言い放つ。

どうやらこの男とは、信頼関係を築けそうにない。エリクソンとの間に信頼関係があったかどうかも分からないが、彼の方がまだ御しやすかった。

「それで？　あんたはいったいここで何をするつもりなんだ」

「彼女を捜します」

「当てはあるのか」

「それはないですが……」

「だったら、大人しくしていてくれないかな」オロフソンが静かに、しかしはっきりと警告した。「警察のやることには首を突っこまないように。彼女の居場所が分かったら、必ず連絡するから。こっちは何も、あんたを排除するつもりはない」

　俺はうなずくに止《とど》めた。「排除」はせずとも「無視」したいのだろう。だいたい警察の立場からすれば、俺が自分で里香を捜し回っているのは理解も許容もできないはずだ。しかし……「猟犬」は警察官だけだと考えているかもしれないが、生来の猟犬はいる。俺は主にファインダーを通して獲物を狩るわけだが、それでも他の人に比べて狩猟本能が発達しているのは自覚している。

「しばらくここにいるのか？」迷惑そうにオロフソンが訊ねる。

「そのつもりです。リカがここに来たのは間違いないでしょうから」

「もしも泊まるつもりなら、サボイをお勧めするよ」

「ホテルですか？　ロンドンのサボイホテルと何か関係でも？」クライアントつきの楽な取材で、あそこに泊まったことが一度だけある。自腹だったら絶対に選ばない、というのが率直な感想だ。

「それにあやかろうとしたようだが、とにかく、マルメでは一番歴史があるホテルだよ。ただし、そんなに高くはない」

「お気遣いいただき、どうも」取り敢えず礼を言うしかない。

　何もできないまま、待つつもりはない……俺は唇を噛み締めたまま、警察署を後にした。走るのをやめたら死ぬ、と自分に言い聞かせる。

サボイホテルか……俺は駅の近くに車を停め、運河の向こうにある建物を見やった。確かに歴史はありそうだ……建物の上に組まれた鉄骨に「SAVOY　HOTEL」の文字列が左右に二つかかっているのは、さながら古いハリウッド映画の雰囲気である。まったく改築せず、ずっと同じ建物で営業しているのだろうか。右側に塔があるのがデザイン上のアクセントになっている。何となく敷居が高い雰囲気で、泊まるのは気が進まなかったが、状況によってはそうするしかないだろう。他の宿を捜して時間を無駄にするのも馬鹿馬鹿しい。

マルメ中央駅付近は広々として、どこかのんびりした雰囲気が感じられる街だった。高い建物が少ないせいかもしれない。駅舎の前には、バス乗り場。駅舎そのものは濃い茶色のレンガ造りで、クラシカルなデザインである。その建物にスターバックスというのが、いかにも二十一世紀という感じだ。のんびりした雰囲気を感じるのは、ほとんど流れが止まって見える運河のせいかもしれない。かなり寒いのに比較的薄着の人が多いのは、北欧ならではか……少しでも陽光を肌に浴びたいのかもしれない。

当てもなく、俺は駅舎に入って行った。途端に、制服警官の二人組に出くわす。スウェーデンの警官の制服は濃紺で、どちらかというと「軍服」のイメージが強く、それだけに威圧感があった。里香を捜してくれているのだろうか……声をかけようと思ったが、自分が既に「要注意人物」になっている可能性を恐れ、無言で見送った。

この駅の中で、里香一人を捜し出すことができるのだろうか。俺はにわかに不安になった。ストックホルム中央駅に比べれば大した規模ではないだろうと想像していたのだが、実際にはかなり巨大な駅である。いわゆる「駅ビル」のような大きな建物がないせいで、外からは小さく見えたのだとすぐに分かった。

コンコースがだだっ広く、やたらと飲食店が並んでいるので、ショッピングセンターのフードコートのようにも見える。ダイヤなどを示す案内板がなければ、行き交う人は買い物客にしか見えないだろう。ここにもバーガーキング……アメリカ資本は、確実に北欧をも侵しているようだ。

改札はないので、ホームを覗いてみた。アーチ型の屋根がかかり、何本もの線路が引き入れられている。ここが多くの路線の始発終着駅のようで、線路はホームの端で行き止まりになっていた。

ホームには、ほとんど乗客がいない。日本の首都圏の鉄道のように発着が頻繁ではないようで、発車時刻になると、急に人が増えるのだろう。この辺は、日本のローカル線の駅と似た感じだ。

コンコースに戻る。相変わらずの人ごみで、歩きにくいことこの上ない。その間を縫うように、先ほど入ったのと反対側の出入り口に出る。そちら側から見ると、驚いたことに駅舎はガラス製のモダンな建物である。元々あったレンガ造りの駅舎に、後から増築したのだろうか。総ガラス張りの造りは、ＩＬＬの建物を思い起こさせた。ここで爆発が起こったら……とつい考えてしまう。ガラスの雨を浴びることを想像すると、震えが襲ってきた。

ショックは、後からひどくなることもある。

駅前には広々とした道路が走っており、駅に入らない単線の線路がそこを横切っている。トラム《路面電車》でも走っているのだろうか。

市街地は広々としている。マルメも、中心部だけ見てもかなり大きな街なのだ、と実感した。ここに紛れこみ、姿を隠すのはそれほど難しくないだろう。何かヒントは……ふと思いつき、スマートフォンを取り出した。駅舎の脇にあるコンクリート製のベンチに腰かけ、バックパックを腹のところにしっかり抱えこんでから、ラーションに電話をかける。

彼は何か、情報を持っているかもしれない。

「ああ、マサキか」

少し迷惑そうな口調。また警察に呼ばれているのかもしれない、と俺は想像した。

「今、話して大丈夫ですか？」

「ああ。問題ない」

「実は今、マルメにいるんです」

「マルメ？　どうしてまた、スコーネみたいな辺鄙《へんぴ》なところに」

その皮肉な言葉を聞いて、彼も生粋のストックホルム人なのだろうかと俺は訝《いぶか》った。

「実は、リカが飛行機でマルメに飛んだという情報が入ってきたんです」

「どこから」疑わしげにラーションが訊ねる。

「もちろん警察です。それ以外に情報源はありませんよ」

「私は何も聞いていないが……」不満そうな本音が覗く。「警察は、こちらには事情を伏せても、君には話すということなのか？」

「その辺の事情は、俺には分かりませんが……」昨夜は、たまたま俺の目の前で電話を受けてしまったから、仕方なく話したのかもしれない。そうでなければエリクソンは情報を漏らさず、俺はまだストックホルムで指をくわえて、里香からの連絡を待っているだけだったかもしれない。

「マルメと言ったか？」

「ええ」

「まさか……いや、そんなはずはない」

ラーションが独り言の陰に隠れそうになったので、俺は少しだけ声を張り上げた。

「何か思い当たる節でもあるんですか？　今の言葉は、そういう感じでしたけど」

「実は、リカから出張申請が出ていたんだ」

「マルメに？」

「ああ」

苛ついた口調でラーションが言った。どうも今日の俺たちは、会話をスムーズに進めることができない。

「出張は、珍しいことではないでしょう」研究所だからといって、毎日狭い部屋に籠って、決まった時間に仕事をしているわけではあるまい。

「たまにはストックホルムを出ることもある」ラーションが認める。「今回は、私が許可のサインを書く前に爆発が起きたんだ。まだ研究所の整理は終わっていないが、申請書類が残っているかどうか……」

「いつマルメに行く予定だったんですか」

「まさに今日だったな、確か」

俺は唾を呑み下した。実際には里香は、予定より一日早い昨日、マルメに飛んでいる。飛行機に乗ってしまえば、追跡される恐れがあるぐらいは、分かっているはずだ。それだけの危険を冒してまで、マルメに来なければならなかった理由は何なのだろう。俺はラーションに確認した。

「ある人物と会う予定だと言っていた」

「何者ですか」一瞬、男かと思った。新しい恋人……しかし、私的な用事のために出張中請は考えにくい。だいたい彼女は、公私のけじめはきちんとつけるタイプなのだ。

「学者なんだがね」

そういうことか……やはり仕事の絡みだったのだと、俺は密かに安堵の息を漏らした。

「マルメにも言語学者がいるんですか」

「彼女が会おうとしていたのは、マルメの人間——スウェーデン人ではないよ」

俺の頭は一瞬、クエスチョンマークで埋め尽くされた。何かがおかしい……沈黙を埋めるように、ラーションが疑問を解いてくれた。

「ドイツの学者が、マルメに滞在しているらしいんだ」

「ああ……研究のためですか？」

「そういう訳でもないようだ」

「よく分かりませんが」どうにも話が回りくどい。

「私にも分からない。何かプライベートな事情があるようなんだがね、そのハンセンという人は……」電話の向こうでラーションが苦笑した。

「何か問題でも？」

「相当な変わり者らしい。私は直接は知らないんだが、世捨て人のようだと聞いている」

世捨て人……そういう人がいるのは想像はできる。学者には変わり者が多いとも聞くし、ハンセンという男が世捨て人でもおかしくはない。

「どういう人なんですか？」

「元々はシュメル語の専門家だ。しかし三十年ほど前から、表立った研究活動はしていない。何かトラブルがあったらしいんだが、申し訳ないが、私は詳細は知らない」

「彼女は、どうしてその、ハンセンという人に会いに行こうとしていたんでしょう。研究の関係ですか？」

「理由は詳しくは聞いていないんだ」申し訳なさそうにラーションが言った。「ただ、研究以外で接点はないんじゃないかな」

「どこでハンセンと会えるか、分かりますか？」

「それは、残念ながら……彼の現住所はベルリンで、そちらは分かると思うがね。ただ、君にはヒントになるかもしれない情報がある。確証はないんだが」

「教えて下さい」俺はメモ帳を広げてボールペンを構えた。「この際、何でも構いません」

「ハンセンの娘婿《むすめむこ》は、日本人だと聞いたことがある。もしも会えれば、話の通りが早いんじゃないだろうか。あるいは彼が、マルメに住んでいるのかもしれない」

　小さな手がかりでも、今の俺には十分だった。ただカメラを構えて被写体の前に立つだけではない。こちらから何かを探り出して、見に行くこともある。しかも今は、ちょっと検索すればすぐに情報は手に入るのだ。

この辺りにどれぐらい日本人が住んでいるか分からなかったが、すぐに、地元の日本人会が見つかった。連絡先は——サイトに電話番号は掲載されていなかったが、代表のメールアドレスがあったので、まずそこにメールを送る。マルメに住む日本人を捜しているのですが、手がかりはないでしょうか。

送信して、待つ。急に空腹を覚えた。駅のコンコース内には食事ができる場所がいくらでもあるから、早めに済ませてしまおうか……しかし、立ち上がった瞬間にメールの返信があった。早さに驚きながら、確認する。

日本人会の平原礼子《ひらはられいこ》と申します。お問い合わせの件ですが、こちらで分かることであればお答えできると思います。お急ぎでしたら、そちらの電話番号を教えていただけませんか。

よし。小さくガッツポーズを作り、俺はすぐに自分の電話番号をメールで伝えた。この調子だと、すぐに電話がかかってきそうだ……予想通り、送信してから一分と経たないうちにスマートフォンが鳴る。何とも親切な人がいるものだと皮肉に考えたが、世の中は、俺が考えているよりは優しさに満ちているのだろう。

「鷹見と申します」

「はい、平原です」少し高い女性の声だった。「日本人の方をお捜しなんですか?」

「そうなんです。マルメ在住のはずなんですが、手がかりが少なくて困っています」

「差し支えなければ……」彼女が少し遠慮がちに訊ねた。「どうしてその人を捜しているのか、教えてもらえますか」

「話すと長くなるんですが、私の恋人が行方不明なんです。その人が、行方を知っているかもしれない」少し話をカットして説明した。一から全部話していたら、いつまで経っても終わらないだろう。話せないことも多いし。

「そうなんですか……」彼女が、この情報の真偽を吟味している様子が窺《うかが》えた。だいぶ好意的に対応してくれているが、にわかには信じられないのだろう。それが普通の反応だ。

「ヒントがあれば分かるかもしれませんが……この地方に住んでいる日本人が、全員日本人会に入っているわけでもないので」

「そうですか」期待し過ぎるな、と俺は自分を戒めた。「おそらく、ドイツ人女性と結婚してこちらに住んでいる人なんですが……」

「ドイツ人女性ですか?」彼女はピンと来ていない様子だった。「ちょっと心当たりがないんですけど……少し時間を貰ってもいいですか? 情報を流して、聞いてみます」

「お手数かけます」

「ところで今、どちらにいるんですか」

「マルメ中央駅です。今日、こちらに着いたばかりで。何だったら、直接会ってご説明します。あなたの方で都合が悪くなければ」

「そうですね……実は、駅のすぐ近くにいるんですけど」

「そうなんですか？」

「手を振ってくれれば、こちらから見えるかもしれませんよ」

「本当ですか？」

俺は思わず立ち上がって右手を振った。沈黙。からかわれたのかと思ったが、彼女は
「残念ながら見えませんね。角度が悪いのかな」と言って笑った。

からかわれたのかもしれない、と一瞬むっとしたが、気を取り直して誘いをかける。

「食事でもしませんか？」その方が気楽に話せる──長年の経験から分かっていた。

「そうですね……三十分ほど待っていただけますか？　それまでに仕事を終わらせますから」

「すみません、いきなりお世話になってしまって」

「いえいえ。日本人同士は、助け合わないといけませんからね」

こういう時にはやはり、「日本人同士」という言葉にほっとする。三十分後には何とか情報が手に入るように、と祈った。

平原礼子は、小柄で快活な女性だった。俺は指定された店に先に着いて待っていたのだが、彼女が店に入って来た瞬間に、エネルギッシュな人だと確信した。こちらへ歩いて来る足の運びが軽快で、頭が激しく上下している。

「どうも、お待たせしました」電話ではなく生で聞く声は軽やかで、耳に心地好かった。

「すみません、わざわざ会っていただいて」

「いえいえ。どうせお昼は食べるんですし」

礼子は三十代の前半ぐらいに見えた。ボブカットにした髪が艶々《つやつや》している。笑うと右側だけにえくぼができ、それが愛嬌《あいきょう》のある表情のベースになっていた。左手薬指には結婚指輪。

「最初は、電話しようと思ったんです。でも、ホームページに電話番号の記載がなかった」

「ああ……日本人会と言っても、事務所を構えているわけではないので。基本的には、メールだけのやり取りなんです。何かイベントがある時は、場所を借りれば済みますしね」

「あなたは……何か仕事をされているんですよね」

「ええ。こちらの旅行会社で働いています。主人がやっている会社なんですけど」

「ご主人は、こちらの人ですか？」

「そうです」

「じゃあ、マルメ近辺は庭みたいなものですね」

「もう、五年住んでますから、大抵のことは分かります。それで、お捜しの人のことなんですけど……」礼子がハンドバッグからメモ帳を取り出した。「エラ・ナカガワという人じゃないかと思うんですが」

「もう分かったんですか？」俺は目を見開いた。

「日本人が多い街じゃないですし、日本人と結婚しているドイツ人女性という条件で、簡単に絞りこめました」

「そのナカガワさん……ご主人が日本人なんですね？」

「そうです。日本人会に入っていたので、すぐに分かりました。三十分も必要なかったですね」

「ご主人の名前は分かりますか？」

「タカジさん、ですね」メモ帳に視線を落とす。

これは大きなヒントになる。俺はうなずき、メニューを取り寄せた。これだけの情報が手に入れば、飯を奢るぐらい安いものだ。

「何かお勧めはありますか」

「ミートボールは飽きましたよね？」くすくす笑いながら礼子が訊ねる。

「そんなこともないですけど」

「日本人の方を案内すると、だいたいうんざりされますね。ヤンソンの誘惑はどうですか？」

あれはレストランで食べるものではないし、クリスマスの料理だから――以前、不思議な名前に惹かれて訊ねたところ、里香ににべもなく返されたことがあった。

「どんな料理なんですか？」

「まあ、一種のグラタンです。中身はジャガイモとアンチョビ、ですね」

相当くどそうだが、俺はそれにすることにした。基本的に、行った土地の物を食べるようにしている。食事は生活の基本であり、土地の人と同じ物を食べることが、理解の第一歩になるからだ。一度アフリカで真っ赤な辛いシチューを食べて腹を壊したことがあるが、ひどい目に遭《あ》ったのはその時ぐらいである。グラタンぐらいはどうということもないだろう。

料理を待つ間、礼子の方が俺を質問攻めにした。

「お仕事は何なんですか」

「カメラマンです」俺はバックパックから愛用のニコンを取り出した。歴戦の勇士らしく、あちこちに傷がついた、まさにプロ用。ついでに、スマートフォンで俺のブログを見せた。ここには、これまで撮ってきた中で自信のある写真を載せている。

「あ、これ」礼子が嬉しそうな声を上げた。「見たことありますよ」

「ああ……結構使われましたからね」

里香と出会ったイラクで撮影した写真……子どもが笑っているだけなのだが、『タイム』に掲載されたのをきっかけに、あちこちで取り上げられた。俺が撮影した写真の中では、最も多くの人の目に触れたものと言っていいだろう。どうしてこの写真を撮ったのか……俺自身が驚いたからだ。混乱するイラクでは、子どもたちは絶望した表情を浮かべていると想像していたのに、実際は違った。子どもは、弱いが強い——ファインダー越しに笑顔を見た瞬間、シャッターを押していた。

「すごい人なんですね？」

「私がすごいというより、この子がすごいんでしょう」謙遜《けんそん》ではなく本音だ。「子どもは強いですから。びっくりします」

「ちょっと疑ってました」礼子が舌を出し、軽く謝罪した。「同じ日本人だから助けてあげたいって思うけど、やっぱりどういう人なのか、心配になるじゃないですか」

「フリーランスは、それが一番困るんです。なかなか信用してもらえない。私の場合、写真が名刺代わりになることもありますけどね」

「どういう事情なのか、もう少し詳しく話してもらえますか」

礼子が座り直した。俺は覚悟を決めて、出来事の簡略版を話すことにした。協力してもらっているのだから、こちらも少しは手の内を明かさないと。

「ストックホルムに彼女が住んでいるんです。訪ねて行ったら行方不明で……警察に任せておけないんで、自分で捜し始めました」そもそもの失踪の原因は、もちろん省略した。話が複雑になり過ぎる。「いろいろ調べて、マルメに来ているらしいことが分かって……」

「ナカガワ夫妻のところにいるんですか？」

「そうではないかと思われるんですが、確信はありません。でも、取り敢えずその人に会えば、何か手がかりがあるかもしれないので」

料理が運ばれてきた。グラタン皿はそれほど大きくなく、これなら何とか食べられそうだ。ヨーロッパでほっとするのは、料理一皿一皿の量がそれほど多くないことである。これがアメリカだと、皿を見た瞬間に食欲を失うほどの量が出てくる。

グラタンには、比較的細く切ったジャガイモが入り、端の方が美味そうに焦げている。さっそくスプーンを突っこんで口に運ぶと、まずジャガイモの食感とクリームのこってりした味わいが口中に広がったが、次の瞬間にはスウェーデンでは馴染みの塩辛さが全てを支配する。

「アンチョビ、結構大量に入ってるんですね」俺は、平気な顔で食べている礼子に訊ねた。

「そうですね、これぐらいの量だと……日本人の感覚からすると、ちょっと多いと思うぐらい入ってると思います」

「スウェーデンの人は、高血圧が多そうですね」酒呑みも多いし。

「それはやっぱり、問題みたいですね。だから、外で食べる時は仕方ないですけど、家での食事では気をつけてます。ネイティブの夫は『味が薄い』って文句を言ってますけど」

「東北の人が、京都の料理になかなか慣れないようなものですかね」

「その感覚を、三倍ぐらいに膨らませた感じかも」礼子が軽く応じる。

気さくな女性でよかったとほっとしながら、俺はなおも情報を探った。

「ナカガワさんは……『中』に『川』でしょうか」

「そうです」

「名前のタカジは？」

「親孝行の孝に、次ぐという字です」

「ご主人は、何をしている人なんでしょう」ラーションの話は当たっていた、と思いながら俺は続けた。

「貿易関係の仕事らしいですよ」

「この辺に、商社の支店でもあるんですか？」

「ない……はずですね」礼子が指で顎を突いた。「個人でやってる方もいらっしゃいますから、そういう感じじゃないでしょうか」

「率直にお聞きしますけど、胡散臭い人ではありませんか？」

「ごめんなさい、それはまったく分かりません」礼子がさっと頭を下げる。目を隠した髪を梳《す》いて直しながら、「私は個人的に、中川さんとはつき合いがないので。日本人会の中で評判を聞くことはできますけど、時間がかかりますよ」

「そうですか……」そこまで調べている時間はない。名前が分かったのだから、直当たりすべきタイミングだ。

「その人に会えば、彼女の行方が分かるんですか？」礼子が訊ねる。

「正確には、奥さん――エラ・ナカガワさんの父親が問題なんです」

「問題？」礼子が眉を吊り上げた。「問題って……」

「失礼」俺は咳払いした。「ちょっと言葉が強かったですね。私の彼女は、エラ・ナカガワさんの父親に会いに来たようなんです。ところがその人は、本来はベルリンに住んでいて」

「話が複雑ですね」

「そうなんです。今は、マルメに住む娘さんに会いに来ているようですけど、その理由が分からない」

「それは、そんなに不思議でもないんじゃないですか。孫に会いに来たとか」

「孫、ねえ」

「孫――子どもがいるかどうかは分かりませんけど」礼子が慌てて言った。「基本的にヨーロッパは地続きみたいなものだし、今はEU内は移動も楽だから、皆結構気楽に行き来してますよ」

それは……そうかもしれない。しかしラーションによると、ハンセンという人間は相当な変わり者のようだ。隠遁者《いんとんしゃ》――そういう人が、普通に孫の顔を見たいがために、何百キロもの距離を移動するだろうか。家族とも縁を切り、自宅の暗い地下室に籠って、ひたすら粘土板とにらめっこする……俺はそういう姿を想像していたのだ。

「そのお父さん、どういう人なんですか」

「学者らしいです。古代メソポタミア専門の研究者」

「だったら、鷹見さんの彼女は……」

「同じような研究者です。だから、研究の関係で会いに来たんじゃないかと思うんですけど……」

「でも、行方不明なんですよね」礼子が突っこんだ。

これは……話の持って行き方を少し間違った。研究者が研究者を訪ねるのは、不自然でも何でもない。

「実は」咳払いして続ける。「彼女がストックホルムからいなくなった前後の状況が、不自然なんです。ちゃんと説明するのは難しいんですけど、とにかく何かおかしいとしか言いようがないんですよ」

「恋人のあなたがおかしいと言うなら、やっぱりおかしいんでしょうね」

曖昧な説明でも礼子が納得してくれたようなのでほっとして、俺はミネラルウォーターを一口飲んだ。人のいい人間を騙《だま》したような罪悪感を覚えたが、仕方がない。

「とにかく、その人に会って——その家に行ってみますよ」

「そうですね。何か、また手助けできるようなことがあれば……」

「それじゃ申し訳ない。私は日本人会の人間でもないですよ」

「でも、日本人でしょう？」礼子が屈託のない笑みを浮かべる。

こういう人ばかりなら、世の中に不幸の種は少なくなり、俺の仕事の素材も減るのだが、と思った。

12……ストックホルム

バリは、何とか怒りを抑えつけようと必死になった。怒りは、仕事をスムーズに進める上で、常に邪魔になる。祈りを唱える——マルドゥクへの祈り。姿を見たこともない神に祈るのは、毎回不思議な感じがするのだが、その名を考えただけで気持ちが落ち着くのは事実だ。

アーランダ空港のカフェに一人座ったバリは、目の前の飛行機を眺めた。手をつけないでいるうちに、カフェラテはどんどん冷えていく。先ほど口にした時には、既にアイスラテに変身し始めていた。

怒りは、いつのまにかもやもやとした気持ちに変わっていた。ダガットが焦るのも分かる。何しろ、約束の日は迫っているのだ。どんなに小さな手がかりでも拾い上げ、生かしたいだろう。だがあの男は、依然として暴走気味だ。できれば他のエージェントに替えたいが、今はそこまでの余裕がない。

電話が鳴った。

「ミロ」コードネームで呼びかける。ラガーン独自の挨拶もなし。この辺に気をつけていれば、周りの人間にラガーンだと気づかれる心配はない。もっとも、自分たちを一目でラガーン人だと見抜く人間も少ないだろう。一見では、イラン——ペルシア系に見えるはずだ。

「今、マルメの空港に着いた」

「くれぐれも無理はしないように」

追跡中、ダガットが鷹見という男に銃を向けたという情報は、他のエージェントから聞いた。当然説教したのだが、どこ吹く風という感じだったのが腹立たしい。だいたい、ストックホルムの街中でカーチェイスをやるように命じた覚えはないのだ。目立たないのが一番なのに、ダガットはやはり、そういう基本の基本が分かっていない。自分の教育が悪かったのだと、バリは反省することしきりだった。

「マルメでの目標が何もないんだが」

「そこは頑張って探してくれ。俺は後の便で追いつくから、落ち合ってから詳しく相談しよう」

「ああ。見つけたら――」

「監視、だ」バリはきっぱりと命じた。釘《くぎ》を刺しておかないと、この若者は突然鷹見に襲いかからないとも限らない。「そもそも、あの男がどうしてマルメに行ったのかが分からないんだから、迂闊に手は出すな。まったく別件かもしれない」

「女を放り出して他の用事か？　それはちょっと考えられない」

「日本人が何を考えているか、我々に分かるわけがないだろう。とにかく、目立つことはするな。マルメはストックホルムと違って田舎町だ。少しでも余計なことをすると、人目を引く」

「ああ。確かに、嫌になるほどのクソ田舎みたいだよ」ダガットは、十五歳からずっとパリで過ごしている。そういう人間から見れば、マルメはいかにものんびりとした北欧の田舎町だろう。

「それともう一つ、気をつけなければならないことがある」

「まだ何か？」ダガットは迷惑そうだった。

「ＦとＣが動いているという情報がある」ＦＢＩとＣＩＡ。「アメリカでの一件がきっかけだ」

「あれは、FやCが興味を持つことじゃないだろう。アメリカの田舎警察が担当するような話だ」

「あの男――アンゾフは、以前から当局に目をつけられていたようだな。向こうのネズミの話だと、特にCが積極的に動いているらしい」

「せいぜい気をつけるよ」

「後ろにもしっかり注意しろ」バリは忠告した。「奴らはプロだ。油断したら、すぐに背後を取られるからな」

「了解。こっちへ着いたら電話してくれ」

「ああ」

電話を切り、バリは周囲を見回した。誰かに注目されていないか……せわしなく行き交う人、時間潰しにコーヒーを飲んでいる人――ごく普通の空港の光景。しかしCIAのエージェントが潜んでいるかもしれない。

絶対に背後を取られるな、とバリは自分にも言い聞かせた。常に相手を追い回し、自分は姿を見せないことが肝要なのだ。それはまさに、自分たちラガーンの運命――生き方そのものなのだが。世界中から無視された民族。見えない人間たち。

それが今、一気に立ち上がろうとしている。混乱は十分に予想されるが、やり抜かねばならない。預言は必ず実現する——それだけが、バリたちが確信していることだった。しかし待っているだけでは、預言は成就しない。バリはむしろ、この預言は「状況が整う」ことを指摘しているのでは、と解釈している。時が来ればマルドゥクが降臨して、本当の道を指し示してくれるものではなかろう。自分たちの手で預言を実現させてこそ、意味があるのだ。それが言い伝えの中の言葉——「苦難の道を歩いてこそ栄光の香りに包まれる」——の正しい解釈だろうと思っていた。

バリは、手にしたスマートフォンを凝視した。ここで連絡を取るべきかどうか、迷う。今は不安が積み重なるだけで、回答が何も与えられていない状況だ。もう少し情報が入れば、次の手を考える余裕ができるのだが……結局、電話することにした。盗聴されていたら、という考えがちらりと頭を過ったが、おそらく自分たちはまだ標的には入っていないだろう、と楽観的に考えることにする。あまりにも疑い過ぎて固まってしまうと、何もできなくなるだろう。動かなければ、答えは得られないのだ。

「ケイ」相手が電話に出ると、バリは低い声で呼びかけた。これも当然コードネームである。アメリカ在住のエージェント。

「ああ」眠そうな声だったが、この男はいつもこうなのだ。

「CとFに関する新しい情報は？」

「やはり、Cの方が動きが活発だな。例のロシア人の周辺を本格的に洗い始めた。出入りのエージェントとも接触している」

エージェントか……大きなチャンスを失ってしまったのだとバリは悔いた。今考えてみると、あの男は二日間ほど、タブレットをたった一人で持ち歩いていたことになる。アンゾフから預かった後自宅へ持ち帰り、スウェーデンへ飛び、さらに研究所に持ちこむまでの間――どこかで強引に奪いに行く手はあったと思う。一人の人間を襲うだけなら、地味に、目立たずできたに違いない。ただしあの時点では、問題のエージェントがタブレットを持っていることは把握できていなかった。アンゾフを拷問して、行き先をようやく聞き出したのである。

「Cの連中は、どの辺まで事情を摑んでいるんだろうか」

「さすがにそこまでは分からない。だが、最悪の事態を考えておいた方がいいだろうな」

ケイが暗い声で言った。バリが知る中で、一番悲観主義の人間である。だが今は、バリも彼の悲観主義に寄り添おうと考えた。用心し過ぎて困ることはない。

「AAについてだが、Cが一年ほど前から監視していた形跡がある」

ケイが打ち明けた。AAこと、アレクセイ・アンゾフ。旧ソ連崩壊後に渡米した人間で、現在でもロシアマフィアとつながりがあるらしい。表の顔は、アマチュアのシュメル語研究家にして粘土板の収集家。あの男の家には、ラガーシ関係の遺物もかなりあるという――その最たるものが、問題のタブレットである。CIAの連中は、それに気づくだろうか。気づいて、さらに俺たちの計画まで嗅ぎつけるだろうか。

アンゾフがこのタブレットの写真をウェブで公開しなければ、その行方は永遠に分からなかったかもしれない。アンゾフ本人は、貴重な物を手に入れたことを誇示したかったのかもしれないが、その情報が分かった時の興奮を——公開された写真はタブレットの一部だったが、それでも十分確信が持てた——バリは今でもありありと覚えている。伝承は本当だったのだ。四千五百年前の真実は、確実に現在に伝わっていた。

「しかし一年か……ずいぶん長いな。その調査は、どこまで厳密だったんだろうか」

「二十四時間三百六十五日の監視や盗聴を百のレベルとすれば、六十ぐらいだと思う」

「それなら、肝心のことは分かってはいないだろうな」

「そうであるよう、俺はマルドゥク神に祈るよ」

「お互いにな」

「クルカが相当かりかりしているらしいが」

「かりかりするのが彼の仕事だ」

「相変わらずきついな」ケイが小さく笑った。「信用していないんだな」

「信用はしていない。しかし忠誠は誓っている」

「早く追い出して、あんたが後釜に座るべきだ。俺たちは皆、次の——本当のリーダーはあんただと思っているんだから」

「ただ、支持してくれることには感謝する」バリは見えない相手に向かって頭を下げた。「ただ、今の段階では滅多なことは言わないでくれ。何よりもまず、やることがあるんだから」

「分かってる。十分気をつけてくれ——もしもCの海外エージェントが動きだすようなら、また連絡する。今のところは、どうだ？　誰かにつけられているとか、監視されているとか、そういう感じはないか？」

「ないな」

「あんたがそう言うなら、大丈夫だろう。ただ、背中には十分気をつけろよ」

「分かった」

自分がダガットに言ったのと同じ台詞だ。そう、とにかく背中に気をつけることが肝心である。いきなり後ろから撃たれたら、対処しようがないのだから。

電話を切り、バリは立ち上がった。軽く伸びをして、背中の緊張を解《ほぐ》してやる。一つ、考えた手があった。しかしこれを今使うべきかどうか、分からない。ケイやクルカも知らないパイプ——何年もかけてつないだもので、バリにとっては最後の頼みの綱である。だが、この状況でそのパイプに頼るべきかどうか……今はやめよう、と判断した。あるいは向こうの方から接触してくる可能性もあるが、その時はその時で考える。

今はとにかく、あの男——そしてあの女の行方を追うだけだ。二人のうちどちらかがタブレットを持っている可能性は高い。

13……マルメ

マルメは、中央駅のある中心部を外れると、急に間延びした光景になる。俺はゴルフをゆっくりと運転しながら、周囲の光景を頭に焼きつけた。広い道路を彩る豊かな街路樹。集合住宅が建ち並んでいるが、その間隔は広く、日本で言えば郊外というより田舎の住宅地の雰囲気だ。ストックホルムが坂やカーブの多い街であるのに対し、マルメの市街地は比較的フラットで運転もしやすい。

目指す相手の住所は分かっていたが、俺は直行を避けた。ナビの指示を無視し、不要な左折、右折を繰り返す。尾行の有無を確認するためだった。今のところ、常に同じ車がついてきている感じではない。ストックホルムのボルボは……あれは露骨で分かりやすかった。プロなら、もう少しきちんとやるような気がする。もしかしたら、自分を追っているのは素人なのだろうか、と俺は訝った。

そもそも敵が何者かも分かっていない……それが不安をかきたてる。

バックミラーを見る。直後にいるボルボのSUVは、ずっと跡をつけてきていないか？

疑心暗鬼になった俺は、信号を利用することにした。五差路の交差点で、一番前で停まる……実際には一瞬停まった後、いきなりウィンカーを出さず、右斜め前に入る道路に突っこんだ。前後左右から激しくクラクションを鳴らされる。バックミラーを確認――ボルボは追ってこなかった。一安心して肩を上下させる。今はちょっと裏道に入った感じで、道路脇には背の低いビルが建ち並んでいる。右側のビルの一階には自転車店、写真店、美容院、ピザショップ……字が違うだけで、世界の大きな街ではどこでも見かける光景だ。広くとられた中央分離帯に街路樹が並んで、小さな木陰を作っている。もっとも今の季節は、木陰よりもダイレクトな陽光が欲しくなるが。

右折、左折と繰り返して元の道路に戻った。ゆるゆると問題の家に近づいていく。そこに里香はいるのかいないのか……俺は彼女の顔を思い浮かべながら、初めての出会いを頭の中で再生していた。

彼女は怒っていた。

その後も、しばしば怒っていた。

「ストップ!」

声をかけられ、俺はその場で凍りついた。ストップというのは……上げかけた右足はどこへやればいいのだ? まるで歩いている動画の一場面をカットしたような構図に入りこんだまま、俺は周囲を見回した。

右手に、カーキ色の長袖《ながそで》シャツにジーンズ姿の若い女性がいる。日本人? 日本人だ。

つばの広い帽子を被り、首にはタオル、シャツも長袖で、イラクの強烈な陽射しに対して完全防御の服装だ。右手には刷毛《はけ》。何なんだ？　彼女がゆっくり立ち上がり、俺の方に向かってきた。

「右足を後ろへ引いて」

「ちょっと――」

「ゆっくり体重を後ろにかけて」

言われるまま、俺は上げていた右足をぎこちない動きで後ろへ動かした。慎重に着地させる。

「次は？」

「左足も引いて。五十センチ」

その通りにすると、女性が厳しい顔つきでさらに指示を飛ばした。

「そこからあと五歩下がって下さい」

黙って指示に従う。両足をわずかに広げて立ち、両手を広げて、「これでいいかな」と訊ねた。うなずく女性の顔からは、ようやく怒りが抜けていた。

「今、アッシリアの歴史の一部を蹴飛ばすところだったんですよ」

「え？」

「それ」

女性が、粘土板の入ったプラスティック製の箱を指差した。どうやらこの発掘現場から掘り出されたものらしい。俺は古代遺跡の発掘現場を見るのは初めてだったのだが、その様子に驚いて、足元への注意が疎《おろそ》かになっていたようだ。

レンガを積み重ねた壁らしきものが姿を見せている。建物がそのまま砂の下に埋まっていたということか……俺は姿勢を安定させると本能的にカメラを構え、現場の様子を写真に収めた。

「ちょっと、写真はやめてもらえますか」

抗議の声を聞いて、俺はファインダーから目を離した。彼女が、いつの間にか俺の正面に立っている。身長、百六十センチぐらい。服がだぶだぶなので体形は分からないが、シャツと軍手の隙間から覗く手首を見た限り、かなりスリムなようだ。帽子の下から覗くほつれ毛が、汗でこめかみにへばりついている。最初に怒っていたせいもあって、顔立ちまできつく見えた。実際、顎は尖《とが》っているし、大きな目も、こちらの本音を見透かそうとするように力があるのだが……こういう場所で発掘作業をしているのだから化粧っ気はまったくないが、それでも相当の美人だと認めざるを得なかった。

「隊長から、撮影の許可は貰ってるんだけど」

「ああ、あのカメラマンの人ですか……」不満そうに彼女が言った。「でも、私は写さないでもらえますか。写真撮られるの、嫌いなので」

「プリクラも？」

「同じです」

「若い女性は、皆写真に写りたがると思ってたよ」特にカメラつきの携帯電話が普及してからは、「自撮り」という言葉が流行している。若い人はとかく自意識が強く「自分大好き」だから、写真には抵抗がないだろう。若い女性か……自分で言っておいて、俺は苦笑した。自分だって、まだ三十ちょっとなのに。

「そういう人もいますけど、私は違いますから」

「鷹見さん」

呼びかけられ、振り向いた。この発掘隊の隊長である、明央大《めいおう》の畠田《はただ》教授。小柄で、既に六十歳を超えているのにエネルギッシュな人だ——といっても、知り合ったのは昨夜だが。俺はモースルを拠点にイラクの取材を続けていたのだが、昨夜この街に到着し、ようやく宿にチェックインした時に、ロビーでくつろいでいた畠田と出会ったのだった。こんなところに日本人——しかも明らかに民間人——がいたので驚いて話しかけると、明央大のチームがドイツの大学と共同でアッシリアの遺跡を発掘しているのだ、と聞かされた。まだ混乱が収まり切らない状態で、よく発掘の許可が出たものだと俺は驚いたが、「見学に来ないか」という畠田の誘いにはすぐに乗った。基本的に俺は、はっきりと身の危険を感じない限り、人の誘いには乗る人間である。そしてカメラマンだと明かすと、多くの人が写真を撮ってもらいたがる。対象は様々だが、請われて撮った写真が、後で重要な役目を果たすこともあるのだ。実際畠田も、自分たちの仕事を宣伝してもらいたがっていた――誰かが発掘作業の写真を買ってくれるとは思えなかったが。

「隊長」

俺は会釈したが、その瞬間、女性からまた「気をつけて!」と鋭く注意を飛ばされた。いったい何をしてしまったのかと、その場で凍りつく。

「まあまあ」畠田が笑った。「現場はデリケートだから……この辺は無闇に歩かない方がいい」

「気をつけて歩きますよ」俺は女性の方を見ながら言った。睨み返される。俺の脅しも大したことはないな、と情けない気分になった。

「ここは何なんですか?」俺は畠田に訊ねた。

「物置き場、だろうね」畠田が言った。屈みこんで粘土板の一枚にそっと触れる。長辺三十センチ、短辺二十センチほどの大きさで、模様のように楔形文字が刻まれているが、当然俺には内容は分からない。「これは多分、穀物の配給リストで……出てきてるのは、だいたいそういう感じの行政文書だね」

「はあ」軽く相槌を打つしかない。考古学や歴史に関しての知識は、ほぼゼロなのだ。

「この辺には近づかないでくれると助かるんですけど」女性がまた言った。

「了解」また文句を言われたらたまらない。俺は慎重にその場を離れようとしたが、何故か気になり、また彼女にカメラを向けた。気づかなかった様子で、無防備な表情が大写しになる。

綺麗だ、と思った。揺らめくような熱気の中で、凛《りん》とした表情を保っている。まだ二十代の前半だろう、時に幼い素顔が見えるのだが、芯《しん》の強さは表情にもはっきりと表れていた。おそらく、畠田の大学の学生なのだろうが、こんなに厳しい環境の中でよく頑張るものだ、と感心してしまう。

「写真はやめて下さいって言いましたよね」

厳しい声に、俺は思わずカメラを下ろした。もう少し、ファインダーを覗いていたかったのだが。

「失礼」

「変なところに売りこまないで下さいよ」

「シャッターは切ってないから」

俺はそそくさと退散した。イラクの悲惨な現状を撮影に来て、気が滅入るような写真を何百枚と撮った。しかし、まさか日本人女性にやりこめられるとは思ってもいなかった。

気温五十度に近い砂漠地帯で、俺は胸の中が妙に温かくなるのを感じていた。

その夜、俺はホテルのロビーでだらけていた。ロビーといっても、ソファが何脚か、それに映りの悪いテレビが一台置いてあるだけだが、エアコンがあるだけでも上等だった。部屋のエアコンは効きが悪く、生ぬるい風を浴びていると、体調を崩しそうだったのだ。部屋にはいたくないので、少し体を動かそうと思って出て来たのだが――中学生まで習っていた空手の形《かた》の練習は、結構いい運動になる――ロビーまで出て力尽きた。まったく、だらしない。全身の筋肉が緩んだ感じがした。

貴重なミネラルウォーターをちびちびと飲みながら、時間を潰す。明日はモースルに戻らなければならない。今夜は特にやることもなく……静かに目を閉じ、眼球を少し休ませてやってから開ける。すると、視界の片隅に彼女を見つけた。地元の習慣に敬意を表しているのかもしれないが、相変わらず長袖のシャツとジーンズという、素肌がほとんど出ない格好である。ブルカこそ被っていないが、外国人の異教徒は肌さえ出していなければ、大目に見られるのだろう。

彼女の方でも俺に気づいた。どこへ行こうとしていたのか……ふいに行き先を変えて、俺が座るソファの方へ向かって来る。髪がふわりと揺れ、女性らしい柔らかい香りが漂ってきた。

「どうも」座ったまま、俺はさっと頭を下げた。

彼女は一瞬戸惑っていたが、俺の向かいのソファに腰を下ろした。そちらの方がクッシヨンがへたっていて、腰が沈んでしまう——と言おうとした瞬間、彼女がバランスを崩して渋い表情を浮かべた。

「席、替わろうか？」

「大丈夫です」

すぐに言ったが、意地を張っているようにしか見えなかった。まあ、この手のタイプは、無理に気を遣うとかえって反発するから……俺は無言でうなずき、水を一口飲んだ。そういえば昼間は、肝心な話ができなかった。

「鷹見正輝です」

「松村里香です」躊躇いなく返事が出た。

「明央の学生さんですか」

「院生です」

「畠田隊長のところの……」

「そうです」里香が勢いよくうなずく。

「じゃあ、大学院の研究の一環で、ここへ？」

「そうですね」里香が髪をかきあげる。「本当は私、ここは専門じゃないんですけど」

「ここっていうのは？」

「アッシリア。私は、それより古いシュメルが専門です。でも、これも勉強ですから。シユメルの遺跡発掘だと、もっと南の方へ行かなくちゃいけないんですけど、向こうはまだあまり落ち着いてないんですよ」

「それはそうだ」俺はうなずいた。「でも、ここだって、そんなに安全じゃないと思うけど」

「今のイラクには、安全なところなんかないですよね」里香が溜息をつく。「どうして戦争なんかするんですかね」

「それは……」俺は答えに詰まった。戦い、殺し合うのは、人間のDNAに刻みこまれた本能——話し合いでトラブルを避けられるのは、理性が本能に勝った時だけである。大抵はDNAが勝つ、と俺は結論づけていた。

「どうして過去を壊せるのか、私には理解できません。それはもちろん、四千年前にはイスラム教もキリスト教もなかったし、今の人たちから見れば、自分には関係ない邪教の遺跡に過ぎないかもしれませんけど……不寛容ですよね」

「そうだね」

「過去に何があったかなんて、まだ全然分かってないんです。でもここには、手がかりがたくさんある。これって凄《すご》いことだと思いません？」

「ああ」素人ながらに認めざるを得ない。

「発掘技術だって、年々進歩してるんですよ。今の技術を使えば、五十年前には発掘できなかった遺跡を綺麗に掘り出せるかもしれないし、全く新しい遺跡が見つかるかもしれない。人類の——文化のルーツを探るのは、大事な仕事ですよね？」

「俺に確認しなくても、あなたがそう思っているなら、それは正しいんじゃないかな」

「関心、ないですか？　戦争の写真を撮っている方が楽しいですか？」

「楽しくないよ」俺は即座に否定した。「一枚撮る度に、寿命が一日縮む感じがする」

「じゃあ、どうして——」

「時々、ファインダーの中にいいものが見える時があるから。今日は、あなたを見られて良かった」言ってしまってから、俺はかすかに動転した。普段の俺は、こんなことは絶対に言わない。軽い男に見られただろうな、と後悔する。

　しかし、里香の頰は赤く染まっていた。ずいぶん日焼けしているから、よく見ないと分からなかったが——要するに俺は、無意識のうちに里香の顔を凝視していた。ふと目が合い、里香が視線を逸《そ》らす。しかし次の瞬間には、きっちり正面から俺を見詰めてきた。

「カメラマンの仕事って、大変なんですか」

「何を以《もっ》て大変と言うか、よく分からない」俺は首を横に振った。「こういう危険地帯に行くとビビることもあるけど、まず生き残るのを一番に考えているから。本当に危ない目に遭ったことはない……かな」

「でも、戦争の取材にも行くんでしょう？」

「正確には、戦争の後。例えばここみたいに。戦争そのものには興味がないんだ。それで人が――世の中がどう変わってしまうかには興味があるけど」

「カメラで戦争を止めようとかは思わないんですか」

意外な質問に俺は驚き、唇を引き結んだ。そういう甘い考えは、とうに時代遅れになったと思っていたのに。彼女は紛争地に近い場所で日々を過ごすうちに、そういうことを考えるようになったのか、あるいはもともとそんな風に考えていたのか。

「それは……難しいね。できないことを言うつもりはない」

「そうですよね」意外にあっさり、彼女が認めた。「こっちへ来てから、よく考えるようになりました。私たちの研究って、中東の現場が中心じゃないですか。でもそういうところは、今はだいたい紛争地域です。それで遺跡が破壊されることもあるし、どうしたら止められるのかなって……でも、効果的な手はないんですよね」

「ないと思う」

「残念だけど、それが今の世界なんですよね」

「ああ。俺が見た限りでは」

「残念です、本当に」

声が少し震えている。驚いて、俺は彼女の顔を凝視した。目が潤み、右目から涙が溢《あふ》れて顔に筋をつける。ハンカチを出すべきだろうかと悩んだが、彼女はすぐに掌で涙を拭ってしまった。そうすると、急に泣き顔がかき消える。まるで掌の動き一つで表情が変えられるようだった。

「何か、こっちで嫌なことでも？」

「破壊された遺跡も見ました。その時、『もったいない』って思ったんですよ」

「もったいない？」

「私に掘らせてもらえれば、絶対に貴重な資料を見つけ出すのに」

「そうか……」

俺は少しだけ表情を緩めた。だが、里香の顔つきはまた暗くなってしまった。ちょっと本音が読みにくい子だな、と俺は思い、それから危惧《きぐ》した。基本的に真面目なのだろうが、自分一人で悩みを抱えこんでしまうタイプにも見える。

「でも、そういう考え自体がわがままかもしれないって、すぐに反省したんです。こっちの人から見れば私たちはただの外国人で、勝手に自分たちの土地を掘り返しているだけですからね。ほとんどの人が、戦争に怯《おび》えて、どうやって生き延びようか、ぐらいしか考えられない。古代遺跡が見つかっても平和になるわけでもないでしょう？」

「そこまで悲観的にならなくてもいいんじゃないかな」

「でも、こういうところにいると、考えちゃいますよ」

「人間は案外強いからさ。どこでも生きていけるし、ぎりぎり最後まで笑いを忘れない。

捨てたものじゃないと思うんだよな……君の仕事だって、ちゃんと価値があるわけだし」

「そうですかね」

「この仕事——古代の研究を一生の仕事にするつもり？」

「そうしたいですけど、こういうのはお金にならないですから」里香が苦笑した。

「大変なんだ……」

「カメラマンは、どうなんですか？」

「金持ちのカメラマンは見たことがないな」俺は膝に抱えたニコンを撫でた。「でも、やめられないんだよ。ファインダーを覗いてると、肉眼では見えないものが見えてくるから」

「お互い、厳しいですよね」

「仕事だと思えば厳しくなる。俺は最近、趣味だって思うようにしてるんだ。趣味で、それでたまに金をもらえるなら、こんないいことはないんじゃないかな」

「プロっぽくないですね」

「処世術だよ」

俺は肩をすくめた。それで里香の緊張が、少しだけ解れたようだった。それを見てほっとして、俺は彼女のキャリアを聞き出していった。とはいっても、まだキャリアを踏み出したばかりなのだが……千葉県出身。県立高校から明央大に進み、そのまま大学院に進学。

今は遺跡発掘調査チームに入っているが、これは「修行」のようなもので、将来は「粘土板読み」になりたい――。

「粘土板読み？」

「出土した粘土板を読むんです。発掘するのと読むのは、また別の作業なので」

「そっちは……アクティブな感じじゃないですよ」

「私、別にアクティブじゃないですよ」

「そうは見えないけど」昼間の彼女の姿を思い出した。まさに「現場調査」。ラフな格好で埃っぽい現場に立っているのが、やけに似合っていたと思う。

「本当は、冷房の効いた部屋で、一日中粘土板を眺めていたいんですけどね……シュメル語って、面白いんですよ。ちょっと日本語に似ていて」

「そんな、何千年も前の言葉が？」

「文法的にっていうことです」

　得意のフィールドに入ってきたせいか、彼女は膠着語《こうちゃくご》について延々と説明を始めた。単語に接頭辞や接尾辞をくっつけて、文中の関係を明らかにする……その時点で既に俺はギブアップだったが、彼女は説明を止めようとしない。話を聞いている限り、彼女は考古学者ではなく言語学者、という感じだった。ただその関心が、現代の言葉ではなく古代の文字に向いているだけで。

「……ごめんなさい」ハッと気づいたように、里香が両手で口を覆った。「こういう話を聞いてくれる人はあまりいないので、つい……」

「いや、大変興味深く拝聴させていただきました」俺はにやりと笑った。「いつか、またゆっくり聞きたいね。こういうところじゃなくて、もっといい環境で……いつまでこっちにいるんですか」

「あと二週間です。でも、明日は休みなので……モースルにでも行ってみませんか」

「ああ」思いもよらぬ誘いだったが、俺はすぐに受け入れてしまった。「実は、そもそも明日はモースルに帰る予定だったんだ」

「じゃあ……」里香の顔が明るくなる。

「俺は、来週には日本に戻る」撃たれなければ。あるいは爆破テロに巻きこまれなければ。

「もしもよければ……無事に日本に帰ってからも……」

「帰りますよ、もちろん」里香が語気を強めた。「だってあそこが、私の国ですから。だから、次に会うのは日本で、がいいですね」

強情さは、初めて会った時からまったく変わっていない。年齢が結構離れていることもあり、その強情さは俺にとっては可愛くもあったのだが……今初めて、そのマイナス面を痛感している。これほど強引に、自分の都合だけで動くとは。

彼女のことだ、何か明確な動機はあるに違いない。だが、それを一切説明しようとしないのがそもそもおかしかった。普段なら里香は、自分の立場、考え、行動を滔々《とうとう》と説明して、俺を辟易《へきえき》させるぐらいなのだ。俺にも話せない事情……想像がつかなかったが、彼女が身の危険を感じているのは間違いない。

本当に無事なのか。何者かが里香の名を騙《かた》って、警察や俺を騙そうとしているのではないか……何しろ最後に里香の姿を見たのは俺である。その後の接触が本当に彼女からなのかどうか、俺には証明しようがない。エリクソンの顔が脳裏に浮かんだが、やはり話せない、とすぐに結論が出た。

俺が里香を信じなくてどうする。

14……マルメ

中川孝次の家は、マルメ中央駅から南西に五キロほど離れたところにあった。この辺りまで来ると集合住宅は姿を消し、一戸建てばかりになる。緑豊かな一角で、背の高い街路樹が、家々を覆い隠している感じだった。細い通りの名前は「ダルビーガータン」。非常に落ち着いた雰囲気の通りだった。車が辛うじてすれ違えるぐらいの細い道路の両側に、揃って急勾配《きゅうこうばい》の三角屋根の家が並んでいる。雪対策だろうか、と俺は訝った。マルメはスウェーデン最南部の街だが、それでも冬は雪深くなるのかもしれない。

薄緑色の壁に、茶色い屋根の家。車庫には車はなかった。この辺だと、車がないと動きが取れないはずなので、出かけているのだろう。横に回りこんでみると、二階部分に小さな窓がある。二階は横から見ると縦に細長い三角形なので、部屋にするのは大変ではないだろうか。家の脇には細い道があり、裏庭につながっている。家そのものはそれほど大きくないのだが、裏手は広々としていた。

通りには車が何台も停まっているが、人影はない。俺は小型のトヨタ車の後ろにゴルフを停め、中川の家まで歩いて行った。陽射しは暖かく、ストックホルムの寒さが幻のように思い出された。ダウンジャケットが邪魔だが、これを脱いで手に持っていると荷物が多くなる。何しろ、バックパックは片時も手離せないのだ。タブレットはそれほど重くないのだが、カメラと一緒になると、担ぐと肩に食いこむ重みがある。

インタフォンの類は見当たらなかった。錆《さび》が目立つ鉄製の門は、鍵がかかっている。二メートルほど先にあるドアまで辿りつくには、不法侵入をする必要があった――そんな危険は冒せない。一応、表札を確認すると、確かに「Nakagawa」の文字があった。門を拳で叩くと、乾いた硬い音がしたが、反応はない。体を乗り出すようにして窓を覗きこんでみたものの、家の中で動く人影は見えなかった。

一歩下がり、家全体を視野に入れる。ふと人の気配に気づき、周囲を見回してみると、杖をついた老婦人がこちらに向かって来るところだった。俺の方から歩み寄り、「すみません」と声をかける。老婦人は顔を上げたが、困惑の表情が浮かんでいるだけだった。

「こちらの中川さんをご存じないですか」

英語で訊ねたものの、たどたどしい英語で返ってきた答えは「英語は喋れません」だった。これまでほとんど英語で通してきたので、スウェーデン人はだいたい英語が喋れるものだと思っていたが、そうでもないようだった。

「失礼しました」

頭を下げると、老婦人が軽くうなずいてゆっくりと歩き出す。彼女の周辺だけ、時間の流れがゆっくりしているようだった。

仕方なく、聞き込みを始めた。一軒ずつノックして回り、事情を聴くうちに、状況が明らかになってきた。

中川の妻、エラは入院しているようだ。何の病気かは分からないが、二週間ほど前から家を空けているという。以来、夫の姿もほとんど見かけない……エラの父親が来ているはずだと聞いても、「それらしい人は見たことがない」という答えが返ってくるばかりだった。

何となく筋書きは読めてきた。娘が、入院が必要なほどの重病にかかり、その身を案じた父親は、隠遁生活を送っていたベルリンから慌てて飛んで来た——家にいないのは、娘婿の中川と二人きりになるのが窮屈《きゅうくつ》だったからかもしれない。あるいは、面倒をかけまいとしているのか……ホテル住まいをしている可能性もある。それこそ、サボイとか。

幸い、病院はすぐに割れた。夫婦は普通に近所づきあいはしていたようで、夫の中川が、何人かに入院先を明かしていたのである。マルメ中央駅の北側、エーレ海峡に瘤《こぶ》のように突き出した場所にある病院だという。

そこまで分かれば、取り敢えずは訪ねてみるだけだ。俺は再び車に乗りこみ、先を急いだ。

車を降りると、かすかに潮の香りがした。病院自体は茶色いレンガ張りの五階建ての建物で、まだ新しい。ここは正攻法で行くしかないだろう。俺は受付で、「エラ・ナカガワの見舞いに来た」と告げて、病室の番号を教えてくれと頼みこんだ。どうなるものかと心配したが、案外あっさり受け入れられる。「見舞い」なのに花も用意していないが……まあ、俺もそんなに人相は悪くないということだろう。人間というのは、世界中どこへ行ってもあまり変わらないもので、笑顔に気を許すのも同じである。ついでに病状を聞いたが、さすがにそれは教えてもらえなかった。

四階まで上がる。日本やアメリカの病院とさほど変わらない様子だった。廊下に充満する消毒薬の臭い……俺はこれが苦手だった。なるべくゆっくりと呼吸するように気をつけながら、病室を捜す。あった――「E.NAKAGAWA」の名前がかかっている。引き戸のドアが少しだけ開いていて、中の様子が窺えた。

女性が一人、ベッドに横たわっている。廊下からでも、目を瞑っているのが見えた。点滴の管が布団の中に消え、枕元のモニターで緑色のランプが点滅している。静かに、規則正しく……他に人はいない。ハンセンは、常に病院に詰めているわけではないようだ。落胆しつつ、これからどうするかを考える。病室に入るのは躊躇われた。俺は基本的に、彼女には関係のない人間である。しかも素人目にも、かなり重症の様子だ。今も、寝ているのか意識がないのか、判断できない。話はできないだろう。肩を揺さぶって起こすわけにもいかないし。

病室の前で待ち続けるのも難しい。せめて病院の外で、夫か父親が来るのを待つか……しかし、二人の顔を知らないことに気づいた。慌ててネットで検索してみたが、それらしきものは引っかからない。中川の方はともかく、ハンセンは学者なのだから、どこかで見つかるのではないかと思っていたのだが……いや、ハンセンは長年隠遁生活を送っているはずだ。インターネットが普及したのはたかだかこの二十年ぐらいのことであり、それ以前のデジタル化されていないデータに関しては情報が貧弱なのが弱点である。何でもネットが解決してくれると思ったら、大間違いだ。

十分ほどは廊下に立っていた。しかし看護師や入院患者、見舞客などが頻繁に行きかっているので、すぐに居心地が悪くなってくる。長居すると怪しまれるだろうと思い、俺は一度病院を出た。

頭を冷やすために、少し周囲をぶらつくことにした。潮の香りを追うように、海を目指して歩いて行く。すぐに、深く食いこんだ入り江にぶつかった。白に赤という派手な外観のコンドミニアムは、立地条件は最高だろう。毎日、目覚めて最初に海を見る生活は、俺には夢のまた夢だった。コンドミニアムの一階にはピザ屋やレストランが入っており、俺は急に濃いエスプレッソが飲みたくなった。ピザ屋を覗いてみると、飲み物のメニューも一通り揃っていたので、ダブルのエスプレッソを買い求めてテークアウトする。

細長い湾の両側には、よく似たコンドミニアムが並んでいる。ベンツのマークを掲げた建物があるが、あれは何だろう……こんなところにショールームがあるのだろうか。あるいは、ドイツから船で運ばれてきた車両を一時保管しておく場所とか。入り江を挟んで反対側にあるビルに「SIGMA」の看板を見つけて、一瞬驚く。シグマと言えば、我々カメラマンにはお馴染みの日本のレンズメーカーだ。こんなところに、現地法人か支社でもあるのだろうか。

陽は照っているが、気温はそれほど高くない。海風も案外強く、俺はダウンジャケットの前を閉めた。水面にほど近い場所にあるベンチに腰を下ろし、背中を丸めながらエスプレッソを啜る。寒い中で飲む濃いエスプレッソは味わい深いものだったが、気持ちは上向かない。

まだ手がなくなったわけではない。家の前で張りこんでいれば、いずれは中川に会えるだろう。この時間——午後早くに病院にいないということは、昼間は普通に働き、朝や夕方に顔を出しているのかもしれない。夜は泊まりこんでいるかもしれないが、それでもまったく家に帰らないわけではないだろう。

問題は中川ではなくハンセンなのだが……中川を摑まえれば、ハンセンには会えるはずだ。「変わり者」というハンセンの評判は気になったが、ことは里香の行方にかかわる。事情を話せば協力してもらえるだろう、と俺は自分を納得させようとした。

悲惨な現場をたくさん見ているのに、時に楽観的になり、性善説に傾くのが俺の弱点かもしれない。世の中、そんなに甘いものではないはずだ。

きつい味わいのエスプレッソを飲み干し、立ち上がった。まだまだやれる、立ち止まるわけにはいかないと気合いを入れ直す。バックパックを開けて中身を確認し、一人うなずいた。ふと気になり、バックパックに入れておいたメモリーカードを取り出し、ダウンジャケットのポケットに入れる。この画像は、本物のタブレットと同じぐらいの価値を持つものであり、リスク管理のためにも、別々に持っておくべきだ。

それだけでは足りない。

バックアップのバックアップ。俺たちの商売ではそれが原則だが、今回は事態を追いかけるのに精一杯で、その基本すら怠っていた。

一度落ち着いて、必要なバックアップを済ませよう。

スマートフォンを取り出し、ホテルを検索する。サボイホテルはやはりマルメの象徴のようなものだし、泊まってみるか……駅も近いし、前線基地にするのもいいだろう。

「基地」という考え方をしてしまったのが、少しだけ嫌だったが。俺は戦争をしている訳ではない――はずだ。


中に入ってみると、サボイホテルは、外見以上にクラシカルな造りだと分かった。ロビーの床は白黒チェックの大理石張り。正面には巨大な時計があり、存在感を誇示している。見える場所にあるドアは全て重厚な木製で、歩いているだけで何となく息苦しさを覚えるほどだった。エレベーターの近くには、やけに立派なネームプレート……見ると、このホテルに宿泊した有名人の一覧だった。地元の超有名人であるテニスのビョルン・ボルグやアバ、ヘニング・マンケルはもちろんのこと、デューク・エリントン、ダニー・ケイ、クリフ・リチャード、ジュディ・ガーランドと俺でも知っている名前がずらりと並んでいる。「レーニン」とあるのは、まさかあの「レーニン」だろうか？　このホテルはいったいいつから営業しているのか、と不思議に思った。

部屋は、外観から想像したよりもずっとモダンな造りだった。一人の部屋なので狭苦しいが、これよりずっと悪い環境で何日も過ごすことも珍しくなかったから、特に何とも思わない。むしろ室内の微妙な色使いがポップな印象で、気持ちが和む。

まず、メモリーカードの内容をノートパソコンのハードディスクにコピーする。そこからさらにオンラインストレージにアップし、さらに自分宛にメールでも送った。いわば三重のバックアップである。ここが日本なら、当然自宅のパソコンにも保管するところだ。

これで、万が一現物がなくなっても、最低限のデータは消えない。ほっと一息ついて、荷物を整理し始めた。といっても、今や俺の荷物の中で最大の価値を持つのはタブレットである。改めて取り出し、ベッドに置いて、欠けやひび割れがないのを確認する。光の違いのせいか、今日は少しだけ色濃く見えた。腕組みをしてタブレットを見下ろし……何が分かるわけではなく、何となく不気味な感じもした。四千五百年も昔の、古代メソポタミアの文章……丸の中に三角を描いたマークが、浮き上がっているように見えた。

こういう謎解きは俺の得意領域ではないのだが、気にはなった。そして気になると放っておくわけにもいかず、迷った末にラーションに電話することにした。

「今、マルメかね？」

「ええ。まだ彼女には会えていませんが」

「ハンセンは？」

「接触できていません。どうも娘さんが病気で、見舞いに来ているようですね」俺は思わず、病室のベッドで眠るエラの姿を思い浮かべた。生命の息吹がまったく感じられない、真っ白な顔。

「そういうことか……」

「そういうこと――そういう、普通の人がするようなことをする人なんですか？」

「いや、プライベートでどういう人かはまったく知らないので、分からないな」言い訳するようにラーションが言った。

「一つ、教えて下さい」

「私で分かることなら」

「記号……シンボルというか、図形についてなんですが、円の中に三角形というのは、何か意味があるんでしょうか」

「それはまた、ずいぶん抽象的な質問だが……」ラーションの声には戸惑いが感じられた。

「現代の記号かね？」

「それは分かりません」

「三角形は、普通の三角形？」

「普通というのは……」

「逆三角形ではなく、頂点が上を向いた三角形かね？」

「ああ、そうですね」

「逆三角形だと、動物——牛なんかを示す絵文字であることがあるんだが。要するに、動物の頭だ」

「ああ、なるほど……」

「三角形が円で囲まれた格好なんだね？」

「そうです」俺はタブレットを見ながら答えた。「古代文字ではないんでしょうか」

「何とも言えないが、それが古代文字である証拠でもあるのか？　つまり、遺跡から発掘されたものとか」

「そういうわけじゃありません……すみません、ちょっと気になったので」

「それが現代のピクトグラム——絵文字だったら、私たち古代言語学者の専門ではないね」

「そうですよね」

何とか話を誤魔化して、俺は電話を切った。四千五百年前のピクトグラム……何の話だ。余計なことを聞くべきではなかったな、と悔いる。やはり、シュメルの専門家でないと分からない話なのだろうか。

しかし、このタブレットは……俺は極端な現実主義者で、神秘的なことなど一切信じていないのだが、何か人を惹きつける魅力を持っている。理由は分からない。里香が関係しているからかもしれないと思ったが、どうも、タブレット自体に何か不思議な力があるようだ。ただ、その内容が単なる行政文書だったら変だとも思う。もしも当時の神話や宗教的な教えを書き写したものだったら、何らかの神秘的な力を持っていてもおかしくないかもしれないが……文字には神秘の力が宿る、と誰かが言っていたのではなかったか？

急に胸騒ぎがして、俺はタブレットをビニール袋で入念に包んだ。直接表面が見えなくなると、鼓動は落ち着いたが……そう言えば里香が、「ツタンカーメンの呪い」の伝説を話してくれたことがある。エジプトで、ツタンカーメン王のピラミッド発掘に関わった人たちが、その後次々と謎の死を遂げた。幼くして亡くなったツタンカーメンの怨念が、数千年の時を経て蘇った――あの時は笑い飛ばしてしまったが、今は何となく、冗談とは思えなくなっている。

今回の一連のトラブル――研究所の爆破や里香の失踪の原因は、このタブレットである可能性が高い。つまり、不幸を呼ぶタブレットだ。

ふと想像した。中東には、まだ発掘されていない、あるいは発見されてさえいない遺跡がたくさんあるはずだ。戦乱でそれどころではなかったり、後代のどこかで完全に破壊されてしまった遺跡もあるだろう。仮に場所が分かっても、技術的な問題で発掘できない可能性もある。

だから、埋もれたままのタブレットは、まだ大量にあるはずだ。いや、今の中東各国は、埋もれたタブレットの上に作られたものと言っていいかもしれない。まさに歴史の積み重ねなのだが、少し想像の翼《つばさ》を広げれば、それは「怨念と悲しみの層」でもある。中東は、何千年も前から、ひたすら戦いが繰り返されてきた土地なのだ。人は水を、食料を、領土を求めて他国を襲う。宗教が原因になったこともあるだろう。滅びた国の記録は征服者によって抹消され、唯一粘土板だけが記録を残す。淡々と数字を記しただけに見える行政文書も、実はその国の成り立ちや現状を表すものだろう。それらに怨嗟《えんさ》の声が残っている――何なんだ、この想像は。俺は首を振って、タブレットをバックパックにしまいこんだ。普段の俺は、こんなことを考えない。想像することはあるが、その範囲が狭く止まっているというか……少なくとも、はるかな古代にまで思いを馳《は》せることなどない。

里香ときちんと話しておけばよかった、と今更ながら悔いる。失って初めて分かることもあるのだ――彼女を「失った」とは絶対に考えたくなかったが。

15……ボルティモア

ウォンはサンドウィッチの包み紙を丸めて、ゴミ箱に放りこんだ。妙に脂《あぶら》っこい――アメリカの食事は、どれもこれも基本的には脂肪の塊だ。両親が台湾からの移民だったせいで、子どもの頃から家では中華料理をよく食べたが、その油とはまったく異質な感じがする。中華料理は、油を炎で上手くコントロールする。アメリカの料理は、ボリューム感を出すために油をまぶしているようにしか思えなかった。今食べたのも、本来はさっぱりしているはずのツナサンドなのに、どうしてこんなに脂っぽかったのか。

コーヒーで口中から油分を洗い流し、メモ帳から一枚紙を引きちぎって手を拭う。それからパソコンに向かってメールを打ち始めたが、キーが脂で光るのを見て、思わず顔をしかめた。もう一枚、メモ帳の紙を破ってキーボードを拭う。意味のない文字の羅列が画面に並んだ。

クソ、気に食わない。

深夜のオフィス。こんな時間まで居残ることは滅多にないのだが、ウォンは今回、残業を厭《いと》わなかった。訳の分からない状態が続いていて、家で呑気に過ごす気にはなれない。やる時には、徹底してやる。

立て続けにメールを送信し、腕組みをする。画面をしばらく凝視してから、立ち上がった。新しいコーヒーが欲しい……しかし、自室に置いてあるコーヒーメーカーのポットはほとんど空になっていた。残ったコーヒーをカップに注いでみたものの、二センチほどにしかならない。一気に飲み干すと、喉が悲鳴をあげるほどの苦さだった。

カップをテーブルに置き、両手で顔を拭う。べったりと油がついてきて、両手がてかてかと光った。手詰まりではない、と自分に言い聞かせる。打つ手は全て打ち、今は反応を待っている状態というだけなのだ。そのうち、一斉にメールの返事や報告が入ってきて、目が回るような忙しさになる。いわば今は、「仕込み」の段階……。

電話が鳴る。グリーンだった。Aを監視中——国内でこういう仕事をするのは、彼にとっては極めて異例である。申し訳ないと思いながら、ウォンは携帯電話を取り上げて通話ボタンを押した。

「俺だ」

「Aが動き出しました」

「こんな時間に？」壁の時計を見上げる。すでに午後十時半になっている。「誰かと会うつもりだろうか」

「分かりません……今、自宅を出て歩いています。この辺、危ないんですけどね」

「気をつけろよ……いや、俺も今からそっちへ向かう」面倒だが仕方がない。

「これからですか？」グリーンが仰天した口調で言った。「もう遅いですよ」

「そんなことは分かっている。俺だって、もう寝たいよ」ウォンはぶつぶつと言った。しかし……一度エンジンがかかれば、あとは床までアクセルを踏みこむのみ。それに、Aには個人的にさらに聞きたいこともあった。問題のタブレットとラガーンの関係。先日、あの男が全てを語ったとは思えない。どうも、情報を出し惜しみしている気配がある。

ウォンは車の鍵を摑み、上着を着こんだ。十月も半ば……そろそろ冷えこみが始まる時期であり、これからはマツダのトップを下ろせなくなる。今夜は開けていこうか、と一瞬思った。本当にオープンエアのドライブができなくなる前に、夜風の甘さを味わっておくのもいい。

夜風どころの騒ぎではなかった。いつの間にか雨が降り出しており、しかも急激に気温は下がっている。ひたすらアクセルを踏みこみ、本来なら一時間近くかかる道のりを四十五分で走り切った。ボルティモアの市街地に入るとグリーンに連絡し、アブドゥ・アル・アズム——Aがまだ自宅に戻っていないことを確認する。

「どこにいるんだ?」

「自宅近くに、『ジャックス』というダイナーがあるんですが、そこで飯を食っています」

「結構、結構。俺たちもご相伴《しょうばん》に与《あずか》ろうか」ツナサンドを食べたばかりなのに、急に空腹を覚えた。ダイナーといえば、まさにアメリカ料理の殿堂——ウォンが忌み嫌う、脂べったりの料理しか出さないところなのに。

「今、店の外で待機していますが」

「俺が行くまで待っていてくれ。お前一人だと、話も弾まないだろう」

「苦手なタイプなのは間違いないです」

「あんな奴と友だちになれる人間は多くないだろうな」

皮肉を吐いて、ウォンは電話を切った。自分もそうだがな……子どもの頃から、友だちが少ない人間だった。台湾系アメリカ人という出自にも原因があっただろうし、そもそも「クラスの人気者」になれるタイプでもなかった——主にルックスが原因で。結局アメリカでは、少なくともハイスクールまでは、運動が得意でルックスがいい男が人気を集める。もう何十年も前だが、高校時代のフットボール部のクォーターバックがどれだけ女の子にちやほやされていたかを考えると、今でも頭の中でじゃりじゃりと嫌な音がするようだった。ただ……その男は、いかに女子が誘いかけても、デートしようとはしなかった。後で分かったのだが、ゲイだったのだ。

つい、思い出し笑いしてしまった。物事は必ずしも、見た目通りとは限らない。

グリーンが教えてくれたダイナーはすぐに見つかった。店に近づいて行くと、グリーンがどこからともなくすっと姿を表す。

「エド、君は張り込みに向いているようだな」ウォンは笑みを浮かべて見せた。「どこにいたのか、全然分からなかった」

グリーンがうなずく。疲労の色が濃く、ウォンの褒《ほ》め言葉《ことば》に反応する余裕もないようだった。

「飯は食ったか？」

「いえ」

「じゃあ、我々も彼と一緒に食事しようじゃないか……ところでAは、誰かと会ってる様子はないか？」

「ないですね。少なくとも、Aが店に入ってから、中に入った客はいません」グリーンが腕時計に視線を落とす。「ここに入ってから、三十分以上経っていますが」

「先に、中で相手が待っていた可能性もあるな」

「ええ……中は見られないので、確認はできませんが」

「ご苦労。とにかく、少し休憩にしよう」

ウォンは先に立って店に足を踏み入れた。やはりこの手の店か……と一目見てげんなりする。床は白黒チェックのタイル張り。ソファやテーブルは赤で統一され、落ち着かない雰囲気を醸《かも》し出《だ》していた。壁には古い車――巨大なフィン付きの車が目立つ――のポスターなどが、所狭しと貼られている。ダイナーにもいろいろな種類があるのだが、こういう五〇年代の空気感を演出している店を、ウォンは特に苦手にしていた。ギリシャ人かイタリア人がやっている、インテリア的には素っ気ない店の方が好きだ。そういう店の方が、たいてい料理はましである。

Aは、ボックス席に一人で座っていた。テーブルの上には食べかけのハンバーガー。既に食べる気はなくしているようで、今はスマートフォンを弄《いじ》っている。

「こんな時間にそんな脂肪の塊を食べると、あっという間に太るぞ」

ウォンが警告すると、Aがびくりと体を震わせて顔を上げる。すぐに目を細め、無言で「迷惑だ」と訴えかけてきた。スマートフォンを操作すると、シャツの胸ポケットに落とししこむ。見られたくないこと——怪しい相手にメールでも送ろうとしていたのかもしれない。

ウォンは、Aの向かいの席に滑りこんだ。グリーンがすかさず脇に腰かける。たっぷりしたソファなのに、妙に遠慮して浅く座っていた。ウォンはメニューを眺め渡した。先ほどは腹が減ったと思ったのだが、さすがにあれは錯覚だったのだろう。胃が錯覚を感じるとは思えなかったが。

結局ウォンは、食後のデザートとして、コーヒーとアップルパイを頼んだ。グリーンはコーヒーだけ。Aは嫌そうに、ハンバーガーの残りをフォークでつついている。

「ここのバーガーは、でか過ぎるようだな」ウォンは、残骸《ざんがい》からハンバーガーの元の直径を類推した。

「ああ。美味いんだが、だいたいいつも食べ切れない。フレンチフライもサービスし過ぎでね」

確かに、まだ皿一杯のフライが残っていた。ウォンは素早く手を伸ばし、何本かを摑み取って口に押しこんだ。嚙み締めた瞬間に顔が歪む。

「塩がきつ過ぎるな」

「ここのコックは、殺人未遂で逮捕すべきかもしれない」Aが真顔で言った。「客を、高血圧で殺そうとしてるんだ」

「逮捕については検討しておく」ウォンも真面目に言ってうなずいた。

「検討だけか。頼りにならないな」Aが鼻を鳴らす。

「基本的に我々は、国内問題にはタッチしないんでね」

コーヒーとパイが運ばれてきた。ウォンはすかさずフォークを取り上げ、パイの鋭角な先端を切り取って口に運んだ。悪くない……甘みもそれほど強くなく、シナモンが上手く利いている。ほの温かい感じも舌に心地好い。アイスクリームもつけるべきだったな、と悔いる。どうせ太り過ぎなのは分かっているし、今さら格好をつけても何にもならない。きつい仕事のご褒美に、食事ぐらいは放埒《ほうらつ》でもいいではないか。

「で？」Aが慎重に切り出す。「こんな遅い時間に何の用だ？」周囲を見回し、近くに客がいないのを確認してから「まさか逮捕するつもりじゃないだろうな？」と訊ねた。

「逮捕されるような理由でも？」

「ないけど、どうせ俺をずっと監視していたんだろう？」

「論理的な結論だな」ウォンはうなずき、またパイを一口食べた。「こんな時間に夜食を食べに来る――そこに偶然居合わせるのは、確率的には極めて低い」

「俺を監視していても、何も出ないよ。正直ビビってるから、動けないしな」

「ミスタ・アンゾフが殺されたから？」

「俺も、彼に関わりのある人間だからな。何もしてないけど、狙われてもおかしくないだろう」

「関係者全員皆殺しか？　コロンビア人じゃないんだから」ウォンは苦笑した。

Aが首を横に振り、ハンバーガーの皿を脇にどけて身を乗り出す。不安が滲んだ声で「ミスタ・アンゾフは、ずいぶん残酷な殺され方をしたそうだな」とつぶやいた。

「噂は怖いねえ」ウォンは肩をすくめた。「抑えられるものじゃないし、人から人へ伝わるごとに、必ず余計な一節が加わる。ミスタ・アンゾフがどう殺されたか、あんたはどんな風に聞いている？」

Aの喉仏が上下した。手探りでコーヒーカップを引き寄せ、口元に持っていって一口飲む。

「首を切られていたとか。切られていたというのは、切断――」

「そいつはどういうデマだ？」ウォンは少しだけ声を高くした。「勝手なイメージで喋っている人間がいるようだが、そういう事実はない。ミスタ・アンゾフの死因は失血死だった。何か所か刺されているが、それはどれも致命傷ではない」

地元警察では、拷問の結果だと推理しているようだ。体のあちこちを傷つけ、証言を迫る。おそらく最後には、欲しかった答えを聞き出したのだろうが、賊は当然アンゾフの手当てなどはせず、放置して死なせた――死ぬまで現場で見守っていたかもしれない。

ラガーンの犯行だ、とウォンは確信を強めつつあった。連中は、アンゾフが手に入れたタブレットを、何らかの目的で奪取しようとしたのだ。しかし……ラガーン人が、そういう乱暴なことをするイメージが、ウォンにはない。彼らが得意なのは金儲けなのだ。ウォール街やシティで活躍し、世界の金融界を裏で支える存在。イスラム過激派のような真似をするとは考えられない。CIAに残る膨大なデータをひっくり返してみたが、ラガーン人がこのような犯罪に走った記録は一切なかった。もちろん、今もイラク北部に住み、半ば自治権を与えられているラガーン人たちのコミュニティ内で何が起きているかは分かりにくいのだが、少なくともウォンが個人的に知っているラガーン人は、残酷さとは無縁だった。

この線を、ウォンは追っていた。もともと中東情勢の専門家で、現地で勤務していたこともあるし、そういう時にラガーン人にも接触してパイプを作ってきた。

「この前、あんたからラガーンの話を聞いたな」

「ああ」

「あのタブレットが、ラガーンのものかもしれない、と」

「ミスタ・アンゾフはそう言っていた」

「ラガーン人と接触した、と言っていたな」

「俺はそう聞いただけだ。タブレットの関係で、ラガーン人の話を聞いた、と」

アンゾフは、タブレットについてそれなりの情報を仕入れていたと考えていいだろう。ただしアンゾフは、その内容を知ることなく、殺されてしまったのだが。

「ラガーンの遺跡なんか、あるのか」ある。ウォンは中東の専門家として、ラガーン人とも接触があった。当然、彼らの歴史や主張についても学んでいる。

「よく分からないが、ミスタ・アンゾフは、そこから出た可能性が高い——いや、遺跡がラガーンのものである可能性が高いと言っていたよ」

「出処《でどころ》は分からないと、この前は言ってたじゃないか」

ウォンは凄んだが、Aは肩をすくめるだけだった。やはりこの男は、全てを話したわけではなかった。

「後から思い出したんだ。報告が遅れて申し訳ないですねえ」

Aのふざけた口調に怒りが募ったが、何とか抑えつけて質問を続ける。

「ミスタ・アンゾフがタブレットを手に入れたのは、半年ほど前だったな」

「ああ」

「誰から買ったか、言うつもりはないか」

「ない」Aが視線を逸らした。「それに、言っても無駄だと思う」

「と言うと？」

「遺跡から盗掘されたのは間違いないと思うんだ。だけど俺の手に渡る前に、もう何人もの手を経てきたはずだ。もしもあんたが、最初に盗掘したのが誰かを知りたくとも、その鎖を辿るのは不可能だと思うよ。おそらく、遺跡の近くに住む連中だと思うがね……そういう連中は、ミスタ・アンゾフのような人間がいることを知っていて、自分たちで遺跡を掘り起こしているんだ」

「珍しいものなら高く買ってくれる西洋人がいるから、商売になるわけだ」

「ああ」Aがうなずく。「もちろん、盗掘した人間が直接売りさばくことはできない。自分が生まれた街から出たこともない、なんていう連中がほとんどだからな」

「それで、あんたのようなエージェントが活躍するわけだ」

「余計な詮索はしないで欲しいな……こっちはおたくらにきちんと協力してるんだから」

Aが開き直ったように言った。

「詮索してるわけじゃない」実際には、詮索する必要もない。Aは、ここ数日でほとんど丸裸にされたのだ。CIAが本気を出せば……とウォンは密かに鼻を高くしていた。「こっちは、ミスタ・アンゾフが殺された背後に何があるか、興味があるだけでね」

「それに関しては、俺には言えることは何もないな」Aがそっぽを向いた。

「あんた、前にラガーンのことについて話してくれたよな」ウォンは話を引き戻した。

「ああ」壁を睨んだままAが言った。「それが何か？」

「ラガーンの人間に会ったことはあるか」

「俺は、ない」

「ミスタ・アンゾフはあるんだな」

「あれだけラガーンのことを詳しく知っているんだから、知り合いがいても不思議じゃないだろうな。ラガーンに関する情報なんて、普通の人はほとんど知らないんじゃないか」

「その通りだ」ウォンはうなずいた。ラガーンは静かに世に溶けこんだ民族であり、多くの少数民族のように何かを声高に主張したり、過激なテロに走ったことはない。そうする必要もなかったということか……イラクを離れて世界各地に散ったラガーン人は、金儲けに精を出している。世の中、金さえあれば大抵の問題を解決できるのは事実で、ラガーン人の間から不満が噴出してこない理由は、まさにそれだろう。金融界では、「金儲けに特化した人種」と揶揄《やゆ》されているらしい――まるで、人類の新たな進化の一面であるかのように。金儲けの才能だけが突出して、その他の問題は気にもされない。

ウォンは、パイを大きく切り取って食べた。次第に強く感じられるようになってきた甘みを、コーヒーを飲んで洗い流した。口を閉じ、指先でテーブルを叩きながらAを見詰める。依然として壁の方を向いたまま、顎に手をあてがっていた。苛立っているのは明らかだったが、捨て台詞を残して席を立つまでの度胸はないようだった。

「あんた、金に困ってないか」

「え？」Aが困惑した表情を浮かべ、ウォンを見る。

「ミスタ・アンゾフは、いい取り引き相手だっただろう」

「まあな」

「その人が殺されて、あんたは大事な金づるを失ったことになる。今後はどうするんだ？ビジネスの伝《つて》はあるのか？」

「それは、おたくらに心配してもらうことじゃない」Aが肩をすくめた。

「資金提供の必要はないか？」ウォンはずばり切り出した。

「賄賂《わいろ》の申し出か？」Aがからかうように言った。

「断れば、あんたは本格的に叩かれるかもしれない。叩かれて、何も出ない身体《からだ》か？」

Aの顔が引き攣った。ウォンは身を乗り出し、Aを睨みつけた。

「あんたはアメリカ人だ。愛国心はあるな？」

「当たり前じゃないか」即座に反応して言いきったが、ウォンを見てはいない。

「だったら、アメリカの利益に反するようなことはしない。当然だよな？」

「ああ」Aが、居心地悪そうに体を揺らした。この話がどこへ行くか、悟った様子である。

「俺も、遺跡からの出土品については、少しは知ってるんだよ。中東問題の専門家だからな」ウォンは腕組みをした。「混乱の中では、遺跡を守る人なんかいなくなる。盗もうとする人間は、やりたい放題だ」

「だから？」

「遺跡から直接盗み出す人間がいる。それを仲介してブラックマーケットに流す人間がいる。さらにそれを買いつけて、ミスタ・アンゾフのように自分の手を汚したくない人間に売る奴がいる——あんたのように」ウォンは、太い指をAに向かって突きつけた。「法律的に問題があるかどうかは難しいところだ。これが、博物館や美術館から盗まれたものなら、所有者は明確だが」

「俺は盗んでいない」

しばらく押し問答が続いた。ウォンは依然として、ある疑いを抱いている。アンゾフは、イラク国内の特定の勢力に対する資金源になっていたのではないか——その背後にあるのが、最近のロシアの動きである。かつての、不凍港を求めての「南下政策」ではないが、ロシアが中東の新しい石油利権に手を突っこもうとしている、という情報があるのだ。さらに嫌な話——ロシア駐在のエージェントによると、ラガーン人がロシアを訪問して、外務省の要人と密かに接触していたのだという。話の内容までは分からなかったが、ウォンにとっては看過できない情報だった。狙いが分からないが故に……ロシア側が、イスラム教の特定の勢力と結びつくのは、不自然ではない。まだ共産主義が生きていた時代——一九七〇年代末には、ソ連がアフガニスタンに軍事介入し、イスラム勢力のムジャーヒディーンと戦ったこともある。その後ソ連が崩壊し、状況は様々に変化したが、依然としてロシアが中東情勢に不安定な要素をつけ加えそうな国であることに変わりはない。

しかし、ラガーンとは……石油利権を巡るロシアとラガーン人の接触の情報を聞いてから、ウォンは独自のパイプを使ってさらなる情報収集を進めてきたのだが、状況はまだはっきりしない。もっとも個別の情報はつながらないにしても、ウォンは経験から、背後で大きな事態が動いていると予想していた。国際情勢に「偶然」はない。一見関係なさそうに見える出来事が実はつながっている、ということがほとんどなのだ。

「あんた、保護の話をしてたな」

「ああ」Aが座り直した。

「あの件については検討するよ。ただし条件は、あんたが持っている情報を全部吐き出してもらうことだ。まだ言ってないことがあるよな?」

「これ以上、何もないよ」

Aが両腕を広げた。空っぽ。全部吐き出した——嘘だ、とウォンには分かっている。ブラックマーケットとかかわるような人間は、絶対に情報をすべて曝《さら》け出《だ》すようなことはしない。取り引き材料として、最後の最後まで手札を伏せておく。ジョーカーは、相手に絶対見せない——その存在を気づかせないようにするのだ。

「だったら、保護の話はなかったことにしよう。もう担当部署には話をしたんだが、取り下げるよ」ウォンは立ち上がった。

「おい――」

Aも慌てて立ち上がる。ウォンは彼の肩を軽く叩き、「ま、考え直すチャンスはまだある」とさりげなく言った。

「あんたの希望はまだ有効だ。もうちょっと待ってやるよ。その気になったら、いつでも連絡してくれ――ただし、有効期限はあるからな」

「……いつまでだ」

「三日」ウォンは指を三本立てた。「七十二時間あれば、あんたもじっくり考えられるだろう。いい返事を待ってるよ」

「もう少し突っこまなくてよかったんですか」グリーンが不満そうに言った。

「ああ、問題ない」ハンドルを握るウォンは、軽い調子で答えた。クソ、肘《ひじ》が腹に当たるんだよな……出っ張った腹は、運転にも邪魔になる。

日付が変わる直前の九五号線。さすがにこの時間だと走る車も少なく、四車線の道路は広大な駐車場のようだった。雨は降り続いており、ウォンはワイパーを作動させた。このロードスターは小回りが利く非常にいい車なのだが、雨の日は少しだけ不安になる。挙動が敏感過ぎて、スリップしやすくなるのだ。まあ……急ぐわけではないし、制限速度を守って慎重に運転しよう。まだグリーンと話しておきたいこともあるし。

「これもテクニックのうちなんだ」ウォンは打ち明けた。

「時間を切ることがですか？」グリーンが疑わしげに訊ねた。

「いや、向こうから連絡させることだ。例えばさっき、お前が加勢して一緒に突っこめば、Aは事情を話したかもしれない。でも、『強要された』感覚は残るんじゃないかな。それが後でしこりになることもある。自ら進んで打ち明けたことになれば、何とも思わないもんだよ」

「それで、三日の猶予《ゆうよ》を切って、連絡させる、と……」

「ああ」ウォンは両手の人差し指でハンドルを叩いた。ラジオからは、低い音でカントリーが流れている。もっともアメリカらしい音楽――生まれた時から聞いているはずなのに、ウォンは馴染めなかった。自分の中では、生まれ育った環境よりも血の方が濃いのか……もっとも、年老いた両親がたまに聴く台湾のポップスも、好きになれないのだが。

「私はまだ、この件の全体像が見えてこないんですが……」

「俺もそうだよ」ウォンは認めた。「ただし、ラガーンの名前が出ている限り、無視することはできない。とにかく十分用心して、情報収集を続けるんだ」

「この話、どこへ行くんですかね」グリーンが不安そうにぽつりと言った。

「俺にも分からない。分からないから、情報を集めるんだ。情報、情報――俺たちには情報が全てなんだよ」

16……マルメ

夕方、俺はダルビーガータンにある中川の家に舞い戻った。灯りは点いていない。車もなかった……ふいに怒りがこみ上げる。中川にしろハンセンにしろ、入院しているエラを放っておいて、家にもいないのはどういうことだろう。あるいは俺と入れ違いになって、いままさに二人は病院にいるのかもしれないが──俺としては、病院で会うのは避けたかった。一日に何度も顔を出したら、絶対に怪しまれる。白衣を手にいれるべきかもしれない、と一瞬真面目に考えた。白衣とクリップボードは、多くの場所で目くらましになる。

昼間に比べて、道路に停めてある車の数は増えていた。ガレージがない家もあるので、道路を駐車場代わりにしているのだろう。それでも車上荒らしの心配はいらないのか……この辺は、治安はよさそうだ。ということは、俺にとってはいろいろとやりにくい場所でもある。しばらく車の中で張り込みしようと思って来たのだが、治安がいい地域イコール、よそ者に厳しい地域だ。見知らぬ人間の姿を見ただけで、通報する人がいるかもしれない。いっそ、ご近所に挨拶して回ろうか、とも思った。昼間会った人もいるし、この辺では日本人は珍しいから、顔を覚えてもらえたかもしれない。ただ中川を待っているだけだと言って、悪意はないことを説明する──いや、それではかえって、変に言い訳しているようなものだ。見つからないように気をつけるしかない。

ダルビーガータンと交わる広い道路――こちらは「ヨハンヌスルスツガータン」と読むようだ――に車を停め、エンジンも切った。ハンドルに両手を載せて身を乗り出すようにすると、中川の家がかすかに見える。まあ、四六時中監視している必要はなく……ダルビーガータンに入っていく車がいたら、家をチェックすればいい。もっとも、ヨハンヌスルスツガータンとは反対側からアプローチしてくる可能性もあるが……あまり気にし過ぎるときりがない。

灯りは乏しかった。日本で見るような街灯の「柱」だけが道路の両側に立ち、そこから電線を渡して、道路の中央に照明がぶら下がっているだけなのだ。歩道側にはほとんど光は届かないが、そもそも歩いている人がほとんどいないから、これでも問題ないのかもしれない。車に乗っている限りは、ヘッドライトが助けになる。

食料は……当面は心配いらない。途中、セブン‐イレブンでサンドウィッチと飲み物を仕入れてきたのだ。またセブン‐イレブンかと思ったが、ないよりはましである。ただし、なるべく飲み物は口にしないように気をつけた。この辺で立ち小便をしているところでも見つかったら、何が起きるか分からない。

午後七時……人の動きはほとんどない。日本なら、帰宅ラッシュが続いている時間なのだが、海外では事情が違う。朝七時から働いて、午後四時にはもう解放されることも珍しくないのだ。デンマークで、午後四時過ぎに自転車が街を埋め尽くして、驚かされたこともあった。

サンドウィッチを食べ、ミネラルウォーターをちびちびと飲む。煙草をやめなければよかったな、と一瞬後悔した。里香があまりにも嫌がるので禁煙したのだが、こういう「待ち」の時間に手持ち無沙汰になるのは困る。煙草を吸いながらなら監視もできるし、とにかくいい時間潰しになるのだ……俺は妄想を広げて、孤独な張り込みに耐えることにした。煙草を再開してしまい、ようやく会えた里香に詰問される——詰問されようが殴《なぐ》られようが、里香と再会できるなら構わないが。

八時。ラジオをつけてみたが、当然スウェーデン語の放送なので、まったく分からない。待ちの辛さが身に染みてきた午後八時半、動きがあった。

一台のタクシーがヨハンヌスルスツガータンを走ってきて、右折のウィンカーを出したのだ。もしや……シートに座り直し、少し身を低くしてタクシーの動きを追う。ダルビーガータンに入った。よし。俺は反射的にドアを押し開け、道路に降り立った。タクシーはダルビーガータンをゆっくりと進み、中川の家の前で停まる——大柄な男が、いかにも窮屈そうに体を屈めたまま、タクシーから降り立った。大柄どころか「小山」と呼ぶ方が適切な体格で、動きはノロノロしている。

アドリアン・ハンセン。

もちろん、彼に直接会えるなら、それに越したことはない。俺は走り出そうとして、バックパックを残したままであることに気づいた。慌てて車の中に体を突っこみ、バックパックを抱えて走り出す。

ハンセンらしき男の動きはゆっくりで、全力でダッシュした俺は、彼が家のドアに手をかけたところで何とか追いついた。

「ヘル・ハンセン！」とっさに思い出したドイツ語で呼びかける。

ハンセンが、ドアノブを握ったまま、こちらを振り向く。油の切れた機械のようなぎこちなさで、首のあたりからギシギシと音が聞こえてきそうだった。卵に爪楊枝《つまようじ》が二本刺ったような体形。ズボンはだぶついているのに、ジャケットは前が閉まらないような具合である。残り少なくなった白髪が耳の上で渦巻き、顔は赤い。小さな眼鏡《めがね》の奥の目は細く、開いているのか閉じているのか、すぐには分からない感じだった。

「ヘル・ハンセン……」もう一度呼びかけたが、言葉が続かない。英語に切り替えて、「英語でもいいですか」と訊ねた。

答えがない。はっきりと目を見開き、珍しい生き物が目の前に現れたように俺を凝視する。

「マサキ・タカミと言います。日本人のカメラマンです」身分証明書代わりにカメラを取り出すべきだろうか、と一瞬考える。しかし、依然としてノブに手をかけたままのハンセンにそんなものを見せても、効果はなさそうだった。「伺いたいことがあるんです。ちょっと時間をいただけませんか」

「話？」訛りの強い英語だった。

「ある人を捜しています。その人は、あなたに会いに、マルメまで来ているはずなんです」

「申し訳ないが、助けになれそうにないな」

「いや、あなたはその人を知っているはずです」俺は一歩踏み出した。まだ家の敷地には入っていないが、もう一歩進めば門を通り抜ける。しかし俺は、本能的に危険を感じていた。ハンセンの顔は赤くなり、目はさらに大きく見開かれている。取り敢えず、距離はこのまま……俺は里香の名前を出した。「リカ・マツムラという日本人女性です。あなたと同じ言語学者――専門は、シュメル語です」

「帰れ」

「はい？」

「帰れ！」

　繰り返し言うなり、ハンセンがドアを思い切り開け、家に入ってしまった。これは……あまりにも激しい拒絶反応に、俺は唖然として動きが止まってしまった。しかし数秒後に再起動し、家の敷地に入る。拳を振り上げ、ノックしようとした瞬間にドアが開き――俺の目の前に銃口が現れた。

「とっとと失せろ！」

言葉は棘々《とげとげ》しいが、銃口は不安定に上下に揺れている。猟銃は、そんなに軽い物ではないのだ。扱い慣れていない人間が、ぴたりと静止させて構えるのは難しいだろう。

——と、冷静に考えたものの、俺は一瞬で死を覚悟した。銃口は今にも、俺の額にくっつきそうである。この距離で撃ち損じるはずもなく、間違いなく俺は死ぬ。逃げろ、と脳は命令を発していたが、体が言うことを聞かない。これほど死を間近に感じたことはなかった。

「ちょっと……」俺は辛うじて声を絞り出した。

「失せろ！」ハンセンがひび割れた声の英語で繰り返す。銃口がさらに大きく揺れた。

「下ろして下さい。話を聞きたいだけなんですよ」

「話すことはない！」

ハンセンがぐっと銃身を突き出した。額にぶつかる寸前、俺は辛うじて身を引き、同時に尻から地面に落ちた。銃口からは離れたが、これで完全に動きが取れなくなってしまった。嫌な汗が額を伝い、喉がからからになる。どうする……とにかくハンセンを落ち着かせないと。しかし、喉に何かが詰まったように声が出ない。

「義父《とう》さん！」

英語での、第三の声。義父さん？　そう呼ぶのは……中川か。俺は辛うじて首だけ動かし、声のした方を見た。いつの間にか家の前に車が停まっており、日本人の男が呆然と立ち尽くしていた。男が俺とハンセンを交互に見て、ぽかりと口を開ける。次の瞬間には、背中を押されたように前によろめき出した。

「落ち着いて……」両手を前に突き出し、恐る恐る歩いて来る。自分も撃たれるのでは、と恐れているようだった。

「こいつが勝手に家に入ろうとしたんだ」ハンセンが低い声で言った。

誤解だ──すぐに釈明しようと思ったが、やはり声は出ない。男は困惑の表情を浮かべたまま、また俺とハンセンを順番に見た。こんな時に、どんな言葉を発したらいいのか。俺は結局、間抜けな台詞を口にしてしまった。

「怪しい者じゃありません」

「取り敢えず、銃を下ろしましょう。落ち着かないと」

ハンセンが、震える声で説得する男を凝視した。ふいに銃を肩に担ぎ上げ、ドアを乱暴に開けて家の中に引っこんでしまう。俺はゆっくりと息を吐き──それまで完全に止めていたことに初めて気づいた──何とか立ち上がった。尻餅《しりもち》をついた時にかなり強打したようで、痛みが残っている。だが痛みを感じさせないように表情を引き締めた。

「失礼ですが……日本人の方ですか？」男が日本語に切り替えた。

「ええ……あなた、中川さんですね？」

「そうですけど、いったいこの騒ぎは何なんですか」

「説明すると長くなります。ちょっと話をさせてもらえますか？　別に、怪しい人間ではないので」

「いや、しかし……」心配そうに家を見やる。窓には灯りが映っていて、ハンセンの影がそこを過った。「義父《ちち》があんなに怒るのを見るのは初めてですよ。あなた、本当に勝手に家に入ろうとしたんじゃないですか」

「まさか。ただ彼に会いに来ただけです。それがいきなり銃口を突きつけられて……失礼ですが、煙草、持ってないですか」

「ありますけど」中川が怪訝そうな表情を浮かべた。

「一本下さい。体に多少毒を入れてやらないと落ち着かない」

「本当に、泥棒じゃないんですか」中川が念押しする。

「違います。泥棒は煙草をねだったりしないでしょう」俺はバックパックを前に回した。先ほど尻餅をついたショックでタブレットが割れでもしたら……と心配になったが、ここでビニールを開いて確認するわけにはいかない。取り敢えず手を突っこむと、中川が顔を引き攣らせるのが見えた。「危ない物を出すわけじゃないので……名刺をお渡しします」

結局煙草は貰い損ねたな……俺はカード入れを取り出すついでに、ビニール越しにタブレットに触れた。少なくとも、真っ二つに折れたような感じではない。安心して名刺を引き抜き、中川に一歩近づく。名刺に対しては反応してしまうのか、中川が両手で押し戴《おしいただ》くように受け取った。

「カメラマン、ですか？　そんな人が、こんなところに何の用ですか？」

「話すと長くなります。ちょっと時間をいただけませんか？」奥さんの看病でお疲れのところ……と言いかけ、俺は言葉を呑んだ。個人情報を知られるのを嫌う人間もいる。嗅ぎ回っていたことを知ったら、中川も頑なになってしまうかもしれない。ここはあくまで柔らかく、ゆっくりと攻めるべきだろう。

「構いませんけど……」

「大事なことなんです。人の命がかかっています」

「義父が何か関係しているんですか？」

「そうなんです」俺はうなずいた。「大事なヒントを貰えるんじゃないかと思うんですが……私の恋人が行方不明なんです」

「どういうことですか？　スウェーデンで？」

「ええ」

「ずいぶんスケールの大きな話ですね」

「彼女は元々、スウェーデンに住んでいるんです。日本から、ストックホルムの研究所に派遣されていて」

「そう、ですか」中川がもう一度、名刺に視線を落とした。急に気持ちが変わったのか、コートの前をはだけ、ブレザーの内ポケットからカード入れを取り出して俺に名刺を差し出した。名前を確認してから、話を進める。

「ところで、食事は済まされました？」

「いや、まだですけどね……」ちらりと家を見る。

「ハンセンさんと一緒に食べなければいけない？」

「それは大丈夫です」

「じゃあ、奢りますよ……話を聞かせてもらえるなら。この辺で、どこか食事ができる場所はありませんか？」

「そうですね……この近くだと、ピザぐらいかな」

ピザか……困った時にはピザ。今や世界中どこへ行っても食べられる、普遍的な食べ物だ。少しうんざりしたが、俺はもう食事を済ませていたのだと思い出す。飲み物があればいい。

俺たちはそれぞれの車に乗って出発した。中川が先導する。このまま逃げられるのでは……と心配にもなったが、中川は道に不案内なこちらを気遣うように、低速で走ってくれた。五分ほど走り、広い道路に車を停める。バス停のすぐ近く。平屋の建物にはピザ屋のほか、花屋、「ファストフード・キッチン」の看板がかかった店などが入っている。ごくごく小さなショッピングモールという感じだった。

中川が先に車から降り、広い歩道で待っていた。それほど寒くはないのだが、首をすくめ、コートのポケットに両手を突っこんでいる。俺が近づくと、うなずきかけてピザ屋に入って行った。外にもテーブル席があるのだが、さすがにそこで食べるような陽気でも時間でもない。

店内にはサッカーチームのユニフォームがかかり、何となくイタリアっぽい雰囲気を醸し出している。白いポロシャツ姿でピザを焼いている若い男の店員たちも、イタリア人のようだった。

閉店が近いのか、店内はがらがらだった。中川は奥の席に座り、さっとメニューに目を通してから、「どうしますか」と俺に訊ねた。

「食事は済ませたので……飲み物だけでもいいですかね」

「構いませんが……」なんとなく嫌そうに言った。自分が食べているのを見られるだけなのは、何となく落ち着かない気分なのだろう。

俺もメニューを取り上げた。何が載っているのか、英語でもきちんと書いてあるので分かる。それほど安くはない……だいたい百クローナというところか。中川は一番安い部類に入る、トマトとチーズ、キノコのピザを選んだ。飲み物は二人ともコーラ。

注文を終えると、中川はようやくコートを脱いだ。下は濃紺のブレザー。青いストライプのシャツに紫色の無地のネクタイという、大人しい格好だった。年齢、三十五歳ぐらいか……細面の顔に切れ長の目。細い長方形の銀縁眼鏡をかけている。どことなく線が細い感じで、海外で一人、精力的にビジネスを切り盛りするタイプには見えなかった。背はそれほど高くない——俺より十センチは低いのだが、手だけは大きく、指も長かった。何か楽器、それも弦楽器を本格的に弾いているのではと思わせる指である。

中川は、自分からは話し出そうとしなかった。まだ疑っているのだろうと考え、俺は慎重に話を切り出した。

「あなたのお義父さん——ミスタ・ハンセンは、古代の言語学者ですよね」

「ええ」中川が目を見開く。「でも、その辺のことはよく知らないんです」

「そうなんですか?」

「そういう話もしないし……でも今は、特に何もしていないはずですよ」

「何歳なんですか?」自分の体重すら持て余す老人、という感じだったが。

「七十二歳です」

「学者だ、と聞いているんですけどね」俺はわざとらしく首を傾げた。

「別に大学で教えているわけではないし……よく分からないんですよ。本人も言いたがらないし、聞きにくい雰囲気がありまして」

「何かあったんですかね」あったはずだ――しかし俺は、自分から切り出すつもりはなかった。

「今回の件なんですけど……」遠慮がちに中川が話題を変えた。

「私の恋人も、古代の言語を研究しているんです。先ほども言いましたが、日本の研究所からストックホルムの研究所に派遣されています」ＩＬＬの名前を出すのは避けた。ＩＬＬが爆破された一件は、スウェーデンのメディアに大きく取り上げられている。当然、中川も知っているだろう。そこに関係している女――ということで、余計な先入観を与えたくなかった。「ミスタ・ハンセンに会いに来ることになっていたんですよ」

「そうなんですか？」

「ええ。ところがいなくなってしまって……」

「行方不明ということですか」中川が眉を吊り上げる。

「そうなんです。彼女もスウェーデン暮らしは長いんですけど、なにぶんにも外国ですからね。何が起きるか分からないので……」

「それでわざわざ、日本から飛んできたんですか？」

「いや、今回はたまたまこちらに来ていたんです。警察も捜してくれているんですけど、あてになるかどうか分かりませんから、自分で捜し始めました。ミスタ・ハンセンが何か知っているという情報があって会いに来たんですが、先ほどの始末で」俺は肩をすくめた。

大したショックではなかった、という意思表示。

「すみませんね……私もちょっと驚きました。義父は、普段はあんな人じゃないんですよ。いきなり猟銃を持ち出すなんて、考えられない」

「何で怒らせてしまったんでしょうね。さっぱり分からない」俺は腕組みをした。分かっていることは一つだけ——里香の名前が引き金になったのだ。彼女の名前を出した途端、ハンセンは激怒した。まるで「松村里香」という言葉が、悪い呪文であるかのように。絶対に聞きたくない、という感じだったが、それほど嫌う理由が思い当たらない。里香とハンセンは、過去にも会ったことがあるのだろうか。その時に里香がハンセンを怒らせたとか……しかしハンセンは、大学にも所属せず、学界で自説を発表するわけでもなく、隠遁生活を送っているはずだ。何があったのか知らないが、あの世界ではもう過去の人ではないだろうか。どんなに立派な業績をあげた人でも、三十年も表に出てこなければ、忘れられてしまう。

「何とか会えるように、話をつないでもらえませんか」俺は組んでいた腕を解き、両手を伏せてテーブルに置いた。「たぶん、彼女と会う約束をしていたはずなんです。ミスタ・ハンセンに聞けば、彼女の居場所が分かるかもしれない。もう、こちらで会っているかもしれないでしょう」

「しかし、あの様子だと……ちょっと心配です。あんなに怒ったのは見たことがないし。

まあ、ちょっと精神的に不安定になるのは分かりますけどね」

「どういうことですか？」

「娘が……私の嫁ですけど、危ない状態なんです」

俺は眉をひそめて見せた。もちろん分かっている。数時間前に、病院のベッドに力なく横たわる姿を見たばかりなのだから。

「病気ですか？」

「ええ。先天的な心臓の病気なんですけど……しばらく調子がよかったんですが、このところ急に容態が悪くなって。しばらく前から入院しているんです」

「それで、娘さんの具合を見に来たんですか？」

「ええ……正直、今回は危ないと医者にも言われていまして」中川は淡々と話していたが、それ故に事態の重みはひしひしと伝わってきた。おそらく彼は、心臓に病気を抱えていることは承知で、エラと結婚したのだろう。最初から覚悟はあったはずだ。先に死なれることが分かっていて結婚する――「愛」だけでは説明できないぐらいの深い関係を俺は想像した。

「それは……大変ですね」

「まあ、私はある程度は覚悟していますけどね」

中川が顔を上げた。目は乾いている。彼の結婚生活は、覚悟と諦めの連続だったのではないか？　俺はかける言葉を失った……しかし中川の方で勝手に喋り続ける。誰かに想いを打ち明けたくて仕方なかったのかもしれない。

「私、元々日本の商社にいたんですよ。ドイツへ出張した時に、当時まだ大学生だった嫁と出会ったんです。その頃は比較的体調がよくて……こっちの一目惚れでした」

俺は、うなずくだけに止めた。ベッドに横たわったエラの顔を見ることはできなかったから、中川が一目惚れするような美人だったかどうかは判断できない。そうだったとしても、病気が美しさや生気を奪ってしまったのではないかと思えたが。

「その後、ドイツへ赴任して本格的につき合い始めて、五年前に結婚しました」

「あなたは元々どこの——実家はどこなんですか？」

「横浜です」

「横浜も広いですけど……」

「ああ、小机《こづくえ》です。日産スタジアムの近くで」

「あの辺、サッカーの試合がある時は大変でしょう」俺は話を合わせた。

「ええ。でもうちの実家は、スタジアムとは反対側なので、あまり関係ないですね」

「そっちの方、何かありましたっけ？」

「何がって言っても、聖徳太子堂ぐらいで……昔ながらの住宅街ですよ」

「マルメへはどうして？　何か仕事の伝でもあったんですか？」

「ええ。ドイツ時代に、いろいろな人と仕事上のつき合いができて……ここでの仕事を勧めてくれたのは、スウェーデン出身の人でした。今のビジネスパートナーですけどね……ベルリンよりもマルメの方がのんびりしていて環境もいいし、嫁の体にも優しいんじゃないかと思いまして」

「実際、そうだったんですか？」

「ここはいい街ですよ」中川が遠い目をした。「静かで空気も綺麗で。嫁も気に入って、体調もよくなったぐらいなんですけど、やはり体のことはね……どこにいても同じだったかもしれません」

一瞬、沈黙が訪れる。どういう言葉をかけていいのか、俺には分からなかった。初対面の人間に慰められても困るだろうし。ピザが焼き上がり、沈黙の気まずさが少しは薄れた。またやけにでかいピザで……俺は見ただけで胃もたれを感じた。

「少し食べませんか？」三角形の一片を自分の皿に移しながら、中川が言った。「ここのピザは大き過ぎるんですよ。本当は、二人で食べてちょうどいいぐらいで」

「奥さんと一緒に来る店なんですか？」

「たまにテークアウトしてました。嫁が、食事の用意もできないような時もあって……」

中川の顔が暗くなる。それほど長くない結婚生活の重みを回顧して、瞬《また》く間に暗い気分になったようだった。

「ピザは便利ですよね。気軽に食べられますし」的外れなことを言っている、と意識しながらも、話をつなぐために俺は言葉を口にした。「私もピザはよく食べますよ。特に海外にいる時は……今は世界中どこへ行ってもピザがあるし、それなりの味だから安心できますよね」

「日本食とは違いますよね。海外だと、とんでもない日本食を食べさせる店が多いから。けしからん話です」

中川の顔に、少しだけ血の気が戻った。商社マンとして世界中を飛び回っていた頃には、食べ物で一喜一憂していたのだろう。突然饒舌《じょうぜつ》になり、ベルリンで食べた硬いてんぷら、目を白黒させざるを得なかったパリのラーメン、ほとんど食べられなかったワシントンの寿司などのエピソードを披露し続けた。一喜一憂というより、「憂」の方が多い。

喋っているうちに、中川はピザをほとんど食べてしまった。残り二片——中川は店員を呼んで、テークアウトにした。

「義父が何か食べているかどうか、分かりませんから」

「今、家で二人きりなんですか？」

「夜は、そうですね。昼は、義父は病院の方に詰めてくれているんですけど」

「中川さんは仕事ですか」

「ええ。会社は回していかなくてはいけないし、働かないと食えませんからね。そこは、ぎりぎりまで頑張らないと。朝と夕方には病院に顔を出すようにしてるんですけど……」

両手で顔を擦った。「さすがに疲れてきました」

「そのお疲れのところ、申し訳ないんですけど、何とかミスタ・ハンセンを説得してもらえませんか？　彼女の行方に関する手がかりを、どうしても摑みたいんです」

「話してはみますけど、どうかな……」中川が紙ナプキンを一枚抜いて、両手の指先を丁寧に擦る。「やっぱり、結構追い詰められている状態ですから。あなたとお話しできるかどうか」

「そこを、何とか」俺は頭を下げた。「今のところ、ミスタ・ハンセンだけが頼りなんです」

「そうですか……しかしその人——あなたの彼女は、どうして義父がここにいることを知ったんですかね」

「それは分かりませんが……ベルリンにいる間も連絡を取り合っていたんじゃないでしょうか。それで今回、マルメにいることが分かって、会いに来ることにした、とか」

警察なら、この辺りの事情は調べられるはずだ。里香の電話やメールの記録を追えば、彼女が誰と接触していたかぐらいは、すぐに分かるだろう。いや、もうとっくに調べているか……彼女がハンセンと話していることが分かったら、どう判断するだろう。ラーションも、里香がどういう目的でハンセンに接触しようとしていたかは知らなかった。研究者はそれぞれ独立した存在であり、一応の「上司」であるラーションにも、事前に一々相談はしないだろう。

エリクソンは、ハンセンに接触を試みるかもしれない。しかしあの調子だと、まともに事情聴取できるとは思えなかった。エリクソンが四苦八苦する様を想像すると笑ってしまったが、別に彼は悪い人間ではない……一応気を遣ってくれたし、情報ももらったのだから。

それにしても、事態が遅々として進まない。ハンセンには会えたし、彼のあの態度からすると、里香との間に何かあったのは間違いないのだが、それが何なのかは俺には想像もつかない。

ひたすら嫌な予感がするだけだった。

そして俺の勘は、こういう時だけはよく当たる。

17……………マルメ

ホテルへ戻り、ベッドに寝転がった。後頭部に両手をあてがい、見るともなく天井を見上げる。古いホテルのせいか天井は高く、部屋の狭さをあまり感じさせない。疲れている……体よりも気持ちの疲れだ。しかし目を瞑ってみても、眠気《ねむけ》は近づいてこない。

仕方なく起き上がり、ミネラルウォーターを一口飲む。窓辺に寄り、カーテンを細く開けた。三階にあるこの部屋からは、道路の向こうにある運河、さらにクラシカルな駅舎がよく見える。日本のように夜になっても灯りが煌々《こうこう》としているわけではないが、闇にうっすらと浮かび上がる駅舎は、なかなか趣がある存在だった。高い建物があまりないので、昼間ならかなり遠くまで見通しが利くだろう。

カーテンを閉め、バックパックの中を検める。一番大事なタブレットは、ビニールの包装を完全に剝ぎ、きちんと確認した。尻餅をついたので心配だったが、特にひび割れなどは見当たらない。何千年も前の物が、意外に頑丈なことに驚いた。ふと、このタブレットには、何か神秘的な力が宿っているのでは、と想像する。自らを守り、しかし何か災いを呼んでしまうような……馬鹿馬鹿しい。俺は徹底したリアリストを自認しているから、人智が及ばないような事象にも、必ず合理的に説明できる理由があると信じている。だいたいこのタブレットが、何か奇跡を起こしたわけではない。一種の疫病神になっているのは間違いないが……今回のトラブルは、全てこのタブレットから始まっているのだ。

里香、とつぶやいてみる。君は本当にこの街にいるのか。飛行機でマルメまで飛んできたのは間違いないだろうが、今もこの街に止まっているのか、あるいはとうにどこかへ移動したのか。空港や駅のチェックはどこまで有効だったのだろう、と俺は怪しんだ。マルメの警察は、あまり熱心に里香を捜してくれていない感じだ。

自力で何とかするしかないのだが、中川に対してあまり強い態度に出られなかったのは失敗だった。辛い事情は分かるのだが……自分の弱さを痛感する。里香を見つけるためなら、多少の無理はすべきだった。

肝心の里香が、「捜さないで欲しい」と言っているにしても。

急に、情けない気持ちが湧き上がってきた。何か面倒なことに巻きこまれているなら、俺に相談して欲しかった。助ける手立てはいくらでもあったはずである。どうして自分一人で抱えこむのか。そもそも彼女は、何か相談したいことがあったからこそ、俺に連絡してきたのではないか。誘ってからのごく短い時間で状況が変わってしまったとでもいうのだろうか……もちろん、研究所が襲撃されるのは、大変なことではあるが。

その辺の事情を、どうしても聞いてみたかった。里香に会いたい——その気持ちは揺らがないし、謎を謎のまま放置しておけない俺の性格のせいもある。

ベッドに浅く腰かけ、明日以降の動きを考える。中川からの連絡は待つとしても、ホテルでこのまま大人しくしているわけにはいかない。かといって家を訪ねると、また猟銃とご対面、ということにもなりそうだ。

そうだ、病院で張ってみる手はある。何も中に入りこまなくても、外でハンセンを待ち受ければいいのだ。さすがにああいう場所なら、ハンセンも乱暴なことはしないだろうし。とにかく、何とか冷静な話し合いができれば、事態は動かせる。

よし、この手で行こう。

少しだけ気が楽になって、俺はシャワーを浴びることにした。裸になったところで、バックパックをベッドの上に放置してしまったことが急に気になり、慌ててバスルームまで持って来る。

何と厄介なタブレットか……やはり、神秘的な力を持っているのかもしれない、と普段は思いもしないようなことを考えた。俺の行動は、既にこのタブレットに支配されているようではないか。

翌朝七時、俺は病院の前にいた。中川が出勤前に立ち寄るはずだが、彼と会ったらどうすべきかと考える――会わないように気をつけよう。あまりにもしつこいと思われると、後々悪い影響が出かねない。

急いで飛び出してきたので、朝食もコーヒーもなし。これでいつまで持つかと、心配になってくる。突然、またも煙草が恋しくなった。アルコール依存症の人間は絶対に中毒から抜けられない――禁酒など一時のものだ――と聞いたことがあるが、煙草に関しても同じかもしれない。

七時半、中川が歩いて来た。どこかに車を停めてきたのだろう。ビジネス用らしきブリーフケースの他に、布製の大きなトートバッグを肩からぶら下げている。入院中の妻の着替えなどが入っているのか……俺は建物の角に姿を隠した。向こうが気づいた様子はない。

三十分ほどして、中川が出て来た。依然としてトートバッグを担いでいる。朝から疲れた表情で、足取りも重い。妻が二週間も入院していて、しかも明日をも知れぬ命だとしたら、まともな精神状態ではいられないだろう。昨夜はよくきちんと話してくれたものだ、と密かに感謝する。同時に申し訳なくも思った。

張り込み、続行。病院の正面入り口付近に移動し、ハンセンを待つ。胃は空腹を訴え、ともすると集中力が切れかけたが、里香のためなのだと自分に言い聞かせ、何とか意識を保つ。

九時過ぎ、病院の前にタクシーが停まり、ハンセンが降り立った。相変わらず、車を降りるのにも苦労している。時間がかかるのを利用して、俺はダッシュで彼のもとへ駆け寄った。

「ヘル・ハンセン！」

呼びかけると、すぐにハンセンが俺に気づいた。北ヨーロッパの人間らしく元々白い顔に、瞬時に赤みが差す。怒りが沸騰《ふっとう》したようだが、俺は構わず近づいた。

「今朝は、猟銃は持ってませんよね」

「猟銃はなくとも、これがある」

訛りの強い英語で脅しの言葉を吐き、ハンセンが拳を俺の顔の前に突き出した。かぼちゃと見紛うほどの巨大な拳で、顔面にヒットしたら確かに一発でKOされるだろう。だが今のハンセンのスピードでは、動く相手に当てるのは極めて難しいはずである。俺は頭の中で、長年続けてきた柔道、そして子ども時代に学んだ空手の動きをシミュレーションした。もちろん、怪我をさせるわけにはいかないが。

「話がしたいだけです。どうしてリカのことを話しただけで、あんなに怒ったんですか」

「その名前を口にするな」忌々《いまいま》しそうに吐き捨てる。

「私にとっては大事な恋人なんです。どうしてそんなに忌み嫌うんですか」

「彼女は疫病神だ」

「まさか」俺は思わず声を荒らげた。大事な人を悪し様《あざま》に言われて、黙っているわけにはいかない。一歩詰め寄ったが、ハンセンも引く様子はなかった。「彼女が何をしたというんですか」

「君は何も知らないのか」

「知りません。だからあなたに教えてもらいたいんです」

「どんな面倒に巻きこまれているのか……私は喋りたくない。喋るつもりもない。もしかしたら君も、彼女の仲間なのか」

「仲間というか、恋人です」

「だったらもっと悪い……何を企《たくら》んでいるか知らないが、私に近づくな。話すことは何もない」

「あなたこそ、何か企んでいるんじゃないですか」俺はさらに一歩前に進んだ。今や二人の顔はくっつきそうになっている。「どうして話せないんです？　リカが何かしたとでも言うんですか？　あり得ない」

「事情を知らないなら、知らないままにしておいた方がいい。彼女とは関わり合いになるな」

「冗談じゃない！」俺は言葉を叩きつけた。「俺にとっては大事な人なんだ！　あなたにとって、娘さんが大事な人であるのと同じことです」

「人の事情に首を突っこまないでくれるかな」ハンセンが突然冷淡な口調になった。

「分かりました。あなたのプライベートな事情については何も言いません……でもあなた、三十年前に何をしたんですか？　どうして学界から身を引いて、隠遁しているんですか？」

今度はハンセンが前に出た。顔がぶつかるより先に、彼の突き出た腹が俺の腹と衝突する。

「その件について話すことは何もない。それとも君は、私を侮辱するのか」

「侮辱も何も、何が起きたか、全然知らないんですよ」

俺は一歩引いた。びびったわけではなく、彼の強烈な口臭で吐き気を感じたからだ。息を止めたまま、さらに一歩下がって距離を置く。ハンセンの顔は真っ赤で、禿《は》げ上《あ》がった頭頂部にまで血が上っていた。

「意味が分からない」少し間が開いたので、俺は少しだけ声を張り上げた。「リカが何をしたんですか。彼女は、単に研究のためにあなたに会おうとしているんじゃないんですか」違う――出張申請はそのためだったかもしれないが、今は状況が変わってしまったはずだ。必死に逃げる中で、学術的な問題以外で、マルメにいるハンセンに助けを求めていたら……ある可能性に思い至り、俺はハンセンに訊ねた。「もしかしたらリカは、あの家にいるんじゃないですか？　あなたが匿《かくま》っているのでは？」

「冗談じゃない。何で私が、そんな危険なことをしなくてはいけないんだ！」

「危険って……」俺は怒りを忘れ、むしろ戸惑いを感じていた。「彼女のどこが危険なんですか。そんなはず、ないでしょう」

「だいたい君は、何者なんだ」ハンセンが俺を睨みつける。

「マサキ・タカミ。カメラマンです。昨夜もちゃんと名乗りましたよ」

「そういう意味で聞いたんじゃない。いったい何を狙っているんだ！」

話が堂々巡りになってきた。俺はただ、里香を捜しているだけ――しっかり伝えたのに、ハンセンは理解していない。あるいは俺が嘘をついていると疑っている。何故ハンセンは、これほどまでに里香を恐れる？　今では、里香には俺が知らない顔があるのだろうと、薄々感じてはいた。

「ちょっと、静かにして下さい！」

傍らの自動ドアが開くと同時に、体の縦横が同サイズの女性が顔を真っ赤にして出て来た。ＩＤカードを首からぶら下げているので、病院のスタッフらしいと分かる。腰に両手を当てて、俺たちの顔を交互に睨みつけると、「ここは病院なんですよ」と低い声で警告した。

ハンセンが顔を赤くしたまま、口をつぐんでしまう。俺は彼女に一歩近づき、「ただ話していただけですよ」と弁解した。

「あなた、どこの国の人？　あなたの国では何と言うか知りませんが、スウェーデンではあれは『言い争い』です。やるなら他の場所でやって下さい」彼女はさっと右手を上げ、敷地の外を指差した。

「私は娘の見舞いに来ただけだ」

「分かってますよ、ミスタ・ハンセン」彼女は言ったが、声に温かみはない。どうやら喧嘩両成敗を考えているようだ。「でも、病院の前で大騒ぎしているようでは、お見舞いはお断りせざるを得ません」

「いや、それは困る」ハンセンが真顔で抵抗した。「娘は、あと何日生きられるか分からないんだぞ」

「それがお分かりでしたら、お静かに。それと、あなた」俺に指を突きつける。「用事がないなら、さっさと立ち去りなさい。ミスタ・ハンセンに用があるなら、ここ以外の場所で話して下さい」

「この男と話をする義務はない」

言って、ハンセンは女性の脇をすり抜けてさっさと建物の中に入ってしまった。俺は慌てて後を追おうとしたが、女性が両手を広げて塞いだ。無言で首を振ると、首からぶら下げた小さな眼鏡が揺れる。

「あなたは入ってはいけません」

「いや、ただ話がしたいだけで——」

「警備員を呼びますよ。何だったら警察官でも」

引き下がるしかなかった。ハンセンと会えたのは幸運だったかもしれないが、実は俺にとって彼は疫病神かもしれない、と考え始めた。

18……………マルメ

まだ諦めない……これも猟犬の本能だ。俺は、夕方もう一度中川の家を訪ねることにした。ハンセンは用心して家に帰らないかもしれないが、会える可能性もある。今度は猟銃を突きつけられる前に、しっかり話をしよう。またハンセンが大声を上げて、近所の人が警察に通報するかもしれないが、諦めるつもりはなかった。

しつこく通えば人は折れる——これは俺が取材活動で学んだ教訓だった。怒りは三回目で頂点に達するが、そこをやり過ごせば次第に諦めの境地になり、五回目か六回目の面会では口を開くようになる。

ということは、次回のハンセンとの面会が、彼の最大の怒りを引き出す可能性が高い。雷に備えて、静かに休んでおこうかとも思った。たっぷり昼寝して、でかいステーキでも食べて気合いを入れ直しておくべきではないか……しかし昼間をそうやって過ごすのはいかにも無駄な感じがして、俺は聞き込みに時間を費やすことにした。とはいっても、何の当てもなく街を歩き回るのは無駄だから、ホテルに的を絞る。里香は、この街には知り合いがいないはずだから——ハンセンを知り合いと言っていいかどうかはまだ分からない——ホテルに身を隠している可能性が高い。実際、ホテルというのは、身を隠すのに一番適した場所なのだ。特にマルメのようにある程度都会でホテルが多い街では、捜す立場から見ると、相手は迷宮の中に隠れてしまったように見えるだろう。

捜す立場——この場合は俺だ。

彼女が現金を使い、偽名を使って泊まっている可能性もあるので、フロントで里香の写真を見せて回った。当然のことながら、俺のスマートフォンとカメラ用のメモリーカードには、里香の写真が大量に保存してある。「カメラマンの恋人がいると、何か変よね」と里香がこぼしたことがある。「直接見るんじゃなくて、いつもレンズ越しだから」

それはいかにも大袈裟で、里香は映画か芝居の台詞を流用したのではないかと思ったが、まあ……実際彼女はレンズを向けたくなるタイプなのだ。

ホテル回りで、俺はプライバシーの壁にぶつかった。「宿泊客のことについては答えられません」と、判で押したように同じ言葉が返ってくる。それで諦めるわけにはいかず、自分の恋人が失踪して弱りきっているのだ、としつこく説明した。中には表情を変え、まともに――人間らしい対応を見せてくれる人もいた。しかし答えは常に同じ。「申し上げられません」

午後に入るまで聞き込みを続けているうちに、さすがに疲れ切ってしまった。背中や肩が強張り、朝飯抜きの胃も悲鳴を上げている。こうなったら本当にステーキだ――たかが食事なのに覚悟を固めながら、俺はマルメ市内でステーキが食べられる店を検索した。スウェーデンのステーキとはいかなるものか――最初に見つけたのが、「テキサス風」を名乗る店だった。何が悲しくて、スウェーデンでテキサス風のステーキかとも思ったが、場所はすぐ近くである。手っ取り早く肉を胃に詰めこみ、エネルギーを補充しよう。

ビルの一階に入った店は、午後一時を過ぎているのに、ほぼ満員だった。窓際の席をあてがわれたが、メニューを見て驚く。リブアイステーキ、ニューヨーク・ストリップがそれぞれ百九十五クローナ。バーベキューリブは百六十クローナと少し安いが、バーベキューソースは当たり外れが大きい。俺が今まで食べたバーベキューで一番美味かったのは、それこそテキサスの店のもので、ソースが抜群だった。レモンの酸味と唐辛子の辛味を上手く利かせて味を引き締め、ありがちな甘ったるさとはほど遠かったのだ。ここのソースはどうか……冒険せずにリブアイステーキにした。

テキサス風という割に豪快な感じはなく、肉は柔らかで繊細な味わいだった。嚙み下すと、そのまま体にすっと吸収されていく感じ。食べ終える頃には、すっかり元気を取り戻していた。

さて、午後もホテル回りを……と思って店を出ると、計ったようにスマートフォンが鳴った。中川がハンセンを説得してくれたのではないかと思ったが、液晶画面にはエリクソンの名前が浮かんでいる。彼は、俺がストックホルムを離れたことを知らないはずだ。説明が面倒だな、と思いながら、無視することもできずに電話に出る。

「おいおい」エリクソンが、かすかに非難するような口調で言った。「マルメに行ったそうじゃないか。そっちの警察から連絡がきたぞ」

「リカがマルメに行ったと教えてくれたのは、あなただったと思うが。それに、マルメの警察に俺のことを通告していたでしょう」

「余計なことはするなと、忠告したはずだ」

「これが余計なことかどうかは、何かが起きるまで分からないんじゃないかな。今のところ俺は、無事だけど」

「……で、手がかりは？」歯ぎしりするような言い方だった。

「今のところはない」エリクソンは、ハンセンのことを知ったのだろうか。俺は曖昧に探りを入れた。「そちらでは、何か新しい手がかりは？」

「ないな」エリクソンがあっさりと言った。

「駅や空港でも？」

「ああ」

「ホテルは？」

「まだ潰し切れていない」

俺は大袈裟に溜息をついてみせた。警察の無能さを嘆く溜息。エリクソンが、むっとした口調で続ける。

「いずれにせよ、彼女はもうマルメにいない可能性が高いと思う」

「だったらどこへ？」

「おそらく、デンマークだ。マルメまで行けば、コペンハーゲンへは鉄道でも車でも本当に簡単に行ける。どちらにしても、一時間はかからない」

「なるほど……デンマーク当局への照会は？」

「当然、手配済みだ」憤然としてエリクソンが言った。「周辺各国にはもう、手配を回している」

「でも、引っかかってこない」

「自由に行き来できる地域だからな。もしも彼女がEU域内から出ようとしたら、パスポートのチェックで引っかかるだろうが」

「ああ」

やはり彼女は、まだマルメにいるのではないか、と俺は想像した。同時に、ここは警察の助けをきちんと借りるべきでは、とも考える。マルメはストックホルムよりもはるかに規模の小さな街だ。人手をかけて一気に捜索すれば、見つけ出すのは難しくあるまい。

「そこで足を棒にして、ずっとミズ・マツムラを捜し回るつもりか？　それは無駄だろう」エリクソンが諭《さと》した。

「俺にできるのは、訊ねて回ることぐらいだから」

「誰に訊ねる？　当てはあるのか」

「マルメの人全員に会うまで続けるよ」

「あんた、そのうち爺《じい》さんになっちまうぞ」

マルメの人口はどれぐらいだったか……と俺は余計なことを考えた。最大の手がかりは既に分かっているのだから、そんな非効率的なことをする必要はない。ひたすらハンセンに突っこんでいくだけだ。

何とかエリクソンを納得させて――していなかっただろうが――電話を切った。慌てて周囲を見回す。マルメの警察がどこまで動いているか分からないが、エリクソンが俺の監視を依頼している可能性もある。見張っているつもりが見張られていたら、洒落《しゃれ》にならない。

警官らしき人間の姿は見当たらなかった。一つ深呼吸して、スマートフォンをダウンジャケットのポケットに落としこみ、車を停めた場所まで歩き出す。今日になってから、尾行や張り込みにまったく気をつけていなかった。これからはもう少し注意しよう。

俺は慎重にゴルフを発進させた。また無駄な右折左折を繰り返し、交差点に強引に突っこんで他の車の動きを探る――馬鹿みたいに非効率的だが、仕方がない。バックアップがいない状態では、自分で最大限用心するしかないのだ。

その日の夕方になっても、ハンセンは家に帰って来なかった。中川も。もしかしたらエラが危篤《きとく》状態に陥《おちい》り、二人とも病院に泊まりこんでいるのでは、と俺は危惧した。しかし、エラの無事を直接確認する方法はない。中川から貰った名刺を取り出し、彼の携帯に電話を入れたが、すぐに留守番電話に切り替わってしまった。では、と会社に電話をかけてみる。若い女性の声で応答があった。この辺の人たちの感覚からすれば、ずいぶん遅くまで仕事をしている……。

「ハイ、ナカガワの友人でタカミと言います。日本人です」

「はい」相手の声は、特に緊張した様子もなかった。

「実は今、マルメに来ていて……彼に連絡を取りたいんだけど、どうしたらいいだろうか。携帯にはかけたんだけど、つながらない」

「ああ、今、商談中だと思います。今日はルンドに行っていて、そのまま向こうに泊まるはずです」

ルンド、ルンド……頭の中で、何度か見たスコーネ地方の地図を再現した。確か、マルメから北東へ二十キロほど離れた街ではないだろうか。出張するにしても、わざわざ泊まる必要があるとは思えない。もしかしたら息抜きだろうか、と俺は想像した。マルメにいれば、エラの看病があり、ハンセンとも顔を突き合わせなければならない。そういう日々が続いて、少しだけマルメから逃げ出したかったのかもしれない。

気持ちは分かるが、俺の依頼は無視するつもりか、と少しだけ苛立つ。もっとも、今朝の病院でのハンセンとの一件が、既に中川の耳に入っているかもしれない。人に頼んでおいて、勝手に暴走するとは何事だ――と呆れて、無視することに決めたのかもしれない。

「向こうでの宿泊先は……いや、商談が終われば、携帯で連絡が取れますよね」

「ええ、彼が電源を入れるのを忘れなければ」

「ちなみに明日は、いつ頃マルメに戻って来ますか？」

「昼過ぎの予定ですね」

「じゃあ、タカミから連絡があったと伝えて下さい。お願いします」

「分かりました」

電話を切り、俺はまた「待ち」に入った。仮に今晩ハンセンが帰って来て揉み合いになったら、止めてくれる人がいないわけだ。ハンセンが猟銃を持ち出した場合はどうするか――いや、持ち出させないようにするにはどうしたらいいかと考えているうちに、時間が経ってしまった。十時……これから帰って来るとは考えにくい。家で俺が張っている可能性を考えて、どこかホテルにでも隠れたのだろうか。あるいはドイツ人らしく、どこかの店で空になったビールのジョッキを並べているか。

今夜は切り上げることにした。明日の朝一番で、もう一度家に来てみよう。いなければ、病院に向かえばいい。今日と同じペースなら、彼は午前九時頃には顔を出すはずだ。ただ……病院の前でまた揉み合いになったら、今度こそ警備員を呼ばれるかもしれない。その先に待っているのは警察署での事情聴取だ。

心配しても何にもならない。心配は、トラブルが起きてからすることにした。

翌朝七時、俺は再び中川の家の前にいた。静かな朝である……まだ夜の名残りの中にいて、頼りない街灯の光では、目の前に人がいても顔が見えないだろう。それでも、早々と家を出る勤め人らしき人の姿が、ちらちらと見受けられる。

俺はタブレットとカメラの入ったバックパックを担ぎ、ぶらぶらと中川の家まで歩いて行った。門扉《もんぴ》を試してみたが、しっかり鍵がかかっている。大した高さではなく、その気になれば乗り越えられるのだが……。一度引いて、家全体を視野にいれた。灯《とも》りが灯って いる窓はないし、中川のトヨタもガレージにない。そもそも家に、人の気配が感じられなかった。

門扉を乗り越えてドアをノックしてみる、あるいは裏庭に回りこんで、そちらから侵入を図る――いやいや、ハンセンがいればともかく、いなかったら単なる不法侵入だ。事態がややこしくなるばかりで、最悪、警察のお世話になる可能性もある。

仕方ない。何か動きがあるまで待つしかないだろう。

俺はゴルフを停めたところまで下がり、ボディに背中を預けた。中で座っているべきなのだが、今はこの冷たい空気に少し体を晒していたい。目を覚ますためというより、震えがくるほどの寒さに耐えることで、情けない自分を罰するために……。

スマートフォンを取り出す。誰に電話をかけるわけでもなく……里香の番号を呼び出してかけてみようと思った瞬間、夜のうちに着信があったことに気づく。クソ、里香がかけてきたのを逃したかと焦ったが、相手は繁信だった。状況に変化がないか、確かめようとしたのだろう。メッセージが残っていなかったから、急ぎではないと判断して放置する。誰かと――繁信以外の誰かと話したかった。寂しいわけではなく、会話を通じてヒントを得るために。エリクソン……ラーション……知り合いの顔が脳裏を去来する。ラーションは、まだ何か情報を隠していそうだ。エリクソンも同様である。どうも、狸《たぬき》のような男なのだ。

頼る相手がいない異国。にわかに激しい孤独を感じた。ヨーロッパ圏や北米に取材に行く時には、普段はさほど苦労することはない。誰に話を聞けばいいか、誰に撮影の許可を取ればいいかがだいたい分かるからだ。紛争地域に入る時は別で、必ず信頼できる水先案内人が必要になる。現地の事情に通じた人で、しかも簡単に金で転ばない人。こちらを裏切らない人。そういう人でなければ、案内されて路地に入った途端に、いきなりマシンガンとご対面、ということにもなりかねない。今までそういう経験がなかったのは、俺が慎重だったせいもあるが、結局は運がよかったのだろう。

しかし今回、運はない。水先案内人もいない。

一つ溜息をつく。孤独な戦いを悔いても仕方がないが、心もとないことこの上なかった。

ふいに思いつき、また「ラガーン」で検索をしてみる。やはり、思ったよりも情報が少ない。日本語版のウィキペディアには「イラクの少数民族。国内に住んでいるのは二十万人程度と見られる。海外で生活している分を含めても、総人口は百万人程度。民族系統不明で、言語（ラガーン語）の系統も不明」としか記載がなかった。

英語版では……もう少し詳しく書いてあったが、驚くほどの情報はなかった。何だか彼らは、歴史の襞《ひだ》の中にひっそりと姿を隠して生き抜いてきたような感じがする。しかし必ずしもそういうわけではなく……英語版ウィキペディアには「国際金融界で活躍する人が多い。イラク国外での最大のコミュニティはニューヨークとロンドンにある」と記載されている。つまり、世界の金融市場の中心二か所だ。「職住一体」などという言葉を、俺は思い出していた。

それにしても不思議だ。今時、系統不明な民族がいるというのが、にわかには信じられない。DNA型の鑑定などで、ルーツは探りやすくなっているはずなのに……もっともDNA型を調べても、彼らが自ら主張しているようにシュメル人の末裔かどうかは、証明できないだろう。比較対照できるような、シュメル人のデータはないはずだから。だいたい彼らは、何故「ラガーン」と名乗っているのだろう。シュメル人自身は、自らを「サグギ」と呼んでいたというし、この辺についてはまったく謎のままのようだ。イラク国内の主な居住地が「ラガヌ」という街なので、現在の名前についてはその辺りと関係があるのかもしれない。

謎めいた民族であるのは間違いなく、研究者なら興味を惹かれる存在だろう。実際、俺も不思議だった。イラクは——中東は、世界最古の文明発祥の地であると同時に、「歴史」

が「紛争」と同義だった地域である。ラガーンがイスラム教に呑みこまれていないのも謎だし、世界中に散らばって生活しているのも奇妙だ。まるでかつてのユダヤ人のようなものだが、ラガーン人はどうやってアイデンティティを保っているのだろう。「母国」であるイラクに二十万人の仲間がいることで、「帰る場所」「故郷」の存在を実感しているのだろうか。

ふと、背後に気配を感じた。車ではなく、人。ハンセンが帰って来たのだろうかと、俺はスマートフォンをダウンジャケットのポケットに戻して振り返った。

里香が立っていた。

「里香！」俺は思わず叫んだ。向こうはうつむいて、気づいていない様子だったので、この呼びかけは失敗だったとすぐに悟る。俺を見た彼女は、踵を返して一目散に逃げるにちがいない。

だが、里香は動かなかった。動けなかったのかもしれない。ダウンジャケットのポケットに手を突っこんだまま、その場で固まっていた。

俺も同じだった。里香の後ろ姿を見てから、四日しか経っていない。しかし、その四日は四か月にも四年にも感じられた。鼓動が激しくなり、心臓が喉元までせり上がってくるような感じさえする。

「里香」

もう一度、少しだけ低い声で呼びかける。里香がはっと顔を上げ、俺の目をしっかりと見据えた。十メートルほどの距離が開いているのに、彼女の息遣いさえ聞こえてきそうだった。一歩を踏み出す。ふわふわして、アスファルトを踏んでいる感触がない。里香は依然として動かず、表情を強張らせていた。最後に見た時と同じダウンジャケットに、細身のデニム。表情は少しだけ疲れて見えた。

彼女との間合いを一メートルに詰めるまで、三十分ほどもかかったように感じた。何か言わなくては……しかし言葉を探している間に、里香の方が先に口を開いた。

「どうしてここにいるの」口調は強張っている。

「君を捜していた」

「捜さないように頼んだじゃない」声には静かな怒りが感じられた。

「どうして」

「あなたを巻きこみたくないから」

「何に？」

里香が口をつぐむ。表情が険しくなり、俺には馴染みの怒りが噴き出し始める。しかし彼女は、辛うじて怒りの言葉を吐き出すのをこらえたようだった。怒って話し出すと、声が高くなる——それは自分でも分かっているのだろう。静かな住宅街で甲高《かんだか》い声を上げたら、周りの注意を引いてしまう。彼女とて、それは本意ではないはずだ。

　何しろずっと、人目を避けていたのだから。

「とにかく、少し話せないか？」

「それは……」里香がうつむいた。

「君がどうしてここにいるかは分かっている。ハンセンに会いに来たんだろう？」

「あなたは会ったの？」里香がはっと顔を上げる。

「殺されかけた」

　猟銃を突きつけられたことを話す。里香の顔からゆっくりと血が引いた。

「どうして余計なことをしたの」低いが、棘のある声での叱責。

「だから、君を捜していたから」

「私がここにいることが、どうして分かったの？」

「警察だって馬鹿じゃない。君が何か厄介なことに巻きこまれているんじゃないかと思って、捜しているんだ」

「容疑者ではなく？」

「現段階では」

　里香が体を震わせた。上体を抱くようにしてうつむく。俺は「寒いだろう？　車に入らないか」と声をかけた。里香は反応しなかったが、俺が側によって肩に手をかけると、促されるままに歩き出した。ぎこちない――とても恋人同士の再会とは思えないな、と俺は暗い気分になった。再会した時、涙を流しながら抱き合う――そんなことを考えていたのに、実際はまったく違っていた。憎しみ合う敵同士というわけではないが、二人の間に流れる空気の温度は、限りなく低い。

ゴルフの助手席のドアを開け、里香を座らせる。急いで運転席に回り、体を捻ってバックパックを後部座席に置いた。里香の視線がバックパックを追う。

「バッグ、替えたの？」

「カメラバッグが重くてね」言いながら、このバックパックは「爆弾」になりかねないと俺は蒼褪めた。俺は里香の頼みを二つとも無視しているのだ。タブレットは隠さずに手元に置いたままだし、マルメまでしつこく追いかけて彼女を捜した。怒りが爆発するのを避けるため、俺は話し続けた。「ハンセンは君を嫌っているようだ。名前を出しただけで、怒りが爆発したよ」

「あの人は、変わり者だから」里香がさらりと言った。まるでそれが、世間の常識ででもあるかのように。

「変わり者という評判は聞いたけど、いったい何なんだ」人にいきなり猟銃を突きつけるような人間を、「変わり者」の一言で済ませるわけにはいかない。

「三十年ほど前の話なんだけど、彼が手に入れたタブレットについて、ある学説を発表しようとしたの。それを共同研究者に相談したんだけど、全面否定されて……それで激怒して、表立った研究活動からは手を引いてしまったのよ。その時に、大学も辞めているはずだわ」

「それは……あまりにも極端だな。その後、どうやって生活してたんだろう。職がなくなったわけだよな？」

「大学の研究職の給料なんて、たかが知れてるでしょう」里香が肩をすくめる。皮肉っぽい物言いは、まったく変わっていない。「たぶん、奥さんが頑張って仕事をしたんでしょうね」

「若い頃から隠遁生活を送っていたわけか……よほど変な学説だったんだろうな」

「周りから見ればそうだったんだと思うわ。詳しい事情は闇の中だけど。何しろ、発表されなかったんだから」里香が肩をすくめる。急に身を乗り出して、「そんなことより、図書館には行ってくれた？」と低い声で訊ねる。

「ああ」

「回収してくれたわね」

「もちろん」

里香が深く溜息をついた。一瞬うつむいたが、顔を上げると「無事だったのね、バビロン文書」と言った。

「バビロン文書？　それがあのタブレットの名前なのか？」

「どこに隠したの？」里香は俺の質問に答えず、矢継ぎ早に質問した。

「それは、君も知らない方がいいんじゃないか。俺に任せたんだろう？」

「まあ、そうだけど……」里香が唇を引き結ぶ。明らかに不満そうだが、怒りをぶちまけはしなかった。

「ハンセンに会って、どうしようと思ったんだ？」

「彼に確かめたいことがあったのよ」

「何を？」

「それは、専門的な話」里香がぴしゃりと言った。

「あの爆破事件は、いったいどういうことだったんだ？」

「私には分からない」里香が素っ気なく言った。そっぽを向き、俺を無視しようとしているようだった。

「だけど君は、事前に分かっていたんじゃないか？　だから、タブレットを持って逃げだした……」

「ノーコメント」

「勘弁してくれよ」俺は思わず泣きついた。会えば、全ての事情を話してくれると思っていたのに、これではハンセンと変わらないではないか。「大騒ぎになってるんだぜ。あのタブレット、そんなに重要なものなのか」

「もちろん」

「そうだとしても、どうして君がそれを守る必要があるんだ？　研究所がやるべきだろう」

「研究所の人たちは、真面目に受け取らなかったのよ」里香が溜息をつく。

「脅迫を？」

「そう」

「誰が脅迫したんだ？　君は知ってるんじゃないのか」

「まさか」

即座に否定したものの、にわかには信じられなかった。彼女は変わってしまったと思う。強引で自分勝手で思いこみが激しい——それは以前と同じなのだが、彼女の生活から、俺の存在がすっかり消えてしまったようだった。苦い物を感じ、俺は無理に唾を呑み下した。

「君は一体、何に巻きこまれているんだ？　何がしたいんだ？」

「お腹が空いたわ」唐突に里香が言った。

「いや、こんな時に……」いきなり話の腰を折られ、俺は半ば笑ってしまった。

「どうせあなたは、簡単には解放してくれないんでしょう？　話をするなら、腹ごしらえをしないと」

「話してくれる気はあるわけだ」

「もちろん……あなた、しつこいから」

「それは分かってる」

「どこかに宿を取ってるの？」

「サボイ」

「じゃあ、何か食べる物を仕入れて、ホテルに戻らない？　そこなら人目を気にしないで話ができるでしょう」

「……そうだな。それで、ハンセンとは会わなくていいのか？」恐らく彼は、里香も叩き出すだろうが。

「あなたの話を聞いてると、会うのは難しそうだから。少し作戦を考えるわ」

俺は車を出し、一昨日のピザ屋の方へ向かった。里香が欠伸をして、頬杖《ほおづえ》をつく。ピザを食べる気分ではないし、この時間だとまだ開いていないだろうが、隣にファストフード店があったはずだ。

「疲れてるのか？　体は大丈夫なのか？」

「何とか」

彼女はずっと身を隠していたのだろうか。そういう生活が、心身ともに疲れさせることを俺も知っている。ちゃんと食べているのかどうか……頬が少しこけたようにも見えるし、髪の艶は明らかになくなっていた。短い逃亡生活だが、彼女に悪影響を与えたのは間違いない。

俺は店の前に車を停めた。里香は急激に疲労を覚えたようで、助手席で目を閉じている。

「ちょっと食べ物を調達してくるよ。何が食べたい？」

「野菜」

「生野菜は……無理かもしれないな」俺は「ファストフード・キッチン」の赤い看板を見ながら言った。

「じゃあ、任せるわ。それと、チョコレートバーか何かがあると嬉しいけど」

「野菜とチョコレートバーだと、ずいぶん方向性が違うな」

「両方あればベスト」

「ちょっと待っててくれ」

エンジンを切ろうとして、俺は手を引っこめた。外は寒い。エアコンが切れたら、彼女は寒がるだろう。

狭い店内に入ると、アメリカのデリのようなものだと分かった。サンドウィッチや飲み物が、棚に詰めこむように置かれているほか、店の中央には、自分でパック詰めできる惣《そう》菜《ざい》が並んでいる。スウェーデンらしくミートボールやニシンの酢漬けがいい位置にあるが、里香待望の生野菜もあった。適当に盛りつけていけば、オリジナルのサラダが作れるだろう。朝食だから、それほど重くなくていい。野菜を何種類か、それに卵のサンドウィッチとコーヒーを二つ買い求め——里香は俺に劣らぬコーヒー中毒だ——店を出る。

その瞬間、異変に気づいた。

里香がいない。慌てて車に戻り、食べ物の入った袋を歩道に置いたまま、後部座席に体を突っこむ。バックパックはあるのだが……持ち上げてみると、明らかに軽くなっている。顔から一気に血の気が引くのを感じながら、俺は中に手を突っこんだ。

ない。

タブレットは消えていた。

「クソ!」

言いようのない感情が襲いかかってくる。里香に裏切られた——騙されたという思い。どうして彼女は、自ら危険な場所に飛びこむのかという疑問。

慌てて外に出て、周囲を見回す。店の中にどれぐらいいただろう。五分?　五分もあれば、里香は相当遠くへ行ける。実際、彼女の姿は見当たらなかった。慌ててスマートフォンを取り出し、里香に電話をかける。電源が入っていない……どうする?　どうしたらいい?

しかし俺にはまだ幸運が残っていた。今朝二度目の偶然と言ってもいいが——一台の車が、五十メートルほど離れた交差点を通過する。距離はかなりあるが、運転しているのは里香のようだ。車は……シルバーのシトロエン。小回りは利くが、絶対的な馬力は低い。俺が借りているゴルフなら、間違いなく追いつけるはずだ。

運転席に飛びこみ、強引に車をUターンさせた。幅広い中央分離帯、等間隔で植えられている街路樹の隙間を狙って突っこむ。段差を乗り越える時に、車の底部からガリガリという嫌な音が聞こえてきたが、無視する。思い切りアクセルを踏みこみ、里香が通過した交差点の赤信号も無視して右折した。バスが眼前を横切り、一瞬視界が消える。クラクションが四方八方から襲いかかってきて、俺は一瞬死を覚悟した。

しかし衝突事故は起こらず、俺は細い一方通行の道路へ飛びこんでいた。里香はどこへ行くつもりなのだろう。戸建ての住宅が並ぶ静かな通り……ここではそれほどスピードは出せないはずだ。しかし、一度住宅街を抜けると、後はどこへでも行ける。高速道路に乗れば、東西南北どこへでも——それこそオーレスン・リンクを渡って、デンマークへも逃げられる。

前のめりになり、首を突き出しながら里香のシトロエンを捜す。彼女にとって俺は何なんだ、と激しく自問した。何だか上手く利用されていただけのような気もするが……彼女には何か計画があった。俺がそこに組みこまれていたのは間違いないが、マルメに現れるのは彼女にとって想定外だったのかもしれない。だからこそ、慌ててタブレットを奪って逃げた。

いや、俺の身を案じての行為かもしれない。彼女は「あなたを巻きこみたくない」と言った。厄介なトラブルから俺を遠ざけるために、元凶であるタブレットを遠ざけようとしている——それじゃ駄目なんだ。彼女にも、トラブルにはまりこんで欲しくない。里香は、言葉は悪いがただの研究者なのだ。自分の好きな研究を続けるためには、自分から進んで厄介事に首を突っこんではいけない。巻きこまれたのかもしれないが、それなら何とかして引っ張り上げてやりたかった。

いた。

逃げ切ったと思って安心したのか、狭い住宅街にいるせいか、シトロエンはそれほどスピードを出さずに走っている。俺は一気に距離を詰めず、取り敢えずナンバーが見える位置まで近づいた。レンタカーだろう……ナンバーをしっかり頭に叩きこみ、右手でハンドルを握ったまま、左手でスマートフォンを引っ張り出す。里香は右折、左折を繰り返したので、すぐには電話をかけられない。左折して、両側に鬱蒼と街路樹が生い茂る真っ直ぐな道路に出たタイミングで、俺はエリクソンを呼び出した。マルメ警察のオロフソンに話す気にはならない——そもそも彼の携帯電話の番号を知らなかった。幸い、里香はまだ気づいている様子がない。逃げるために、必死に前方に意識を集中しているのだろう。

「こんな朝早くから、何だ」エリクソンはいかにも不機嫌だった。

「リカを見つけた」

「何だと！」一瞬でエリクソンの声が沸騰する。「どこだ！」

「それは……」俺は言葉に詰まった。道路の名前が出ているわけではなく、現在位置が分からない。「マルメだ」

「マルメは分かっている。マルメのどこだ」

「市街地の東の方、としか分からない」

「状況は？」

「彼女は車で逃走している。たぶん、レンタカーだ。ナンバーは……」告げて、前方を凝視する。右側の家のガレージから車が出てきて、俺と里香の間に割りこんだ。この方が好都合だろう。一台間に入っていれば、里香が俺に気づく可能性は低くなる。道路は緩やかに左にカーブした。細い路地が多いので、気をつけないと。里香はこのまま逃げ続けるのではなく、取り敢えずアジトに姿を隠すかもしれない。この住宅地の中で、どこかの家に逃げこまれたら、追跡は難しくなる。

「分かった。マルメ警察に連絡する。向こうからあんたに電話させるから、場所を正確に教えてくれ」

「そう言われても……」自信がない。まったくと言っていいほど知らない街で、しかも目印になりそうな建物もない。だがこれは、千載一遇《せんざいいちぐう》のチャンスなのだ。何とかして里香を捕捉する――電話を切った瞬間、俺はこの電話の失敗を悟った。警察が本格的な捜索に乗り出せば、里香を摑まえるのは難しくないだろう。だがそれは、彼女が望んでいなかったことなのだ。警察を介入させることは、彼女の意に反する。しかし、ここは何としても彼女を止めなければならない。命の危険があるようなトラブルに突っこませるより、留置場に入っている方がましだ。留置場より安全な場所と言えば、刑務所ぐらいしかないではないか。

19……………マルメ

あの二人はつながっていたのか？　バリはフォードのバンの後部座席で首を傾げた。手にしたタブレット端末には、最前線で追跡を続ける車から送られてくる映像が映し出されている。

先にあの男——タカミを見つけ出して尾行を続けたところ、バリたちの情報にはなかった民家をいきなり訪れた。誰かを待っているのか……それこそリカではないかと思ったが、意外なことに、姿を現したリカは驚いているようだった。そこから現在に至る動き……彼女を捕まえるタイミングが難しい。騒ぎは避けたかった。静かな住宅街なので、ちょっとした悲鳴が大事につながる。バリは、次に打つ手を迷っていた。今はリカを先頭に、その後にタカミ、さらにこちらの追跡班が続いて、市街地をだらだらと走っている。女の狙いは何だろう。どこかへ逃げるのか、あるいはアジトへ駆けこむのか。協力者がいたら困りものだが、その時はその時で対応するしかない。

携帯が鳴った。追跡車両に乗っているダガットからだった。

「付近をぐるぐる回っているだけのようだ」彼の報告には、困惑が感じられる。

「そのようだな」タブレット端末の地図上には、これまで女が走ってきたルートが示されている。地図の道路の特定の場所だけが、次第に赤い線で埋め尽くされ始めた。

「狙いが分からない」

「とにかく追跡続行だ」バリは冷たく言い放った。「絶対に逃がすな」

「しかし、このまま追跡を続けてどうする？　拉致《らち》するのか？」

「それは展開次第だ」

問題はタブレットのありかである。女が持っている可能性が高いが、今持ち歩いているかどうかは分からない。どこか安全な場所に隠しているのではないか、とバリは想像していた。その場合、拉致して尋問という手順になるが、バリ自身が担当するしかないだろう。ダガットは乱暴過ぎる。必ずしも殺す必要はないのだ。口封じは必要かもしれないが、むしろ自分たちが安全なところに逃げこんでしまう方が早い。そのための方法も手配してある。とにかく、あのタブレットは自分たちのもの——ラガーンが正当な所有者であるのは間違いないのだから。盗まれたものを取り返すだけで、自分たちの行為が正しいことには確信がある。

電話を切り、バリは次の手を打った。今は、あの女を見失わないことが最優先である。

「ドローンを準備してくれ。取り敢えず、ダガットの車を見つけるようにして……ターゲットはその先にいる。レンタカーのシトロエンだ」ナンバーを伝えたが、上空から監視するのが目的のドローンでは、ナンバーまで読み取るのは難しいと気づいた。そもそも、シトロエンということも分かるかどうか。近づけば怪しまれるだろうし……しかし、飛ばせば何とかなるだろう。ラガーンが使っているロシア製のドローンはかなりの高性能で、高解像度のビデオカメラも搭載している。

さらに、次の手を打つ。市街地ではどうしようもないが、もしも車が高速道路にでも乗った場合、もう一つの追跡方法を使う必要がある。バリは、無線を取り上げた。空電雑音の合間から、嫌っている男の声が聞こえる――アスワドの中でも最強硬派の一人、ダナト。腕は立つが、血気にはやり過ぎる嫌いがあり、暴走しがちである。アメリカでアンゾフを殺したのも、この男の直属の部下だった。司令官が血を好むと、部下も同じようになるのか。

「知識と平和を」

向こうが先に言い出した。作戦行動中だから、いつもの挨拶は省くべきなのに……バリは渋い表情を浮かべながらも、同じ挨拶を返した。

「出動準備を整えてくれ」

「現場はどこだ?」

「マルメ市内」

「市街地で対戦車ミサイルはまずいだろうな」

「そういう攻撃は絶対に禁止する」バリは硬い声で言った。

「おいおい」ダナトが鼻で笑った。「せっかくのアリガートルだぞ? 使わないで終わるつもりか?」

ロシアから密かに購入したカモフのヘリコプターは、ラガーンが持つ数少ない飛び道具の一つである。もちろん、これまで実戦に投入されたことはないが、今回の作戦のために、密かにスウェーデン付近に移送されていた。今はデンマークとスウェーデンを隔《へだ》てるエーレ海峡で、貨物船に偽装された船で待機中である。ダナトはずっと、このヘリを飛ばしたがっていた。複座の攻撃ヘリは、三〇ミリ機関砲、対戦車ミサイルなどの武装で固めた、まさに空飛ぶ凶器である。

「攻撃性能ではなく、運動性能を生かしてくれ」十歳以上も年上のダナトに対して、バリは懇願にならず、しかしきつい命令にもならないような言葉を意識して遣った。乱暴な男だけに、扱いが難しい。「こちらの狙いは、あくまでタブレットの奪還だ。女を殺してしまっては、ありかが分からなくなる。持っているなら、無事に手に入れたい」

「そんなことは分かっている」ダナトの声が急に不機嫌になった。「俺の腕を信じろ」

「……とにかく、車を停めることだけを考えてくれ」

「アリガートルに関して、それは宝の持ち腐れだな」ダナトが皮肉っぽく言った。

「やり過ぎは駄目だ。我々は目立ってはいけない」

「目立つのは、建国の日だけか」

「当然だ」

無線での通信を終え、バリは溜息をついた。嫌な予感がする……もっと大量に地上スタッフを動員すべきだったかもしれない。車で追いかける方が、まだ危険性は少ないだろう。囲んでしまえば、向こうも動けなくなるのだし。女の動きを封じるためだけに、ダナトが車の前方に対戦車ミサイルを発射して道路を破壊する様を想像すると、頭痛がしてきた。目的と手段を混同してはいけない。自分たちがやるべきことはただ一つ、バビロンの再建なのだ。しかし人間は往々にして、自分が手に入れたおもちゃに夢中になる。本末転倒だ。実働部隊のアスワドにたまたま乱暴な人間が集まってしまったのか、腕をこまねく日々が続く中で、力を使いたいという欲望が高まってきたのか……いずれにせよ近い将来、アスワドの再編は必須だ。アスワドはラガーンの「軍」の基礎になる予定だが、今いる人間たちは、できるだけ残したくない。ダナトなど、軍で指令を下す立場になったら、必要もないのに武器を使いそうだ。無益な争いは、ラガーンの安定にはつながらない。

人は愚かなものだ、とバリはまた溜息をついた。人類の歴史は、まさに戦いの歴史である。しかしラガーンは本来、争いを好まない民族なのだ。だからこそ故郷を追われてしまったのだが……長い歳月の間に、他の愚かな人間たちの影響を受け、「力を持てば使うのが当然」と考えるようになる人間がいてもおかしくはない。自分の方が少数派なのだろうか、と不安になることもあった。自分が情報担当省の実権を握り、さらにラガーン政府の中枢部に上りつめたら、この辺のことは真剣に考えねばならない。情勢が安定しないイラクの真ん中に新しい国を作る——それは間違いなく新たな緊張を生み出し、各国のパワーバランスを崩してしまうだろう。争わず、ただ静かに過去を再現する。バリが描くそんな将来は、厚い雲に覆われて見えない。

今、一つだけはっきりしているのは、時間がないことである。タイムリミットが決まっている中で目標を達成するためには、多少の無理は仕方ないのか？　血を流さないのが本道だと信じてはいるが、既に血は流された。血の量の差に、いかほどの意味があるのか……。

スマートフォンが鳴る。ダガットだった。捕捉したのか？　かすかな期待を抱きながら、バリは電話に出た。

「見失った！　クソ！」ダガットの声には焦りが滲んでいた。

「場所は」

落ち着け、と自分に言い聞かせながら、タブレット端末に再度マルメの地図を呼び出す。ダガットの報告を聞きながら、場所を特定した。E20号線に近い住宅地の中のようだ。

「捜せ」

「分かってる」

「その辺の家にでも紛れこんでいるんじゃないか？」

「そうかもしれないが……路地が多い場所なんだ」

「泣き言を言うな！」バリは強い口調で叱責した。

「しかし……」

「ドローンを飛ばして、ヘリの出動も要請した。空中からも捜す。そちらも周辺を入念にチェックしろ」

「了解」

何をやってるんだ、とバリの怒りは沸点に達しつつあった。ダガットは経験が浅く、訓練が足りない。あいつも更迭《こうてつ》すべきか——いや、まだ鍛えようはあるだろう。ダナトのように、ある程度年齢を重ねた人間を作り替えるのは難しいが、ダガットのような若造なら、まだ何とかなるかもしれない。

バリは、隣席に座るドローンのオペレーターに指示した。

「車が消えた。高度を下げて捜索してくれ」

「了解」

「まず、ダガットの車を起点にしろ。その周辺を旋回するんだ」

バリはタブレットの画面を切り替え、ドローンからの中継映像に視線を集中させた。高度はどれぐらいだろうか……ぐっと下がり、建物の屋根がはっきり見えるようになった。ダガットたちが乗る車は、路肩に停まっている。ドアが開いて、ダガットともう一人のエージェントが出て来るのが見えた。

もう一人――タカミのゴルフは、ダガットたちの車の少し先に停まっていた。車から出て来たタカミが、立ち止まって周囲を見渡す。当然、表情までは窺えないが、不安が全身から滲み出しているのは分かった。一歩を踏み出しては立ち止まり、ゴルフの屋根に手をかけて反対側を見る。携帯電話を耳に当てたようだ……女と連絡は取れるのか？　しかしすぐに携帯電話を持った腕を下ろしてしまう。通じない、か。

歩き出した瞬間、また止まった。慌てて車に乗りこむ。見つけたのか？　バリはドローンのオペレーターに「引きの映像にしてくれ」と指示した。

家々の屋根が一気に小さくなる。「ストップ」をかけると、小さくなったゴルフが走り出すのが分かった。スマートフォンを取り上げ、ダガットに電話をかける――つながるまでのわずかな時間に、ゴルフの先の角からシトロエンが出てくるのが見えた。尾行に気づいて、撒くために路地に隠れていたのか？

電話がつながった。バリは「ゴルフが動き出した。シトロエンもいる」と告げる。

「まだ見えないが……」

「ゴルフを追え！」バリは怒鳴った。「道順はこちらから指示する」

電話をつないだままにして、小さな画面を見守った。ダガットたちが慌てて車に戻り、発進させるのが見える。怒鳴るようにダガットに指示した。

「直進だ！　ゴルフは、次の角を右へ曲がったところだ……そう、それでいい。ゴルフは見えるか？」

「捕捉した」

「よし、尾行再開だ」ほっとして電話を切ろうとした瞬間、異変に気づく。画面の下の方で、青い、強い光の点滅が流れてくる。パトカーだ。慌ててダガットに警告する。「気をつけろ。警察が追っている」

「ああ」ダガットの声は暗かった。「今、ランプが見えた……どうする？」

バリは一瞬迷った。警察を巻きこむのは本意ではない。こちらの動きが当局にばれたらまずいのだ。今のところ、危険なのはアメリカの情報当局の動きだけだが……スウェーデンでも警察が察知したら、いずれ情報はつながる。網をかけられ、大きな目標を達成するための障害になるのは間違いない。捜査当局の力と執念を舐めてはいけない。

「追跡続行だ」バリは指示した。

「警察は……」

「無視しろ。この段階では、我々だということは分かっていないはずだ」

「……了解」どこか納得していない様子で、ダガットが言った。

「焦るな。警察にチェックを受けたら、適当に言い逃れろ」

それが難しいことは分かっていた。警察は当然、尾行している人間の存在に気づくはずである……そう考えた瞬間、そもそも警察の狙いは何なのだろう、という疑問に行き当たる。リカを追っている？　あるいはタカミ？　いずれにせよ、こちらの狙いとある程度重なってくるのではないだろうか。研究所の爆破に関して、リカを容疑者と見ている可能性もあるし……スウェーデンの警察内部に、きちんとした情報源がないのが痛かった。ラガーンは、世界各国で情報提供者を確保しつつあるが、まだ手が届かない部分もある。

「こちらも動くぞ」運転手に声をかける。「パトカーの背後につけろ。気づかれないように、十分に距離を置け」

「ドローンは？」オペレーターが訊ねる。

「監視続行。シトロエンを絶対に見逃さないようにしろ」それが難しいことは分かっていた。市街地では街路樹が特に邪魔で、緑豊かなマルメの街では、上空からの監視が難しい場所も少なくない。地上からの情報と照らし合わせて、何とか尾行を続けるしかないのだが——その先、どうするか。警察が追跡を始めた今、仮に女の車を捕捉できても、強引な動きは取れない。だが、このまま追跡を止めて逃がしてしまったら、見失ってしまうだろう。二度目のチャンスが消えれば、自分たちの時間がなくなる。

バリは無線を取り上げ、ダナトを呼び出した。

「ヘリの準備は？」

「三分前に発進した。順調にマルメの市街地に向かっている」

「船は、今どこにいる？」

「マルメの海岸から三キロ。スウェーデン領海に入っている」

「もう一機、ヘリの発進準備をしてくれ」

「目的は？」ダナトの声に疑念が滲む。「目立つぞ」

ヘリが二機、短い間隔で船から飛び立てば、不審に思う人間がいるかもしれない。領海上での軍事行動にも当たり、スウェーデン軍が出動する可能性もある。

「それでも構わない。空から、ターゲットとエージェントの回収作戦を展開する」

「それは予定にないぞ。あくまで地上戦の計画だったではないか」ダナトが抗議した。

「予定は変わるものだ。警察が、女の存在に気づいたらしい」ダナトの言葉「地上戦」が気になった。やはりあの男は、これを「戦争」と捉えている。

「それはまずいな……」無線でもはっきり分かるほど強く、ダナトが舌打ちする。

「だから、何とかヘリで回収して、そちらに逃がす手を考えたい」

「分かった。指示を待つ」

通信を終え、バリは腕組みした。膝の上では、タブレット端末が危なっかしく揺れている。何とか安全な場所までリカを追いこみ、そこからヘリで洋上へ運ぶ――この際ダガットたちを囮《おとり》にして、警察を引きつけておく手もある。もしも捕まったら――その時は自爆だ。正体を知られるわけにはいかないのだ。自分たちはあくまで影の存在。「その時」が来るまでは、表に出るわけにはいかない。

「パトカーを迂回して、シトロエンに近づくルートを取ってくれ」バリはドライバーに指示した。「先回りして、直接行動に出る」

「了解」

ミニバンがぐっと加速して、バリの背中はシートに押しつけられた。自分はあくまで司令塔で、直接行動は担当しない――そのルールを破棄することになるが、仕方がない。今は非常時なのだ。最優先事項は女とタブレットの確保である。

20……………マルメ

危なかった……俺は、額に滲んだ汗を手の甲で拭った。里香はたぶん、俺の追跡に気づいたのだろう。それで路地に逃げこみ、一瞬身を隠した――それで俺を撒いたと判断したのだろうが、すぐに出て来たのは俺にとっては幸いだった。彼女も結局、こういうことに関しては素人である。

そして今、プロが迫っている。背後で点滅するパトカーの青いランプが、バックミラーに映っていた。

電話が鳴る。手探りでダウンジャケットのポケットから取り出して耳に押し当てると、オロフソンの不機嫌な声が耳に飛びこんできた。

「君の車を確認できたが……シトロエンはいるのか？」

「前を走っています」

「見逃さないようにしてくれ」

こっちに任せるのか、と啞然としたが、今走っている道路は、追い越しもままならないほど狭いのだ。仕方がない……だいたい、警察に任せることには、未だに躊躇いがあるのだから。自分で何とかしてやる。

「任せて下さい」

「何かあったらすぐに連絡してくれ。この番号でいい」

「あなたも追跡してるんですか」

「仕方なく、な」言って、オロフソンが溜息をつく。こんなことは自分の仕事じゃないんだが、とでも言いたげだった。

　電話を切り、俺は運転に集中した。シトロエンとの間には、一台車が入っている。邪魔だ……しかしその車は、広い道路に出て右折して消えた。これで里香のシトロエンが、直接視界に入るようになる。

　広いとはいっても片側一車線で、しかも交通量は多い。俺は無理矢理前に出て、里香の車の横につけようとしたが、対向車線に連なっている車列に邪魔をされた。クソ、直接顔を見せられれば、里香は止まるかもしれないのに。パトカーの青いランプも、依然として後方にとどまっている。今のところ、無理はしない方針なのだろう。

　看板が見えてきた。「E6」「E20」「E22」の入り口を示すもので、直進するとヨーテボリ、右折するとコペンハーゲンだと分かった。右折の方には橋のマークが書いてあり、オーレスン・リンクに向かうと想像できた。ちょうど首都高の標識で、レインボーブリッジを示すような感じだ。前方にガソリンスタンドとセブン‐イレブン、マクドナルドが固まっているのが見える。

　シトロエンが急にスピードを上げたので、俺も慌ててアクセルを踏みこんだ。スピードメーターの針は、時速七十キロを示している。周囲に草地が広がる様は、カンサス辺りの大平原を思い起こさせた。違いは、向こうには家すら見当たらないことだ。この辺では、民家は点在している。

　里香は、依然として追跡されているのに気づいていない様子で、余裕を持ってE20へのアプローチに入っていった。緑豊かな中を、ゆるやかなカーブを描くアプローチ――コペンハーゲン行きである。車は少なく、ようやく明けた空の下、シトロエンのシルバーの車体が鈍く光る。

俺は一気にアクセルを踏んだ。一車線だが、無理すれば横に並べるぐらいの道路幅はある。ナンバーがはっきり読み取れる位置まで近づき、クラクションを鳴らした。反応なし。里香の頭は、シートに完全に隠れてしまっていた。クソ、気づいてくれ……祈るような気持ちになりながら、クラクションを連打する。乱暴なドライバーが近づいてきたとでも思ったのか、里香がさらにアクセルを踏みこんで俺を引き離しにかかった。無理はできない――焦らせると、事故が起きてしまうかもしれないのだ。

俺はスマートフォンを取り上げ、オロフソンにコールバックした。

「今、E20に入りました」

「了解している。こちらも追跡続行中だ」オロフソンがぶっきらぼうな口調で言った。

「このままだと――」

「デンマークに入る」

「E20からの出口――一般道への接続は、あと何か所あるんですか」

「海まで、三か所」

「その先は、デンマークまで直通ですか」

「ああ」

「橋に乗ったら、途中で降りるところはない？」俺はしつこく訊ねた。確か橋は、非常に細長い島の上を通るはずだ。そこに逃げこめるような場所があるかどうかは分からなかったが。「海峡の半ばに、島がありますよね」

「あそこはもう、デンマーク領だ」

ということは……里香はやはり、デンマークを目指しているのだろう。地続きのようなものとはいえ、国境を越えれば、また状況も変わる。

「向こうの当局には連絡したんですか」

「あんたが心配することじゃない」

「冗談じゃない！」俺はハンドルに拳を叩きつけた。クラクションが間の抜けた音を立てる。「あなたたちは、彼女が国境の向こうへ行ってしまえば、それで終わりかもしれない。でも俺は、そうはいかないんですよ」

一瞬、オロフソンが沈黙する。すぐに、先ほど以上に不機嫌な口調で話し出した。

「もう、連絡はいってる。向こうへ入れば、デンマークの警察が担当するはずだ。なに、心配するな。コペンハーゲンの道路は、マルメ以上にごちゃごちゃしていて、迷路のようなものだから。素人では逃げきれないよ」

「空港は？」思い出して俺は言った。海峡を渡り切れば、すぐにコペンハーゲン空港があるはずだ。あの空港を使ったことはないが、基本的に空港というのは、どの国でもどの街でも、非常に入り組んだ建造物である。あそこへ逃げこまれると、捜すのは大変だ。利用客が大量にいるので、封鎖するのも難しいだろう。ましてや里香は、現段階でも「容疑者」ではない。警察や軍が、持てる力を総動員して追うべき相手ではないのだ。

「それも了解しているはずだ。こういう時、交通の要所——」

「はずだ？」俺は声を張り上げ、オロフソンの説明を遮った。「はずだ、じゃ困るんです。ちゃんと指示して下さい。彼女は明らかに逃げようとしているんだ」

何も言わず、オロフソンは電話を切ってしまった。怒らせたな……と悔いる。現段階で、取り敢えず頼りになるのはこの男一人なのに。エリクソンに電話しようか、と一瞬考えた。彼の方が、まだ話の通りが早い。しかし、話がピンポン玉のように打ち返されている間に、どこかへ行ってしまうかもしれない。

それほど焦る状況ではないのだ、と俺は自分に言い聞かせた。里香は逃げているが、今のところ追っているのは俺と警察だけ。正体の分からない敵に追われている様子はない。とにかく、高速道路に出たら、何とかシトロエンの鼻先を抑え、安全にどこかへ誘導できるはずだ。

本当に？　このE20に、待避所のようなものがあるかどうかは分からない。交通量も多いだろうし、下手な動きをしたら、事故を起こしかねない。しかし——迷っている暇はない。とにかく今は彼女を追い、逃がさないのが肝心だ。

E20へのアプローチ……合流する直前で、里香が少しだけスピードを緩める。ここがチャンスだと、俺はぐっと前に出た。何とか、右側から追い抜けないか。この際、多少車が接触しても仕方ない。ところが里香は、俺を先に行かせる気はないようで、車を微妙に左右に動かし始めた。簡単だが、一番効果的な妨害工作。ハンドルを右に切り過ぎて、俺は一瞬道路からはみ出しかけた。ガードレールもなく、草地の斜面が広がっているだけ――一瞬、タイヤがグリップを失いかけ、車体が右に傾ぐ。慌ててハンドルを思い切り左へ切り、アプローチに戻った。しかし今度は左へ行き過ぎ、本線に飛びこんでしまいそうになる――こちらにもガードレールの類はないのだ。クソ、えらく雑に道路を作りやがって、と設計者に恨み節をぶつけたくなった。

何とかコントロールを取り戻す。車は……無事なようだ。ゴルフは地味だが、タフな車なのは間違いない。里香は既に本線に入り、一気にスピードを上げていた。車は少なく、いくらでもスピードは出せそうだが、ここはドイツのアウトバーンではない。制限速度は百十キロぐらいだったか。

里香の車との間には、二台、別の車が入っていた。里香のシトロエンは、一番左の車線に入って、さらにスピードを上げている。置いていかれないようにアクセルを踏みこむと、スピードメーターの針が一気に百二十キロまで跳ね上がった。緑色の案内看板……直進すればコペンハーゲン。しかし八百メートル行くと、右側に出口があると分かった。真っ直ぐコペンハーゲンを目指すと見せかけて、ダブルレーンチェンジを敢行して右側の出口から出る可能性もある。

里香の行動がまったく読めない。彼女の運転が強引で乱暴なことは分かっているが……俺は中央の車線に入って、さらにスピードを上げた。里香のシトロエンの真後ろにつくつもりだった。そこから何とかして前に出て、停めてやる……それが難しいのは分かっていたが。三車線もある道路だと、前を塞ぐ意味がないのだ。ちょっとハンドルを切れば、楽に避けて前進を続けられる。

俺は必死でアクセルを踏んだ。エンジンのレスポンスが悪い。同じゴルフでも、高性能な「R」か、せめて「GTI」ならもっと楽に追跡できるだろうが、レンタカーにそんなハイパフォーマンスバージョンが用意されているはずもない。もっとも、条件は里香の方が悪いはずだ。彼女が乗っているのは、シトロエンのラインナップ中、最もコンパクトなC3。確か三気筒エンジンで、最高出力は百馬力にも満たないはずだ。なのに何故か、追いつけない——スウェーデンの劣悪な道路環境でミニを乗り回し、運転の腕を上げたのだろうか。

その時、二台の車が左側の車線から俺を追い抜いて行った。一台は俺と同じフォルクスワーゲンでもパサート。もう一台はフォードか何かのミニバンだった。どちらも排気量には余裕があるはずで、スピードの乗りが違うだろう。

嫌な予感がした。鼓動が高鳴り、目が乾いてくる。

二台の車は、俺の前に出ると、強引に車線変更して、里香の車の真後ろにつけた。ほどなく、ミニバンの方が中央の車線に戻ってさらに前に出て、里香の車の横に並びかける。横と後ろ――二方向を塞ぐつもりか。

相手の出方は分かった。分からないのは、この連中が何者か、である。警察でないのは明らかで――後方ではまだ青いランプの点滅が見えた――もしかしたら本当の「敵」がついに姿を現したのだろうか、と俺は訝った。しかし、車の様子を見ただけでは、敵の正体は分からない。

「何なんだ、いったい……」ぼやく自分の声が空気に溶ける。窓を開け、思い切り叫びたかった。里香に呼びかけ、何とか止める――しかし、新たな追っ手の登場で、それも叶《かな》わなくなった。

俺はスマートフォンを取り上げ、またオロフソンに電話を入れた。

「車が二台……彼女の車を挟んでいます」

「確認している」

「何者かは……」

「ナンバーを照会中だ」

ということは、少なくとも警察は危険な状態を把握しているわけだ。本当に危なくなれば何とかしてくれるだろうと、俺は少しでも楽観的に考えようとした。

その時、ふと雰囲気が変わった。

空は晴れ渡っている。なのに突然、周囲が暗くなった。ロードノイズと風切音以外にも、激しい音……俺は反射的に窓を開けた。冷たい風が吹きこむと同時に、周囲を圧するような騒音が全身を包みこむ。

「ヘリだ！」オロフソンが叫ぶ。

「ヘリ……」俺は一瞬、状況を摑みかねた。マルメの警察、あるいは軍が、追跡のためにヘリを飛ばしたのか？　それにしては、オロフソンの声はやけに慌てている。

「どこの……」

「うちのヘリじゃない！」オロフソンの声は必死だった。

「それは、どういう……」俺は混乱の渦に叩き落とされた。オロフソンが知らないヘリ……新手の敵か？　いや、今里香を追跡している連中の援軍だろう。いくつものグループが彼女を追っているとは、さすがに考えにくい。

車でヘリに対抗できるか？　いや、ヘリはあくまで監視・追跡用ではないだろうか。いくら何でも、攻撃は……影がすっと前に動く。ヘリが前方に進んだのだと分かった。俺は、ヘリを後部から見上げる格好になったが、その瞬間ぞっとした。明らかに攻撃用ヘリコプターである。主翼――ヘリだから翼ではないだろうが、翼のように見える場所に、ミサイルやロケットランチャーのポッドがぶら下がっている。

冗談じゃない――俺は顔面から一気に血の気が引くのを感じた。こんなところでミサイルを発射されたら、ひとたまりもないだろう。里香を追っている連中は、彼女を殺そうとしているのか？　単にタブレットを奪還したいだけではない？　車がばらばらになればタブレットも破壊される、とは考えないのだろうか。

いったい相手は何を考えているんだ？　混乱の中、俺はさらに深くアクセルを踏むことしかできなかった。

21…………マルメ

地上で二台、上空には最新の監視機器を備えたヘリ――追跡の態勢としては十分だ。バリは一瞬だけ緊張を解いた。様々な方向に注意を向け、指示を与えてきたので、さすがに疲れている。

前を行くバスが邪魔だ……あのバスのせいで、女のシトロエンを追い切れない。何とか前に出て、進路を塞ぎたいのだが……女の方も、意外に冷静な様子だった。バスと完全にスピードを合わせて走っている。これで俺たちをブロックするつもりか。小賢《こざか》しい奴が……。

「シトロエンを捕捉した」とヘリから通信が入る。甲高い声は空電雑音に邪魔されていた。

「監視続行」バリは即座に指示した。

「攻撃の必要は……」

「駄目だ！」バリは思わず叫んだ。何を考えている……もしかしたら、母船にいるダナトが勝手に攻撃の指示を下したのだろうか。見つけ次第、攻撃せよ、と。

「最終指示はそちらから受けろ、とのことです」マキラの声は冷静だった。こいつは、ロシアでどんな経験を積んできたのだろうと、バリは一瞬ぞっとした。

「タブレットの確保が最優先だ。それに女が死んだら話が聞けなくなる。攻撃は絶対に駄目だ」

「では、どうしたら……」マキラの声に戸惑いが混じる。

「適当な場所で進路を妨害しろ。デンマーク国境に入ってからの方がいい」いくら通行自由とはいえ、警察の管轄権は変わる。国境でことを起こせば、当局も混乱するはずだ。

「妨害というのは……」

「ホバリングで前を塞げ。ヘリを避けては逃げられないだろう。了解か？」

「……了解」納得した様子ではなかったが、それで通信は切れた。

今のところ、作戦はそれしか考えられない。巨大なヘリで前方を塞ぎ、シトロエンを停止させる。その後は地上部隊の出番だ。女を拉致してすぐにヘリで現場を離脱する——マルメの警察が追跡しているのは分かっていた。国境付近であの連中がどんな手に出るかは分からないが、警察は排除してしまおう。バリは、傍らに置いたサブマシンガンを撫でた。スウェーデンの警察の武装は、それほど大袈裟ではない。追い払うだけなら、このサブマシンガンで十分だろう。

覚悟は決めた。脱出の手もある。バリは無線を取り上げ、ダナトと連絡を取った。

「もう一台のヘリは？」

「スタンバイ完了だ」

「アリガートルへの攻撃命令は……」言葉を呑みこむ。この状況で、ダナトと言い争いをしている暇はない。

「連中はスタンバイしている。あとはあんたが命令を下すだけだ。そう聞いたと思うが？」

「撃たせない」

「……それもあんたの判断だ」

責任放棄か、とバリは頭に血が昇るのを感じた。組織の構成上、アスワドは自分たちの下に来る。連中が勝手に判断して動いていいのは、極めて限定的な状況に限られるのだ。ダナトは、アメリカでの失敗をかなり責められたから、引いているのかもしれない。

「脱出用のヘリを飛ばしてくれ。状況によって、すぐに現場を離脱する」

「橋の上から？」ダナトが疑わしげな声を上げた。

「できないか？」

「微妙だ。ローターの径と道路の幅が……いや、何とかする。パイロットの腕は確かだ」

「飛ばしてくれ。五分以内に決着をつける」

無線での通信を終え、バリは外を見た。道路は二車線になっており、バスが依然として前を塞いでいる。現在、ダガットたちが乗る車と並走する格好になった。後ろからはパトカーが迫ってくる。あの男――タカミはどこにいる？　遅れたか？

前方に、料金所の看板が見えてきた。制限速度九十キロを示す看板が見えたが、車のスピードは百キロを軽く超えている。左側を電車が通過していった。あの女も、知恵が回らないものだ。コペンハーゲンに向かうなら、鉄道を使う方がよほど安全なのに。

料金所はどうなる……他の車が前後にいるので、強引に突破していくのは無理がある。全員で丁寧に料金を支払った後、本格的な追跡劇が始まるのか――おそらくそうだろう。そこからスウェーデンとデンマークの国境まではどれぐらいなのか。

間抜けな感じだが、順番に料金所を抜ける。ヘリは少し上空に退避したようで、影も見えなくなっていた。この作戦が長引くと、さすがにスウェーデン空軍も看過できなくなるだろう。この辺に近い飛行場は、リドショーピング＝ソーテネスか……連中が出動すれば、時間の猶予は消える。貨物船の擬装も、その日を誤魔化せるかどうか、分からない。ヘリを下ろしてシートをかけるのに、どれぐらい時間がかかるだろう。

料金所を通り過ぎると、シトロエンが一気にスピードを上げた。道路は三車線……道路の上に渡されたデジタル表示板には、制限速度を示す「110」の文字が浮かんでいる。しかし、車のスピードメーターは既に百三十キロを指していた。あの小さいシトロエンがどこまで逃げ切れるか……先に、マルメへ向かう反対車線に入れる切り返しがある。あそこへ逃げこむ可能性もあるが、こちらとしてはマルメ方面には戻りたくない。警察の網に飛びこむようなものだ。シトロエンが右側の車線を走っているのを確認してバリは携帯電話を取り上げ、ダガットに連絡を入れる。

「左側を塞げ。Uターンさせないようにしろ」

「了解」

真後ろにつけていたダガットの車が左車線に飛びこむ。バリの車はシトロエンの背後につけた。

右側には既に海が見えてくる。間もなく、海峡の上に出るのだ。勝負のタイミングまで、あと数分。バリは「シトロエンに張りつけ」と運転手に命じた。すぐに「ぶつけて停めろ」と追加の命令を下す。百三十キロでの追突は、こちらにもダメージになるだろうが、シトロエンの動きを止められるかもしれない。

シトロエンのバンパーがぐっと迫ってくる。次の瞬間、バリは強い衝撃を感じた。シートベルトが肩に食いこむ……歯を食いしばって、必死に衝撃に耐えた。シトロエンは一瞬コントロールを失い、蛇行し始めたが、すぐに安定を取り戻した。一気にアクセルを踏みこんだようで、ぐんぐん離れていく。リアゲートのガラスは割れ落ちていた。そのため、車内の様子がよく見えるようになったが、運転しているのが背の低い女のせいか、シートが見えるだけで本人は確認できなかった。

「高度を下げろ！」無線に向かって叫ぶ。「ホバリングで前方を塞げ！」

はるか前方に、巨大な塔のような建造物が見えてくる。橋の中央付近だろうか……橋を吊り下げるタワーかもしれない。あれはまずい。ヘリの飛行の邪魔になるから、あそこまでには決着をつけなくてはいけない。そこまでどれぐらいかかるか……かなり巨大なせいで、距離感が摑めない。地図を確認している余裕もなかった。

ヘリの影が頭上から迫ってきて、周囲が暗くなる。窓を閉ざしていても、頭が痛くなるほどの騒音だった。

ヘリがぐっと前に出て、高度を下げる。シトロエンがブレーキを踏み、壊れたリアゲートがすぐ目の前に迫ってきた。これは……気をつけないとこちらも巻きこまれる。いち早く危険を察したドライバーが、ブレーキを踏みこんだ。体が前に投げ出されそうな感覚。両足を踏ん張りながらも、バリはしっかり前方を監視し続けた。ヘリは、一定の低い高度を保てない。所々にある標識が邪魔になって、度々高度を上げなければならない。クソ、へリの力もここまでか……。

その瞬間、背後から衝撃が襲う。警察か？　体を張って妨害にきた？　次の指示を飛ばさなければ……しかしバリは、言葉を失っていた。一瞬の間隙を突くように、二度目の衝撃が襲う。

22……………マルメ

ハンドルが手の中でぶるぶると震えた。タイヤの接地感が消える。車のコントロール系に重大なダメージがあったのか……アクセルを緩めると、前を行くミニバンは何とか安定を取り戻し、さらにシトロエンの追跡を続けた。俺はハンドルをきつく握りしめ、アクセルを床まで踏みこんだ。再びミニバンのバンパーが近づく。

もう一度、衝突に備えて体に力を入れた瞬間、横から予想以上のショックが襲う。体を揺さぶる強烈さ——運転席の窓ガラスが全て割れ落ち、俺はガラス片をシャワーのように浴びた。潮の香りを含んだ風が吹きこんできたが、もしかしたら自分の血の臭いだったかもしれない。まずい……追跡していたもう一台の車だ。ストックホルムで銃で狙われたことを思い出し、俺はとうとうアクセルを緩めてしまった。ミニバンがぐっと前に出て、パサートと並走しながらシトロエンを追う。クソ、これでは里香は孤立無援になってしまう。

あの小さな車でどこまで逃げられるか……。

パトカーが三台、猛スピードで俺のゴルフを追い抜いていった。ちらりと横を見ると、オロフソンの険しい横顔を確認できた。オロフソンも一瞬こちらを見て、真っ赤な顔で俺を睨んだ。怒っている……それは当たり前だ。彼にすれば、俺は厄介事を持ちこんだ人間に過ぎないのだから。

アクセルを踏む。エンジンの回転数は上がっているのだが、スピードは乗らない。手動でシフトアップ・ダウンができるのでシフトレバーを弄ってみたが、反応がなかった。クソ、このままでは俺だけが置いていかれる……前方にヘリが浮かんでいた。嫌な感じだ。凶暴で巨大な鳥が、獲物に襲いかかろうとしている感じ。しかし、何とか逃げられるのではないか……前方に、巨大な主塔が並んでいるのだ。ヘリは当然、あそこを通過する時には上昇しなければならない。だが、そこから先は――そろそろデンマークに入るところだろう。国境を越えたからといって、襲撃が終わるわけでもない。

シフトレバーを弄っているうちに、急にがくんとシフトダウンした。エンジンの回転数が一気に上がり、同時にスピードも乗る。どうやら車は生き返ったようだ。アクセルを踏みこみ、追跡を再開する。だいぶ離されてしまって、間に車が何台も入っていたが、それらの車が次第にスピードを落とし始めた。異変に気づいたのだ。それはそうだろう。パトカーが何台も走り、しかもヘリが低空を飛び回っている。巻きこまれるのを恐れて、取り敢えず距離を置こうとするのが、普通のドライバーの心理だろう。

俺は一気に三台の車をパスした。何となく車の動きがガクガクしているが、気にしないようにする。きちんとスピードに乗って走れているから、これ以上は望むまい。

パトカーのランプが遠ざかる。代わりに、里香を追跡していた二台の車――パサートとミニバンが後ろに下がった。パトカーが追い抜いた？　いや、二台の車がパトカーを先に行かせたような感じだ。何が起きる？　嫌な予感を抱き、俺はハンドルを一際《ひときわ》きつく握り締めた。

ヘリか？

二台の車とヘリは、同じ組織の物と考えていいだろう。ヘリに指令を出し、何かしようとしている……次の瞬間、ヘリがぐっと高度を上げた。そして、黒煙が上がる――俺は思わず叫んでいた。

「里香！」

前方で、突然巨大な火の玉が発生し、黒煙が巻き上がる。同時に、車がはっきりと揺れた。

対戦車ミサイル？　クソ、やり過ぎだ。里香は無事なのか？　慌てて目を凝らしたが、黒煙が橋全体を覆っていて、状況がまったく見えない。

しかし……黒煙の隙間から、宙を舞う車が見えた。ちらりと見えるナンバー――里香のシトロエンだ。

「里香！」もう一度叫ぶ。声はかすれ、目に痛みが走る。俺はアクセルを踏みこみ、二台の車を一気に追い越した。前方では、パトカーを含めた数台の車が急ブレーキをかけて散らばり、橋を塞いでいる。炎と煙の中、ヘリが姿を現した。クソ、あいつら……ここに何か武器があったら、あのヘリに対する戦いを挑むところだ。黒く塗られ、所属もはっきりしないヘリに向かって。

停止したパトカーに突っこみそうになって、俺はブレーキを踏みつけた。体がハンドルに叩きつけられそうになる勢い。サイドブレーキを引く間もなく、ドアを開けて外へ飛び出す。オロフソンたちが橋上に降り立ち、唖然と立ち尽くしていた。俺は右方向へ突っ走り、鉄製の手すりに腹をぶつける勢いで身を乗り出した。海面まで数十メートル……大きな波紋が広がり、その中心にかすかに銀色の物体が見えている。

「里香！」叫ぶ。声が嗄《か》れ、涙が強い風に吹き飛ばされる。何でこんなことに……手すりの冷たさが両の掌を凍りつかせ、俺はその場に固まった。

肩に手をかけられる。ふざけるな！　体を捻って振り払おうとしたが、相手ががっしりと肩を摑んでいるので、どうにもならない。すぐに、手すりから引き剝がされた。殴りつけてやろうと振り返りざまに右腕を引くと、目の前にオロフソンの顔があった。寒さと風のせいか、目は潤んでいる。

「退避するんだ！」

「退避って、どこに」俺は周囲を見回した。「逃げ場なんかないでしょう」

ここは戦場だ、と俺は思った。普通の火事とはまったく違う、凶暴な臭いを振りまく炎と黒煙。上空から様子を窺うヘリ。さすがに俺も、もろに戦闘地帯に突っこんだことはないが、爆撃や銃撃戦の様子を、音が聞こえるほどの距離から見守ったことはある。あの時、かすかに肌に触れた死の感触を、今はびりびりするほどはっきりと感じている。

「早く車を引き上げてくれ！」俺はオロフソンに向かって叫んだ。

「救援は頼んだ」オロフソンが冷静に言ったが、冷静でないことはすぐに分かった。あまりのショックに、声を張り上げることすらできなくなっているのだ。

胸倉を摑んで、思い切り体を揺さぶってやりたかった。だが、両腕を伸ばした瞬間、誰かが「ダンジェロウス！」と叫ぶ。スウェーデン語だが、「危ない！」だとすぐに分かった。

上空を見上げる。黒煙の中で、先ほどのヘリが突然バランスを崩すのが見えた。急旋回して、現場を離脱しようとしているのか？　違う。明らかにコントロールを失い、機体は大きく左へ傾いている。

「逃げろ！」

オロフソンが叫ぶ。次の瞬間には、巨体に似合わぬ素早さで駆けだしたが、俺は逃げ遅れた。何が起きているのか判断できず、動きが止まってしまったのだ。

ヘリは、潮風に流されるカモメのように、斜めに傾いだまま左へふらふらと動いていく。ローターの回転がおかしい。危ない――そう思った次の瞬間には、主塔から張り巡らされているワイヤーロープに接触した。人の足の太さほどもありそうなワイヤーロープが、「しゅん」という甲高い音とともに断ち切られ、巻き上がる。クソ、ヘリが墜落する――武器を満載したヘリが落ちたらどうなるか……俺は橋全体が炎に包まれる様を想像したが、やはり体が動かない。

死を覚悟したその瞬間、腕を思い切り引っ張られた。オロフソン――そのタイミングで生存本能が起動して、逃げ出せるはずだった。しかし俺は、前方で墜落しつつあるヘリに視線を据えたまま、よたよたと下がるしかできなかった。ヘリが、横倒しの姿勢になる。そのまま一気に、巨人が上から拳で叩き落としたような勢いで、橋に墜落する。まずい――それで俺はようやく我に返り、オロフソンを追い抜いて猛ダッシュした。橋を塞ぐ格好で停まっていたパトカーの背後に回りこみ、伏せる。

その瞬間、一際激しい爆発音が響き渡り、橋がはっきりと揺れた。誘爆。あのヘリは、どれだけの武器を積んでいたのだろう――そう考えた瞬間、俺はパトカーごと吹き飛ばされていた。

23………マルメ

馬鹿者が……バリは唇を嚙み締め、はるか前方で空気を焦がす火球を眺めた。

終わりだ。

対戦車ミサイルの爆発力を甘く見ていた。まさか、爆発のはるか後方を走っていた車を吹き飛ばすほどの威力とは……終わった。これで、バビロン再建は不可能になる。あの女がタブレット——バビロン文書を持っていたとしたら。エーレ海峡に沈んだ車を引き揚げるのは、相当難しいだろう。これだけの騒ぎになってしまったのだから、スウェーデン、そしておそらくはデンマークの捜査当局や軍が調査に入るはずだ。連中の目を盗んで捜索するのは無理だ。騒ぎが収まった後なら密かに捜索できるかもしれないが、それではタイムリミットに間に合わない。

しかし、その時が来るまで諦めてはいけないのだ。自分に言い聞かせ、無線を手に取る。すぐにダナトが反応した。

「救援のヘリは？」バリはできる限り冷静を装って訊ねた。

「あと三分で到着予定だ」

思わず腕時計を見る。遅い……しかしここは、急《せ》かせない。

「こちらは五人いる」

「了解している」

ダナトの声は冷静だった。現場を見ていないから、落ち着いていられるのだろう。バリは深呼吸して、自分もさらに落ち着こうとした。鼓動の激しさを意識する。

「脱出に必要な時間は？」

「五分」

「もっと短縮しろ」

「無理だ」ダナトの声に焦りが混じる。「橋の上に着陸はできない。ホバリングで、一人ずつ吊り上げるしかない」

「橋に着陸させろ」バリは冷然と指示した。「時間がない」

「絶対に無理だ」ダナトも強硬だった。「二次遭難になる」

「我々は遭難しているわけではない。ラガーンの戦士なら、何とかしろ」

沈黙。「戦士」と呼ばれることに戸惑いでも感じているのだろうか、とバリは訝った。元々ラガーンの人間の特徴は穏やかさであり、長い年月の苦闘を、知恵と金で乗り切ってきた。アスワドの連中は、ロシアで軍事訓練を受け、戦場の厳しさを知っているはずだし、そのためにバリの意向とは違う乱暴さや愚かさを身につけてしまったようだが、それでも民族本来の気質は変わらないのだろうか。

「……分かった」ダナトが応じる。

「できるだけ時間を短縮してくれ。いずれ、ここは警察官で埋め尽くされる」

通信を終え、バリは荷物をまとめた。ドライバーとオペレーターにも、すぐに脱出できるよう準備しろと指示を与える。それから車を出て、近くに停まっているパサートまで歩いて行った。爆発、そして火災によるケミカルな臭いが鼻を突き、かすかに吐き気を感じる。唾を呑み、目を細めて、意識を鮮明に保とうとした。橋の上を吹き渡る冷たい海風が、その手助けをしてくれる。

助手席に座るダガットは呆然として、シートの上で凍りついてしまったようだった。ドアを引き開け、ダガットの肩に手をかける。それでも動こうとしなかったので、腕を引っ張って無理矢理外に引き出した。

「失敗……だったのか？」ダガットが低い声でつぶやく。

「ああ、失敗だ」バリは認めた。「だが、これで終わるわけじゃない。最後の最後まで諦めない」

「バビロン文書も海に沈んだんじゃないか？」

「それは分からない。あの女が、バビロン文書を持って逃げていたかどうかも確認できていないんだから」

「それは……ちょっと楽観的に過ぎないか。終わったんだよ。これで全部、終わりだ。俺たちはバビロンに戻れない」

バリは、ダガットの頰を張った。海風やクラクションの音が満ちた橋の上でも、その高い音は強烈に響く。啞然として、ダガットがバリを見つめた。

「ラガーンの辞書に、諦めの文字はない。そうやって俺たちは、四千五百年の間、生き延びてきたんだ。ここで終わるわけにはいかない」

「……分かった」不満そうだったが、ダガットがうなずいた。

「すぐに救援のヘリがくる。取り敢えずこの現場を脱出して、次の作戦に向けて態勢を立て直すんだ」

「次の手はあるのか」

「調査だ」バリはうなずいた。「情報網を生かして、バビロン文書を捜す。手始めに必要なのは……あの男だな」

「タカミか？」

「ああ。あいつが女と接触していたのは間違いないんだから。最初から組んでいたのかもしれないな。もしかしたらバビロン文書の現物を預かっているかもしれないし、そうでなくてもデータを持っている可能性がある」

これが悩みのタネでもあるのだ。遺跡から発掘されるタブレットには、二重の価値がある。一つはタブレットそのものの価値、もう一つは内容的な価値だ。タブレットそのものは、バビロン再建のシンボルになるのだが、少なくとも内容だけでもはっきりすれば、自分たちがあの土地に戻る理由を世間にアピールできる。もちろん、シンボルたるバビロン文書が存在しなければ、本来の計画は大幅に修正しなければならなくなるだろうが……しかし既に計画は動き出しており、こちらの都合だけでストップさせるわけにはいかなくなっている。

「最後まで諦めるな。俺たちは、四千五百年の歴史を背負っているんだ。四千五百年、俺たちは消えずにきた……頑張ってきた先人たちに報いなければならないんだ」

橋の上を埋め尽くす騒音に、別の騒音が加わった。来たか……バリは上空に視線を投げ、大型のヘリが接近してきているのに気づいた。

「脱出だ。すぐに準備しろ……ヘリを誘導してくれ」

「まさか、橋の上に下ろすのか？」

「当然だ。時間がない」

ダガットが走り出し、ヘリに向かって両手を振り始めた。バリは、ヘリに乗りこむまでのわずかな時間を利用して、橋の端まで駆け寄った。冷たい手すりに手をかけ、海峡を見下ろす。薄い青が広がる中、シトロエンが水没した形跡が見えるのではないか……しかし海は青いシーツが広がったように静かで、車がどこに落ちたのか、まったく分からなかった。船の姿も見えない。ヘリの母船も、視界の中にはなかった。

クソ……全てが海の藻屑《もくず》になったのか。一際大きくなるヘリのローター音を聞きながら、バリは唇を噛み締めた。口中に血の味が広がる。

その時、爆発音が前方から響き、橋が揺れた。攻撃ヘリに搭載された武器がまた爆発したのか――強烈な爆発で橋が崩落するのでは、という恐怖がバリを襲う。

逃げること――生き延びること。今の自分たちに大事なのは、それだけだ。四千五百年もの間、先人たちがそうしてきたように。

24…………バージニア

何時なんだ……ウォンはむかつきながら、一瞬で目覚めた。早朝の電話は珍しくもないが、このところ、夜遅い日が続いていたから、これには頭に来る。傍らで眠る妻は慣れたもので、まったく目を覚ます気配がなかった。最近、妻に気を遣ってもらった記憶がない。

ウォンはベッドから抜け出し、少し離れたテーブルに置いた携帯電話を摑んだ。ベッドの近くに置いておかないのは、とにかく暖かい布団から抜け出て、意識をはっきりさせるためである。今朝に限っては、そんな必要はなかったが。鳴っていると認知した瞬間に完全に目が覚めていた。

グリーンだった。怒鳴りつけようかと思ったが、これは仕事なのだと自分に言い聞かせる。グリーンだって、誰かの電話で叩き起こされたに違いない。

「ウォンだ」

「スウェーデンとデンマークから至急連絡が入りました」

「スウェーデン？　デンマーク？」一瞬、ウォンは頭が混乱するのを感じた。スウェーデンからなら分からないでもない。ＩＬＬの襲撃事件で、何か新しい情報が入ったかもしれないのだ。しかし、デンマークというのは、まったく頭になかった。

「両国をつなぐオーレスン・リンクなんですが……そこでヘリが墜落しました」

「俺たちに何の関係がある？」皮肉っぽく言いながら、ウォンは必死で頭を回転させようとした。何もなければ、ＣＩＡに連絡が入るわけがない。

「実は……ヘリはロシア製のアリガートルなんですが、ロシア軍が使っているものではないようです」

素早く考える。ロシア自慢の攻撃ヘリであるアリガートルを購入している国はどこか……データがなかった。しかしいずれにせよ、攻撃ヘリがあの辺を飛んでいたら大きな問題になるはずだ。

「どこの所属だ」

「ラガーン。遺体で発見された乗務員二名が、ラガーン人のようです」

「どこかの傭兵《ようへい》ということは考えられないか？」

「ラガーンが傭兵として働いている事実はありません」グリーンは冷静だった。

「だったら何なんだ」ウォンは電話をきつく握り締めた。嫌な予感が胸の中で膨らんでいく。「俺たちが追っている件に、何か関係あるとでも？」

ベッドで、妻がもぞもぞと動く気配が感じられたので、ウォンは急いで寝室を出た。結婚二十年になる妻は、滅多なことでは目を覚まさないが、睡眠を中断されると、一日中不機嫌になる。

階段を途中まで降りて、手すりに手をかける。窓からはまだ、陽光も射しこんでいない。いったい何時なんだと思ったが、リビングルームまで降りて時計を見る勇気はなかった。今日一日がどれだけ長くなるか、わざわざ知る必要もないだろう。

「事態が動き始めたようだな。ラガーンの連中は、隠密で行動していたんだろう」

「ええ」

「そのヘリは何なんだ？　勝手に橋に墜落したのか？」

「その直前に、対戦車ミサイルを発射したという情報もあるようです」

ウォンは右手を広げて額を揉んだ。連中は、スウェーデン—デンマーク国境で、戦争でもやらかそうとしているのか？

「情報収集を続けてくれ。俺は、すぐに本部へ向かう」

「分かりました」

「……ところで今、何時だ？」

「四時五十二分……今、五十三分になりました。事件発生からは四時間経過しています。早い時間に申し訳ありません」

「それは構わんが、今日も長くなりそうだな」ウォンは欠伸を嚙み殺した。「君も、その覚悟でいてくれ」

「了解です」

電話を切って溜息をつく。眠気は完全に吹っ飛んでいた。ふと、階上でドアが開く気配がしたので目をやると、妻が目を擦りながら立っていた。

「何でもない。出かける……勝手にやるから」

いかにも不機嫌そうな妻の表情を見て、ウォンは慌てて言った。とはいえ、着替えは寝室で行わねばならないので、妻の眠りを邪魔することになる。今夜は帰らない方がいいかもしれない、とウォンはまた溜息をついた。間違いなく、長い一日の始まりになる……。

気を取り直して、番号を呼び出す。果たして相手が出るかどうか。呼び出し音は鳴っているが、出る気配はない。舌打ちして、もう一度かけ直す。やはり反応はなかった。嫌な予感がしたが、電話に出ない相手を無理矢理呼び出す方法はない。

階下に降りて、ウォンは顔を洗った。鏡を覗くと、疲れた中年男の顔が見返してくる。しっかりしろよ、と自分を励ました。先が一切見えないこの話は、まだ始まったばかりなのだ。

25……コペンハーゲン

目覚めた瞬間、俺は激しく後悔した。これなら、意識が戻らない方がよかった。全身が痛みの網に絡め取られており、指先さえ動かせない。

「大丈夫ですか」

日本語……俺は日本にいるのか？　そんなはずはないと考えたが、もしも死んでいるなら、何でもありだ。そう、俺には生きている資格はない。結局、里香を救えなかったのだから。

「聞こえますか？」

聞こえてるよ。声に出さずに心の中でつぶやく。しかし、静かにしてくれないものだろうか。もっとゆっくり休みたい。この痛みでは、何もできないのだから。声を出すのも億劫《おっくう》だったし、そもそも声が出せるかどうかも分からない。

ゆっくり目を開けてみた。最初に視界に入ったのは、自分を見下ろしている複数の人間の顔……明らかに日本人だと分かるスーツ姿の男が一人、他に北ヨーロッパ圏の人間らしい、血の気が薄そうな男女二人。こちらは白衣を着ている。医者と看護師だろうか。

ということは、俺は死んでいない——死んだ方がましだが。

「分かりますか、鷹見さん」

日本語での呼びかけ。俺は面倒になって、うなずいた。寝たままうなずくのは変な感じがしたが、言葉で返事をするよりはましだ。これで解放してもらえれば……と思ったが、何かが引っかかった。この声、どこかで聞いた記憶がある。顔をはっきり見る余裕はないが、確認すべきだろうか。いや、まさか……自分がどこにいるか分からないが、日本ではないだろう。こんなところに日本人がいるはずがない。

「怪我は、大したことはないですからね」またも日本語。慰めの言葉なのだが、どこか軽く、上滑りしている。

放っておいてくれ。だいたい、大したことがないとはどういう意味だ。これだけ全身に痛みが走っているのに、無事なはずがない。しかし、もう一つの声——今度は英語が、俺の無事を保証した。

「あなたはずいぶんタフなようだ。爆風にも耐えたんですから、すぐに歩けるようになりますよ。よほど上手く、逃げたんでしょうね」

実際にはどうだったのか、何一つ覚えていない。記憶にあるのは、宙を舞ってオーレスン・リンクから海に落ちるシトロエンだけ……それも、ほとんど現実味がなかった。あのミサイルの威力がどれぐらいだったのか、そもそも爆風で車があんなに飛ばされるものなのか。

思い切って目を開けた。目の前にある日本人の顔には、やはり見覚えがある。誰だったか……思い出せない。無理に考えようとすると、頭が痛くなった。

「無理しないで、しばらくはゆっくり休んで下さい」今度は英語の声……たぶん、医者だろう。こちらの指示に従うことにした。俺にだって、休む権利はある——。

しかし次の瞬間、俺は跳ね起きていた。起き上がれないだろうと思っていたのか、三人が慌ててベッドから離れる。

「里香は！」日本語で叫ぶ。返事はない。英語で聞き直したが、やはり答えはなかった。

「里香はどうしたんだ！」そうだ、死んだと決まったわけではない。橋の下は海……助かる可能性はあったのでは……リアリストとしての俺はそれを否定したが、里香の恋人としての俺はその考えにすがった。

「冷静に話が聞けますか」最初の男が、日本語で冷たく言った。

「話してくれ」

「正確に言えば、まだ分かりません。スウェーデン海軍とデンマーク海軍が、合同で捜索を続行中です。エーレ海峡のあの辺は比較的水深が浅いですから、発見できる可能性がありますよ」

「それは……」発見——死体を見つけるのか。俺は唾を呑んだ。喉に痛みが走り、涙が滲み出る。

「まだ何も分かりません」男が話し続けたが、正確には「無事かどうかは分かりません」だろうと俺は思った。

俺は布団をはねのけ、ベッドから抜け出した。医師が慌てて押し止《とど》めようとしたが、俺は腕を振り、体を捻って縛めから逃れようとした。しかし、足に力が入らない。冷たい床に膝から崩れ落ち、嗚咽《おえつ》が漏れ出た。「里香！」と叫ぶ自分の声が、どこか遠くで響く。

第二部　追跡

1………バージニア

「ほほう……連中がロシアからアリガートルを購入していたのは間違いないんだな？」ウォンは受話器をきつく握りしめた。電話の相手は、モスクワ在住のＣＩＡのエージェント、ウォーレン・ヘクター。

「購入の経緯は不明ですが、間違いありません」

「なるほど。一瞬で鉄屑《てつくず》になったようだな」ウォンは皮肉に頬《ほお》を歪《ゆが》めた。クソロシア製の物が一つ壊れる度《たび》に、こちらにポイントが一つ入るような感じがする。

「そうですね」

「一機だけなのか？」

「今のところ、そのように聞いています。後は、カモフのカサートカが一機」

「分かった」カサートカは攻撃ヘリではなく、多目的ヘリコプターだが、いずれにせよ問題は複雑だ。ロシアがアリガートルを売った相手は、「イラク」という国ではなく「ラガーン」という民族集団である。「今後も情報収集を頼む。どうも、ロシアの動きはきな臭いな」

「分かりました」

電話を切って、一つ溜息《ためいき》をつく。両手で顔を擦りながら、ウォンは情報をまとめようとした……どうにも上手《うま》くいかない。間もなく、上司に状況を報告しなくてはいけないのだが、このままでは事態の断片を伝えるだけで終わってしまうだろう。もちろんウォンは、ICレコーダーではない。情報を取捨選択し、必要なことだけを伝えるのが仕事だ――逆に言えば、事実を隠《かく》すこともある。

ウォンは慌ててドーナツを頬張り、コーヒーで流しこんだ。約束の時間だ。上司――ウォンたちは「ビッグ・ボス」と呼ぶ――のジョイスの部屋を訪れる。アイルランド系のこの男は、角張った細長い顔に銀縁の眼鏡《めがね》をかけて冷たいイメージを作り上げ、決して笑わない。冷たい視線は、その場の空気を二度ほど下げる、と言われている。事実、一対一の対面の時は、裸で冷凍庫の中に入りこむような気分だった。

「異常事態と聞いているが」ジョイスは、ウォンが椅子《いす》に腰かける前から切り出した。

「それは間違いありません」

「いったい、ラガーンの連中は何をしているんだ」ジョイスの声には苛立《いらだ》ちが滲《にじ》んでいた。

「彼らは過激思想の持ち主ではないだろう」

「基本的には、穏やかな連中です」

「しかも連中がいないと、国際金融の世界は麻痺《まひ》する。そちらに影響はないのか？」

「それは……申し訳ありませんが、私の専門ではないので」ウォール街のことを聞かれても困る。ただしウォンは、この報告の後、ウォール街で働くラガーンの情報源と話してみるつもりではいた。

「ロシアとの関係は？」

「現在、調査中です。モスクワのエージェントに詳細な調査を依頼しました」

「スウェーデンの警察の方はどうなんだ」

「オーレスン・リンクの襲撃事件については、スウェーデンとデンマークの警察、軍が協力して捜査することになったようです。ただし、詳細はまだ入ってきていません」

「向こうは呑気なものだろうからな。状況もまったく分かっていないだろう」ジョイスが鼻を鳴らす。「ヘリに乗っていた二人については、どうだ？」

「イラクではなく、ロンドン在住のラガーン人だったようですが、こちらも、詳細はまだ……」ウォンは肩をすくめた。「それと、別途現場から逃走したラガーン人がいるようです」

「橋は爆破で封鎖されたんじゃないのか」

「別のヘリが――アリガートルではありません――ピックアップしたようです。現在確認されているのは、五人」

「いったい連中は、あんなところで何をしていたんだ？」眼鏡の奥で、ジョイスの目が細くなる。

「まだはっきりしませんが」ウォンは声をひそめ、ジョイスのデスクに身を乗り出した。「数日前に、ロシアのマフィアと関係のありそうな男が殺される事件がありました。それが関係しているかもしれません」

「その件は聞いている」

ジョイスがうなずいたので、ウォンは彼が持っていたタブレットの件、スウェーデンでのＩＬＬ爆破の件などを順番に説明した。

「それともう一つ……」ウォンは手帳を開いた。「オーレスン・リンクの爆破現場には、正体不明の日本人がいたことが分かっています」

「日本人？」

ウォンは手帳に視線を落とした。ＣＩＡのエージェントとしては致命的な欠点だが、人の名前を覚えるのが苦手なのだ。

「名前は、マサキ・タカミ」

「何者だ」

「カメラマン、と名乗っています。この名前の人間が撮影した写真が『タイム』に掲載されたことがあるので、間違いないと思いますが、確認中です」

「どういうカメラマンだ？」ジョイスが疑わしげに訊ねる。

「紛争地によく行っているようですが……戦場カメラマンと言っていいと思います」

「怪しいな」ジョイスが顎を撫でた。「日本の当局に確認は？」

「照会中です。ただ、日本の警察当局の調査はあまり当てにならないかと」

「それでも、ないよりはましだ」ジョイスが顔の前でぱっと手を振った。「その日本人が、キーパーソンなんだろうか？」

「その可能性は高いですね」

「分かった。現地に飛んでその日本人と接触、情報を収集してくれ。君が直接やるんだ。その日本人は、今どこにいる？」

「コペンハーゲンで入院中です」

「動けないわけか。それなら好都合だ」ジョイスがうなずく。「大至急、デンマークに行ってくれ。それと今後、この件は私が指揮を取る」

「それだけ、重要事だと？」

「ああ」ジョイスが、巨大な両手を組み合わせた。「油断はできない。問題は、我々がラガーンについてよく知らないことだ」

「その件については、私に考えがあります」

「君はラガーンに詳しいからな……とにかく、できるだけ早く動いてくれ」

「了解しました」

本当は、アメリカにいて情報収集のハブになるべきではないかとも思う。しかし、タカミという日本人の存在も気になった。

まずは電話だ。あらゆる情報源に接触して、できる限りのネタを引き出してからデンマークに飛ぶ。

自分で必死に動き回るような年でもないんだけどな、とウォンは苦笑した。ただしこの件は、若い部下たちばかりに任せておくわけにはいかない。自分の利益にも直結しかねない問題なのだ。

2……………コペンハーゲン

あらゆる事態が短時間に襲いかかってきたせいで、俺はまだ状況を完全に把握《はあく》できていなかった。頭を強打し、意識が半《なか》ば失われた感じ。病院のベッドの上でぼうっとしていると、自分がどんどん駄目になっていく気がする。

それでも里香のことだけは気にかかっている。彼女は無事なのか……無事とは思えない。あれだけの爆発で車が吹き飛ばされ、海に転落してしまったのだから。今すぐ確かめたい。

気持ちは急《せ》いて、心が体から抜け出しそうになるが、どうにもならない。もどかしく、叫びたい気持ちだけが高まっていく。

俺を正気に引き戻してくれたのは、病院で最初に声をかけてくれたデンマークの日本大使館員、牧《まき》だった。小柄だが筋肉質で、目つきがやけに鋭い男。どこかで聞いたことがある声――すぐに思い出した。

里香と出会った、イラクへの撮影旅行。帰国した後、里香に対する思いを募らせていた俺に水をかけたのが、この男である。

当時、牧は警視庁公安部の若い刑事で、俺の事情聴取を行った。危険地域に渡航した人間ということで、イスラム過激派などとの接触があったのでは、と疑っていたのだ。冗談じゃない、と一瞬頭に血が昇ったのを覚えている。自宅まで迎えに来たのを追い返してやろうかと思ったのだが、そうしなかったのは、牧が警察官とは思えないほど低姿勢で、「本当はこんなことはやりたくない」という本音《ほんね》が、言葉の端々から窺《うかが》えたからだ。

「顔を見れば、どんな人かは分かりますよ」

「上司がいろいろうるさくて、ですね」

「まあ、こういうこともあると思って下さい」

彼の数々の言い訳――だったら事情聴取などするな、と思ったが、本来の用件を除けば、彼の話は面白く、人間的には好感を持った。もちろん俺は、イラクで見聞きしたことをそのまま話すようなヘマはしなかったが。別に誰かの手先になっていたとか、イスラム過激派にシンパシーを持っていたとかではなく、権力におもねるのが嫌なだけだった。

その男が何故か、デンマークにいる。警視庁の刑事が大使館員というのは、どういう人事なのだろう——そもそも彼の存在自体が、俺を混乱させていた。まず、事情を解き明かすことから始める。

「ああ、大使館には警備担当の人間がいましてね。だいたい、警察からの出向なんです」

「キャリアの人ではなく？」

「私は、ばりばりのノンキャリアですよ」牧が笑った。「あくまで普通の警察官です。たまたま順番が回って来て、大使館付になっただけですから」

「いつからですか」

「一年前。ここは平和なはずだったんですけどねえ……」

ベッド脇に座った牧が、人差し指でぽりぽりと頰を掻《か》いた。まるで、俺が災いを呼びこんでしまった、とでも非難している感じである。まあ、それはあながち外れてもいない。もちろん俺自身にはそんな意図はないのだが、何らかの渦に巻きこまれているのは間違いないのだから。

「いったい、何が起きたんですか」牧が身を乗り出し、小声で訊ねる。

「分からない」俺は首を横に振った。実際、分かっていないのだ。あのヘリの襲撃……まったく予想もしていなかった一件で、俺は完全に混乱してしまった。「こっちこそ、何があったのか教えて欲しい」

「まあ……」牧が咳払《せきばら》いをした。「私は、あなたの容態を確認するのが仕事ですから」

「知ってるんでしょう？　あんなことがあって、ニュースになっていないわけがない」だいたい今、何時なんだ？　俺は左腕を持ち上げたが、時計は手首から外されていた。そういえば、荷物はどうしたのだろう……俺は慌てて、布団をはねのけた。途端に、右肩に鈍い痛みが走る。思わず体を丸め、歯を食いしばって痛みに耐えた。

「無理しないで下さい」牧が冷静な声で忠告する。「軽傷とはいえ、怪我してるんですから」

「俺の車は？」

「車に乗っていたんですか？」

「レンタカーのゴルフ。オーレスン・リンクの現場近くに停めておいた」

「それがどうなったかはちょっと分かりませんけど……レンタカーでしょう？　気にする必要はないんじゃないかな。仮に全損であっても、こういう事情なら、あなたに賠償責任はないはずだ」

「全財産が車の中なんですよ」

正確には、カメラだ。他の荷物はホテルに置いてあるが……そんなものはどうでもいい。

「車、ねえ」牧が顎を撫でた。「ちょっと確認してみます。スウェーデンの警察当局が押収したんじゃないかと思うけど」

「冗談じゃない」俺は顔から血の気が引くのを感じた。弄《いじ》り回《まわ》されたら、面倒なことになりかねない。慎重に足をおろし、床につける。ひんやりとした感触が、意識を尖《とが》らせてくれた。

「ちょっと、無理しないで」

牧が肩――無事な方の左肩を押さえたが、俺は何とか抗《あらが》って立ち上がった。立ってみると、肩以外には特に深刻な痛みはないのが分かる。これなら何とか、動けそうだ。

俺はロッカーを開け、着ていた服がそのままかかっているのに気づいてほっとした。ダウンジャケットの胸ポケットを探ると、メモリーカードもあったし、スマートフォンも無事で、電源も入った……爆発の衝撃は、大したことはなかったのかもしれない。

すぐに、オロフソンに電話をかけた。

「ちょっと、病室で電話は……」牧が止めに入ったが、俺は彼に背中を向けて呼び出し音に耳を傾けた。

オロフソンは、呼び出し音が三回鳴ったところで電話に出た。ひどく迷惑そうなのと同時に、驚いてもいる。

「無事だったのか」

「無事ですよ」わざと声を張り上げてやる。「俺の車はどうしました？」

「こちらで押収している」

「別に、俺の車を調べる必要はないと思いますけど」俺は言い張った。「何かしたわけじゃないでしょう。警察には、協力したはずです」

「非常に非協力的だったと思うが。勝手《かって》に動き回って……」

「いや……」俺は言葉を切った。ひどく喉《のど》が渇き、かすかな痛みも感じる。「とにかく、俺の荷物は返してもらいますよ」

「カメラ？」

「ええ。大事な商売道具なんで」

「車ごと保管はしておくが、あんたに渡している暇はない」

「こちらから取りにいきます」言って、電話を切る。しかし、足がないことにすぐに気づいた。まあ……構うものか。コペンハーゲンからマルメまでは、鉄道で行けるのだから。

「ちょっと、無理しないで下さいよ。どこへ行くつもりなんですか」

牧の質問を無視し、俺はベッドの端に腰かけた。やるべきことの優先順位を考える。里香のことは……今の俺には何もできない。自分で潜水して捜すのは不可能なのだ。ホテルに置いてあるノートパソコンのタブレットの画像――里香がいない今、それに意味があるとも思えなかったが――あれだけはどうしても守らなければならない、と強く思った。理由は自分でも分からない。意地になっているだけかもしれないが、自分がきちんと保管しておくべきだと思った。

　里香との約束だから。

　タブレット本体は、今や海に消えてしまったかもしれないが……里香と一緒に。そう考えると、涙が滲んでくる。情けない限りだが、どうしても感情を抑えきれなかった。里香とは四六時中一緒にいたわけではないが、それが故に、俺の思いは濃密だった。

「落ち着きましたか」

　牧が、絶妙のタイミングで声をかけてきた。俺は呼吸を整え、両手で思い切り顔を擦った。一つ息を吐《は》き、立ち上がる。

「ちょっと、寝てなくていいんですか」牧が慌てて訊ねた。

「退院します」

「まさか」牧が俺の前に立ちはだかる。身長差がだいぶあるので、ほとんど壁にはならなかった。「病院の許可も取らないで……駄目ですよ」

「すぐにマルメに戻りたいんです。車から荷物を回収して、ホテルも引き上げないと」その後で何をすればいいのか分からなかったが、とにかく何かしないといけないと思った。

「しょうがないな……コペンハーゲンの警察からは、あなたを連れて来るように言われているんですが」

「結局あなたも、警察官ということですか」

「違います」牧が目を細める。「あくまで大使館員として、邦人保護のために動いているんです。だけど、警察が事情聴取したがるのは分かるでしょう？」

俺は無言でうなずいた。あれだけの事件なのだから、警察はどんな情報でも欲しいだろう。

「もちろんデンマークの警察当局も、すぐに話が聴けるとは考えていない。何しろあなたは入院中ですから」

「ええ」

「でも――」牧が溜息をつく。「荷物は回収したいんですよね？」

「もちろん。俺にとってカメラは、命の次に大事な商売道具なんです」

「仕方ないな。マルメまでご一緒します」

「はい？」

「私が足になりますよ。車で行った方が早いでしょう」

「足って……オーレスン・リンクはまだ封鎖中じゃないんですか」

「何言ってるんですか」牧が怪訝《けげん》そうな表情を浮かべる。「あれは昨日の話ですよ。橋の封鎖は、今朝解除されています」

俺は唖然として言葉を失った。まさか、あの襲撃から丸一日経ってしまっていたとは。

俺はどれぐらい、意識を失っていたのだろう。本当なら、すぐに動ける体調ではないはずだ。

しかし俺は、動く。

動くことでしか、答えは見つからない気がした。猟犬は常に、走りながら考え、情報を探るのだ。

オーレスン・リンクを渡る時、俺は現場付近でついうつむきそうになった。現場を見れば悪夢の記憶が蘇《よみがえ》るかもしれない。だが敢えて気合いを入れ直し、現場の様子を目に焼きつけた。俺の気持ちを読んだわけではあるまいが、牧がアクセルを緩《ゆる》める。鼓動が高鳴り、目が乾いてきたようだった。

反対側――デンマークへ向かう車線は、片側が塞《ふさ》がれていた。それ故、車の流れは遅くなっていたが、完全な渋滞になるほどでもない。思わず身を乗り出し、海峡を見る。里香のシトロエンが落ちたのは反対側だし、今更その痕跡が見つかるとは思えなかったが。ちらりと対向車線を見た限りでは、事故の痕跡は一切見当たらなかった。墜落《ついらく》したヘリの残骸《ざんがい》を、そんなに簡単に撤去できたのだろうか……牧に訊ねると、「焼け尽くしましたからね」とあっさり答えた。大きな残骸はほぼ残っていなかったということか……ヘリは相当の武器を積みこんでいたはずで、墜落の衝撃で、それらが誘爆したのかもしれない。

「長い間、通行止めになるのかと思いました」

「今は、オーレスン・リンクが停まると大変なことになりますから」ハンドルを握る牧が答える。「大動脈なんですよ。必死に復旧作業をしたようです」

「それは分かりますけど……現場検証なんかは、ちゃんと終わったんですかね」

「それは、私が関与することじゃないので」牧がさらりと言った。

「あなた、警察官じゃないですか」

「いや、今は外務省職員です。仕事は――」

「邦人保護」機先を制して俺は言った。

牧が、少しむっとしたような様子で黙りこむ。何も揚げ足取りをすることはなかったな、と反省して、俺は下手に出ることにした。

「邦人保護が仕事なのは分かりますけど、普通はここまでしてくれないでしょう。今まで、大使館の人たちは、何もしてくれなかったけど」

「残念ながら、そういうのが普通でしょうね。外務省というのは、役所の中の役所だと聞きますから」

「外務省職員のあなたは、違うんですか」つい皮肉な口調が戻ってしまう。しかし、今の自分はまともな状況ではないのだ、と俺は自分を甘やかすことにした。

「私は出向しているだけですから……それにあなたには、借りがあると思っていましてね」牧が打ち明ける。

「借り？」

「何年前でしたっけ？　あなたがイラクから戻って来たのは」

「何ですか、いきなり」

「あなたが帰国した後、話をしましたね」

「話をしたというか、あれは警察による事情聴取でしょう。俺は、容疑者扱いされたんだ」

「まあ、昔の話を今更蒸し返しても仕方ないかもしれませんが……ちょっと聞いてもらえますか」

「どうぞ」話すのは勝手だ――俺は辛うじて、皮肉を呑みこんだ。

「正直、私はあなたに対してずっと、申し訳ないと思っていた」

「仕事なのに？」

「あんな仕事は、必要なかったんです」牧の声が硬くなった。「警察だからって、何でもかんでも聴いていいわけじゃない」

「警察官らしからぬ発言ですね」

「昔から、警察のやり方には疑問を持っていたんです。特に、自国民を疑うのはどうかと思う」

「相手が犯罪者なら——」

「あなたは犯罪者ではない」牧が強い口調で言い切った。「とにかくあの時からずっと、何かの形でお詫《わ》びしなければと思っていました」

「だったら、金に困っていた時に助けを求めればよかったかな」

牧が黙りこむ。冗談か本気か、判断しかねている様子だった。俺はすぐ「冗談ですからね」と釈明する羽目になった。

「分かってますよ」牧が軽い調子で合わせてくる。「それで、いったいどうしてこんなことになったんですか」

結局、警察の手先になって事情聴取するわけか……気に食わない。そのまま無視して答えない手もあったが、俺は最低限の情報は明かすことにした。一応、スウェーデンまで車で送ってくれているのだし。

話すのはさほど難しくなかった。あちこちで何度も話してきたことだから……慣れてしまっているのだ。慣れたくはなかったのだが。

「ずいぶんややこしい話なんですね」

「簡単にまとめて欲しくないですね」牧の物言いに、少しだけ腹がたった。

「いやいや、簡単な話じゃないのは分かってますよ。裏に何の事情があるのか、さっぱり見当もつかない」

「それは俺も同じです。全然知らない世界の話だし、今も何がなんだか……何が起きてるのか、分からない」

「でしょうね」

沈黙。俺は急に居心地の悪さを感じ、シートの上で身を揺すった。そうすると、右肩以外にも痛みが残っているのが分かる。医者からきちんと説明を受けずに病院を抜け出して来てしまったが、果たしてそれは正解だったのか。何か、極めて深刻な怪我をしているのでは、と不安になる。きちんと治療を受け直そうか……しかし、抜け出してしまったものは仕方がない。今更、どの面《つら》下げて病院に戻れるのか。

3……マルメ

オロフソンは、急に老けてしまったようだった。パンパンに膨《ふく》らんでいた体さえ、萎んで見える。目は充血し、半白の髭で顔が汚れていた。

「怪我はなかったんですか」俺は下手に出て訊ねた。

「ない。そんなに柔《やわ》じゃない……あんたは、だいぶひどいようだな」

「ひどいのは服だけですよ」

どういう吹き飛ばされ方をしたのか、ダウンジャケットの右胸に穴が開き、右半分だけからほぼ羽毛が抜けてしまっていたのだ。着るのもみっともないぐらいだが、今日はやけに寒い。新しい防寒着を準備すること、と俺は頭の中にメモした。

「車は返してもらえますか？　別に、問題ないでしょう？」俺は探るように念押しした。

「ああ。調べたが、あんたの荷物があるだけだったからな」

「カメラは無事でしたか？」

「見た目は、な。ちゃんとシャッターが切れるかどうかは分からない。プロの道具を勝手に弄れないから、チェックはしていないよ」

「確かめてみますよ。車、どこにあるんですか？」

俺は、オロフソンに案内されて、署の裏側に向かった。散々荒っぽく扱ったゴルフ……サイドウィンドウが吹き飛んでいる他にも、あちこちが傷つき、レンタカー屋に戻す時には厄介なことになりそうだ。

鍵はかかっていなかったので後部座席に体を突っこみ、バックパックを取り上げる。オロフソンと牧に見られているのに気づき、俺は改めて後部座席に座り、ドアを閉めてからバックパックの中身を確認した。まず、カメラを起動する。ガラス越しに牧にレンズを向け、シャッターを切る……きちんと写っていた。続いてメモリーカードを入れ替え、保管しておいたタブレットの写真も確認した。バックアップも取ってあるのだが、一応、最初に記録したメモリーカードが無事だったので一安心する。

カードをまた入れ替え、バックパックをきちんと閉める。続いてやるべきことは……他の荷物の回収だ。車も返さなければならないが、それは警察に任せられないだろうか、と俺は期待した。

オロフソンはそれを拒絶した。

「警察の方の用事は済んだ。後はあんたが勝手に処分してくれ」

「……分かった。それより、リカは？　何か手がかりはないのか？」

「残念ながら、今のところは何も……海軍が捜索しているから、我々に入ってくる情報には遅れがある。何か分かったら知らせるよ」

「じゃあ、取り敢えずはこれで……」何となく、立ち去りがたい。他に連絡を取らなければならない相手もいるのだが、まずはオロフソンからできるだけ情報を搾《しぼ》り取《と》りたかった。しかしオロフソンは、どこか他人行儀な態度を崩さない。質問を受けつけない、と無言で宣言しているようだった。「ところで、何か問題でも？」

「いや」

「実際には、捜査はどこまで進んでいるんですか？　あのヘリの正体は分かったんですか」

「……いや」答えが遅れる。「申し訳ないが、こちらで流せる情報には限りがある。この件は、マルメの警察では担当しない」

「警察が担当しないで、誰が担当するんですか？　軍？」

オロフソンがすっと目を逸《そ》らす。それで俺は、事情を悟った。

「要するにこれは、テロだという判断なんですね？　だから、軍が調査を担当する？」あるいは……。「それとも、ストックホルムの警察ですか？　あそこには、対テロ専門の捜査チームがありますよね」

言いながら、エリクソンの顔を思い出す。そう言えば、彼からは何の連絡もない……こちらが入院していようが、瀕死の重傷だろうが、必要ならば平然とコンタクトしてきそうなものだが。彼には、妙な芯《しん》の強さがある。

「残念ながら、我々にできることには限りがある」

オロフソンの口調は、いかにも悔しげだった。それも理解できる……おそらく彼は、昨日から一睡もしていないのだろう。その苦労が無駄になる――途中まで捜査した事件を取り上げられるのは、彼のようなベテランの警察官にとって、屈辱以外の何ものでもないはずだ。

「いろいろ……ご迷惑をおかけしました」

「いや」

「感謝します」

「彼女のことは――残念だった」

「俺はまだ、諦《あきら》めていません」俺はオロフソンの顔を正面から見据えて、即座に言った。

「彼女の車は見つかっていないんですから。無事かもしれないでしょう」

オロフソンも俺を見返してくる。しかし、彼の目は空洞のようだった。馬鹿なことを……あり得ない……それを言わないのは、彼の優しさだったかもしれない。


俺は当面の雑用に追われた。ゴルフを空港近くのレンタカーショップに返却し――当然一悶着《ひともんちゃく》あった――牧の車でサボイホテルまで送ってもらう。もしかしたら部屋が荒らされているのでは、と懸念したが、パソコンも含めて荷物は無事だった。ほっとして、一瞬気が抜ける。同時に唐突に空腹を覚えた。しばらく何も食べていないのだから、当然だろう。

「食事しませんか?」

「食べられますか?」牧が意外そうに言った。

「エネルギーが切れかけてます。本当は、おかゆか何かがいいんだろうけど、そうもいかないでしょう」

「コペンハーゲンまで戻れば、うちの家内にでも準備させますがね」

俺は牧の顔をまじまじと見た。彼は、あまりにも親切過ぎるのではないだろうか。会うのは二度目……二度とも、あまりいい状況下ではない。彼の方では「借りがある」と思っているかもしれないが、それでもいきなり自宅に招くのはあり得ない。

「それまで持ちそうにないです。何でもいいから、この辺で食べましょう」

「何か、当てはありますか？」部屋のドアに向かいかけながら、牧が訊ねる。

「駅の構内に、いくらでもレストランがありますよ……味は期待しない方がいいでしょうけどね」

結局俺たちは、バーガーキングに落ち着いた。ここにもアメリカ資本が……と馬鹿にしていたのに、今はむしろ、こういう何でもない没個性的な食べ物がありがたい。ワッパーを頼み、コーヒーで流しこんでいるうちに、何とか胃も気持ちも落ち着いてきた。牧は、巨大なワッパーを持て余している様子だったが。

「あなた、コペンハーゲンの警察の事情聴取を受けたら、すぐに帰国して下さい」牧が唐突に言い出した。

「帰国？　どうしてですか」

「危険だから。私の方でお手伝いしますよ。これも邦人保護です」

「それはできない」俺は即座に断った。

「どうしてですか？」

「里香が……この近くにいるかもしれない」

「怒らないで下さいよ」牧が、用心するようにワッパーの包みをテーブルに置いた。

「怒る気力もありませんよ」俺は肩をすくめた。「非常に厳しい状況だと思います。車は海に転落したんですから……それはお分かりいただけますね？」

「分かってます」うなずきながらも、俺は語気を強くした。「でも、まだ彼女が見つかったわけじゃない。俺は最後まで、諦めたくないんです。それに、この謎《なぞ》を放っておくわけにはいかないんだ」

「気持ちは分かりますけど、あなたが個人でどうこうできる問題じゃありませんよ」

「いや……」可能性はある。俺はタブレットの写真を持っているのだ。タブレットそのものではないが、内容を読み取ることは可能だろう——解読できれば、だが。つまり今後、誰かが俺に接触を試みてくる可能性もあるのだ。自分が囮《おとり》になることで、事件の真相に迫れるのではないか。それにこのまま帰国すると、災厄を日本に持ちこんでしまいそうな気がする。

「あなたはスーパーマンではない。腕の立つカメラマンであることは間違いないですけどね……あなたの写真集、買いましたよ」

「それは、どうも」驚いて、俺はつい無愛想に言ってしまった。確かに俺は、何冊か写真集を出している。しかしどれも、一般の人が好んで買うようなものではない。「物好きですね」とつい皮肉をつけ加えてしまった。

「私は写真の技術的なことは全然分かりませんけど、中身は、ね……あなた、辛《つら》い人の顔ばかり撮っていて、辛くありませんか？」

「辛くても人は笑うんですよ」

ふいに思い出す。二冊目の写真集――それこそ、俺と牧の関わりができたイラク取材の素材をテーマにした写真集のタイトルは、『笑顔』だった。俺はまったく別のタイトルを考えていたのだが、編集者が自分のアイディアをごり押ししたのだ。今になって考えれば、これ以上ぴったりくるタイトルはないのだが。表紙からして、満面の笑みを浮かべる子どもである。

「そうなんですよね……つい忘れがちだけど、人はどんな時でも笑うんですよね」牧も同調した。「とにかくあなたは、カメラマンだ。警察関係者でも公安関係者でもない。今回、背後にどんな陰謀があるかは分かりませんが、下手《へた》に手出しすると、火傷《やけど》しかねませんよ……火傷で済めばいいけど」

俺は思わず唾《つば》を呑んだ。現実感がない――爆風、吹き飛ばされたシトロエン、目の前で、ゆっくりと墜落していくヘリ。全てを、映画館のスクリーンで観ているような感じだった。しかし間違いなく、俺はこれまでの人生で一番死に接近した。

「抜けるわけにはいかないんです」

「気持ちは分からないでもないですが、素人《しろうと》が手を出していい問題じゃありません――素人なんて言って申し訳ないですが」

「いや、間違いなく素人ですよ」俺はすぐに認めた。自分はスーパーマンだ、などと思う気は一切ない。素人が国際謀略の世界に巻きこまれ、悪を退治して平和をもたらす——そんなのは、それこそ映画の中だけの話だ。

「分かってるなら、本当に……邦人保護の観点からも、誰にも怪我して欲しくないんですよ」

俺は口をつぐんだ。手に持ったワッパーが、急に汚らしいものに見えてくる。ゆっくりとトレーにおろし、一つ溜息をついた。牧という人間を、今は信用できる気がする。大使館員として「余計なことはするな」と忠告するのも当然だろうとは思った。しかし……

「イエス」とは言えない。最大限の譲歩として、俺は軽くうなずくに止《とど》めた。

「分かってもらえればいいんですけどね」牧が吐息をついた。「これからのスケジュールですが、デンマーク警察の事情聴取は避けられません。その後できるだけ早く、デンマークから直接帰国できるように手配しますから」

「こっちで仕事もあるんですけどね」カレンダー撮影の話はまだ生きているのだ、とぼんやりと思い出す。このタイミングでロケハンをしておかないと、実際の撮影に間に合わない。

「仕事？」牧が眉《まゆ》を吊り上げた。「今は、それどころじゃないでしょう。大人しく、家でネガの整理でもしていて下さい」

「今はネガなんか、ありませんよ」

「失礼」顔を赤くして、牧が拳《こぶし》の中に咳払いをした。「とにかく、そういうことです。怪我もしているんですから、きちんと治療して、リハビリして。それと、あなたの名前は表に出ないようにしてあります。現場にはいなかったことになっているので、そのつもりで」

「表？」

「新聞記者なんかに追いかけられたら、面倒臭いでしょう。ついでに言えば、余計なことは喋《しゃべ》って欲しくないし」

「……私の方から、進んで喋るかもしれませんよ。あちこちの週刊誌に顔も利きますから。こういう話は、すぐに買ってもらえるでしょうね」

「おやめいただきたい」牧が顔をしかめる。「これは明らかにテロです。余計な情報が流れると、テロリストを利することになるかもしれないし、あなたの命に危険が及ぶ可能性もありますよ」

「そういうのは全部承知の上です……分かってますよ。俺は何も、死にたいわけじゃないから。何をすれば危険かぐらいは、経験からも分かります」

「それならいいですけどね」牧が安心して表情を緩めた。ゆっくりと左腕を持ち上げ、腕時計を確認する。「さすがに今日は無理でしょうけど、最短なら明日、遅くても明後日にはデンマークを離れられるように手配します。取り敢えず、今晩からの宿については心配しないで下さい」

「まさか、大使館で軟禁じゃないでしょうね」

「大使館には、あなたのようなお客さんを泊めるスペースはないですよ」牧が苦笑する。「予算の関係上、大したホテルは用意できませんけど、我慢して下さい」

「ホテルとも言えないようなホテルに泊まったこともありますから」俺は、里香と話したイラクのホテルを思い出していた。「ホテル」の看板を掲げていたが、あれは日本なら「詐欺《さぎ》」と罵《ののし》られてもおかしくない。「余計な気遣いは無用です。自分のことは、自分で面倒を見られますから」

「だから心配なんですよ」牧が真剣な表情で言った。「あなたは他人のアドバイスを拒否して、勘違いしたまま暴走しそうな気がしましてね」

簡単に読まれている。俺はそんなに薄っぺらい人間なのだろうか、と心配になった。

　コペンハーゲンの警察は、巨大な冷蔵庫のような真四角の建物だった。正面から見ると、灰色のコンクリートの塊《かたまり》。ほぼ一ブロックを占めており、どこか近寄りがたい雰囲気《ふんいき》を醸《かも》し出《だ》している。牧の先導で中に入ると、古い石造りの建物に特有のひんやりと湿《しめ》った空気が、体を蝕《むしば》むようだった。

通されたのは半地下式の部屋で、鉄格子がはまった窓があるものの、陽は射しこまない。既《すで》に夕方近いのだ、と改めて思った。

俺は牧の立ち会いの下、モーテンセンと名乗る警部から事情聴取を受けた。俺とさほど年齢が変わらないように見える、がっしりした体躯《たいく》の男で、ひどく無愛想だった。極めて事務的に話し、一切個人的な感想を差し挟まない。事情聴取は二時間にも及び、最後にはさすがに俺も疲れ切った。今にも瞼《まぶた》が閉じそうになり、言葉が出てこなくなる。モーテンセンが初めて、同情するような表情を浮かべたが、「最後に一つ」とつけ加えてきた。「最後」という言葉に反応し、俺は意識して背筋を伸ばした。

「そのタブレットだが……あなたの恋人が、マルメであなたから奪っていった——それは間違いない？」

「そう思います。ただ、本人に直接確認する機会はなかったので、確証はない」

「なるほど。確認しようもなさそうだな」

「……一つ、聞いていいですか」質問が一段落したと判断して、俺は訊ねた。

「どうぞ」モーテンセンが両手をさっと広げる。

「スウェーデンでは、警察は捜査しないことになったようです。デンマークでは、警察が担当するんですか？」

「それは、色々な事情があるので、この場では説明できない」にわかに、モーテンセンの表情が強張《こわば》る。「あなたが気にすべき問題でもないと思います」

終了。また余計なことを言ってしまった、と後悔しながら、俺は警察の建物を出た。完全に夜になっており、重い冷気に身を包まれる。

「あなたは、まずいタイミングでいらないことを言う悪癖があるようですね」牧が軽く非難した。

「失礼。好奇心は生来のものなので」

「時には、性癖を抑える必要もありますよ」

「ご忠告、どうも」

「……では、ホテルに行きましょう。送りますから」

「ええ」

車に乗りこもうとした瞬間、スマートフォンが鳴った。エリクソンだった。テロ対策特別班は、ストックホルムの一件と合わせてこの件を捜査するのだろうか、と俺は訝《いぶか》った。

「えらい目に遭《あ》ったそうだが」

「ああ」

「怪我は？」

「大したことはない」

「マルメから、だいたいの事情は聴いた」

「オロフソン」ではなく「マルメ」か。それで、スコーネ地方に対するエリクソンの本音が読めたような気がした。個人の名前を挙げるまでもない――ド田舎《いなか》。

「もう一度説明しろ、というのは勘弁してもらえるかな」俺は思わず泣き言を零《こぼ》した。「今、デンマークの警察でみっちり絞られたばかりなんだ」

「その報告は、いずれ俺の方にも上がってくるから、今すぐ話してくれなくてもいい」

「一つ、教えてくれないか」

「何だ？」

「この件、あんたはいったいどういうことだと思ってるんだ？」

エリクソンが黙りこんだ。まったく分かっていないのか、判断を保留しているのか、気配からは読み取れない。

「申し訳ないが、あんたに話せるほどの材料はない」

「そうか……」

「引き下がるのか？」意外そうにエリクソンが言った。「あんたは相当しつこい男だと思っていたが」

「俺も学習するんだ。いくら頑張っても、どうしようもないことがある。それに、警察だって全てを知っているわけじゃないはずだ」

挑発だった。むっとして情報を漏らすのではないかと思ったが……エリクソンはプロだった。多少の侮辱では、口は滑らないようだ。

「とにかく、現段階ではあんたに話せることは何もない」

「分かってる……」俺は引き下がらざるを得なかった。話さないと決めた警官の口を割る以上に難しいことは、世の中にはほとんどない。

「申し訳ない」電話を切って、俺は牧に詫びた。「お待たせして」

「いえ」牧は、どこかそわそわしていた。「今話していた相手は？」

「ストックホルムの、テロ対策専門の警察官」

「ああ……」

「ＩＬＬが爆破された時から、情報交換をしている。今も……それだけです」

「そうですか」

牧が疑わしげな視線を向けてきた。俺は思わず目を逸らし、車に乗りこんだ。狭い市街地を車が走る間はずっと、頬杖《ほおづえ》をついて視線を外に向けておく。このまま牧と話していると、本音をぶちまけてしまいそうだった。それを彼が知れば……後々非難の対象になるかもしれない。どうして止められなかったんだ、と。

俺は止まるつもりはない。

この一件の背景にあるもの全てを知りたい。それは本能としか言いようがなかった。それに、里香の供養にもなるはずだし。

供養――そう考えた瞬間、大声で叫びたくなった。認めたくはないが、認めなければならないかもしれない事実。両手で頭を抱え、きつく締めつけるようにして、余計な考えを封じこめる。

救いになったのは、二本の電話だった。里香の両親、そしてＩＬＬの所長ラーションから。二人とも、里香と同じぐらい俺のことを心配してくれていた。心は痛んだが、頭を締めつけられるような苦しみを、少しは忘れることができた。二本の電話が終わったタイミングで、牧の車がホテルの前に停まる。牧の手を煩《わずら》わせず、自分でスーツケースを車から下ろし、チェックインするためにホテルに入った。ベルボーイに奇異な目で見られたが、これはダウンジャケットがおかしなことになっているからだろう。部屋に荷物を置いたら街に出て、新しいジャケットを探そう。

牧が、ロビーの中までついて来た。俺は振り返って苦笑し、「おむつまで替えてもらう必要はありませんよ」と言った。

「そうですか」言ったものの、牧はその場を立ち去ろうとしなかった。まだ何か言いたげだったが、視線があちこちを彷徨《さまよ》い、気持ちが定まらない様子である。

「何かあるんですか」俺は思い切って訊ねてみた。

「あなたに対しては、負い目のような気持ちがある、と言ったと思います」

「だけど、古い話ですよ」俺は耳の後ろを擦った。「だいたいあなたは、もう十分よくしてくれたじゃないですか。仕事の枠を超えていたと思う」

「こういうのは、人それぞれで感じ方が違うと思うんですが……ちょっと調べてみたんですけどね」

「何をですか？」

「こちらを」牧が尻ポケットから財布を抜き、一枚のメモを手渡した。広げてみると、「城南《じょうなん》大学文学部考古学科　竹入光俊《たけいりみつとし》」の名前と電話番号が書いてある。電話番号は、「1」が末尾に四つ並んでいることから大学の代表番号だろうと推測できた。

「これは？」俺はメモから顔を上げ、牧の目をまじまじと見つめた。

「一連の事件の背後に、ラガーン人の問題がある、という話でしたよね」

「それも仮説だけど」

「ラガーンは、シュメルの末裔と名乗っている」

「そうらしいですね」

「その竹入教授は、日本におけるシュメル研究の第一人者で、中東情勢にも詳しいそうです。もしも背景が知りたいなら、その人に話を聞いたらどうですか」

「どうしてそんな情報を俺に？」

「だから、負い目です」

いつまで負い目を抱き続けるのか、と確かめたくなった。俺に対する事情聴取は、牧にとってはあくまで単なる仕事のはずである。どんな嫌なことでも、個人で責任を感じるべきものではないような気がした……しかし、本人が感じているというなら、否定もできない。俺は話題を変えた。

「そんな人がよく分かりましたね。警察の業務として把握しているんですか？」

「まさか」牧の顔が皮肉に歪む。「私も知りませんでしたが、狭い世界なんですね。日本で、シュメル関係を本格的に研究している大学は、五つか六つしかない。文明発祥の地なのに、不思議な話ですよね？」

部屋に荷物を置いた後、俺はコペンハーゲンの街に彷徨い出した。夕食、そしてできたら新しい上着――しかし、上着の方は早々に諦めざるを得なかった。ファッション関係の店は、閉店が意外に早い。

上着の調達は明日に回すことにして、とにかく今は夕飯だ。空腹を感じるのは悪いことではないのだし……コペンハーゲンと言えば、オープンサンド。川沿いにあるカフェに落ち着き、ミネラルウォーターと一緒に料理を頼む。ほどなく出てきたオープンサンドの具材は、スモークサーモン、チキン、ローストビーフにエビ。色も鮮やかで、ディルの爽《さわ》やかな香りが絡《から》みつき、久しぶりに人間らしい食事をしている気分になった。

窓からは、街の様子がよく見える。この辺は飲食店の多い賑《にぎ》やかな一角で、遅い時刻になっても、道行く人の数は一向に減らなかった。かなり寒いのに、外の席で食事を摂りながら談笑している人も少なくない。この陽気だと、温かい料理はあっという間に冷めてしまいそうだが。

既に街はすっかり暗くなっているが、建ち並ぶ建物が、スウェーデンに比べてずっとカラフルなので、街自体の雰囲気も明るい。薄い紫、濃い黄色、明るい茶、緑……統一感があるようでなく、しかしそれ故、街に華やかな色合いを添えていた——普段の俺なら、そんな風に考える。街そのものの写真を撮ることは少ないのだが、この街には、レンズを向けたくなる色気があった。しかし今は、カメラを触りたくもない。

牧がくれたメモを広げる。彼は、既にこの教授と接触したのだろうか……いや、そこまでの時間はなかったはずだ。名前と連絡先を割り出してくれただけで御の字だし、彼に話を聞くのは俺の仕事だ。

ただし、すぐに電話してみる気にはなれなかった。

理由は——背景を知ることで、自分がさらに深く一連の事件に足を突っこむことになるかもしれないからだ。里香のために何とかしなければと思う反面、深入りを恐れる気持ちもある。本能は、「危険だ」と告げていた。この本能に従い、俺は今まで何度も命拾いしてきた。

それでも——危ないと分かっていても、やらざるを得ない時がある。

4……………ラガヌ

「知識と平和を」

「知識と平和を」

甥《おい》のレオの声は、いつ聞いても耳に心地好い。天性の声の良さは、指導者にとってまさにマルドゥク神の贈り物だと、ザリーは思う。自分もそうだった。レオの声は深みがあり、なおかつ通りがいい。まったくこいつは……もしもアメリカで生まれ育っていたら、俳優になっていたかもしれない。エキゾティックで彫りが深い顔だち、そしてこの声。恐らく、若くして頂点に上り詰めただろう。しかしレオは今、イラクにいる——近い将来のラガーンの指導者として。ありがたい話だ。

狭いザリーの家は、常にどこか埃《ほこり》っぽい。結局は土だけでできた家だし、造りも雑だ。ただ、ザリーは住まいの快適さへの興味など、とうになくしていた——というより、この埃っぽさこそが快適だ。若い頃にはニューヨークで暮らしたが、コンクリートとガラスでできた街で感じた居心地の悪さは、あそこを離れる日まで消えなかった。

狭いテーブルに向き合って座る。ザリーはレオのために紅茶を淹れた。蜜を少し加えるのが、ラガーン人の好みである。レオが礼儀正しく礼を言い、茶を一口啜《すす》って表情をほころばせた。

「私の好み、ちょうどいい濃さですね」

「そういうのは忘れないものだ」ザリーは微笑《ほほえ》んだ。小さい頃から、何百回、この優秀な甥のためにお茶を用意してやっただろう。ラガーンの習慣では、お茶は非常に大事なものである。イラクにおいては貴重なものでもあり、それ故、その場の最年長者が責任を持って振る舞う、という決まりができていた。当然ザリーは、茶を淹れる腕には自信がある。

「情勢は」

茶を楽しむ時間が過ぎると、ザリーは本題に入った。レオがすっと背筋を伸ばし、傍《かたわ》らに置いたノートパソコンをザリーに向ける。小さい画面が見辛い……自分も年を取ったものだ、と嫌気がさしてきた。

画面は、地図を映し出していた。スウェーデンのストックホルムとマルメ、そしてマルメとコペンハーゲンを結ぶオーレスン・リンク。何か所かに、赤いバツ印がついている。

「これが、跳ねっ返りどもが騒いだポイントか」

「ええ」レオの顔が歪む。

「ロシアとの件は、問題になる」

「承知しています。今、状況を調査中です」

「奴らは、ロシアから何機、ヘリを仕入れたんだ」

「現在分かっているのは、二機……一機は、オーレスン・リンクで墜落しました」

「そんなことをしたら目立って仕方がない」ザリーは鼻を鳴らした。「何とかするんだ。早く抑えつけないと、ラガーン自体が誤解を受ける」

「現実には難しいかと。起きてしまったことは消せません」

そんな弱気でどうする、とザリーは怒りを覚えた。しかし次の瞬間には、レオは極端な現実主義者なのだと思い直す。できないことを「できる」と偽り、人を喜ばせるようなことはしない。ザリーは心の中でマルドゥク神に祈った。怒りは、ラガーン人が最も嫌う感情である。己の愚かさを恥じ、心の平静を願って許しを乞う。

「バリだな？」言って、ザリーは溜息をついた。

「ええ」レオの顔に陰が射す。

「この件については、申し訳なく思っている。お前たちを争わせるつもりは、毛頭なかった」

「争ってはいません」レオが、ザリーの言葉を否定し、茶を一口飲んだ。「私はあくまで、マルドゥクの教えに従って生きているだけです。バリたちは、それを拡大解釈している」

「正しい経典のない宗教の悲劇だ」

「それが我々の弱みです」

レオの切り返しに、ザリーはうなずくしかなかった。ラガーンの宗教は極めて特殊なもので、半ば失われたものと言っていい。正しい経典はなく、伝承——二千年ほど前にまとめられた「ホリウィル」だけだ。ただしこれは、宗教儀式について記載されたものではない。荒野の中で生き抜くための手立て、そしてバビロンが失われた経緯などが書かれているだけである。最初は楔形文字で書かれたとされているが、オリジナルは残っていない。後にはアラム文字、さらにアラビア文字、現在ではアルファベットのバージョンもあるが、マルドゥク神の教えは、本来ラガーンが持っていた楔形文字で記されるべきものである。しかしラガーン人は、長い放浪生活の中で楔形文字の読み書き能力を失っていた。

ザリーは現実主義者であるから、四千五百年も故郷を離れている間に、宗教本来の教えが失われてしまうのは当然だと思っていた。今自分たちが唱えるマルドゥク神に対する祈りも、四千五百年前と同じものかどうかは分からない。しかしバリたち過激派は、ホリウィルで伝えられた教えを自分たちに都合のいいように拡大解釈し、強引に話を進めようとしている。

ラガーン全体に絶大な影響力を持つザリーでも、この動きは止められなかった。

「もう少し早く気づいて、動いていればよかったな」

「終わってしまったことを後悔しても、仕方がありません」

レオの声に揺らぎはない。何と頼もしい若者かと気持ちを強く持てる反面、彼が今後苦しむだろうと考えると、申し訳なく思う。彼には、もっと別の方向で腕を振るって欲しかった。まさか、民族が二つに分裂しかねない状況に巻きこまれるとは……ザリーは立ち上がり、茶を淹れ直した。

「ザリー師、少し歩きませんか」レオが立ち上がる。

「構わないが……」ザリーは最近、膝《ひざ》に痛みを抱えている。年が年だから仕方がないと思っているが、動くのが面倒になっているのは事実だ。しかしレオは、この家を訪ねて来ると、必ずザリーを散歩に連れ出す。歩かないとますます膝が弱くなると思っているのだろう。なかなか厳しいリハビリなのだが、老いては若い者に従うべきだと思う。

二人はザリーの家を出て、埃っぽい街を歩き始めた。戦禍からの回復は順調で、サッカー場には、青々とした芝生が蘇っている。舗装されていない道路端では、牛が三頭、ゆらゆらと尻尾《しっぽ》を揺らしていた。この道を五分ほど歩くと、ラガーン政府庁舎——目印は三角形を円で囲んだシンボルだけだ——の建物がある。地上二階建て、何の特徴もない平たい建物だが、実はその中枢部は地下にある。地下は三階まで作られており、そこには「ホリウィル」に基づく教育を進める「教育部」、海外に住むラガーンの民をまとめる「在外部」などがある。在外部は、「トルキィ」で海外から送られてくる「上納金」の管理が主な仕事で、今では完全に電子化されている。ザリーが若い頃は、それこそ札束が集まる場所だったのだが、電子処理されるようになってからは、単にコンピューターが並んでいるだけだ。イラク戦争では多大な被害を受けたが、電子化しておいたが故に致命的な打撃は受けなかった。そこには「記録」があるだけで、しかも「記録」はいくらでもバックアップできる。たとえイラク政府が金の流れを追跡しようとしても、最終的には追い切れない。そうやって資産を蓄えるのが、何千年も前からのラガーンの生き残り方法だった。

ザリーが政府の仕事の一線を退《しりぞ》いてから、もう三年ほどになる。「責任と苦難は若者に」というのが、昔からのラガーンの変わらぬ教えであり、重要な仕事に就いている人間ほど早くに引退して、若い世代に重い使命を引き継ぐ。

ラガーン人は、そうやって生き延びてきた。それで全てが上手くいっていた。しかし今や、過激派の連中は、自分たちのコントロール下にない。もともとラガーン人は国を持たないし、イラクだけでなく世界各国に散って暮らしているから、求心力が育ちにくいのは事実だ。緩やかなつながりだけで何千年も経った後、遺跡の発見を機に「故郷を再建する」と強い口調で言われると、そちらに引っ張られてしまうのか。多くのラガーンの若者が過激派に直接参加しているし、年長者は金銭的援助を行っている。

看過できない状況だ。ザリーは、あまりにも急激な流れを堰《せ》き止《と》める方法を、毎日のように考えていた。そのために必要な右腕がレオである。ラガーンの正しき指導者として選んだ男——実子のバリではなく、その従兄弟《いとこ》。

レオは実際、有能だ。過激派を食い止めるとしたら、この男しかいまい。自分も知恵は絞るが、この状況ではレオのサポート役に回るべきだと思っていた。そのためにこうやって頻繁に会い、彼からの報告と相談を受けている。

引退したと言っても、ザリーは今でも日に一度は政府庁舎に顔を出す。助言が必要なことがあればそれを与え、そうでない時は若い連中と談笑して時間を潰す。今日はまだ顔を出していなかったから、そちらへ行くのかと思いきや、レオは政府庁舎を迂回《うかい》して、賑やかな街の中心部に向かった。

この街、ラガヌには、ラガーン人もイラク人もクルド人も住んでいる。ラガーンにとってはここが現在の「首都」でもあるし、最大の人口を抱える街なのだが、様々な民族は自然に溶けこんでいる。争いのない街——ここは何千年も放浪を続けてきたラガーンにとって、ある意味理想郷であった。

ただし、故郷はここではない。行くべき場所は遥か南にある。

「知識と平和を！」子どもたちが、ザリーに挨拶《あいさつ》して駆けて行く。ラガーンではなく、イスラムの子どもたちだ。ただしザリーにとっては、よく顔を合わせる近所の子たちに過ぎない。たまに菓子を振る舞うこともあった。

「知識と平和を」と子どもたちに言葉を返してから、ザリーは背中で手を組んだ。知識も平和も、この街にはある。異教徒同士が、ごく普通に溶けこんで暮らしているのがその証拠だ。

しかし、ここで甘んじていてはいけないのだ。帰るべき故郷はある——その一点においては、自分たちも息子のバリも意識は共通している。問題はやり方だ。自分が少し目を離していた隙に、バリはどうしてあそこまで過激化してしまったのだろう。

「アイラ・リンはやはり重傷のようです」レオが暗い声で言った。

「そうか……」ザリーは顎を撫でた。優秀な娘が、まさかこの一件に巻きこまれてしまうとは。ふいに怒りが突き抜ける。まさかバリが、アイラ・リンを傷つけるような行動に出るとは思わなかった。あるいはバリの行動原理は、アイラ・リンにあるのかもしれない。

男女の感情のもつれは、五千年前だろうが現代だろうが、トラブルの元だ。

ほどなく、商店が軒《のき》を連ねる一角に出る。この辺《あた》りも、イラク戦争では多大な被害を受けたのだが、いつの間にか賑わいが復活していた。人間とは愚かだが、強い生き物だとザリーは思う。自分が住む街、愛する街を簡単に放棄《ほうき》はしない。そこにこだわれなかったのが、自分たちの——自分たちの先祖の弱さだ。

「スウェーデンに飛んだらどうだ。アイラ・リンの見舞いに行ってきたら」

「残念ながら、今はその余裕がありません。事態は急速に変化しています。今、ここを空けるのは危険です」

「世界中どこにいても、連絡は取れる時代だぞ。アイラ・リンも、お前が顔を出せば喜ぶだろう。回復も早くなるはずだ」

「いや、私はここにいます」レオが決然とした口調で言った。「以前にも申し上げた通り、我々は上手くバリを欺《あざむ》きました。先手を取って、一歩先を行くためには、私がここにいて全ての情報を把握し、事態をコントロールする必要があります」

「そこまで頑《かたく》なにならなくても、仲間を信じればいいではないか。優秀なスタッフがいくらでもいるだろう」

「マルドゥク神の名にかけて、私が自分でやらなくてはならないことがあります」レオは強硬だった。

この辺の頑固さは、息子のバリそっくりだ。我が家系に共通する性癖かもしれない、とザリーはかすかに苦笑した。それが原因で、従兄弟同士が争うことにもなっているのだが。

「分かった。私は既に一線を退いた人間だ。何か言う権利も義務もない」

「そのことなんですが……実は、ランダ師がお話があると」

「ランダが?」ザリーは足を止めた。ランダは、ザリーが引退した跡を継いだ、現在のラガーンの最高指導者である。明確な宗教体系を持たないラガーンだが、過去の伝説、そして預言を伝える存在として、教育部の指導者たちは「師」の尊称で呼ばれる。昔だったら――マルドゥク信仰が体系化されていた時代だったら、神官と呼ばれていたはずだ。今はせいぜい、「教師」の意味しか持たない。

「事態は急速に動いていて、予断を許さない状況である。あなたの知恵と経験をまたお借りしたい、と」

「ラガーンの全てを決めるのはランダだ。彼がそう望むなら、私は従うだけだ」

ランダも小物だな、とザリーは密かに舌打ちした。確かに今回の一連の事態は、五千年に及ぶラガーンの歴史の中で、「バビロン脱出」に次ぐ大きな出来事だろう。一人の判断で、無事に乗り切れるとは思えない。だいたい、ラガーンが、穏健派と過激派に分裂するなど、少し前だったら考えられなかった話なのだ。

「理はこちらにあります」レオが言い切った。「バリたちが武器の威力に溺《おぼ》れている間に、手も打ちました。最終的には、我々がまた主導権を取り戻せると思います。本来の計画――もっと慎重な歩みで進める方向に、戻れるはずです」

「勝てる、と」

「勝ち負けでやっているわけではありません。バリたちにも、我々本来の姿を思い出してもらいたいだけです。彼らは今、ロシアに踊らされているに過ぎません」

「石油の力には、恐るべきものがあるな」ザリーもうなずいた。「ロシアの覇権主義は、できるだけ敬遠したいものだが……」

「仰る通りです。ですからここは是非、ランダ師に力をお貸し下さい」

「全てを決めるのはランダだ」ザリーは繰り返した。「彼が決めたなら、私は従うだけだ……膝が心配だが」

「新しい薬を手配しますよ。最近、イギリスで、関節痛に効果的な新薬が開発されたようです」

「結構、結構。膝さえ何とかなれば、もう少し力を出せるだろう」

「ご面倒をおかけして申し訳ないんですが」レオが立ち止まり、さっと頭を下げた。

「なに、大義のためだ」

うなずき返し、ザリーは少し大股に歩き出した。そう、膝の痛みさえなければ、まだまだラガーンの民のために奉公《ほうこう》できる。

もはや個人のことなどどうでもいい。今、ザリーがやるべきは、ラガーンの民のために自分の全てを捧げることだ。

5……………コペンハーゲン

日本との時差は七時間。俺は部屋に籠り、ひたすら待った。いくら何でも、朝七時に電話をかけるわけにはいくまい。

疲れてはいたが、眠気《ねむけ》はなかった。俺は荷物の整理をして時間を潰した。バックアップしていたものも含めて、タブレットのデータはすべて無事なので一安心する。あとは、このデータをどう使うかが問題だが、今のところ、何も思い浮かばない。

こちらの時間で午前二時になるのを待って城南大に電話をかけ、竹入教授の研究室を呼び出してもらう。呼び出し音が鳴る間、俺は深呼吸しながら最初の一言を考え続けた。竹入がどういう人間か分からないので、第一声は極めて重要である。機嫌を損ねず、しっかり話してもらうためにはどうしたらいいか——まずは、いい印象を与えるのが大事なのだが……俺は無口ではないが、口が上手い方ではない。人を持ち上げて、いい気分にさせることは——特に電話では自信がなかった。

「はいはい、竹入です」

どんな人かと緊張していたのだが、ごく気さくな口調だったので気が抜けてしまう。まるでどこかの商店主が、店先で客に応対している感じだった。

「鷹見正輝と申します」

「鷹見さん？　知り合いではないですね？」

「ええ。初めてお電話します」

「はい、ではまず名前の説明を」急にてきぱきとした口調になった。「タカミは、『高い』に『見る』かな？」

「いえ、鳥の『鷹』に『見』です」

「これはまた、ずいぶん格好いい苗字ですね。下の名前は？」

「『正しい』に『輝く』です」

「なるほど、なるほど」

短い沈黙。もしかしたら、俺の名前をさっそく住所録に刻んでいるのだろうか、と俺は訝った。だとしたら、結構――相当変な感じではある。初めて電話で話す人の名前をいきなり記録するのは、用心のためなのか、あるいは何か別の目的があってのことか。

「鷹見正輝さん、ね」突然竹入の声が電話口に戻ってきた。「もしかしたら、カメラマンの鷹見さん？」

「ご存じなんですか」

「いや」

何だかからかわれているような気分になってきた。ベッドの上に座った俺は、思わず傍らに置いたカメラに触れた。この硬い感触は、いつでも気分を落ち着かせてくれる。

「今、ネットで検索しました。いきなり電話がかかってきたら、普通は何者かと思うでしょう？」

「ええ」やはり用心深い人なのだ、と判断した。

「今写真を見てるけど、あなた、ずいぶん凶暴な顔をしてますね」

「髭のせいだと思います」

俺の写真をネットで検索すると、出てくるのは髭面が多い。実際、人相はあまりよくない。

「なるほど。後で髭《そ》を剃った画像に加工してみますよ」

笑っていいのかどうか分からず、俺は沈黙した。やはり、相当変な人なのだろうか……

しかし気を取り直して、本題に入る。

「実は今、デンマークにいます」

「何と、まあ。世界を股に駆け巡る戦場カメラマンということですか？　デンマークでテロでも？」

「正確に言えば、お隣のスウェーデンで……スウェーデンとデンマークをつなぐ橋の上でテロが起きました」

「そんな話、あったかな」

「日本では話題になっていないんですか？」極めて異常な事件だから、日本のマスコミも飛びつくと思っていたのだが。

「私はニュースをほとんど見ないのでね。何しろ扱っているのが古いものばかりだから。古文書を見ていると、新しい出来事に興味がなくなるんですよ」

「はあ」

「だから、世界で何が起きているか、ほとんど知らなくてね……ところで、著名な戦場カメラマンが、私に何の用ですか」

正確には戦場カメラマンではないのだが、俺は敢えて訂正しなかった。こんなことで貴重な時間を無駄にするわけにはいかない。

「実は、先生のお知恵を借りたいことがありまして……先生は、シュメルの専門家ですよね」

「日本では数少ない、ね」竹入が皮肉っぽい口調でつけ加えた。「いったい何事ですか？　ちょっと想像もつかないな……」

「実は、古い遺跡から発掘された文書の関係で取材をしていまして……取材というより、もう少し個人的な事情なんですが」

「なるほど」

「勝手にお願いして申し訳ないんですが、その辺の事情ははしょらせていただいていいですか？　説明するだけでも、時間がかかるんです」

「それはあなたの事情だから、好きにしてもらっていいですよ」

物分かりがいいのか、単にこだわりがないだけなのか、分からなくなってきた。だが、話好きなのは間違いない。俺は躊躇わず、本題に入ることにした。

「ラガーンのことを知りたいんです。先生は、中東情勢にも詳しいと聞きました」

「ラガーンね……ラガーン」初めて、竹入の口調に戸惑いが生じた。「申し訳ないけど、ラガーンの専門家など、日本にはいませんよ」

「先生も違うんですか？」

「もちろん。多少は知っていますけど、何というか……ラガーンについては謎が多過ぎる。あなたは、どこまで知っているんですか」

ラガーンに対する俺の知識は、ラーションから教えられたことがほぼ全てである。シュメルの末裔と主張し――声高ではない――実際、他の民族と関係性がないことは、DNA型の追跡から証明されている。そして、洪水伝説。一方で、国際金融界では昔から活躍し、隠然たる影響力を持っている。古代と現代が、奇妙な格好で融合しているようだった。が、基本知識は極めて乏しい。見栄を張っても仕方ないので、正直に打ち明けた。

「なるほど。教科書の第一章という感じですね」

「ただの入り口ですか……」ラーションもラガーンの専門家ではないから、この程度の知識しかないのは仕方がないのだろう。「実際、ラガーンがシュメルの末裔というのは、どこまで信じられる話なんですか」

「言った者勝ち、だろうね。何しろ、シュメル人がどこに消えたかは、まったく分かっていないんだから。シュメル文明とインダス文明の滅亡は、古代史の最大の謎ですよ」

「ラガーンがシュメルの末裔だということを証明する方法は、あるんですか」

「現在のところ、ないでしょうね」竹入が断言した。「ただし、バビロンの遺跡の近くで、まだ正体の分からない遺跡が発見されています。未調査だが、もしかしたらこれがラガーンの古代遺跡かもしれない……と言われているのは確かですね」

「ええ」この話はラーションからも聞いていた。確か、発見は五年ほど前である。

「城壁が見つかったんですよ」

「城壁？」

「中東の古代遺跡では、都市を囲む城壁と門は極めて重要なものです。もちろん、本当の中心は神殿だが、城壁は神殿を守るもの、門にはその神殿への入り口、という意味もあるからね。だから、城壁と門が見つかれば、そこに都市遺跡があるのは間違いないんですがね……まだイラク国内は混乱しているから、遺跡の調査にまで手が回らない。特に、まったく新しい遺跡だとね……あなたは、遺跡発掘についてはどれぐらい知っていますか」

「専門家を百とすれば、一ぐらいでしょうか。発掘現場に立ち会ったことはありますけど、どういう手順で作業が進むのかも分かりません」

「とにかく時間がかかるものなんです。埋《う》もれている物を一切壊さないで掘り出すのは、巨大な玉ねぎの皮を一枚ずつ剝ぐような作業ですからね。しかもこの薄皮は、土と泥で崩れやすい」

「そうですか……遺跡が出ていないということは、ラガーンの過去について分かっていることは、ほとんどないんですね？」

「過去につながるものと言えば、彼らの伝承ぐらいだね。ただ、ラガーンに関しては、積極的に調査している人間もいないから、謎の部分が多いんですね。国際金融界で活躍する人が多いから、知的レベルが高いのは間違いないけどね……時代はだいぶ違うけど、イスラエル建国前のユダヤ人をイメージしたら近いかもしれない。そうそう……ラガーンには、いつか故郷を再建しなければならないという伝説がある。これは彼らの聖典とも言える『ホリウィル』という書物に記されているらしい。ただ、私もその現物を見たことはないですけどね」

「故郷を再建、ですか……」洪水で故郷が流されたとしたら、願望も含めてそういう伝説が形作られるのは何となく理解できる。

「ああ。確か、ね。ただ、私はこの件について詳しいことは知らない。『ホリウィル』を読めば、もっと事情が分かるかもしれないけど、外部の人間が見るのは難しいそうだ。遺跡を正式に調査できれば何かが分かるはずだが、イラク政府は許可しないでしょうね。それどころではないから」

「遺跡を発掘したら、そこがラガーンの都だと証明できるんですか？」

「どうかな……神殿が見つかると、状況はラガーン人に有利になるかもしれない。彼らが信仰していた神の像を納めた神殿だとわかれば、伝承の信憑性《しんぴょうせい》は高くなるんじゃないかな」

「そうですか……」

「あるいは遺跡から粘土板でも出てくれば、より詳しいことが分かるはずだが。シュメルの行政記録は、相当詳細なんですよ」

粘土板、という言葉に俺は反応し、背筋がぴんと伸びた。問題のタブレットは既に失われてしまったが、遺跡を発掘すれば、ラガーンの秘密に迫ることができるかもしれない。

「バビロン文書というものをご存じですか？」

「いや」竹入があっさり言った。「何ですか、それは」

「そういう名前を聞いたことがあるだけです」どこまで事情を明かすべきか判断できず、俺は曖昧に答えた。「遺跡の発掘の可能性は……」

「今のところはないでしょうね。本当に、粘土板さえあれば、ねえ。私がすぐに読みますよ。日本国内で、楔形文字を読むことに関しては、私の右に出る人間はいないから」

「ラガーン人は、どんな文字を使っていたんでしょうか」

「四千五百年前に？　それは楔形文字じゃないかな。シュメル人なら当然楔形文字だし、そうじゃなくても、楔形文字を借りて自分たちの言葉を書き記していた可能性もある」

「そういうものなんですか？」

「自分たちで文字を発明できない場合、先進国……と言うべきかな、先に完成していた文字を拝借するのはよくあることですよ。そうでなくても、より優れた、使いやすい文字なら、そちらを使うようになる。アッカド、ヒッタイト、アッシリア……どこも、シュメル人が作った楔形文字を借用しました。我々日本人も同じですよ。中国生まれの漢字をアレンジして使うようになったわけですからね。日本人の場合は、さらにそこからひらがなとカタカナを生み出した」

「楔形文字は、古代のアルファベットのようなものですか」

「そうそう、そういう感じに近いですね」

「……ところで、松村里香という女性を知っていますか？　総合言語研究所で、楔形文字を研究しているんですが」

「ああ、もちろん」竹入の声は明るかった。「狭い業界だから、よく知ってますよ。確か今、ストックホルムのＩＬＬに派遣されているのではなかったですか？」

「ええ」ＩＬＬが爆破されたことすら知らないのか……この男は、本当に一切のニュースをチェックしていないのだろうか、と不安になってくる。ニュースで知らなくても、ＩＬの爆破に関しては、業界内の噂《うわさ》で伝わってきてもおかしくないはずだが。

俺は、事情の短縮版を説明した。竹入は途中から黙りこみ、相槌も打たずに聞いていた。

俺が話し終えると、「それは申し訳なかった」と唐突に謝る。

「先生が謝るようなことではないと思いますが」

「狭い業界の、大事な仲間だからね……ラガーンの件についてはちょっと調べてみますよ。もしかしたら、松村さんの行方《ゆくえ》につながるヒントになるかもしれないし」

彼女は海に消えた——俺は言葉を呑みこんだ。はっきりと結論が出るまでは、絶対に諦めたくない。

「お願いします」俺は、見えない相手に向かって頭を下げた。

「もう一つ理由を挙げるとすれば、やはりこういう件は、知的好奇心を刺激するんですね。こういうことを言うのは失礼かもしれないが……私から知的好奇心を取ったら、何も残らないので」

それは俺も同じだ。

里香を思う気持ち。それと同じぐらい、一連の事件の背後に何があるか知りたいと願う気持ちは強い。

6……………モスクワ

クソ寒い……ウォンは思わず首をすくめた。ウールのコートを着用に及んでいるが、十月下旬のモスクワの寒さは予想以上だった。ＣＩＡのエージェントとして、世界各国を訪れたことがあるが、実はモスクワは初めてである。この年になってもまだ「初体験」があると考えると感慨深いが……今はそんなことよりも、寒さが気になる。

だいたい、どうして外で会わねばならないのか。暖房の効いた場所が、いくらでもあるはずなのに……モスクワ川を挟んで赤の広場にも近い、ボロトン島にあるビクトリー・パーク。待ち合わせ場所は、噴水の前のベンチだった。空は曇って低く、冷気が足元に重く漂うようだった。巨大な噴水――水は出ていない――を取り巻くベンチに一人腰を下ろし、ウォンはコートのポケットに両手を突っこみ、体を丸めていた。時差ボケもあって強烈に眠い。このままあと三十分座っていたら凍死するだろう、とウォンはつい弱気に考えた。だいたい、ロシアに来たのが正しかったかどうか……本当は、一刻も早くコペンハーゲンに飛び、事件の背景を探るべきだった。モスクワからコペンハーゲンまでは近いから、大した寄り道にはならないだろうと考えていたのだが、完璧《かんぺき》に判断ミスだ。

公園の木々はまだ葉をつけているが、既に枯葉もだいぶ散っている。風が吹き抜け、足元でかさかさと枯葉が舞った。ウォンはぶつぶつ文句を言いながら、座ったまま足踏みした。少しでも体を動かしていないと、固まってしまいそうである。何とか左手をポケットから引き抜き、腕時計で時間を確認する。待ち合わせた相手は、既に十分遅れていた。

「どうも」

声がしたのは、それからさらに五分が経ってからだった。怒りの表情を浮かべて顔を上げると、視界に入ったのはスターバックスのコーヒーの巨大な容器である。相手は申し訳なさそうに、カップをウォンに手渡した。

「ラテでよかったですか？」

「もちろん。シロップは？」

「ご指示の通り、ヘーゼルナッツシロップを」

ウォンはようやくにやりと笑った。喉に絡みつくように甘いヘーゼルナッツのシロップは、スターバックスのカフェラテを飲む際の友である。ウォンはすかさずラテを啜った。熱く甘く、寒さで固まりかけていた体が少しだけ解《ほぐ》れる。

「もう少しで、相手が来ます」

モスクワ在住のエージェント、ウォーレン・ヘクターが、ウォンの隣に腰かけた。電話では何度も話したが、これが初対面。CIAでは、こういうことは珍しくない。エージェントは世界に散っているから、本部で顔を合わせないまま互いのキャリアを終えることすらある。一方で、完全に初対面の相手と、海外で極めて重要な仕事を一緒にすることもある。今回の重要度は……五段階で三程度だろうか。しかし今後の展開によっては、すぐに四にも五にもなる。

「信頼できる人間なのか」

「それは、話して判断していただかないと」

「ロシア人の表情は読めないんだよ」ウォンは弱音《よわね》を吐いた。

「アメリカにも滞在したことのある人間ですから、多少は……酒を呑むと変わりますけどね」

「ロシア人の酒につき合う気はない。知ってるか？　東洋人のアルコール分解能力は、西洋の人間に比べてずっと劣っているらしい」

「それは、私には何とも……」ヘクターが肩をすくめたが、すぐに真顔になった。「来ました」

ウォンは顔を上げた。ロシア人によくいる、熊のような体格の男を想像していたのだが、こちらに向かって来るのは、若くスリムな男だった。クソ寒さにも慣れているのか、薄いコットンのジャケットを羽織っているだけで、まったく平気な表情である。左手にブリーフケース、右手には、やはりスターバックスのカップ。一瞬立ち止まり、ヘクターに向かってうなずきかけた。ヘクターが立ち上がり、彼にベンチの席を譲る。男は平然とウォンの横に座り、カップを軽く掲げて見せた。乾杯のつもりか……と少し白けた気分になる。

「ミスタ・アンドレイ・ベルコフ」ウォンは先に声を上げた。ロシア人の名前に「ミスタ」をつけるのはありなのかなしなのか……まあ、いいだろう。向こうは英語が堪能だと聞いているし。

「最近のジャイアンツの強さの原因は何でしょうね」

唐突にスポーツの話を持ち出され、ウォンは戸惑った。ジャイアンツは……野球の方か、それともフットボールか？

「私、以前サンノゼに住んでいましてね。もうずいぶん前ですが……その頃のジャイアンツは、さほど強くなかった。いや、はっきり言って弱かったですね」

ベルコフは、まだ三十代にしか見えない。ＧＲＵ——参謀本部情報総局の職員だということは分かっているが、アメリカにいたのは何歳ぐらいの時なのだろう。

「どうせなら、私がいる頃に、今の状況だったらよかったですね」ベルコフの英語には、ほとんど訛《なま》りがなかった。

「まあ、最近はあまりにも強過ぎて、他のチームのファンが白けていますよ」ウォンは、準地元チームというべきナショナルズに肩入れしている。

「ジャイアンツの勝ち方は、ほぼ王朝という感じですね」

ウォンは無言でうなずいた。大リーグでは時折、あるチームがリーグ全体に君臨するような強さを発揮することがある。五〇年代のヤンキースとか、七〇年代のレッズとか。そして確かにジャイアンツは、現代において「王朝」に最も近い存在だろう。

——ジャブの打ち合い、終了。本題に入ろうとしたが、ベルコフがコーヒーを啜り始めたので、ウォンはまた口をつぐまざるを得なかった。どうもこの男とは、会話のタイミングを合わせられない。カップから口を離すと、彼の顔の周りに白い息が漂う。

「コーヒーというのは、麻薬ですね」ベルコフが溜息をついた。「私は、紅茶をほとんど飲まなくなりましたよ。ロシア人なら紅茶なのに」

「スターバックスに汚染されているわけですか」

「実際、美味《うま》いんだから仕方ないですが——ところでヘリの件は、関知していません」

油断した隙に、ベルコフがいきなり右ストレートを放ってきた。ウォンは精神的にスウェーバックしてかわし、本題に入った。

「ロシア製のヘリ――アリガートルだったのは間違いないでしょう。ロシア側から提供されたものですね？」

「当局としては関与していない、ということです」

「だったら民間の話ですか？」

ベルコフが肩をすくめる。とぼけるつもりか……ウォンはさらに攻め入った。

「最近、イラクで新たな油田が発見されたという情報がある。シェールガスやメタンハイドレートが話題になっていても、化石燃料の主力は未《いま》だに石油ですね」

「仰る通りで、再生可能エネルギーに関しては、まだまったく需要に追いついていない。コストの問題も含めて、長い時間がかかるでしょう」

「だから、新たな油田は大きな財産になる」

「でしょうね」

「しかし、そこから先が分からない」ウォンは正直に疑問をぶつけた。「ラガーンは国家ではない……イラク国内での一大勢力というわけでもない。ラガーンに武器を供与することで、何かロシア側にメリットがあるのか？　石油の利権か？」

「それは、何とも申し上げられませんね」ベルコフが肩をすくめる。

「現段階では？　それとも将来に亘っても？」

「私程度の権限では、言えないことは多いんですよ」

「もっと上のレベルの話だと？」

ベルコフがまた肩をすくめる。おとぼけのゲームを続けるつもりか……しかし彼は「知らない」とは言っていない。そこに必ずつけ入るチャンスがあるはずだ。

「何か、必要な条件は？」

「取り引きに応じられるような話ではないんですよ、残念ですが」

「残念というのは、どういう意味ですか。取り引きできないのが残念ということですか？」

「言葉の綾《あや》です」ベルコフがコーヒーを一口飲んだ。「実は、私もこの件に関しては専門家というわけではない……実際、参謀本部情報総局は、ほとんど嚙《か》んでいないんです」

「だったら、どういうレベルの話なんだ」

ベルコフが、親指を立てて上下させた。もっと上のレベル——国家の中枢部か？

「まさか、大統領マターではないだろうな？」

「ロシアの政策決定プロセスは、アメリカ人には理解不能だと思いますよ。突然、予想もしていないところから話が飛んでくる」

「この問題が、そういうことだとでも？」

「一般論です」

ベルコフが立ち上がる。ウォンも慌てて立って対峙《たいじ》したが、ベルコフの方が優に十センチは背が高く、迫力では勝てそうにない。

「今は、ロシアとアメリカも、協力できることは協力すべきだと思いますがね……これは個人的な意見ですが」

「ああ」

「しかし、協力できない部分も当然あるわけです」

「エネルギー問題とか？」

「あるいは宗教問題とか……中東の問題は、複雑でいけませんね。一筋縄ではいかないし、簡単に解答が出るわけではない」

「それは承知していますよ。私も、中東関係の仕事は長いですから」

「だったらまず、ラガーンについて調べるのが先決じゃないでしょうか。この件の主役はあくまでラガーンです。我々は、ちょっとした脇役に過ぎない」

「そのためのヒントを貰《もら》えるんじゃないかと思って、わざわざモスクワまで飛んで来たんだが」

「残念ですが……」ベルコフが肩をすくめる。

「今度は、仕事の話ではなく、モスクワへお出で下さい。何か美味い物でもご馳走《ちそう》しますよ」

「ロシア料理に、美味い物はないと思うが」

「私の経験では」ベルコフが、カップを持ったまま、右手の人差し指を立てた。「アメリカ料理とロシア料理が、世界の不味《まず》い料理の双璧《そうへき》です。ちなみに、イギリス料理は永久名誉一位を獲得しましたから、この手の争いには参加できません」

素早く一礼し、ベルコフが踵《きびす》を返した。こうなってしまったら、もう彼の情報は当てにできない。やはり、モスクワに立ち寄ったのは無駄足だったのか……しかしウォンとしては、できる限りの手を打っておくしかない。ラガーンのネタ元と接触できなくなっているのだ。おそらく自分の方がベルコフよりもよほどラガーン内部の情報に詳しいが、それでもできるだけ多様な情報を入手しておきたかったのだ。

「簡単には認めないですね」立ち上がったヘクターが言った。

「ロシア人のメンタリティは分かっているつもりだったが……彼には我々の一般的なロシア人対策も通用しないようだな」

「本当に何も知らないのかもしれません。参謀本部情報総局が全てを知っているとも限りませんから。我々だって、国防上の問題では知らないことの方が多いですよ」

「諦めるな」ウォンはヘクターに気合いを入れた。「俺はできるだけ早く、ここを離れる。しかし君は、今後もロシア当局に接触して、情報収集を試みてくれ」

「そのつもりではありますが、あまり期待しないで下さい」

「いや、期待する。死ぬ気で頑張ってくれ」ウォンはヘクターの目を正面から凝視した。「何かが起こっているんだ、何かが。それにはロシアも絶対に絡んでいる」

「分かりました。しかし、ラガーンのことは、頭から抜けてましたよ」

「そもそも世界史から抜け落ちているような連中だからな」うなずき、ウォンは歩き出した。相変わらず風は冷たく、空は低い。陰鬱な長い冬は近く、ロシア人がアルコールを手放せなくなるのは当然だと思った。

実に不思議だ。ニューヨークなどで会うラガーンの人たちは、あくまで冷徹なビジネスマンである。金の動きを監視し、一ドルたりとも損しないように目を光らせている。まるでコンピューターのように正確に金儲《かねもう》けを続けているのだ。世界経済の何パーセントかは、彼らによって動いていると言っていいだろう。

一方で、「本体」は今でもイラクに残っている。あんなに不自由な国で、戦火を潜り抜けながら苦労して生きていくことに、何の意味があるのだろう。彼らほどの能力があれば、どこでも生きていけるはずなのに、何故わざわざ、厳しい環境に身を置くのか。

電話が鳴った。その疑問を解決してくれそうな情報をもたらす相手――ウォール街のネタ元ではなく、世界を飛び回っている男だった。もう五年ほどつき合いがあるのだが、これからはよりシビアな話をすることになるだろう。シビアな話の第一歩は、ラガーンの国家樹立の狙いだった。

7……コペンハーゲン

翌朝九時、俺はホテルを出た。おそらく後で牧から、帰国の手配が完了したと連絡がくるだろう――しかし、それに素直に従う気にはなれなかった。かといって、自分一人で何ができるかも分からない。

中途半端な、もやもやした気分を消すために、ひたすら歩き回る。知らない街に来ると、まず足が棒になるまで歩いて景色を頭に叩《たた》きこむのがいつもの習慣なのだが……今日はただ、自分を疲れさせようとしているだけだった。何もできない自分に罰を与えていると言うべきか。

たまたま迷いこんだ繁華街は、いかにもヨーロッパの街らしい、石畳の道路を中心に広がっていた。ギネスブックの博物館の前は、マックスマーラ。さらにルイ・ヴィトン、ヒューゴボス、カルティエと、ヨーロッパのハイブランドの店舗が軒を連ねている。もう少し時間が経つと、観光客などで賑わうのだろう。道路が広くないせいか、狭い範囲に建物が圧縮されている感じがする。

早くも歩き疲れて――爆発のショックが残っていて全身の動きがバラバラという感じだった――俺は開店したばかりのカフェに入った。何か腹に入れておかないと、早々にエネルギーが切れてしまいそうだった。かといって、さほど食欲があるわけではなく……クロワッサンとコーヒーの簡単な朝食にした。陽射しが暖かなので、外の席に陣取る。ぼんやりとコーヒーを飲み、目の前を行きかう人たちを眺めていると、突然声をかけられた。

「失礼ですが」

顔を上げると、丸顔の東洋人が立っていた。中国人だろうか……見覚えはない。発音は、完璧なアメリカ英語だった。

「ミスタ・マサキ・タカミ？」

俺は無言を貫き、相手の顔を睨《にら》んだ。危険な感じはしない……少なくとも、いきなり懐に手を突っこんで銃を取り出しそうな気配はなかった。ただ、このところのトラブルを考えると油断はできない。

男は、ウールのコートの前を開けた。何が出てくるかと俺はにわかに緊張したが、座るための準備をしただけだった。俺の隣の席に腰かけると、メニューにちらりと目を通す。

「デンマークのコーヒーは美味いですか？」

「試してみたらどうです？　好みは人それぞれだから」

「結構ですな」

男は、店員を呼んでコーヒーを頼んだ。ちらりと俺の目の前の皿を見ると、「朝食はクロワッサンだけですか」と訊ねる。特徴的なパン屑を見て分かったのだろうが、なかなか観察眼が鋭い。あるいは単に食いしん坊なだけか。

「ええ」

「男の食べ物じゃないねえ。朝は、オーバーイージーの卵二つにカナディアンベーコン、ローストポテトといきたい」

その言葉で、男はアメリカ人に違いないと俺は確信した。朝からそんなに食べるのは、世界中でアメリカ人とイギリス人ぐらいである。

「ここはヨーロッパなので。ヨーロッパらしい朝食にしただけです」あまり食欲がないとは認めたくなかった。

男が咳払いし、視線を上げた。店の前は小さな広場になっていて、噴水がある。いかにも歴史を感じさせるもので、よく見ると噴水の周辺も綺麗《きれい》なモザイク張りになっているのだった。

コーヒーが運ばれてくると、一口啜って男が顔をしかめる。

「どうもこの、ヨーロッパのコーヒーというのは濃くていけないな」

それで俺は、男がアメリカ人だという確信をさらに深めた。アメリカのコーヒーは、とにかくコクがない。最近は、スターバックスが幅を利かせているせいでエスプレッソに親しむ人も増えたはずだが、ダイナーなどで出てくるコーヒーは、基本的に色のついたお湯だ。

「マイケル・ウォンと言います」男が唐突に自己紹介した。

「中国系ですか？」

「正確には台湾系」

「アメリカ人ですね？」

「生まれも育ちもアメリカですよ」

「それで？」

「それで、とは？」ウォンが丸顔に不思議そうな表情を浮かべた。

「自己紹介にしては中途半端ですね。所属は？」

「頭にCのつく組織です。インテリジェンス担当で、一応中近東の専門家ということになっています」

遠慮《えんりょ》がちな自己紹介。しかし、CIAか……とうとうアメリカまで乗り出してきたのかと、俺は唖然とした。この話は、いったいどこまで広がっていくのだろう。

「Cのつく組織の人が、どうして俺に話しかけてくるんですか？　だいたい、俺の名前がどうして分かったんですか」

「あなたは、我々のセクションにおける、最新のスターなんです。あちこちで、いい仕事をしていますね」

「それはどうも」俺は、カメラの入ったバックパックを腹のところに引き寄せた。後生大事に抱えて、この席に座った後もずっと、膝の上に載せていたのだ。

「あなたの写真、見せていただきましたよ。便利になりましたよねえ……今はネットで、いくらでも作品を鑑賞できる。私は写真については素人ですが、あなたの作品には魂《たましい》がありますね」

こういうことは、いくら言われても何とも思わない。もちろん俺の写真には魂があるが、ウォンという男の言葉にそれはない。褒《ほ》め言葉《ことば》を並べたてても、表情が一切変わっていないのが不気味でもあった。もしかしたら、表情筋が硬直しきってしまっているのかもしれない。

「俺は、ＣＩＡには縁がない……はずだ」

ウォンが慌てて、唇の前で人差し指を立てる。周囲を見回し、「そういうことは大きな声で言わないで」と忠告した。

「神経質になり過ぎじゃないですか？　案外、誰も気にしないものですよ」

途端に、ウォンの表情が初めて崩れた。屈辱……自分の存在価値そのものを否定されたように、下唇を突き出して情けない顔つきになった。

「とにかく俺には、あなたと話すような話題は何もありません」俺は財布から金を抜いてテーブルに置き、皿で押さえた。「変なことを言わないでもらえますか」

「あなた、恋人——ミズ・マツムラのことについて、知りたくありませんか」

「彼女の何を知ってるんだ」俺は思わず凄《すご》んだ。「ミズ・マツムラはまだ見つかっていない。生きている可能性もあるんじゃないんですか」

「可能性だけで話をしないでくれ」

「最後まで諦めないことが肝心じゃないでしょうかね」

「そういうのは——合理的じゃないな」

「合理的な考えが全てじゃないはずですが」

俺は唇を噛んだ。ウォンが言っているのは、俺が考えていたのと同じことである。合理的に考えれば、里香が生きているとは思えない。しかし、最後まで信じたい気持ちは、当然ある。

「一つ、ヒントがあります。あなたはまだ、そこに手をつけていないだけですよ」

「今の俺は……日本大使館の保護下にある」

「特に誰も監視していないようですが」ウォンは周囲を見回した。

「そういう問題じゃない」

「何も、日本大使館の言うことを素直に聞くだけが全てじゃない」

「ＣＩＡとして、責任をとってくれるんですか？」

「判断するのはあなたです」ウォンが、感情を消した目で俺を凝視した。「どうですか？

あなたは、自分で全てを調べてみないと気が済まないタイプじゃないですか?」

ＣＩＡは、いつの間に俺を丸裸にしたのだろう。

ウォンに誘われるまま、俺はまた街を歩き出した。ヨーロッパ的な風景の中に、突然リーバイスやフットロッカーなど、アメリカ資本の店が姿を現す。Ｔシャツなどを軒先にぶら下げた俗っぽい土産《みやげ》物店があるのは、いかにも観光都市らしい。人出が多くなって道路は微妙に歩きにくくなっていた。

「今回の一件の背景には、ラガーンの国家設立問題があるようです」

「国家?」俺は思わず声を張り上げた。俺はそんな大きな話に巻きこまれていたのか……

唖然として声を失う。

「どうやら、伝承を本当にしようとしている一派がいるようですね」ウォンが淡々とした口調で言った。

「一派? どういうことですか?」

「ラガーンも一枚岩ではない、ということですよ。主義主張の違うグループがある。現在のラガーンには、二面性があるんです」

「それはどういう……」

「ラガーン人が国際金融界で活躍しているのはご存じですか?」

「ええ」

「世界的に有名な超大物トレーダーの何人かは、ラガーン人です。我々は、ラガーン人と言えば金儲けの上手い人たち、という印象を持っています……しかし、その根っこはイラクにあるわけです。彼らの本来の故郷」

「そういう話は……彼らがそう主張しているだけではないんですか」

「今までは。しかし彼らは、きっかけを摑《つか》んでいるようなんです」

「まだ発掘されていない遺跡のことですか？　バビロンの近くで発見された？」

「何だ、あなたも予習しているじゃないですか」

ウォンがからかうように言ったが、俺は肩をすくめるだけで何も言わなかった。余計な台詞《せりふ》で、言質《げんち》を取られたくない。この男を信用していいかどうか、まだ分からないのだ――そもそも、本当にＣＩＡの人間なのだろうか。

「あの遺跡については、発掘の予定はありません。ただ、地上部分にもいろいろなものが出てきている。そのために、盗掘が盛んなようです。実際は掘る必要もなく、ただ持っていくだけで済む」ウォンが調子よく説明した。

「そういう話は聞いてますよ」

「そこから出土――盗まれた粘土板がありましてね」

俺は思わず立ち止まった。ここでも粘土板の話か……ウォンも足を止め、振り返った。

人の流れを邪魔しそうになるので、H&Mの店先まで下がる。明確な歩道もないのだが、ここなら取り敢えず人の邪魔にはならない。

「我々は、ある調査の過程で、粘土板がアメリカに渡ったことを掴みました。その粘土板はその後、調査のためにスウェーデンに送られたのです」

「ＩＬＬ？」

ウォンが無言でうなずく。彼の説明を信じるとすれば、ＣＩＡはこの一件を相当深く調べている。やはり調査能力に関しては、世界最高レベルだろう。

「何が起きたのかは、我々もまだ把握していません。ただ、何か大きな流れが起きているのは間違いない」

「もう、ある程度のシナリオは読めているんじゃないですか」

「シナリオ、ね」ウォンが鼻を鳴らした。「うちは、そういう言い方をしないですが、筋は読んでいますよ」

「そこにラガーンの国家設立が絡む……」

「粘土板――バビロン文書と呼ばれているんでしたね？」

「ええ」

「それが何か、重要なキーポイントになっているような気がするんですよ」

「そうかもしれません」俺は驚きを隠して言った。やはり、里香のタブレットが全ての中心なのか……。

ウォンがまた歩き出す。足取りはゆっくりとしており、後ろ手を組んでいるので、いかにも異国の街を楽しげに散歩している観光客のように見えた。だいたいこの男には、殺気が感じられない——しかし、諜報関係者とは、そもそもこんなものかもしれない。いかにも鋭く目を光らせていたら、自分の正体を明かすようなものではないだろうか。

「あなた、アイラ・リンという女性を知っていますか？」

俺は一瞬躊躇《ちゅうちょ》した。こちらの手の内をどこまで明かしていいのか。ただ、アイラ・リンについて隠すのは無意味だろう、とは思う。ウォンは、俺の方の事情をかなりはっきりと把握しているはずだ。里香からアイラ・リンにつながる線も、摑んでいるだろう。ここで否定して、話の腰を折るのはまずい気がした。

「知ってますよ」

認めると、ウォンがこちらをちらりと見て、薄い笑みを浮かべた。

「どの程度のレベルの『知っている』ですか？」

「実は、顔も見たことがない」

「ミズ・マツムラの同僚、ですね」

「そう聞いています」

「彼女、無事に退院したそうですよ」

「そうですか」意識不明でかなり重傷、という印象だったのだが。

「彼女と話をしたらどうですか？」

「俺が？」思わず自分の鼻を指差してしまった。「どうして」

「アイラ・リンは、ミズ・マツムラと仲がよかったそうじゃないですか。ミズ・マツムラの行動について、何か背景を知っているかもしれませんよ」

確かにその件は、ずっと頭の中で引っかかっていた。しかし、重傷を負って入院してしまったアイラ・リンに話を聞くチャンスはないはずだと、決めつけていたのだ。

「話が聞けるなら、会いに行くべきではないですか」ウォンがけしかける。「それに、ミズ・マツムラの恋人であるあなたにならば、アイラ・リンも何か話すかもしれない」

彼が親切心で言っているのでないのは明らかだった。おそらくＣＩＡも、すべての事情を把握しているわけではない。そこで俺を、スパイとして使おうとしているのだ。スパイという言葉が悪ければ、エージェント。いずれにせよ、断れば、今後はＣＩＡにマークされるかもしれない。それがかなり面倒な人生になるのは、容易に想像できた。日本を出ずに生きている限りは、さほどの問題はないかもしれないが、俺は国境を越えることで生計を立てている。仮に里香を失った後でも、同じような毎日を送れるかどうかは分からなかったが、やめる理由も見つからない。あちこちの空港でチェックが入り、入国を拒否され、海外での取材が不可能になる可能性もある——ＣＩＡならさほど苦労もせずに、そういう手配を済ませられるだろう。

「ちょっと、そこに入りませんか」ウォンが右手の親指を横に倒す。「そこ」が教会であることはすぐに分かった。

「教会は勘弁して下さい」

「どうして？」

「個人的に、宗教的な場所には興味がないんです。というより、避けています」

「あなた、無神論者なんですか？」

無神論者というより、宗教を忌避しているのだが、迂闊《うかつ》にそれは言えない。もしかしたらウォンは、敬虔《けいけん》なクリスチャンかもしれないし。世界では、やはり宗教は生活に深く根ざしている。そういうことをほとんど意識せずに生きている人が多い日本だけが特殊な国なのだが……俺は、取材で訪れる場所では、人々の信仰を尊重する。しかし取材でなければ、できるだけ宗教的な場所は避けることにしていた。これは感覚的なものだから、どうにも上手く説明できない。

「とにかく、教会は勘弁して下さい」

「変わった人ですね……じゃあ、そこに座りましょうか」ウォンが濃緑色のベンチを指差した。教会のフェンスに沿って、等間隔にベンチとゴミ箱が並んでいる。

俺は無言でベンチに腰を下ろした。ひんやりとした感触に、思わず背筋が伸びる。いい加減、上着を何とかしないと。今朝は暖かかったから、セーターだけで出て来てしまったが、いつまでもこんな格好でいるわけにはいかない。先ほど見かけたH&Mで何か仕入れていくか……取り敢えずの応急措置だ。

「寒くないですか？」ウォンが自分の体を抱くようにした。しっかりしたウールのコートだし、今日はそれほど気温は下がっていないのだが。

「慣れましたよ……俺がどこをどう歩いているか、分かってるんでしょう？」

「ストックホルムは寒いでしょうね……」言って、ウォンがくしゃみをした。「失礼……実は昨日まで、モスクワにいたんです」

「そこで風邪《かぜ》をひきましたか？」

「そうかもしれません。えらく冷えましてねえ……それであなた、ストックホルムに行く気はないですか？」

俺は口をつぐんだ。アイラ・リンと会い、里香に何があったのか——あの襲撃の直前、何をしていたのかは聞いてみたい。里香のためでもあり、抑えきれない好奇心のせいでもある。引っかかるのは、このままCIAの手先になってしまっていいかどうか、という問題だ。

「チケットはすぐに用意できますよ。もちろん、こちらが持ちます。今だと……」

ウォンが腕時計を覗《のぞ》きこむ。ハミルトンのクロノグラフだったので、俺はこの男に少しだけ好感を抱いた。安い割に堅牢《けんろう》で、信用できる。実務に徹した男が選びそうな時計だ。

「午後早い便には間に合うんじゃないですかね。確か一時二十五分、それと二時半に、アーランダ行きの便があります。車や鉄道でオーレスン・リンクを渡って行くのは嫌じゃないですか？」

「昨日、渡りましたよ」

「何とまあ、あなたも度胸がある人だ」ウォンが笑みを浮かべる。「しかし、アーランダに直行した方が早いですからね」

「向こうでは、監視つきですか？」

「これはまた、人聞きの悪い」ウォンが声を出して笑った。「あなたは自由です。監視される理由もないでしょう」

「要注意人物なのでは？」

「何か、我々があなたに注意する理由でもあるんですか？」

ある――俺はバビロン文書の画像データを持っている。本物が海に沈んでしまったかもしれない今、このデータは極めて貴重だ。しかしこの件を、ウォンに話す気にはなれなかった。なんとなくあの画像データは、俺と里香をつなぐ絆《きずな》のような気がしていたから。里香にすれば、一種の裏切り行為かもしれないが――彼女は「保管」を依頼しただけで、撮影しろとは言っていない。しかし彼女も、俺が写真を撮ることは予期していただろう。よく分からないもの、初めて見るものがあれば、取り敢えずレンズを向けるのがカメラマンという人種だ。

「その粘土板——バビロン文書でしたっけ？　そちらとしては、どうしたいんですか」

「どうもこうも……たぶん、海の中でしょう」ウォンが肩をすくめる。「非常に残念ですが、そうとしか考えられない。回収は不可能だと思います」

「つまり、リカも見つからないと？」

ウォンが咳払いした。コートのポケットに両手を突っこみ、ベンチに背中を預ける。何も言わず、ぼんやりと視線を前に向けていた。

俺も同じような姿勢を取り、道行く人を眺めた。そろそろ観光客の姿が目立ち始め、ざわざわとした雰囲気が漂っている。目の前の店が「Galleriet」——ギャラリーだろう——だということは分かる。ギャラリーと言いつつ実態はブティックで、セール中だった。赤と黄色の張り紙が窓ガラスを埋め尽くしている。その横もブティックで、こちらは紳士服専門だった。

言葉が出てこない。決心も固まらない。

その時、スマートフォンが鳴り、膨らんだ緊張感が、針を刺したように萎んだ。無視するか……しかしいつもの習慣で、手が勝手に動き、電話に出ていた。牧だった。

「ホテルにいませんでしたね」かすかに非難するような口調。

「ちょっと散歩をしてました……気晴らしに」

「怪我してるんだから、あまりうろうろしない方がいいですよ」

「怪我は大丈夫です」自分の体の頑丈さには驚くしかない。今朝になって、痛みはほとんど消えていた。常に持ち歩いている鎮痛剤の世話にもなっていない。

「今日か明日、成田行きの直行便のチケットを用意できます。時間はいずれも午後です……三時四十五分。どうしますか？　いきなり今日というのは何ですから、もう少し休んで明日にしますか？」

俺はかすかな苛立ちを覚えた。散々贖罪的《しょくざいてき》なことを言っておきながら、今はただ、俺をさっさと追い払ってしまいたがっているようにしか聞こえない。

「後で電話してもいいですか？」

「もちろん……ただ、チケットの手配の関係がありますから、できるだけ早くお願いします。今日は……」

「今日はないです」

「明日の便にしても、今夜までには連絡してもらえると助かります」

「分かりました」

電話を切り、溜息をつく。日本に戻らなければならないという気持ちもあったのだが、急速に薄れている。他にやることがあるだろう、ともう一人の自分が発破をかけてきた。

「何か、難しい話ですか？」ウォンが訊ねる。

「日本大使館からです」

「ああ、あなたは保護されるべき存在だから」

うなずいたが、保護されているという実感はなかった。何しろ今、自分は放流されているようなものである。勝手に街を歩き回り、誰かのチェックも入らない。本当なら、四六時中、大使館員が近くにいるべきなのだろうが……。

「帰国するように、と指示されました」

「日本は安全な国だから。あなたもトラブルに巻きこまれている可能性があるんだから、身の安全だけを考えたら、日本にいるのが正しい対処法ですよ」

「巻きこまれているんですか？」

俺の問いに、ウォンは返事を寄越さなかった。そこまで摑んではいないのか、あるいは実際に何もないのか……俺自身は、「巻きこまれている」感覚はなかった。単に里香を捜していただけなのだから。もちろん、里香を追っていた連中が俺の存在に気づき、接触しようとしてくる可能性はある。ただ——連中が追っていたのが本当に里香なら、もはや俺にちょっかいを出す必要もなくなったはずだ。

いや、狙《ねら》いは里香ではなく、タブレットだったのか？　つまり、タブレットを持っているはずの里香。海に沈んだタブレットを引き上げるのは困難だとしても、俺が画像やコピーを持っていると想像してもおかしくはない。となると、こんなところで呑気にウォンと話している場合ではない。急に寒気がして、俺は上体を抱いた。

「リカは、誰に追われていたと思いますか？」

「ラガーンでしょう」ウォンがさらりと言った。「ただし、ラガーンのどの一派かがよく分からない」

「バビロン文書が目的で？」

「その可能性は高いでしょうね」

「何のために？」

「バビロン再建のためですよ、もちろん」

「たかがタブレットが、どうしてそんなに重要なんですか？　一つの国を作るために必要なんですか？」

「その辺の事情は、私もまだ摑んでいない。ただ——それこそ、アイラ・リンが知っているんじゃないかと思いますよ」

「彼女は、そんなに重要な人物なんですか？」

「現在のラガーンの指導部——その中枢にいる人物と非常に近い。スウェーデンで研究活動をしているのも、そういう立場の人だからかもしれません。いつの時代でも、エリートは海外で学ぶものですよ」

「ラガーンの連中にとっては、俺も追うべき存在かもしれませんね」

「どうして」

一瞬間を置き、「勘違いしているかもしれないから」と答えた。俺がバビロン文書の画像を持っていると考えるかもしれない——実際、持っている。

「俺が勝手に動いて、スウェーデンまで行って大丈夫なんですかね」

「怖いですか？」

「正直言えば、今こうしているのも怖い。ヨーロッパでは、街中でも普通にテロがある」

「それはご心配なく。腕の立つ人間を配置していますから……あなたを守るためだけに、ですよ」

まさか——俺は思わず周囲を見回した。ＣＩＡのエージェントが、この付近に潜んでいるというのか？　それらしい人間はまったく見当たらないが……もしかしたら、Ｔシャツに半ズボンで歩いている、赤ら顔の人間？　アメリカ人は、雪でも降っていない限り、半《はん》袖《そで》半ズボンで平気で観光地を歩き回る。しかしあの格好では、銃を隠しておくこともできまい。

「簡単には見つかりませんよ」ウォンが軽く笑った。「あなたに見つかるようでは、我々はエージェント失格だ……いずれにせよ、この街では長距離からの狙撃は難しいですから、安心して下さい」

確かに。街は入り組み、道路は複雑にカーブして見通しが悪い。高い位置から狙撃しようとしても、スコープに俺の姿を捉えるのは難しいだろう。それに、先ほどから歩き回っているから、追跡も難しいはずだ。そう考え、俺は立ち上がった。一か所に止まって、的になるのは愚かである。

ウォンも立ち上がった。両手をコートのポケットに突っこんだが、そこの膨らみが気になる。やはり、銃でも持っているのだろうか。

「一つ、アドバイスしましょう。常に動き回る人間は捉えにくいものです」

「痕跡も残してしまうけど」

「とにかく、あまり長くコペンハーゲンにいるのは、よくない。日本に戻りますか？」

「いや」

「では……」

「スウェーデンに行きます。今日の、できるだけ早い便のチケットを用意して下さい」

ウォンの顔が綻《ほころ》ぶ。スパイのリクルート完了、とでも思っているのかもしれない。

「どうして俺なんですか」俺は根元的な疑問を口にした。

「我々Cは、一般人に協力をお願いすることもあります。その方が目立たないですし、あなたには謎を追う動機があるはずだ」

その通り。見透《みす》かされているのは気に食わなかったが、バックアップができたことで、動きやすくなったのは間違いない。利用されているという考えもあったが、逆にこちらがCIAを利用するぐらいの気持ちでいないといけない。

8……ストックホルム

二時間弱のフライトで、俺はほぼ熟睡してしまった。新しく仕入れたノースフェイスのダウンジャケットのおかげで、ぬくぬくしていたからだと思う。ウォンが「CIAが持ちますから」と言って買ってくれたものだった。オレンジと黒という目立つ色で、機能的には文句無し。スウェーデンの北の方に行っても、十分寒さに耐えられるだろう。

寝ぼけ眼《まなこ》を窓に向ける。複雑に入り組んだ道路、そして深い緑の中を、飛行機はアーランダ空港に向けて降下中だった。こんなに緑豊かな場所だったのか、と驚く。アーランダ空港に着くのはいつも夜だったから、周りの光景などまったく見えなかったのだ。

ウォンは、「安全は保証する」と言っていた。ということは、どこかで監視の目が光っているわけだ。それを信用していいかどうかは分からなかったが、びくついていても仕方がない。新たな手がかりが待っているのだから、今はそのことだけを考えるべきだ。

数日前と同じように、荷物を受け取る。ターンテーブルのすぐ側で、アーランダ・エクスプレスのチケットを買うのも同じ。ただ時刻が早いせいか、数日前と比べて人はずっと多かった。荷物を待つ間、俺はこれからの手順を考えた。アイラ・リンは既に退院し、自宅で療養しているという。住所はウォンから入手していた。いきなりそこを訪ねていいかどうか……ドアすら開けてもらえない可能性もある。もちろん、里香の名前が、ドアをこじ開けるキーになるかもしれないが。

ＩＬＬ所長のラーションを利用する手を考えた。アイラ・リンがいくら警戒していても、ラーションに仲介してもらえば、面会を受け入れるかもしれない。ただ、そうするとラーションには事情を説明せざるを得なくなり、話が広がってしまう恐れがある。俺の感触では、ラーションはこの一件の裏にある事情をまったく知らない。それに今は、研究所の業務を再開することに心を砕いているはずで、アイラ・リンへのつなぎ役を引き受けてくれるかどうか、分からなかった。

しかし、直接アイラ・リンを訪ねるよりは、まだましな気がする。スーツケースが出てくるのを待つ間、俺はラーションに電話をかけた。

「やあ、マサキ。大丈夫なのか？」ラーションは、予想していたよりも快活だった。

「何とか大丈夫です。自分で考えていたよりも頑丈だったみたいですね」

「それは、不幸中の幸いだ」

「それで今、ストックホルムに戻って来たんですが」

ラーションが沈黙する。不幸を運んできた、とでも思っているのかもしれない。もしかしたら本当にそうなのか、と俺は嫌な気分になった。実際、俺が到着した翌日に、ＩＬＬの爆破事件が起きたのだし。

「いろいろとやることがあるんです」俺は慌てて言い訳した。

「リカのことかね」

「基本的には、それです」乗り気にならないラーションをどう説得するか。そこで俺は、彼に対する最高の餌があることを思い出した。「ちょっと会ってもらえませんか」

「今、身動きが取れない状態なんだが」予想通り、ラーションが渋った。

「研究所にいるんですか？」

「ああ。非常に風通しがいい状態で仕事をしている。そのうち風邪をひくだろうな」

「窓ガラス、まだそのままなんですか？」

「スウェーデンという国は、サービス面ではいろいろと問題があるんだ」ラーションが皮肉をぶつけてきた。「日本なら、こんなことはないのでは？　窓が一枚でも破れたら、すぐに修理が飛んでくるだろう。日本のサービスは世界一だと聞いている」

「そんなこともないですけどね」俺は腕時計を見た。既に夕方近い。「夕飯の前に、ちょっと美味いものでも食べませんか？」

「何だ？」

「コペンハーゲンから戻って来たので……空港で、本場のデニッシュを何種類か、仕入れてきました」本当は、飛行機の中で昼飯代わりに食べるつもりだったのだが、すぐに寝てしまったので手つかずだ。

「ほう」ラーションの声音が変わった。「君は、私の家内に喧嘩《けんか》を売るつもりかね？」

「え？」

「家内は、私が甘いものを食べると、不機嫌になる」

そう言う割に、甘いものを断つ気はまったくないのではないか。ＩＬＬが爆破された直後にもカフェでシナモンロールをぱくついていた。普通、あんな時には、食欲をなくしそうなものだが。

「デンマークは、デニッシュの本場ですよね」

「君は、悪魔か」ラーションが溜息をつき、俺はこの「釣り」が一発で成功したことを悟った。

ＩＬＬは、確かに風通しが良くなっていた。爆破された直後には、ここに入る機会がなかったのだが、以前訪れた時の記憶と照らし合わせれば、被害の大きさはよく分かる。吹き飛ばされた書類などを片づけたらしい段ボール箱などが積み重ねられ、引っ越し直後のような様子である。デスクやロッカーなどの重い什器《じゅうき》類には被害がなかったようだが、かすかに焦げ臭い臭《にお》いが残っていた。

ラーションの所長室は三階、道路から一番離れた場所にあり、それ故か被害はなかった。中に入ると、整頓されていないだけで、爆風の直撃を受けていないのが分かる。デスクに積み重ねられた書類、本の配置が滅茶苦茶な書棚、ソファの上にまで置かれた参考資料——この辺は、以前訪れた時と同じ感じである。要するにラーションは、整理整頓ができない男なのだ。

握手を交わした後、ラーションがコーヒーを用意してくれた。ポットの中で煮詰まっているようだったが、わずかな睡眠でぼんやりしてしまった頭をはっきりさせるには、これぐらいでちょうどいい。

俺は椅子を引いてきて、ラーションのデスクを挟んで向き合う格好で座った。すぐに、デニッシュの入った紙袋をデスクに置く。ラーションはまったく遠慮せずに袋を破き、チョコレートがコーティングされたデニッシュを取り出してかぶりついた。目を閉じ、ゆっくりと咀嚼《そしゃく》しているうちに、表情が緩んでくる。

「大したものだね、デンマークのデニッシュは」

「そうですか?」あまり甘いものに興味がない俺には、よく分からない。

「フライトの後なのに、びくともしていない。そもそもの造りがしっかりしているんだな」チョコレートのデニッシュをあっという間に平らげてしまい、すぐにカスタードクリームのデニッシュに手を伸ばす。一口食べて満足気にうなずき、「大変滑らかだ」と感想を述べた。

　俺は苦笑しながら、彼が食べるのを見守った。人が美味そうに物を食べる姿を見ていると、ついシャッターを押したくなるものだが、この男に関してはそういう気になれない。肥満を本気で気にしなければならない初老の男が、クリームで口の周りを汚しているのは、さすがにみっともないだけだった。そもそも俺は、何でこんなものを昼飯代わりにしようとしたのだろう、と自分の判断を怪しんだ。疲れていて、体が自然に糖分を欲していたのか。

　二つとも平らげて、ラーションが満足そうに吐息を漏らした。

「デンマーク人というのは、こういうものを作る才能にかけては世界一ではないかな」

「否定はしません」

　ラーションがコーヒーを一口飲んだ。それで、デニッシュで味わった甘い快感はすっかり消え失せてしまったようで、厳しい表情が浮かぶ。

「今回の件、警察はきちんと説明してくれないんだ」

「分かります……私も、マルメで素っ気なく対応されました。どうも、警察ではなく軍が調査を担当するようですね」

「そうか」ラーションの顔が少しだけ蒼褪《あおざ》めた。事態の重要性を改めて意識したのだろう。

「軍の方から接触は？」

「いや、研究所に対してはまだない……軍が接触してきたら、どう対応したらいいものかね」

「それは、私にも経験がないので分かりません」俺は肩をすくめた。

「リカに関しては……残念だった」

ラーションが突然話題を変え、俺は喉が詰まるような思いを味わった。彼は既に過去形で話しているが、俺としてはまだ過去にしたくない。

「まだ分かりません」主張する自分の声は頼りなく、宙に消えるようだった。「最後まで諦めませんよ、俺は」

「結局、どういうことだったんだろう。何故リカはこんな目に遭ったんだ？」

ラーションには全て事情を話したわけではない……しかし彼には、知る権利があると思った。何しろ里香の上司であり、この研究所を壊された被害者でもあるのだから。俺は思い切って、これまで自分が経験してきたことも含めて打ち明けた。自分の考えを整理するためでもあった。

「全ての始まりは、あのタブレットでした。アメリカから持ちこまれたタブレット」

「バビロン文書、か」

「ええ。あれが、何か重要な意味を持っていたようなんです。ラガーンにとって重要、という意味ですが」

「ああ」

「リカはあのタブレットを管理していたんですよね？　専門の楔形文字なので、自分で解読するつもりだったんでしょう」

「そうだな」ラーションがうなずく。「これから年末にかけての彼女のスケジュールは、それで埋まっていたはずだ」

「ところが、タブレットを渡すように、という脅迫がありました。あなたはそれを無視した」

ラーションの耳が赤くなった。「説明させてもらえば——」と言いかけたが、俺は黙って首を横に振り、言葉を遮《さえぎ》った。

「そんな脅迫を本気に受け取る人はいないでしょう。私があなたと同じ立場でも、一笑に付したと思います。ただリカは、その脅迫でタブレットの重要性を認識したのかもしれない。ここが爆破された直後、彼女はタブレットを持って逃げました。脅迫を真面目に受け取って、いざという時にはすぐに逃げられるよう、準備していたんだと思います。彼女はそのタブレットを……」俺は言葉を切った。そこから先は、ラーションも知らないことである。「俺に託しました」

「君が持っていたのか？」ラーションがいきなり立ち上がる。椅子が床を擦って不快な音を立てた。本人の顔からは血の気が引き、蒼白になっている。

「一時は持っていました。安全な場所に保管して欲しい、というのがリカの依頼だったんです」

「しかし君は、彼女に会えなかった。それで探し回っていたんじゃないのか？　私に嘘をついていたのか？」

「その時点では、彼女とは会っていません。間接的に託されただけなんです」

「そういうことか……」ラーションが、崩れ落ちるように椅子に腰を下ろした。「それで？君はタブレットを持ったまま、リカを捜し回っていたのか？」

「その通りです」

「マルメまで飛んで」

「ええ。結局その後、リカとは会えたんです」

「マルメで？」

「彼女は、アドリアン・ハンセンに会いに来たんですよ」

「やはり、そうか……」ラーションが腕組みをした。

「彼女がどうしてハンセンに会いに行ったかは、分からないままなんですか？」

「分からない。君こそ、どうなんだ」

俺は無言で首を横に振った。今考えれば、短い邂逅《かいこう》の中で、ハンセンについて里香からきちんと聞いておけばよかった……彼女の行動を説明する、大きな材料になったかもしれないのに。

「……とにかく、彼女と話すことはできたんです。でもリカは、俺が持っていたタブレットを奪って逃げてしまった。その後のトラブルは――」

「分かっている」重々しい声でラーションが言った。「それは、説明してもらわなくてもいい。君も、話すのは辛いだろう」

「実際には、何が起きたのか、俺も分かっていないんですけどね」

「研究所が、これ以上面倒なことに巻きこまれないといいんだが」

「何もないことを祈ります」

一息つき、俺はコーヒーを飲んだ。喉と胃には優しくない味だったが、それでギアが入れ替わる。本題に入るべきタイミングだ。

「アイラ・リンに会えませんか」

「どうして」不審気に、ラーションが目を細める。

「会えますよね？　もう退院したという話を聞きましたが」

「それは確かだが、どうして会いたいんだ？」

「彼女がラガーン人だから。今回の一件に関する情報を、何か握っているんじゃないでしょうか」

「君は警察でも軍の関係者でもないだろう。そういう風に話を聞く権利はないはずだ……

実際、私としては、所員を守らなくてはならないし」

「リカのことです。どうして彼女があんな無茶をしたのか、聞いてみたい。アイラ・リンは、少なくとも何か知っているんじゃないでしょうか」

「お勧めはできないね。彼女は怪我人なんだぞ」

「私も怪我人ですが」既に痛みはないが。

俺たちはしばらく、押し問答を続けた。ラーションにすれば、所員を守りたい。俺としては、ヒントになる情報なら何でも欲しい――平行線を辿《たど》るのは当たり前だ。だが俺は、引かなかった。

「もしもリカが死んでいたら――俺は一生後悔すると思います。スウェーデンの警察や軍が、謎を解いてくれるとも思えない。どうしても自分で、とことん突き詰めて調べたいんです。それができなければ、納得しろと言われても無理です。リカの死も無駄になる」

「しかし……」

「お願いします」どれだけ効果があるかは分からなかったが、俺はテーブルに額がつくほど深く頭を下げた。感覚的には、ほとんど土下座である。

沈黙。日本式の土下座も、スウェーデン人には影響がないのか……顔を上げると、ラーションはまだ腕組みをして、渋い表情を浮かべていた。白い顔はより白くなっている。

「私は……一つ、謝らなければならないことがある」

「何ですか」嫌な予感を抱えながら俺は訊ねた。

「研究所の襲撃は……たぶん、私のせいだ」

「何ですって？」俺は思わず身を乗り出した。

「こんなことになるとは思ってもいなかったんだ」ラーションが息を吸った。顔からは血の気が抜けている。「私は……喋ってしまったんだ」

「タブレットのことですか？」

「ああ。襲撃の少し前——脅《おど》しがある前に、極めて丁寧に私に接触してきた人間がいた」

「まさか……」俺は唾を呑んだ。

「ラガーン人だと思う。タブレットが研究所にあるかどうか確認してきた。私は——」

「認めたんですね？」俺は彼の説明を遮った。

「ああ。彼らはタブレットがどうしても必要だと言ってきた。極めて真剣な様子で、しかも巨額の金を提示してきた」

「いくらですか？」

「百万クローナ」

一千万円を軽く超える。それぐらい、ラガーン人には大事なものなのだ。唖然とした直後に、怒りがこみ上げる。この男は大事な情報を売り、結果的に里香たちを傷つけた。摑《つか》みかかろうとしたが、何とか思いとどまる。ここで騒ぎを起こしたら、間違いなく警察沙《ざ》汰《た》になる。

「受け取ったんですか？」

「いや」

「だったら、どういうことに――」

「自分の手でタブレットを持ち出して渡すことはできない、と拒否した。代わりに……」

「どこにあるかを教えた？」俺はラーションの消えた言葉を補った。「そして、警備の薄い朝方に侵入するよう、アドバイスしたんですか」

「そこまでは言っていない。連中が本格的に脅迫したり、研究所を爆破するなど、想像してもいなかった」ラーションの唇は震えていた。

この男を警察に突き出すべきだろうか、と考えた。警察は未だに爆破事件の犯人を探り当てていないはずで、これは重要な手がかりになる。しかし、その決心を固めかけた直後、あることに気づいた。

「俺にいろいろ協力してくれたのは、贖罪だったんですか？」

「……そうだ」

彼の協力もあまり役にはたたなかったわけだが、目の前で萎《しお》れている様子を見ると、強いことが言えなくなってしまう。逆に、取り敢えず「許す」と言っておくべきでは、と考えた。警察に通報しなければ、彼は恩義を感じてさらに俺に協力してくれるかもしれない。

「分かりました」

「分かった？」ラーションが顔を上げる。

「あなたも苦しんだと思います。私は、あなたの名前を警察に言う気になれない」いずれ警察が独自にラーションの行動を割り出すかもしれないし、ラーションが良心の痛みに耐えられなくなって喋ってしまうかもしれないが。

「しかし……」

「代わりにと言っては何ですが、お願いがあります」

「何だね？」

「アイラ・リンにつないで下さい。所長の一言があれば、彼女も警戒しないはずです」

「そういうことは、避けたい。少なくとも、そういう席に同席はしない」

「しかし――」

「……分かった。電話だけはしてあげよう。君が会いたがっていることを伝える。しかし、アイラ・リンがそれをどう受け取るかは、彼女自身の問題だ」

結局、責任はすべて俺に回ってきた――覚悟はしていたことだが、ラーションから思うような援護射撃が得られなかったので、気持ちが上向かない。それでも、やるしかないのだ。せっかくストックホルムまで戻って来たのだし、ヒントを得るためなら、罵声《ばせい》を浴びることになっても構わない。

里香の部屋に泊まるわけにはいかないので――鍵はまだ持っていたが――俺はストックホルム中央駅に近いホテルに宿を取った。スーツケースだけを部屋に置いて、すぐに出かける。

アイラ・リンの家は、ストックホルム市庁舎にほど近いノル・マラーストランド沿いにあるマンションだった。目の前には駐車場、その向こうに川が流れている。市内でも一等地の一つだろう。非常に落ち着いた雰囲気なのは、川沿いに樹勢豊かな街路樹が立ち並んでいるからかもしれない。雨が降り始め、道路も街路樹も、駐車場に並んだ車も濡《ぬ》れそぼっている。気温は低く、既に息が白いほどだった。ウォンの奢《おご》りでダウンジャケットを手に入れて正解だった、と思う。

マンションの出入り口は一か所で、オートロックを外してもらう手順が必要だった。ラーションがどんな風に話してくれたか分からないのが不安だったが……そもそも、インタフォンに反応したのは、女性の声ではなかった。若い男の声――そして綺麗な発音の英語。

「マサキ・タカミと言います。ＩＬＬのラーション所長の紹介で来ました。ミズ・アイラ・リンにお会いできますか」

「ウォリドゥです……長い時間は無理ですよ」

医者のようなことを言うのだな、と俺は訝った。もしかしたらアイラ・リンはとんでもない金持ちで、退院に際して専属医をつけたのだろうか。

「できるだけ手短に済ませます」

「……入って下さい」

オートロックが解除された。建物自体には、エレベーターもついていない。それだけ、古い建物である証拠なのだが。9・11のテロを除いては、街が戦争で炎上したことのないニューヨークでも、こういう建物を時折見かける。

いよいよ彼女と会えるのだが……意気ごみとは裏腹に、四階まで上がる途中で息が切れてきた。はっきりと分かる痛みが残っているわけではないのだが、あの爆発は、俺の体に見えない傷を刻んだのかもしれない。

三階と四階の中間の踊り場で一休みして息を整えてから、俺はやっとアイラ・リンの部屋のドアをノックした。すぐにドアが開き、ひょろりとした小柄な若者が顔を覗かせる。若いようだが、顔の下半分を髭が覆っているため、俺の目からは年齢不詳に見えた。中東ではよく見かける男の顔ではあるが、明らかにアラブ系ではない。全体には、非常に鋭い顔つきだ――イラン人に近いかもしれない。

「あなたは？」

「弟です」

「ああ」何となく納得してうなずいた。アイラ・リン本人に会ったことがないから、似ているかどうかも分からないのだが。「わざわざこちらへ？」

「姉が大怪我をしたと聞いたら、来ざるを得ないでしょう」

「イラクからですか？」

「いえ。今はイギリスにいます」

金融関係の仕事だろうか、あるいは留学か……この若者とはいずれまた話をしなければならないが、今はアイラ・リン優先である。俺はドアを間に挟んだまま、まず彼から事情聴取することにした。

「彼女の容態はどうですか」

「深刻なものではありません。初期のショック症状が大袈裟《おおげさ》に伝えられたので、慌てて飛んできたんですが」弟が眉間《みけん》に皺《しわ》を寄せる。「一番大きな怪我は、左腕の骨折です。完治までそれほど時間はかからないでしょう」

俺は思わず、安堵《あんど》の吐息をついた。事情を聞くのに、怪我は障害にならないようだ……しかし弟の方では、俺を見て別のことを考えたようだ。

「心配してくれるんですね」

「それは……もちろん」俺は慌てて言った。「私の恋人は、彼女の友人でもありますから。話はできますね？」

「ええ。見た目はちょっとひどいですけど、元気です」

「見た目？」

「包帯だらけです。ガラスの破片で、切り傷が何か所か……どうぞ」

促されるまま、俺は部屋の中に足を踏み入れた。すぐにリビングルームになっているが、そちらにアイラ・リンの姿はない。

「奥の部屋です」彼が先導して案内してくれた。どれぐらい部屋数があるのか分からないが、建物自体の大きさからして、あと一部屋――寝室ぐらいではないか、と俺は想像した。リビングルームも、それほど広いわけではない。

「何か飲み物は？」ドアに手をかけて、弟が訊ねた。

「いや、結構です」

「コーヒーなら、すぐ用意できますが」

一瞬コーヒーの味が口中に蘇ったが、結局断った。先ほどラーションの部屋で飲んだコーヒーが強烈過ぎたせいか、少し胃が痛い。

ようやく部屋に足を踏み入れ、アイラ・リンと対面する。ベッドで寝ているのではないかと思ったが、そもそもこの部屋は寝室ではなかった。おそらく書斎――作業部屋。大きなデスクがドアの横の壁際に置かれ、壁の他の二面は書棚で埋まっている。唯一空いているのは窓がある一面だけで、アイラ・リンは窓際に置かれた一人がけのソファに腰かけ、右手でマグカップを持っていた。

確かに包帯だらけだった。頭、右手首、ジーンズから覗く左足首。左腕は吊っていた。痛々しいのだが、それでもはっとするほどの美しさなのは間違いない。彫りの深さは、独特のエキゾティックな美貌に結びつく。何と言うか……ギリシャ人が作った、人間の理想の姿を描いた彫刻のようである。頭の包帯からはみ出した髪は、艶《つや》のある漆黒《しっこく》だった。

「どうぞ」先にアイラ・リンが言葉を発した。声はがらがらだ——それが怪我の影響かどうかは分からないが、咳払いすると、すぐに澄んだよく通る声になる。「私はちょっと動きにくいので……そこの椅子を使って下さい」

俺は言われるまま、椅子を引いて、彼女の正面の位置で腰を下ろした。その間に、部屋の中を素早く観察する。

書棚には、専門書がずらりと並んでいた。どれも言語学関係、考古学関係のものだろう。相当古い本が大量に混じっているようで、俺は図書館の香りを思い出していた。デスクにはノートパソコン。奥にはファイルフォルダがきちんと揃《そろ》って立っている。ラーションと違い、資料の整理には気を遣うタイプのようだ。いかにも研究一辺倒で、潤《うるお》いのない部屋……その中で俺は、一つだけ異質なものを発見した。デスクに、日本のゆるキャラのぬいぐるみが載っている。これは……間違いなく里香のものだ。以前、珍しく二人で温泉に行った時に彼女が発見し、買った。何が可愛いのか俺にはさっぱり分からなかったが、里香は一目惚《ひとめぼ》れしたらしい。それをどうしてアイラ・リンが？

俺は手を伸ばし、ぬいぐるみを摑んだ。「これはどうしたんですか？」と訊ねると、アイラ・リンの表情が少しだけ緩む。

「リカに貰いました」

「彼女、これを大事にしていたんだけど」

「友情の証《あかし》として、です」

「こういうもの……貰って嬉しいんですか？　日本のキャラクターはキュートだと思います」

「可愛いじゃないですか？」

「どうも、私にはそういうセンスが分からない」

日本の「カワイイ」は世界で受けているという話はあるが、それは局地的なものだろう。アメリカやヨーロッパのキャラクターが、全て日本で受けているわけでもないし。もしかしたら、日本人とラガーン人の「可愛い」基準は同じなのだろうか。

俺は首を横に振りながら、ぬいぐるみをデスクに戻した。

「私には、可愛いとは思えない」

「リカもそう言ってました」アイラ・リンの顔には、まだ笑みに近い表情が浮かんでいた。

「リカが？」

「あなたには、可愛いものを理解する能力がないと」

「そういう能力が、我々のように無粋な男に備わっていても、何の役にも立たないと思いますよ」

「愛する人と喜びを分かち合うことはできます」

うなずき、俺はアイラ・リンの言葉を嚙み締めた。俺はどれだけのものを、里香と分かち合えていたのだろう。そう考えると途端に暗い気分になったが、何とか気持ちを切り替える。

「怪我の具合はどうですか」

「大したことはありません。リカの身に起きたことに比べれば」

「彼女は、死んだと決まったわけではない」

「でも……」アイラ・リンの顔に陰が射す。

「まだ見つかっていないんですから。私は、彼女は無事だと信じています」俺は語気を強めた。

「ええ……」一方のアイラ・リンは、里香の無事をとうに諦めてしまったようである。

「リカとは、親しかったんですよね」ぬいぐるみが取り持つ縁、というわけではないだろうが。

「そうですね。研究所では一番親しい仲間でした。年齢も近かったし」

「リカは、イラクにいたことがあります。その時に、ラガーンの人たちとも知り合っていた」

「その頃……リカがイラクで発掘作業をしていた頃、私はロンドンで大学に通っていました」

「不思議な感じですね」俺は、できるだけ柔らかな声を出すよう、努めた。「同じ研究をしているとはいえ、日本人とラガーン人、メンタリティも全然違うでしょう」

「そういうのは、理想の前では関係ありませんから」

理想、という言葉に、俺は彼女の芯の強さを感じた。こういう言葉は、さらりと出てくるものではない。普段から、自分の中にしっかり理想を持っている人間だけが、口にできるのだ。

「理想、ですか」俺は両手を組み合わせた。

「学問の世界では、目標は何段階もあるんです。基礎を学ぶ時期、自分の研究目標を定める時期……でも考古学や文献学の場合、その目標はしばしばアップデートされます。新しい遺跡が発掘されて、これまで知られていないような内容のタブレットが見つかったりすれば、今まで研究してきたことが全部ひっくり返ってしまうかもしれませんから。私は、自分の生まれ故郷のイラクの歴史について、全てを知っているわけではありません」

「それは、日本人も同じだと思いますよ」

「リカも、同じように考えていたんだと思います。私たちの最終目標は……そうですね、シュメルの世界を現代に完璧に再現すること、でしょうか」

「でも、そんなことはできるはずがない」俺は否定した。アイラ・リンは反発してくるかと思ったが、意外なことに無言でうなずくだけだった。

「すべては断片なんです。断片でしか残っていない……例えば今、世界が滅びたらどうなるでしょうね」

「どういう意味ですか？」

「文明は、断絶するんです。仮に、ストックホルムが何らかの理由で放置されて人がいなくなって、五千年後に遺跡として発掘される可能性もありますよね」

「ええ」

「その時に、様々なメディアが見つかるかもしれません。本は……紙は、たぶん五千年は持たないでしょうね。ハードディスクだって、五千年後にそのまま再現できるとは思えません。仮に内容が分かって、言葉が解読できたとしても、今この時代、ストックホルムの人たちがどんな暮らしを送っていたか、未来の人たちには百パーセントは分からないと思います」アイラ・リンの言葉が、次第に熱を帯びてきた。「社会システムや人々の趣味、嗜好《しこう》——つまり、現代のストックホルムの全てを網羅《もうら》するデータが出てくればともかく、そういうものはないでしょう」

「ああ……なるほど」何となく、彼女の言いたいことは分かってきた。「私たちは、自分が生きている世界の全てをまとめて記述しようとは思いませんからね。政治、経済、社会、芸術……全部ばらばらだ。無数のデータを読んでも、社会全体の様子は摑めないかもしれません」

「シュメルの時代と違うのは、現代にはあなたのようなカメラマンがいることでしょうね。画像や映像は、文字よりも正確に実態を記録します。もちろん、シュメルの時代にはそんなものはありませんから、文章の断片から想像して、再構築していくしかない。私にとってそれは、自分のルーツを知る作業でもあります」

「いつ終わるか分からない……」

「私が生きている間には無理でしょうね。そもそも不可能な話なのかもしれません。でも、新しい遺跡が発掘されたりすれば、大きな進展がある……リカも、こういうロマンが大好きでした」

黙ってうなずく。それは間違いない。アイラ・リンの言葉は、どこかで聞いたことがある——里香も同じように熱く語っていたのを思い出した。見えないものの輪郭を、手探りで摑んで描いていくような感じ……それが突然、はっきりと見えるようになる。その瞬間の興奮は、何物にも代えがたい。

「私にとって、リカは一緒に理想を語れる、数少ない友人だったんです。私たちは……いわゆる少数民族ですし、その歴史については私たち自身も分かっていない部分が多い。伝承ばかりで、考古学的な証拠がないんです。彼女は一緒に解明したい、と言ってくれたんです。素晴らしい人ですよ」

「そうですね……理想家肌なんです」

「人間的にも、素敵な人でした」アイラ・リンが溜息をつく。「研究もそうですけど、とにかく気の合う人でした……私にとっては、ラガーン人以外で初めてできた親友と言っていいかもしれません」

「とにかく私は、何も諦めていません」俺は言葉に力をこめた。「それに、どうしてリカがあんなことをしたのか、知りたいんです。あなたに知恵を貸してもらえると思うんですが」

「私が、ですか？」アイラ・リンが、ギプスをはめた左腕を上げ、掌《てのひら》を胸に押し当てた。

「ええ。あなたはラガーン人だし、リカと同じシュメル語の専門家でもある。まず、ラガーン人がシュメル人の末裔だとする根拠は何なんですか？　あなたたちが普段使っている言葉は……シュメル語ではないですよね？」

「違います。ただし私たちは、シュメル語が四千五百年の間に大きく変化して、現在のラガーン語になったと考えています」

「全然違うんですよね？」まず、そこが疑わしい。

「千年ぐらい前の英語でも、現在のものとは大きく違いますから。発音、文法、表記……英語ネイティブの人が古英語を見ても、すぐには読めません。たかが千年でそんなに変わるんですよ？　私たちは四千五百年です」

「なるほど……」

「日本語も同じでしょう」

それはそうだ。高校時代、古文の授業で散々苦しんだのを思い出す。気を取り直して俺は訊ねた。

「あのタブレットは、バビロン文書と呼ばれているんですか？」俺は里香の言葉を思い出して訊ねた。

「ええ。でも、内容は分かりません」アイラ・リンは即座に言った。

「分からない？　楔形文字の解読は、あなたの専門じゃないんですか」

「もちろん、そうです」少しだけ不機嫌な口調でアイラ・リンが認める。「ただ、古代オリエントにおける楔形文字というのは、現代社会におけるアルファベットのようなものなんです。多くの言語を記述するのに使われた、という意味で……もちろん、最初はシュメル語ですが、アッカド、エラム、ヒッタイト、アッシリア……実に三千年以上――紀元後まで使われ続けたんです」

「そんなに長く？」この話は竹入からも聞いたが、「当事者」の口から出ると説得力も強い。

「どの段階の文字からを楔形文字と呼ぶかは意見が分かれるところですが、紀元前三〇〇

○年ぐらいには、いわゆる私たちが知っている楔形文字としてまとまったと言われています。つまり、それから三千年ほど、オリエント世界では文字の主役だったわけです」
「アルファベット並みに普及していたわけですね……でも、バビロン文書は読めなかったんですか？」

「そうです。一部はシュメル語だったんですが、読めない部分の方が多い」

「誰が書いたか——ラガーンの祖先だと？」

「それでは筋が通らないんですけどね。あなたは、ラガーンの歴史をどこまで知っていますか？」

「入門編の一ページ目を勉強し終えたばかりです」

アイラ・リンが鼻を鳴らし、カップに口をつけて少しだけ飲んだ。中身はコーヒーか、それともお茶か。ラガーン人が普段愛飲するのは何だろう、と俺は訝った。

「私たちの歴史は複雑なんです」

「複雑だ、ということだけは理解しています」

アイラ・リンが緩い笑みを浮かべる。うなずき、もう一口飲み物を啜ってから続けた。

「私たちは、正しい文字をなくした、と言われています。今私たちが信じている宗教も、当時と同じものかどうかは分かりません。正しい文字で経典が残されていないと、教義が正しく伝わっているとは言えないのではないでしょうか？」

「正しい文字がないとすると……今、ラガーン語を書く場合はどうしているんですか？」

「アラビア文字やアルファベットを流用しています。ただ、ラガーン語は、いわゆる『孤立した言語』で、他の言語とのつながりがありません。だから、アラビア語での表記はかなり不自由ですね。アラビア文字は、セム語系のアラビア語を記述するのに特化しています」

自分の専門に近い話だからか、アイラ・リンの口調は滑らかになっていた。

「もともと私たちはシュメル語を話していた、というのが言い伝えです。実際、現代ラガーン語の中には、シュメル語がそのまま残っているケースもあります。例えば木は『ゲシュ』、器は『ドゥグ』、杉の木は『エリン』が少し変化して『エリヌ』……数え上げればきりがありませんし、他の言語にはない言葉です。あくまで傍証ですけどね。それに、他の古代言語の単語も混じっています。我々の神、マルドゥクも、元々はアッカド語ですからね」

アイラ・リンが、右手で持ったカップを左の指先で撫でた。左腕の骨折は、それほど大きな怪我ではなさそうだ。重大な骨折だと、腕全体を動かせなくなる。今の話は、日本語に混じる外来語のようなものかもしれない、と俺は思った。

「バビロンについて、教えて下さい」

「現在知られている一番古いバビロンは、シュメル人の都市ではありません。シュメル人の影響を強く受けているにしても、あくまでアムル人が作った都市です。アムル人は、シュメル人の後に、あの地の支配者になった民族ですね……ただ、それ以前にバビロンと呼ばれていた都市があり、そここそがラガーンの故郷だ、というのが私たちの伝承なんです。私たちは、『原バビロン』と呼んでいます」

「宗教についてはどうですか？　古代メソポタミアは、都市神を信仰していたんですよね」

「ええ。アムル人は私たちと同じマルドゥクを信仰していたのですが、ラガーン人の中には、アムル人が我々から都市と神を奪った、という人もいます」

「そのような話に、根拠は？」

「考古学的な根拠はありません」アイラ・リンの目つきが鋭くなった。「しかし伝承というのは、何の根拠もなく生まれるものではありません。それだったら、単なる創作です。世界の多くの伝承が、実際の出来事の言い伝えであることは、多くの場合、立証されています」

ここで言い争っても仕方がない。俺の専門の話ではないし、今のところ実証は、できるともできないとも言えない状況だからだ。

「結局、バビロン文書は、一部しか読めなかったわけですね？」

「そう申し上げました」

「あなたは、どう解釈しているんですか？」

「今の段階では、何とも言えません」

「現物はないにしても、コピーも取っていなかったんですか？　素人考えですけど、大事なのは内容ではないんですか？　極論を言えば、現物がなくても、写真さえあれば、解読に使えるはずです」

「データはもちろん、研究所にありました。でも、あの襲撃でサーバーが故障して、失われたようです」

「個人的にデータは持っていなかったんですか？」にわかには信じられない話だった。そんなに大事な物なら、二重三重にバックアップを取っているはずなのに。

「ええ。データの扱いについては厳しい研究所ですから――持ち帰り禁止なんです」

「だったら、もう何も分からないわけですか」

「でも、バビロン文書に関しても、伝承があります。伝承ばかりで申し訳ないんですが」アイラ・リンが苦笑する。「あれは、バビロンの全てを記した文書だと」

「そもそも、あのタブレットがバビロン文書だということは、どうして分かったんですか？　内容が分からないとしたら、ラガーン人が書き残したバビロン文書かどうかも分からないじゃないですか」

「古来、ラガーンにはシンボルがあったんです。しかし実際に、そのシンボルが刻まれたタブレットは出土していなかった。ただあのタブレットには間違いなく、そのマークがありました。それも伝承の通りなんです」

俺は思わず唾を呑んだ。楔形文字と異質のシンボルマーク……俺は確かにそれを見ている。

「それが表に出てきたきっかけは何だったんですか？」

「アメリカで、こういう古い物を集めている収集家がいるんです。彼は、自分のコレクションの一部をウェブで公開していました。そこで私たちは、ラガーンのシンボルがついたタブレット――バビロン文書を見つけたのです……私は色めき立ちました。しかも向こうから解読を依頼してきたので、渡りに船だったんです」

「しかし、読めなかったんですね？」

「ええ」

「しかし、読めないにしても、問題のタブレットがバビロン文書なのは間違いないんですね？」

「おそらくは。伝承の通りのシンボルもありましたから」

「まさか、リカも……それを信じていたんですか」

「もちろん」

「あなた自身も、そういう伝承を信じているんですか？」

「心のどこかでは、馬鹿馬鹿しいと思っていますよ。私は研究者ですから、客観的な事実以外を信じるべきではないと思います。でも、民族の血に流れる物は、否定できませんよね。バビロン文書は、私たちの歴史で謎になっている部分を解き明かしてくれるはずです」アイラ・リンが肩をすくめる。つい左肩も動かしてしまい、痛みが走ったのか、顔をしかめた。「リカには、このことは話していました。バビロン文書が届いた時には、どうすべきか悩みましたが……結論を出せないうちに、あんなことになりました」

「脅迫がありましたよね」

「ええ」突然、アイラ・リンの顔に怒りが宿った。目つきが険しくなり、眉間に皺が寄る。「研究所は、脅迫を真面目に取り合おうとしませんでした。でも私とリカは……本能的に、脅迫は本物だと思ったんです」

「だから、バビロン文書を持って逃げる算段をしていたんですか？　事前の計画だったんですか？」

「それは……私は関知していません」

アイラ・リンがすっと視線を逸らす。知っていたな、と俺は確信した。知っていたどころか、一種の「共犯者」だったかもしれない。二人で準備し、里香が「実行犯」になる。

「脅迫してきた相手も、ラガーン人じゃないんですか」

「それは私には分かりません」

「でもあなたたちは、バビロン文書を安全に持ち出して隠す手立てを考えていた」

アイラ・リンが黙りこむ。おそらくラガーン人の間で、バビロン文書が「取り合い」になったのだろう。そう考えると、多くのことの筋が通る。その後のことは……俺が一時バビロン文書を持っていたことは、言わずにおいた。彼女は知っているかもしれないし、知らないかもしれないが、彼女の方で話題にしない以上、口にしない方が無難だと思った。

「私は、まだリカを捜します。バビロン文書のせいでリカがあんな目に遭ったとしたら、バビロン文書の謎も解きたい」

「やめて下さい」アイラ・リンがぴしりと言った。「あなたもトラブルに巻きこまれますよ」

「私は、そういう迷信のようなものは一切信じていない」

「あなた、バビロン文書を持っていたんでしょう？　一時的にせよ……所長から聞きました」

くそ、知っていたのか。ラーションも余計なことを……知ったことを全部話さなくてもいいではないか。アイラ・リンにつないでくれた恩も忘れて、俺は心の中で恨み言《うらごと》を綴《つづ》った。

「あなたはカメラマンです」

「ええ」わざわざ念押しするのは何故だろうと思いながら、俺は相槌を打った。

「ということは、バビロン文書を撮影したでしょう？　興味を惹《ひ》かれるものがあれば撮影するのが、カメラマンの本能じゃないですか」

参ったな……すっかり見透かされている。世間的にカメラマンのイメージと言えば、彼女が言う通りのものだろうし、実際俺も撮影はしたのだが。

「データを消去して下さい。そしてバビロン文書のことは忘れて下さい」

「しかし――」

「私は、大事な友人を失いました。その人の恋人が不幸になるのを、黙って見過ごすわけにはいきません。どうか、データを消去して下さい」アイラ・リンが、俺が足元に置いたバックパックを見た。「そこにカメラが入っているんじゃないですか？　カメラマンは、必ずカメラを持ち歩きますよね」

「ええ」俺はカメラを取り出した。データを保存したメモリーカードは、カメラから抜いてある。「しかし私は、バビロン文書を撮影していません」

「まさか」アイラ・リンが目を見開く。「カメラマンなのに？」

「そんなに重要なものだと思いませんでしたから。素人の私から見れば、単なる石ころです」わざと乱暴な言葉を使ってみた。

「石ころではなくて、粘土板です」アイラ・リンが強張った表情で訂正した。

「失礼。でも、その見分けもつきません……とにかく、保管しておくようにリカに頼まれたので、しっかり持っておくだけで精一杯でした。私にとっては、リカを捜すことの方がずっと大事でしたから」

「だったらもう……リカを捜す必要はなくなったんですから、バビロン文書に関わるのはやめて下さい」

「しかし……」

「これはお願いです。私は、あなたのことも心配なんです。最初は研究所。次はリカ。これ以上傷つく人が出るのは、ラガーンの人間として耐えられません」

「……分かりました」

「それに、新たな動きも出てきます」

「それは何ですか？」

「すぐに分かることです。とにかく、手を引いて下さい」

アイラ・リンの勢いに押されて、俺はつい黙ってしまった。

礼を言って立ち上がる。アイラ・リンはまだ疑わしげな視線を向けてきたが、俺はそれを振り払うように顔を背《そむ》け、部屋を出た。

入った時よりも、彼女が抱く疑念は強まっているようだった。

俺は川沿いの道を、市庁舎の方へぶらぶらと歩いて行った。少し風が出てきて、係留してある船がゆっくりと揺れている。レストランに流用されている船もあるようだが、この様子だと落ち着いて食事はできそうにない。雨がみぞれに変わってきたので、傘を持たない俺は、できるだけ街路樹の下を歩くようにした。長い年月、人の重みを受け続けた石畳は丸くなっており、濡れて滑りやすい。

ほどなく俺は、市庁舎の敷地に入った。市庁舎の一階部分は中庭、さらに川に向かって開けている。川沿いの場所は庭園のように整備され、夏場などは散歩でくつろげそうだが、今はとてもそんな気になれない。俺は川岸にある手すりに両手をかけ、周囲にぼんやりと視線を投げた。左手はガムラスタン……そちらから市の中心部に向かって、白地に青いラインの電車が向かってくる。川面も空も灰色で、みぞれのせいで光景全体がぼんやりとしている。そのせいか、カラフルなビル群も、薄汚れた感じに見えた。

何かがおかしい……俺は違和感を覚えていた。

アイラ・リンは、あまりにもあっさりし過ぎていなかっただろうか。俺が実際には写真を撮影し、データをどこかに隠していたと考える方が自然なはずである。研究者である彼女は、データのバックアップの重大性を十分認識しているだろう。里香も、いつも二重三重にバックアップを取っていた。

彼女はまだ、全てを明かしていない。

みぞれ混じりの冷たい夜風を全身に浴びながら、俺は疑念が強まるのを感じていた。

9……ニューヨーク

眠い……バリは二杯目のエスプレッソを飲み干した。胃が悲鳴を上げたが、眠気を追い払うのが先決である。これから極めて重大な式典が待っているのだから、居眠りなど絶対にできない。心の中でマルドゥク神の名を何度も唱えた。緊張感が戻ってきて、眠気は自然に吹き飛ぶ。

スウェーデンからニューヨークへ。作戦の失敗を抱えて飛んで来たバリは、散々叱責《しっせき》を受けた。女は海に消え、男はコペンハーゲンの病院に入院中……それを確認してからすぐにニューヨークに移動してきたのだが、やはり心残りだった。タブレットが本当に消えてしまったかどうかは分からない。正直、部下も仲間も信用できず、何としても自分で捜したかった。体が一つしかないのが恨めしい。

しかし今、連中が手の届かないところにいるのは間違いない。どうしようもない事態に気を揉《も》むのは、単なる時間の無駄である。

バリは立ち上がり、店を出た。十月後半のニューヨーク……今日は少しだけ気温が高く、快適な陽気である。コートも必要なく、スーツ姿で街を歩いていると、気持ちよく背筋が伸びた。ニューヨークへは何度か来たことがあるが、真夏か真冬かのどちらかで、その過酷な気候は、荒野の街で生まれ育ったバリにとっても厳しいものだった。今は違う――摩天楼の隙間から覗く、よく晴れ上がった空。ハドソン川から吹きつける少し湿った風。全てが快適で、自分たちの行く末を祝福しているようだった。

ウォール街にほど近い、マンハッタン南部。バリは、フェリー乗り場の建物を横目に見ながら歩いた。準備は万端のはずだが、わずかに不安も残る。これもまた、自分で手を出せていないせいだ。何でもかんでも一人で制御できるわけもない――そんなことは分かっていたが、どうにも歯がゆい感じだった。しかし今日は、そういう気持ちは押し殺しておこう。自分は単なる出席者である。ひな壇に登るわけでもない。

「知識と平和を」

ラガーン語で声をかけられ、バリは思わず立ち止まった。振り返ると、馴染《なじ》みの顔がある――古い友人のアマリだった。最後に会ったのは五年も前だっただろうか。栄養不足のようにひょろりとした体形で、いつも不安気な眼差《まなざ》しだったのだが、しばらく見ぬ間にすっかり立派になった。顔つきまで完全に変わってしまったわけではないが、今は自信に溢《あふ》れて輝いているようだった。それは服装にも表れている。おそらくオーダーメードの、ペンシルストライプのスーツ。薄青いシャツに、欧米では「パワーカラー」と呼ばれる金色のネクタイを合わせている。磨き上げられた黒いストレートチップは、イギリスで誂《あつら》えたものかもしれない。左手にはブリーフケース……その中に入っている資料には、いったい何億ドルの価値があるのだろう、とバリは夢想した。

金持ち。時に「守銭奴」と呼ばれることもある、典型的なラガーン人の姿である。しかしバリは、そういう評判にも嫌悪感は覚えなかった。アマリが、金よりも「愛国心」——国はないのだが——を大事にする男だとよく分かっているから。彼が、「トルキィ」と呼ばれるラガーン独特の送金制度でイラクの同胞に送ってくる金額は、個人では上位十人に入るぐらいだ。確か去年は百万ドルに達したほどで、バリたちの活動は、彼らの善意に支えられている。ぱりっとした身なりを見た限り、年間百万ドルの送金は、彼にとって大した負担でもないと分かる。

二人は近づき、自然に抱擁《ほうよう》しあった。バリはアマリの耳元で、「知識と平和を」と囁《ささや》いた。体を離すと、アマリの顔に満足気な笑みが浮かんでいるのが分かる。アマリはきゅっと唇を引き結び、バリの二の腕を二度、叩いた。ラガーンでは、同性同士の間で親しみを表す最大級の仕草である。

「これからか？」アマリが訊ねる。

「ああ」

「俺もだ。緊張するな……ラガーンの大きな集会に出るのは初めてだ」

「これは手始めに過ぎない。俺はむしろ悲しい」

「どうして？」歩き始めたアマリが立ち止まり、不思議そうな表情を向けてきた。

「どうしてニューヨークなんだろう？　バビロンでやるべきだった」

「それは……まだ無理だろう」アマリの顔が歪む。「場所もはっきり分からないのに」

「もう、時間がない。強引にでも話を進めるべきだった」バリは腕時計を見た。日付を確認すると、胸が軋《きし》むような思いがする。今日の「宣言」は極めて重要だが、肝心の「場所」が分からない限り、空疎な言葉と捉えられてしまう恐れがある。

「そうだな……だけど、お前が動いているんだから、何とかなるだろう」

「買い被《かぶ》りだ」バリは吐き捨てた。実際この件では、自分は常に後手《ごて》に回り、しかも失敗ばかりしている。「状況は、そんなに簡単じゃない」

「そうか……しかし俺は、お前を信じてるぞ」

「その言葉は、ありがたく受け取っておく」

うなずき、バリはまた歩き始めた。ちらりと横を見ると、公園である。マンハッタンというのは、ビルが林立しているだけでなく、意外に緑が多い場所で、あちこちに公園が目立つ。この公園には遊具も置いてあり、ブランコで遊ぶ子どもたちの歓声が、道路にまで響いてきた。平和……そして豊かさ。土地は全てを決めるのだ、とバリは恨めしく思った。ラガーン人は、金銭的には豊かではある。だが、極端に気温が高く雨が少ないイラクの気候を作り変えることまではできない。金を注《つ》ぎこんで緑豊かな街を作ろうとしても、最終的には自然に妨害されるだろう。残念なことだが、それでもあそこは自分たちの故郷である。見捨てるわけにはいかないし、できる範囲で最高の街に作り変えねばならない――いや、むしろゼロから作る、が正解か。

二人はしばらく、昔話に花を咲かせた。バリにすれば珍しいことで、話しているだけでも心が和む。厳しい環境に身を置いているだけに、心の平穏とは長い間縁がないのだ。

「ビジネスは好調なようだな」バリは、アマリの現在に話を向けた。

「我々ラガーンには、独特の危機回避能力があるようだ」アマリは、耳の上を指で突《つつ》いた。「危ないことがあると、何故か予想できる。それで無事に売り抜けて、結果的に大儲け、というのは珍しくない」

「それは、四千五百年かかって培《つちか》われた能力だな」

「ああ」アマリが同意する。「厳しい環境で四千五百年も生き延びれば、危機回避能力も自然に高まるだろう」

「しかし、意外だ」

「何が?」

「お前のことだから、リムジンにでも乗って会場に現れるんじゃないかと思ったよ」

「まさか」アマリが声を上げて笑う。「マンハッタンで車に乗るのは自殺行為だよ。リムジンは、見栄を張りたい田舎者のための車だ」

「俺たちも十分田舎者だと思うが」

「しかし、歴史はある。世界で一番古い民族だ。俺たちから見れば、アメリカなんかはまだまだ赤ん坊だな」

バリは思わず頰が緩むのを感じた。この強烈なプライドこそが、アマリの魅力である。昔もそうだった。顔つきこそどこか自信なさげだったが、口を突いて出てくる言葉は、全て激烈である。豊富な知識に裏づけられた強い言葉が、バリをどれだけ助けてくれたか。

「今日は、十分なアピールができるだろうか」

「心配するな。準備は万端のはずだ」自分はまったくかかわっていないのだが、と思いながらバリは言った。しかしこの準備は、三年ほども前から続けられてきたのだ。十分な資金があるのだから、失敗する要素は見当たらない。世の中を動かす「動機」は理想だが、それを実現するための「ブースター」は金である。大抵の理想は、金さえあれば実現できるのだ。

十分ほど歩き、二人は目的のビルの前に着いた。ラガーン自前のビル——建設に資金を提供した大物トレーダーの名前をとって、「ニューヨーク・アナワラ・ビル」と命名されている——の前の広場には、既に数百人のラガーン人が集まっている。

「すごいな……」アマリが溜息をつくように言った。「これだけの数のラガーン人が一か所に集まるのは、見たことがない」

「本当は、ここにはあまり集まらないように抑えているんだ」

「そうなのか？」ざわめきに消されないようにするためか、アマリが少しだけ声を大きくした。

「考えてみろ。ニューヨークには、一万人からのラガーン人が住んでいる。その全員が集まったら、こんなものでは済まない」

「大騒ぎになるな」

「ああ。だから人数を絞って、服装も指定された」

ラガーンの民族衣装は白をベースとしたもので、中東特有の強烈な陽射しと熱波から身を守るために、ゆったりした造りになっている。ニューヨークは確かに「ミックスサラダ」と呼ばれるほど多様な人種が集まった街だが、それでもあの格好をしていたら浮くだろう。バリ自身、あの服を着るのは故郷にいる時だけだ。

今日、ここに集まった人たちは……男はほとんどがスーツ姿である。欧米系の顔立ちではないから、大勢が集まっていると異質な感じはあるだろうが、身なりがきちんとしていれば、大抵のことは問題にならない。女性も、きちんとスーツを着ている人が多かった。

驚くのは、ティーンエイジャーたちだ。アメリカにも、多くのラガーンの若者が住んでいる。普段は気楽な服装をしているのだろうが、ここにいるティーンエイジャーたちは誰もが、きちんとしたスタイルだった。スーツではなくブレザー姿が多いのだが、ネクタイを締めているせいで、大人に混じっても違和感はない。

誰もがこの件を真面目に受け止め、希望に胸を膨らませている――そう考えると、バリは胸が詰まるような思いを味わった。長年、「ホリウィル」で伝承として伝えられてきたことが、ここ三年ほどで急に現実味を持つようになり、今や実現は目前である。そのためには、自分が一層頑張らねばならないのだが――それは少しだけ後回しにしよう、と決めた。この式典だけは、きちんと見届けなければならない。ラガーン人としてのけじめなのだ。

　テレビカメラが動き回り、人々の表情を撮影していた。時にはマイクを突きつけ、コメントを取ろうとしている。この連中は、アメリカのマスコミではない。ラガーンが独自に発足させた、ネット専用の放送局のスタッフだ。低予算で効果的――今後は、宣伝工作でネットが大きな力を発揮するに違いない。ネットでの放送も、今日から本格的に始まる予定だった。

　テレビカメラが近づいてきたので、バリはすっと顔を伏せてやり過ごした。下を向いている間に、スーツの胸ポケットから眼鏡を取り出してかける。

「お前、目が悪くなったのか？」アマリが怪訝そうに訊ねた。

「いや、変装だ」

「だったら、サングラスの方がよかったな」

「顔の印象が曖昧になれば、それでいいんだよ」

本当は、ここに顔を出すのも危険なのだ。自分は決して、テロリストではない。人を傷つけることを避けるために、最大限の努力をしているし、とにかく平和裏《へいわり》にこの計画が実現するのを祈っている。だが、これまでの行動だけでも十分、捜査当局には「犯罪者」と認定されるだろう。それを避けるために、目立ちたくはなかった。

しかし、どうしてもこの集会には参加したかった。建国の重大なタイミングを、この目で見たい。そして決心を新たにするのだ。

バリは、群衆の奥の方へ進んでいった。これだけ多くの人がいて、仕切る人間もいないのに、整然としている。秩序を守ることに関しては、ラガーン人は日本人と双璧だ、と言われている。

後は待つだけ……バリはすっと背中を伸ばしたが、その時、背後でざわついた気配がするのを感じた。ちらりと後ろを見ると、テレビ局のスタッフがインタビューを試みている。

「ちょっと後ろを確認してくれないか」バリはアマリに頼んだ。

「どうした？」

「どこのテレビ局が取材に来ているか、確認して欲しい」

アマリがちらりと背後を見る。すぐに視線を戻し、「ＣＮＮとＦＯＸだな」と報告した。

「よし」バリは思わず拳を握った。ラガーン以外のテレビ局が取材に来ているなら、この集会は既に成功したも同然なのだ。大きな「事件」として扱われ、アメリカ——全世界の人が知ることになる。

「今夜のニュースが楽しみだな」アマリが言った。

「当然、反発もあると思うが」

「それは覚悟の上だろう。我々は、権利を正当に行使しようとしているだけだ」

「そうだな」単に権利を行使するだけでも、大変な労力が必要なのが政治の世界なのだが。下手をすると、ラガーンは全世界を敵に回すことになる。「友好国」であるアメリカへの根回しさえ、十分とは言えなかった。

だが、全ての壁は乗り越え、あるいは打ち破られるためにある。ひたすら耐え、時が過ぎ去るのを待つだけの四千五百年は終わった。

自分たちが終わらせるのだ。

低くうねるようなざわつきが一瞬で消えた。秩序と礼儀——ここでも、ラガーンの美点が存分に発揮されている。ただし屋外なので、街の騒音は遠慮なく襲いかかってきて、本来は厳粛であるべき雰囲気をわずかに削《そ》いだ。

バリのところからも、最前列にある演壇はしっかりと見えた。かなり高い位置に作ってあるのだろう。演壇には、アラビア文字とアルファベットで「ラガーン」の表記。他に横断幕などがないのは、不要な混乱を避けるためだ。おそらく一般のニューヨーカーは、「ラガーン」と言われてもぴんとこないだろうが。

演壇の横に置かれた巨大なディスプレーに、「ラガーン帰還」の様子が映し出されている。三年ほど前から、着々と進んでいる動き。バビロン再建に際して、ホリウィルに記された「条件」の精神性を再現する。苦難に満ちた荒野の旅を続けてこそ、再建は許される――というものだ。バリ自身も、この巡礼のような旅を経験した。確かに苦しかった。昼の暑さと夜の寒さ。伝統的な民族衣装は歩きにくく、スピードが出ない。渇きと飢え、そしていつ誰に襲撃されるか分からない恐怖。マルドゥク神への祈りでそれらを乗り越えた。あれを経験したことで、バビロン再建に対する想いがさらに強くなったのは間違いない。

旅の後でまたイラクから出た人も多い。この集会に集まっている人の多くも、あの巡礼を経験しているようで、自分の苦難を映像と結びつけて感慨に浸《ひた》っているようだった。声も出ない。

ついに出て来た――ラガーン臨時政府首班、バルレ・ナム。ラガーン人にしては長身の堂々とした体軀で、太り気味なのが、独特の迫力につながっている。バリが、唯一忠誠を誓う人間。そしていずれは――そう遠くない将来には、自分がその跡を襲う。何か月かに一度は会い、二人きりで様々な話をするのは、ナムなりの「教育」なのだとバリは信じていた。

ナムが、いきなり切り出した。英語ではなく、ラガーン語。取材しているＣＮＮやＦＯＸの記者は、一切理解できないだろう。もちろんこの集会が終われば、主要メディアには英語でのプレスリリースが送られることになっている。

「ホリウィルの預言内容に基づき、十一月九日をもって我らが国、バビロンを建国し、イラクから完全独立する。首都は新バビロンと名づける。これは四千五百年前に預言されていたことであり、今後は粛々と準備を進めていく」

ナムが言葉を切り、会衆を見回した。沈黙。風の音さえ聞こえる。しかしその沈黙は、一人の子どもの叫び声で切り裂かれた。意味のない叫びだったのだが、それがきっかけになり、地鳴りのような歓声がその場を覆い始める。バリはその快感に身を置きながら、なおもナムを凝視し続けた。

ナムは何も言わずに、歓声が収まるのを待った。まるで、四千五百年も待ち続けたのだから、思う存分感情をぶちまける権利がある、とでも言うように。

一分ほども、歓声と口笛が響き続けただろうか……ようやく静けさが戻ると、ナムがすっと右手を上げた。そのままの姿勢で会衆に語りかける。

「この手を汚してはいけない。我々は常に、『知識と平和を』という言葉を挨拶代わりに使うが、ここにはラガーンの全てがある。知識は、平和を作るための礎《いしずえ》なのだ。争いは愚か者のすることであり、我々としては絶対に避けなければならない。平和を実現するために知恵を絞る、それこそがラガーンの本質であり、我々はこれまでもそうやって世界の豊かさと平和に貢献してきた。今、我々は、この力を自分たちのために使う。これまで、世界に奉仕してきた能力を、バビロン再建のために使うのだ。戦いは避ける。平和裏に、バビロンを再建する。これが我々の唯一の望みであり、血を流さずにバビロン再建を果たすことこそ、民族四千五百年の願いなのだ。マルドゥク神の加護の下、故郷へ戻る時が来たのだ。洪水と異民族の襲撃で失ったあの土地へ。その時は、十一月九日に必ずくる」

ラガーディア空港の待合室で、バリはテレビ画面をぼんやりと見つめていた。今日の夕方からのニュースは、どの局も「バビロン再建」一色である。予想していた以上の騒ぎになった……今頃、このニュースは世界中を駆け巡っているだろう。

画面では、ニュース番組のアンカーマンと解説者が、バビロン再建に向けて意見を戦わせていた。

「現実的に見ると、今の状態でイラク国内に独立国を作るのは難しい――不可能ではないかと思いますが」

やけに歯並びのいいアンカーマンが、解説者に話を振った。解説しているのは、薄い茶色のコーデュロイのジャケットにえんじ色のウールタイという、いかにものスタイルの大学教授である。中東情勢の専門家ということだが、先ほどからしばしば、的外れなコメントを発していた。中東の多様な民族の中でも、ラガーンは忘れられかけた存在であり、自分たちのことを専門的に知っている人間などほとんどいないだろう。

「現実的には、クルド人が独立国家を作るよりも現実味が薄いと思います。クルド人は人口も多く、イラク国内ではクルド語が公用語として認められ、自治区もできている。しかしラガーンは、これまで国家樹立などということをまったく主張しておらず、今回初めて、まったく唐突にその目的が明らかになったのです」

「これが、今日、ニューヨークで行われた集会の映像ですが……」

アンカーマンの言葉で、画面が切り替わった。会衆の後ろの方から、ナムを捉えた映像。ラガーン語の演説が聞こえたが、スタジオ内で理解している人は一人もいないだろう。

「演説はすべて、ラガーン語で行われました。その後にマスコミ各社に送られたプレスリリースは、ラガーン臨時政府首班であるバルレ・ナム名義になっています。このバルレ・ナムというのは、どういう人物なのでしょうか」

「もともとイラクの出身で、後にニューヨークで証券業界の大立者《おおだてもの》として活躍したトレーダーです。現在はトレーダーとしては引退していますが、バビロン再建の精神的主柱になっているようですね」

「このバビロンの建国宣言に関してですが……ラガーン人は、これまで中東地域で独立運動を展開してきた少数民族とは、明らかに違う感じですね」

「はい。ラガーンに関して注目されるのは、その豊富な資金力です。ラガーン人は、多くの人が故郷であるイラクを離れ、国際金融界で活躍しています。そこで稼いだ金を、独立資金としてイラクに送金している、という情報があります」

「今回の動きは、あまりにも性急な感じがありますが？」

「ラガーンの伝承では、かつての彼らの都は異民族の侵入、そして洪水という悲劇にほぼ同時に見舞われたことになっています。しかし彼らが独自に使っていた暦に基づき、それから四千五百年後に国家が再建される、という預言があるのです」

「それが今年の十一月九日、ということですね」

「あくまで彼らの主張によれば、です」

「実は国家再建の動きは、数年前からありました。CNNのカメラが、その前兆とでも言うべき動きを捉えていました。こちらをご覧下さい」

画面が切り替わり、バリはどきりとした。砂漠ではないが、草もろくに生えていない乾いた大地を貫く一本の道路……そこを、縦に長い列を作って歩く白衣の男たち。「ラガーン帰還」と呼ばれる一連の動きを捉えた映像だ。自分も同じように、トルコ国境からイラクに入り、長い旅をした。式典でも同じような映像が流されていたが……まさか、自分の姿がいつの間にか撮影されていたのではないだろうな、と不安になる。いや、あの時、テレビカメラの類《たぐい》は見当たらなかった。荒野の只中《ただなか》の一本道だから、隠し撮りも不可能だったはずである。画面に映っているのは自分ではないだろう。

「これは、『ラガーン帰還』と呼ばれる動きです」解説者の声が流れた。「これもラガーンの伝承にあるものですが、国家再建にあたって、苦難の巡礼を乗り越えて国に戻らなければいけない、という内容です。それを実践していたのだと思われます」

画面が地図に入れ替わる。トルコ―イラク国境付近だ。すぐに地図上に矢印が加わった。

「伝承によると、その旅は西側から行われなければならない、となっています。現在の、イラク国内のラガーンの本拠地ラガヌは、クルド人自治区の中心、モースルの近くにあるのですが、ここへ『西から向かう』となると、シリア、ないしトルコから国境を越えてくるのが自然なのです。徒歩でイラクに入った人たちは、その後バグダッドの近くにある、彼らが祖国バビロンだと主張する遺跡を目指しました」

「伝承通りに、巡礼の旅をしている感じなんですね？」アンカーマンが確認する。

「そうです。この動きは三年ほど前から始まり、現在ではイラク国内のラガーン人はそれ以前より二万人ほど増えていると推測されています。ただし、イラク国内の情勢が不安定ですから、正確な数字は把握できていません」

画面が、二人の映像に切り替わった。アンカーマンが、「ここで、イラク政府の反応が入っています」と告げた。続いて、早口でコメントを読み上げる。

「イラク正式政府は、国務相のコメントとして、『ラガーンの国家樹立は、イラクの国内法、国際法に照らして認められるものではなく、イラク政府としては承認できない。今後、何らかの実力行使に出てくるならば、イラク正式政府としては全力をもって阻止せざるを得ない。ラガーンの動きは、イラク国内の情勢を混乱させようとする陰謀である』と発表しました。全面的な対決姿勢です」

何を言っているのか……バリは皮肉に思った。イラク正式政府に、ラガーンからどれだけの金が渡っているか。それを無視してこんなコメントを出したとしたら、イラク正式政府こそ非礼、非常識である。ビジネスの礼儀を知らない。「トラブルは金で解決する」のがラガーンの現実的な生き方であり、これまでもそれで、中東情勢の混乱を生き延びてきた。

「続いて、世界各国の反応です」

アメリカ、イギリス、フランス、中国……各国首脳のコメントが紹介されたが、一言でまとめれば「戸惑い」だ。イラクのように強硬な態度に出ようとしているわけではなく、取り敢えずは「静観」。

簡単に対応できないのは当然だ。

何故なら、まだラガーンには正式な政府がないからだ。バルレ・ナムが交渉を引き受けるはずだが、彼はのらりくらりと話を誤魔化すだろう。それこそが作戦なのだが。

我々は固まらない。

固まってどこかにいる人間を攻撃、ないしは何らかの方法で対処することは難しくないのだが、イラクという広い国に散らばっている人間に、まとめて対処することは難しい。

しかもラガーンの場合、イラクだけではないのだ。世界各地に散った同志の所在をすべて把握することなど不可能だし、ニューヨークやロンドンの金融業界で働いている人間を拘束したりすれば、国際金融が麻痺する。

大国には、打つ手はないのだ。

その隙を突いて、俺は動く。

任されたのは、最も大事な任務だ。俺が失敗すれば、計画が根底から崩壊する。

それだけは避けねばならない。

10……ニューヨーク

最初に動いたのは、米国務省だった。ラガーンの集会が終わった一時間後には、国務次官補のリチャード・ヤングがワシントンからニューヨークへ飛んだ。

機内で、ヤングは苛立ちが爆発しそうになるのを意識していた。外交の専門家として中東問題にかかわって、もう二十年以上。イラク戦争、イランの核開発問題など、二十一世紀に入ってからの中東は、混乱の度合いを増している。正直、もううんざりだった。イラクの国内情勢がやっと落ち着き、これから少しは腰を落ち着けて仕事ができるかと思っていた矢先に、この問題である。

出発する前に、ヤングは主だった部下を集めて、短いが激烈な説教を行った。ラガーン独立——こんな情報は初耳だ、今まで一体何をやっていたのだ、と。これだけ強烈に雷を落とすのは、そうすれば連中が百パーセントを超えるパワーで動き出すと分かっているからだ。一時間——それこそニューヨークへ飛ぶ間に、ある程度は今回の動きの背景を探り出すだろう。それを持って、バルレ・ナムと対峙する——意外なことに、バルレ・ナムを首班とするラガーン臨時政府は、ヤングの面会要請を受け入れた。真意が読めない。

ニューヨークに到着し、国務省の車で空港からマンハッタンまで移動する間に、ヤングは届き始めた資料に目を通した。全てを頭に叩きこむことは不可能だと思ったが、ブルックリン・ブリッジを渡り終える時には、取り敢えず対決の準備はできた、と確信していた。資料を読みこむ能力、それを生かして相手と喧嘩する力に関しては、ヤングは絶対の自信を持っている。

ラガーン臨時政府の入る「ニューヨーク・アナワラ・ビル」はマンハッタンの南部、フェリービルのすぐ近くにある。

「ちょっと、通り過ぎてくれ」

ヤングは運転手に命じた。事情を察した運転手は、少しスピードを落としてビルの前のウォーター・ストリートを走った。それでビルの前の様子がよく見えるようになった。ビルの前は広場になっていて——集会はここで行われた——テレビ局の連中がビルを撮影したり、道行く人にインタビューを試みたりしている。こいつはまずい……自分はメディアに顔を知られた存在だから、正面から突っこんで行くと、マイクに囲まれるだろう。今は、メディアの攻勢は避けたい。

「裏に回ってくれ」

指示された通りに、運転手が車を走らせる。サウス・ストリートはイースト川に沿った通りで、その脇をマンハッタンの大動脈、ＦＤＲドライブが走っている。すぐ近くには、ニューヨーク市の「ベトナム・ヴェテランズ記念プラザ」があり、ヤングもベトナム戦争初期に従軍した父に連れられて訪れたことがあった。いろいろと印象的な場所なのは間違いないが、今は感傷に浸っている時間もない。

「ニューヨーク・アナワラ・ビル」の裏手に車を停め、別サイドの入り口からホールに入る。さすがにビルの中は警備が厳しく、メディア関係者は入りこんでいないようだった。

ビルの総合受付で、バルレ・ナムにつないでもらう。連絡がつく間、横の壁に並んだ入居者の一覧を確認したが、やはり金融関係の会社が多いようだ。名の知れた弁護士の事務所、それにスポーツエージェントの名前もある。アナワラ・ビル自体は、ラガーン人の富豪の寄付によって建てられたもので、立地条件もいい。ここに入ることは、一種のステータスにもなるのだろう。入居者が、今後も喜んでここで仕事を続けるかどうかは分からないが。状況によっては、ラガーンは国際的な嫌われ者になる可能性もある。

バルレ・ナムのオフィス――ラガーン臨時政府のオフィスでもある――は、最上階の十七階にあった。こちらに同行しているのは、近東局の若い職員二人だけ。君たち、銃の用意は怠りないだろうな、というジョークを、ヤングは頭の中で押し潰した。ラガーンは非常に平和的な民族だとは聞いているが、今回ばかりは分からない。暴力的な手段以外で、イラクの真ん中に国を再建できるはずはないのだ。大量の武器の一部が、アメリカに住むラガーン人の手に渡っている可能性も考慮しなければならない。場合によっては、「テロの可能性がある」として司法当局に委《ゆだ》ねなければならないかもしれない。

オフィスは、一般の会社のオフィスと大きく異なってはいなかった。ワンフロア全てをぶち抜き、広々と明るい雰囲気だったので、ヤングは少しだけ気が抜けた。密かに独立を目論《もくろ》む異教の集団のアジトとして、もっと秘密めいた空気を予想していたのだが。

一つだけ、異様な感じを醸し出しているのは旗だ。フロアのほぼ中央にだけはデスクがなく、その部分に天井から巨大な旗がぶら下がっている。赤い円が紺色の三角形を囲むデザイン。非常にシンプルなこのシンボルが、ラガーンの国旗だとでも言うのだろうか。

オフィスの一番奥にあるスペースで、バルレ・ナムは待ち受けていた。きちんと背広を着こみ、黄色いネクタイで胸元を飾っている。年齢五十七歳、これまでのキャリアも少しは調べていた。伝説のトレーダーとして巨万の富を築き上げたものの、若くして引退。その後の動きは不明――今日、分かった。ラガーンの首班に祭り上げられたのだ……それは、ヤングには意外でもあったが。ラガーン人は、若くして一線を退く習慣を持っているという。責任ある立場を早く若い人たちに譲り、社会を常に若い状態に保つ——というのがその理由だ。権力を得る代わりに、若者は年寄りたちを養う義務を課される。

ヤングは、バルレ・ナムと握手を交わした。肉厚の柔らかい手で、しっかりとした力が感じられる。それにしても、ハンサムだ。五十代後半という年齢なりに顔は緩んでいるが、それがまたいい味になっている。

ナムは、座り心地のいいソファを勧めてくれた。窓が床から天井まであるので、FDRドライブやイースト川、ガバナーズ島まではっきりと見える。もっと天気のいい日なら、スタテン島までが見渡せるかもしれない。まさに一等地で、彼らの財力の規模が分かる。

ヤングは首を振り、一瞬ぼんやりとしてしまった気持ちに活を入れた。

「今回の宣言の真意について、お伺いしたい」

「会見で喋って、リリースを出した通りです」ナムの声は低く、深みがあった。妙に説得力がある。

「あまりにも突然で、政府も混乱している。大統領は、そちらの真意を知りたがっています」

「と言われても、あれがすべてなので」ナムが肩をすくめる。

「理解に苦しみます。今まで、こんな話はまったく出ていなかったではないですか」

「我々は——ラガーンの人間は、誰でも知っていることです。古くからの伝承に則《のっと》ったものですからね」

「しかし……それを世間に広めることはしなかった」

「我々は、世間から注目されるべき存在ではありませんから」どこか白けた口調で、ナムが言った。「透明な存在として、世界経済の安定に寄与する——それだけでした。少なくとも今までは。ただ、国を持たない民族の末路がどうなるかは、あなたもよくご存じでしょう。領土あっての国家なんだ。それがなければ、いかに民族として一枚岩だと叫んでも、世界は認めてくれない」

「だから国を作るんですか？」

「だからというか、それが伝承による決まりですから」

どうにもはっきりしない。しかしナムは極めて真面目な表情で、ヤングの顔を凝視していた。吸いこまれそうな目つきだ、と危機を覚える。交渉事において、目は非常に重要な役割を果たす。相手を信用させるも疑わせるも、目一つ、という説もあるぐらいだ。その考え方で言えば、このナムという男は、なかなかのタフ・ネゴシエーターである。何を考えているか分からない不気味さもあった。

「その伝承は、何か文章の形で残っているのですか」

「もちろん。門外不出ですが」

「それでは……言い伝えだけを元に、国を再建しようというのは、かなり無理があるんじゃないですか」ヤングは慎重に言葉を選んだ。本音としては「リアリティゼロ」である。「夢想」という言葉も脳裏を過《よぎ》った。「だいたい、本国ではなくニューヨークで発表したのはどうしてなんですか？　イラクには、ラガーンの自治政府があるでしょう」

「あれは、政府とは言えないですね。せいぜい、『銀行』です」

「トルキィのことですか？　海外からの送金の窓口ですね？」

「少しは予習されてきたようですね」ナムの顔に、初めて笑みが浮かんだ。「それは、我々にとって長年の大事な習慣です。海外で稼いだ人間が、イラクに残った家族に送金して、支える。大抵のことは金で解決できますからね。それで我々は、中東の動乱を生き延びてきました」

「それは分かりますが……あなたたちは、政府としての正統性があると考えているんですか」

このままだと、一種の「亡命政府」のような形になるのではないだろうか。アメリカとしては、そういう複雑な事態は避けたい。国内に火種を抱えこむことになる。

「いや、我々はイラクに戻ります。あそこにこそ、我々の都があるから」

「イラク政府を乗っ取るつもりじゃないでしょうね」

突然、ナムが声を上げて笑う。低音の笑い声は、ある種の狂気を感じさせ、ヤングはぞっとして目を逸らした。ソファに背中を押しつけ、ナムと距離を置く。

「あり得ない。イラクはイラクです。我々は、彼らの苦労も目の当たりにしてきた。今ようやく、安定を取り戻しつつあるのに、今更それを妨害するつもりはありませんよ。それを言うなら、ラガーンはあらゆる国家、あらゆる民族と争うつもりはない。彼らの自治と自由を最大限に尊重します。我々の最大の目的は平和ですから」

「では、どういう形で……」

「本来我々の土地だったところに、新たな都を作るだけです」

話がおかしな方向に流れている。気をつけろ、とヤングは自分に警告を発した。こいつの言っていることは、基本的に荒唐無稽だ。根拠は何もなく、妄想に近いのでは、とヤングは思った。

「失礼ですが、その土地がラガーンのものだということは、どうやって証明できるのですか」

「それは、今は言えません」ナムの表情が突然引き締まる。

「言えないと言っても、そこがはっきりしなければ、主張する根拠がありませんよ」

「我々にとっても最大の秘密、切り札なのです。それを今、明かすわけにはいかない」

ハッタリではないか、とヤングは疑った。しかし、何かあるのは間違いない。何の根拠もなく、突然「土地を寄越せ」と言い始めたら、それは内戦の始まりだ。

「根拠の薄い話ですね」

「根拠はあります」

「だったらそれを示して下さい」ヤングも勝負に出た。ここで引いたら、彼らは強引にこの計画を推し進めるだろう。

「それはできません。あなたたちに対して見せるべきものでもない」

「では、誰に……」

「イラクでしょうね。我々は、イラクから独立しようとしているのだから」

「バビロンを都にして」

「新バビロンです。我々は、四千五百年前の自分たちの都を原バビロンと呼んでいますから、それに対比する名前です……そして今がまさに、その都を復活させる時なのです」

「あの辺りで、石油が出たという情報がありますね」

ナムが黙りこむ。引きこまれるようなその目からは、心の内が読めない。ブラックホールだ、とヤングは思った。本心を呑みこみ、自分からは一切何も出さない。気を取り直して――かなりの努力を要した――続ける。

「仮に、あなたたちが主張している場所に新バビロンを建設したら、石油の利権はあなたたちのものになるでしょう」

「偶然の話ですね。我々は、石油が欲しくて新バビロンを建設するわけではない。元々あった原バビロンを再建するだけです。その近くで石油が出ようが天然ガスが出ようが、それは偶然に過ぎない」

「——これまでのアメリカとの友好関係はどうなるんですか？　だいたいこの件も、事前に教えて貰えれば……」

「秘密裏に進めなければならない話でした。もちろん、アメリカとの友好関係は変わることがないと信じています。我々の希望は平和ですから。友情は、どんなに世界情勢が変わっても、変化しないはずです。多くのラガーン人はこの後もアメリカに住み続け、アメリカのために金儲けを続けるでしょう。それに、イラクにいても今まで通りに、情報のやり取りは続くでしょうね」

確かに……イラク戦争において、ラガーンはアメリカ軍の重要な情報源になった。「静かなる民」と呼ばれたラガーン人は、実は極めて優秀な諜報員だったのである。彼らのおかげで、軍事行動はスムーズに成功し、以降、アメリカとの関係はさらに良好になった。もちろんそれ以前にも、金融ビジネスを通じて、ウォール街ではラガーン人とアメリカ人が普通に一緒に働いていたのだが、イラク戦争以降、イラクにいるラガーン人とアメリカとの関係はより強固になった。

それなのに、これほど大きな——国家設立の動きが読めなかったとは。それだけ上手く秘匿していたのだろうが、自分たちの情けなさには腹が立ってくる。

「あなたは、ブラックマンデーを経験していますか」

「いえ」唐突な質問に、ヤングは短く答えた。「その頃は、海軍にいました」ヤングは一九六一年生まれだ。ブラックマンデーの一九八七年といえば、二十六歳。

「私は、ウォール街が爆発したところを、目の当たりにしましたよ。ただあの時も、騒ぎは最初だけだったんです。比較的早く沈静化した……グリーンスパンの対応も見事でしたね」

唐突に元FRB議長の名前が出てきて、ヤングは戸惑った。ヤング自身は、経済については素人も同然である。

「最初は大変なことに見えても、実態は大した混乱ではない……世の中にはそういうこともあります。常に中長期的な視野を持たないと」

「ラガーンの独立もそういうことだと？」

「今の話は一般論ですよ」ナムの顔に笑みが浮かんだ。「とにかく、これだけはお約束します。我々は争いを好まない。血を流すなど、まっぴらごめんだ」

「しかし先日、スウェーデンではロシア製のヘリを使って攻撃を仕かけましたね。乗務員は、二人ともラガーンの人間だった。実際には血を流しているではないですか」

「その件については、私にはコメントできることはない……とにかく、新バビロン建設については、穏便に話が進むでしょう。アメリカが心配することではありません」

そう言われて納得できるものでもない。しかしヤングは、続けるべき質問を思いつかなかった。

11……ストックホルム

電話で話し終えたウォンは肩をすぼめ、両手を丸めて息を吐きかけた。ウォール街にいるラガーンのネタ元に、建国宣言の様子を聞いたばかりである。しかし、ウォンが知っている以上の情報はなかった。それにしても、寒い……明らかに氷点下だ。今こんな陽気だと、真冬にはどうなるのだろう。空は低く、みぞれがコートを濡らす。傘をさせばいいのだが、いざという時には邪魔になるだろう。自ら張り込みする必要もないのだが、ただホテルの部屋やCIAの支局に詰めて待っているのも馬鹿馬鹿しい。看過できない緊急事態なのだ――キャップ自ら現場で動く必要がある。

「わざわざ寒い思いをしなくてもいいんじゃないですか」

声に振り向くと、グリーンが立っていた。両手にコーヒーカップを持っている。

「悪いな」受け取り、さっそく一口啜る。スウェーデンのコーヒーはかなり濃厚で苦みも強いが、癖《くせ》になりそうだ。どこの国にも、一つや二つは美点があり、スウェーデンの場合はコーヒーがそれに当たると言えよう。これでドーナツがあれば最高だが。

二人は、川からの風を背中に受けながら、マンションの監視を続けた。無数の島から成るストックホルムの中でも、この島は市庁舎、警察本部などを抱える行政の中心だ。そして、ＩＬＬの爆破で負傷したアイラ・リンが住む場所でもある。ラガーンの上流階級の娘が住むにしては質素な建物だが、ラガーン人は変なところで見栄を張らない。いくら国際金融界で活躍する人が多いといっても、基本は質素な荒野の民なのだ。

道路沿いの建物は色がばらばらなのだが、高さは揃っている。景観に関する条例でもあるのだろうか。夏の晴れた日なら、なかなか味わいのありそうな光景なのだが、冬が間近い今の季節だと、寒々とした印象しかない。ＣＩＡ本部のあるバージニア州も、冬は最低気温がマイナスになることもあるが、こんな風に心まで凍りつくような日に遭うことはまずない。

「昨日のニュースですが……」グリーンが切り出した。

「何か続報は？」ウォンがラガーン建国の一報を聞いたのは、昨日の夜だった。ニューヨークの、ラガーン系ビルの前に数百人のラガーン人が集まり、臨時政府首班を名乗るバルレ・ナムが十一月九日をもってバビロンの再建を宣言した――正直、腰を抜かした。事態が動いていることは独自に把握していたが、まさか昨日、こんな重要な話が出るとは。その後も続報を追い続けたが、ラガーンは新しいコメントを一切出していないし、動きもない。独自のインターネット放送局が、昨日の集会の模様と声明を繰り返し放送しているだけだった。国務省がナムに接触したようだが、有益な情報は引き出せなかったようである。

しかしこの件は今後、国務省が主導権を握って対策を取ることになるだろう。既に外交問題になってしまっているのだ。ＣＩＡとしてできることは限られる……しかし、「謎」はまだ消えていない。ラガーンの連中は、自信満々に「建国」を宣言したのだが、その自信はどこから来るのだろう。イラク政府は既に「拒絶」の意思を表明しており、イラクの国内問題としても火種になりそうだ。

「特にないですね」グリーンが素っ気なく言ってコーヒーを啜る。「十一月九日なんて……もうすぐじゃないですか。本当に、そんな短い時間で国が作れるんですか？」

「巨大な政府庁舎を想像しているとしたら、まず無理だろうな」

「バグダッドからも遠くないですよね？　何でそんなところに？」

「俺に聞くな」ウォンは肩をすくめた。裏の事情は、独自の調査で次第に分かってきていたが、まだ確信はない。「どっちにしろ、荒野の中だろう。妙なことになりそうだな」

「テントを大量に張って、難民キャンプみたいな感じになって、そこを『国』だと言われても困りますよねえ」

「国家」の定義には諸説ある。しかし常識的に考えれば、「国民」「領土」「統治機構」が三本柱だろう。ラガーンには「国民」はいる。「統治機構」は、臨時政府がそれに当たるだろう。問題は「領土」だが……ウォンの頭の中では疑問符が駆け巡っていた。臨時政府以外に、ラガーンの「自治政府」らしきものは既にイラクにある。これと、バルレ・ナムをトップに抱く「臨時政府」との関係はどうなっているのだろう。

「ちょっと電話してくる」ウォンはコーヒーを飲み干し、携帯電話を振った。

「どちらへ？」

「個人的なことだ」

少し素っ気なかったかなと思いながら、ウォンは歩き出した。グリーンは粘り強い男だから、一人で張り込みを任せても大丈夫だろう。それに間もなく、応援が一人来るはずだ。ストックホルム支局の人間で、車を用意してくる予定だ。車さえあれば追跡も楽だし、何より寒さに耐えずに済む。

ウォンは、ぶらぶらと市庁舎の方へ歩いて行った。ストックホルム市庁舎は、全体が茶色いレンガ造りで、青々とした蔦《つた》が絡まり、いかにも歴史を感じさせる。窓などは非常に凝《こ》ったデザインで、アメリカの古い建物がヨーロッパの「コピー」だとすれば、いかにも「本物」の感が強い。アメリカは所詮《しょせん》若い国だからな、と皮肉に考えた。

市庁舎と川の間のささやかな広場は、石畳の間に芝生が綺麗に敷かれたデザインだった。ウォンは端にある手すりに手をかけ、みぞれに濡れてひんやりとした感触を楽しんだ。寒いのは寒いのだが、何となく体の中に熱が籠っている感じがする。川が近い——水面ぎりぎりに建物が建てられているのが分かった。この辺りは、何となくマンハッタンを彷彿《ほうふつ》させる。対岸のブルックリンから眺めると、水面《みなも》に摩天楼が浮いているように見えるのだ。この川は、増水することはないのだろうか、と心配になる。しかも一部には手すりのない場所があり、屈《かが》みこんで手を伸ばせば、水に触れられそうだ。子どもが落ちる事故が絶えないのではないか、とウォンは想像した。

電話を取り出し、相手を呼び出す。昨日の今日だから、出ないかと思っていたが、意外にもすぐに反応した。しかも、すぐ近くにいる……驚いたが、ある意味事件の中心地であるこの街で、調べることがあるのだろう。上手くいけば直接会って、情報交換ができる。もっともこちらには、渡すべき材料がほとんどないが。

会話は五分。ラガーン内部の分裂も相当深刻なようだ。とにかくバビロン再建は、誰にも歓迎されていない。ラガーンとは近い関係にあるアメリカにとっても、どう対処すべきか難しいところだ。そこにロシアが絡んでくるわけで、事態は表面に見えている以上に複雑である。わずか五分の会話では、ウォンは背景にある物を完全に理解することはできなかった。これはやはり、直接会わないと。時間を作るのは難しいかもしれないが、キャップ特権で何とかしよう。

背中が丸まってしまう。寒さを跳ね返すために、人間は自然に体を丸める本能があるのだろうか。一歩を踏み出した途端、電話が鳴った。グリーン……動きがあったのだろうか。

「どうした」

「出て来ました」

「一人か？」

「ええ」

「普通に歩いているのか」

「そうですね」

タフな女だ、と感心した。事故の直後は意識不明の重態だったのだが、わずか数日で回復し、退院してしまったのだ。ウォンたちが掴んでいる容態は、左腕の骨折と、全身打撲。命にかかわる負傷でないとはいえ、恐怖は簡単には克服できないはずなのに。

「……車を呼んだようです」

「出かけるのか」

「そのようですね……すぐに戻れますか？」

「三十秒だ」言って電話を切り、ウォンは駆けだした。走るのは苦手だが、この際仕方がない。濡れて滑る石畳の道を思い切り蹴って、ダッシュする。

ストックホルム支局の人間が用意したボルボは、先ほどウォンが立っていた通りから一本川寄りの、細い一方通行の道路に停まっていた。この道路は奇妙な造りで、アイラ・リンのマンションの前の通りと細い通りの間に、駐車場が横に長く広がっている。幅広い道路が、駐車場によって分断された感じだ。

ウォンは、ボルボの後部座席に飛びこんだ。すぐに車が発進する。細い道路をかなりの速度で疾走したが、問題のタクシーは見当たらない。

「大丈夫なのか？」ウォンは苛ついて訊ねた。

「問題ありません」助手席に座るグリーンが、涼しい口調で答える。「向こうの通りを走っているんです……この道路は、すぐに合流しますから」

複雑な構造の道路──今度は二本の道路の真ん中に自転車専用の道路があった──をボルボは強引に右折し、すぐに左に折れて大通りに入った。目の前には、フォルクスワーゲンのタクシー。

「あれか？」

車の中で振り回されて、ウォンは少し車酔いしたのを意識した。それでも気力を振り絞り、運転席と助手席の間の空間に首を突っこむ。

「間違いないです」グリーンが冷静な声で答える。

「よし、逃がすな」命じてから、ウォンは後部座席に背中を押しつけ、腕組みをした。怪我人が、いったいどこに行くつもりなのか。彼女は、この件で重大な役割を担っているのではないか、とウォンは疑念を抱いた。

12……ストックホルム

午前八時……俺はまどろみの中にいた。自分で考えていたよりも、疲れが溜まっていたのだろう。一度、七時に目覚めたはずだが、そのままま た寝入ってしまったのだ。眠りから俺を引きずり出したのは、一本の電話だった。聞いたことのある声だが、思い出せない。しかしすぐに、アイラ・リンの弟、ウォリドゥだと思い出した。

「どうも」寝起きで、つい無愛想な声を出してしまう。

「朝早くから失礼します」

弟はあくまで礼儀正しかった。昨日もそうだ。負傷した姉を思いやるのだったら、俺を追い返してしまってもよかったのに。ラガーン人というのは、こういう礼儀正しさが特徴なのだろうか。アイラ・リンも、最終的には俺に警告しただけで有益な情報は一つもくれなかったが、それでもどこか申し訳なさそうにしていたのは分かった。隠し事を恥じるような感じも……。

「昨日は、申し訳ありませんでした」

「いや、こちらこそ、急に押しかけて失礼しました」礼儀には礼儀で。俺は意識して低く、ゆっくりとした口調で話した。「何かありましたか？」

「いや、実は……あの後、姉はずいぶん悩んでいた様子なんです」

「そうなんですか？」

「あなたが帰った後、しばらくぼんやりしていて……『あれでよかったのか』とぽつりと漏らしましてね」

「あなたは、何か知らないんですか」急に意識が鮮明になり、俺は突っこんだ。

「私は何も知りません」急に頑なになった。

「彼女は、どういう立場の人間なんですか？」

「どういう、と言われても」

「ラガーン全体の中で……何か特別な役割を負わされているとか」

「ただの研究者ですよ」

「朝飯でも食べませんか？」自分でも唐突だと思ったが、電話で話していても埒《らち》が明かない。向こうから連絡してくれたのだから、この誘いを無下《むげ》に断ることはないのでは、と考えた。

「はい？」

「朝食がまだなんですよ。少しあなたと話がしたい。それとも、お姉さんの面倒を見なくてはいけないんですか？」

「それは問題ない……姉は今日は、病院へ行くことになっていますから」

「だったら……」

「朝食は食べましたよ。よほどのことがない限り、朝七時までには食事を終えています。これでもいろいろと忙しいので」

「では、コーヒーでも」俺は粘った。

「ラガーン人は、あまりコーヒーを飲まないんですよ。基本的には、紅茶なんです」

「紅茶でもミネラルウォーターでもコーラでも、何でもあなたが好きな物を奢ります」俺は次第にむきになってくる自分を意識した。「あなたからもぜひ、話を聞きたいんです。協力して下さい」

結局彼は、折れた。俺は、強引さには自信がある――特に今は。謎を解明するためなら、多少の無理はやってやろうという気になっていた。

アイラ・リンの弟は、戸惑いを隠さないまま、俺に向かって歩いて来た。小脇にヘルメットを抱えている。オートバイ？　俺は思わず目を見開いた。今朝まで、みぞれが降っていたのである。道端が白くなるほどではなかったが、路面の凍結は怖くないのだろうか。待ち合わせたのは狭いカフェで、大柄なスウェーデン人だったら、座っているだけで肩が凝ってしまうかもしれない。しかし細身のウォリドゥは、苦も無く狭いテーブル席についた。俺の視線は、彼がテーブルに置いたヘルメットに自然に引き寄せられた。

「イギリスからバイクを飛ばして来たんじゃないでしょうね」

「まさか」ウォリドゥが苦笑する。「姉のを借りたんです」

「たまげたな」俺は思わず両手を広げた。「彼女がそんなアクティブな人だとは思わなかった」

「そうですね……私も」ウォリドゥの顔からは苦笑が消えない。「イギリス留学中にはまったそうです。スウェーデンでは冬場は無理ですけど、雪が降らない限りは、どこへ行くにもオートバイか自転車を使っているようですね」

俺はコーヒーを、ウォリドゥは紅茶を頼んだ。朝食として、俺はサンドウィッチも。注文し終えて、俺は何とか会話をつないだ。言葉が途切れた瞬間、彼との関係も切れてしまうような気がしていたから。

「命にかかわるような怪我じゃなくてよかったですね」

「運もあったんでしょうね」ウォリドゥがしみじみと言った。「昔から、悪運は強い人でしたから」

「そうなんですか？」

「子どもの頃——姉が七歳ぐらいの時だったかな？　涸《か》れ井戸《いど》に落ちたことがありました。深さは五メートルぐらいあったはずです」

「大変じゃないですか」二階の屋根から落ちるようなものだ。

「それが、怪我一つしないで助け出されて。そういうところがあるんですよ、姉には」

「それは確かに……悪運は強そうだ」里香にはそういう悪運はなかったのだろう――そう考えると、また暗い気分になる。

落ちこんでいるのを鋭く感じ取ったのか、ウォリドゥの方で話題を変えてきた。

「昨夜から大騒ぎですよ」

「何かあったんですか？」昨夜は早々とダウンしてしまったのだ。

「ご存じないんですか？」ウォリドゥが目を見開いた。「ラガーンが建国を宣言したんです。新しい都の名前は新バビロン」

「何だって？」

俺は思わず腰を浮かしかけた。思わぬ勢いだったのか、ウォリドゥがすっと引く。テーブルががたつき、俺のコーヒーが少し零れた。頭の中が真っ白になって、状況がまったく理解できない。

「落ち着いて」

ウォリドゥの冷静な声で、やっと我に返った。ゆっくりと腰を下ろし、コーヒーを一口飲む。何なんだ……話がいきなり広がって、俺の理解を越える。

「どういうことなんですか」

「私も詳しくは知りませんけど、まったく突然だったようです」

　ウォリドゥは一連の出来事を説明してくれた。ニューヨークで、突然数百人が集まった集会が開かれ、その場でバビロン建国が宣言されたこと。あらゆるメディアがそのニュースを流していたこと。アイラ・リンがテレビの画面を食い入るように見ながら、あちこちに連絡を入れていたこと——。

「そういう動きは、以前からあったんですか？」

「話には聞いていました。私も誘われたんですけど、あまり興味が持てなかった……全てのラガーン人が、このタイミングでの建国を歓迎しているわけじゃないんです。私は、時期尚早だと思います」

「建国って、イラク国内に新しい国を作ることになるんでしょう？　そんなこと、可能なのかな」にわかには信じられなかった。それでなくても不安定なイラクの政情が、ますます揺らぐだろう……俺は、クルド人問題を思い起こしていた。独立を求めるクルド人の闘争は、イラクや他の中東各国の安定を揺るがす要因の一つになっている。イラクの場合、今は政権中枢にクルド人がいて、民族的な融和の方向へ向かっているが、抜本的な解決には程遠い。

「いずれは……というのは、我々の伝承にあるんです。新たな国を作るのではなく、かつてかの地にあった国を同じように作り上げる、ということですけど」

「ほとんど同じ意味ですよ」俺は反論した。

「これは私の想像ですけど」ウォリドゥがカップを脇にどけて、テーブルの上に身を乗り出した。「私たちの伝承では、今年の十一月九日が、ラガーンの国再建の日なんです。伝承の中では、大洪水と蛮族の攻撃で私たちの祖先が都を捨ててから四千五百年後に国家が再建される、とあるんですよ」

「その暦は、確実なものなんですか？」

「シュメル人の、天体に関する知識を侮《あなど》らないで欲しいですね」少しむっとした口調でウォリドゥが言った。「天体観測は極めて精緻《せいち》に行われていましたし、暦もしっかりしていました。現代のカレンダーとつき合わせるのも簡単です」

「でもそもそも、四千五百年前……その出来事が間違いなくその日に起きたかまでは、確認できないでしょう。だいたい、本当に洪水は起きたんですか」

「証拠はないですから、信じるか、信じないかです」

「ノアの箱舟のルーツのようなものですか？」

「関係あるかどうかも分かりません。古代メソポタミアでは、洪水は頻繁に起きていたようですから」

俺はまた、里香の言葉を思い出していた。古代においても、その出来事がいつだったか、確実に確認できることがある。主に戦争だが、記録が残っていることが多いので、証明は難しくない、というのだ。洪水と蛮族の攻撃――いわば戦争のようなものだが、その混乱の中で、記録が残っているものだろうか。

「ええ。伝承は尊重すべきものですが、日付については正確には確認できない、というのもラガーンの一般的な考えです。でも、伝承の日付は間違いないと考えている人たちも多いんですよ」

「原理主義者、ということですか?」

「我々は、正しく宗教を伝えているかどうか、よく分かりません」やや自虐的な口調でウォリドゥが言った。「元々シュメル人というのは、それぞれが住む都市神を信仰する民族でした。我々の都市、原バビロンの都市神は、マルドゥクです。マルドゥク神の神像が、信仰の対象だったんですよ。しかし原バビロンは破壊され、放棄された。つまり、信仰で一番大事なものがずっとない状態だったんです。そういうのを宗教と言えるんですかね」

「どうでしょう……」普段考えたこともない話だ。

「今もマルドゥク神に祈りますけど、そのやり方もきっちり決まっているわけではありません。心の中で唱えるだけです。崇《あが》めるべき都市神像も、それを祭る神殿もない。やはり、当時の宗教が正しく伝承されているとは言えないでしょうね」

「あなた、そういう歴史が専門なんですか? 大学でラガーンの歴史を勉強しているとか?」

「違いますよ」ウォリドゥが苦笑した。「そういうのは、子どもの頃から徹底して叩きこまれますから、自然に覚えてしまうんですね。ラガーン人なら、誰でも知っていますよ」

俺はコーヒーをまた一口飲み、サンドウィッチを齧《かじ》った。前の日の売れ残りではないかと思えるほどぱさついていて、飲みこむだけで精一杯だった。言葉を失う……頭は混乱していて、質問を継げなかった。

「ラガーンも、決して一枚岩ではないんです」ウォリドゥがぽつりと言った。「私のように海外で生活している人間の方が圧倒的に多いし、海外に住むうちに、その国の国籍を取得してしまう人も少なくありません。バビロンを再建したいという思いは多くの人が持っていますけど、それほど強い感じでもないんです。常識では、いつかは再建するにしても、そんなに性急に進めるべきではない、という考えが主流でしょうね。何しろ、イラクの国内情勢が安定していませんから……この状態で国家を樹立するなどと言い出したら、また混乱しますからね。ラガーンは、基本的に争いを好まない民族なんです。できるだけ穏便に、ということですね」

「その割に、今回の話はずいぶん急――というより乱暴な感じがしますが」

「そうなんですよ」真剣な表情でウォリドゥがうなずいた。「どうも、『過激派』とでも言うべき人たちがいたようなんですね……変な話ですが、我々は金は持っています」

俺は思わず苦笑してしまった。その件はあっさり認めるのか……しかしウォリドゥが依然として真剣な顔つきだったので、俺もすぐに表情を引き締めた。

「もしかしたら過激派は、こういう時のために資金を貯めこんでいたのかもしれません。国を一つ作るのに、どれぐらいの金が必要になるか、分かりませんが……実際にこの建国運動に関わる人たち以外にも、シンパはいるでしょうからね。必要なだけの金は集まると思います」

俺は「過激派」という言葉から連想される強硬策に思いを馳《は》せた。ＩＬＬの襲撃、里香を追跡した一団、オーレスン・リンクで襲ってきた連中……あれもラガーン人だ。もしかしたら「過激派」の犯行だったのだろうか。それも、新バビロンの建設と何か関係があるような……。

「ミスタ・タカミ？」

声をかけられ、はっと顔を上げる。いつの間にか、腕組みして考えこんでしまっていた。

「失礼」咳払いして、質問をぶつける。「今回の一件にも、過激派が絡んでいるのでは？」

「それは、私には分かりません」ウォリドゥが自信なさげに首を横に振った。「一連の事件については、分からないことだらけなんです」

「タブレット……バビロン文書が、何か重要な役割を持っているとか？」だから奪還を企《くわだ》てた、というのはあり得るシナリオだ。

「そういう風に言われています。我々の伝承の中にもバビロン文書の存在が示されていますから。それが、バビロン再建の基礎になるものだと……」ウォリドゥの声が揺らいだ。

「バビロン文書の内容については、アイラ・リン以外にも専門家がいるんじゃないですか」昨日のアイラ・リンの態度を思い出すと、これ以上情報を引き出すのは無理に思えた。絶対にまだ、隠していることがあるはずだが。「その国の歴史を調べている人は、いるでしょう」

「そう、ですね。いるでしょうね」

「そういう人に聞いてもらうことはできますか？」

「私が、ですか？」ウォリドゥが自分の鼻を指差した。「いや、しかし……私はただの学生ですよ。専門も違います」

「でも今、あなたの故郷は大揺れしている。今後、あなた自身も大変なことに巻きこまれるかもしれないじゃないですか。その時に、何も知らないでいるよりも、基礎知識があった方が、危険を回避できるはずですよね」

「そんなことがあると思うんですか？」

「実際、お姉さんも襲われたじゃないですか」

ウォリドゥの喉仏が上下する。無事を確認し、快方に向かっている姉しか見ていないから、危機感が薄れていたのかもしれない。

「あなたには感謝している。どうしてここまでよくしてくれるんですか？」

「あなたの恋人の話、聞いています。大変な思いをしている人を助けるのは、ラガーン人の常識なんですよ」

「甘えついでにもう一つ、もう一度、お姉さんに会わせてもらえませんか？」

「そうですね……」ウォリドゥが顎を撫でた。「会う、会わないは姉の意思ですけど、あなたが訪ねて行く分には、私は止められません」

「用心に越したことはない――そして、用心というのは、十分な情報なくしてできないものなんです」

「分かります」

「今日、彼女は診察ですか？」

「ええ。午前中一杯かかると思います。少なくとも姉は、そう言っていました」

「取り敢えず、病院に行ってみます」俺はコーヒーを飲み干した。「しつこいと思われるかもしれないけど、私にも、事実を知る権利はあると思っています」

最初の一口齧っただけで、ほとんど残ってしまっている。結局サンドウィッチは、
　俺の立場に同情したのか、ウォリドゥは病院まで送る、と申し出てくれた。男の腰に摑まってバイクの後ろに乗るのは何となく変な感じがするが、せっかくの申し出を断るわけにもいかない。バイクはホンダのＣＢ。どことなくアニメに出てくるようなロボットを彷彿させる顔つきだ。欧米では、こういうデザインが「日本製」として受けるのだろうか。

バイクの感覚も久しぶりだ——学生の頃は乗っていたのだが、乗らなくなってからずいぶん時間が経つ。当時も、誰かの後ろに乗る機会はほとんどなかったのだが、「バイクに乗る」感覚が失われていないので助かった。さほど前傾姿勢がきつくないので、ウォリドゥの腰には左手だけを回し、右手は後ろのグリップを掴むことにした。

それにしても——強烈なバイクだ。日本製バイクの高性能ぶりはよく分かっているが、海外輸出モデルのせいか、国内版よりも限界を高くチューニングしてあるようである。直列四気筒のエンジンは、少しアクセルを開けると甲高《かんだか》い叫び声をあげ、ぐいぐい加速していく。道路事情がさほどよくないストックホルム市内では、この性能は過剰ではないか、と思った。アイラ・リンが、本当にこのマシンを普段の足として使い、乗り回していたのか、疑問だ……里香は同乗したことがあるのだろうか。

ウォリドゥは時に乱暴に加速を試みるので、つい腕に力が入ってしまい、忘れかけていた肩の痛みを意識することになった——ウォリドゥは、ストックホルム市内の道路事情も把握しているようで、迷わずCBを走らせる。ああ、そう言えば……この辺は警察本部の近くだった、と俺は付近の光景を思い出していた。あそこで事情聴取を受けたのはほんの数日前なのだが、はるか遠い昔のことのように思える。

ツーリングは短い時間で終わった。ウォリドゥは西へバイクを走らせたのだが、問題の病院は、警察本部から二キロほどしか離れていなかったのだ。

それでも俺には、十分刺激的な時間だった。バイクを降り、ヘルメットを脱いでウォリドゥに渡す。周囲を慎重に見回したが、誰かに跡をつけられている気配はなかった。

「終わるのを待つしかないでしょうね」

「そうですね。診察室に突入するわけにはいかないでしょうし」ウォリドゥが苦笑した。

「あの……一人で大丈夫ですか？」

「大丈夫でしょう。ここまで連れてきてもらっただけで十分ですよ。後は一人で何とかします」

「私はちょっと、ここから離れたいんですが……」

「何か、用件でも？」

「あなたに言われて、気になってきました。この一件の背景には、何かとんでもないことがありそうですね」

「それは間違いない」

「ストックホルムにも、ラガーン人が住んでいるんです。そういう人たちに会ってみますよ」

「ええ」

「何かあったら、連絡して下さい」

「分かりました」

援軍が一人できた気分になる。少なくとも、俺に敵意を持っていないラガーン人だ。

「バイクはここへ置いていきます」ウォリドゥが、俺にキーを渡した。

「どうして」

「この時期のストックホルムで、バイクは無謀でした」そう言うウォリドゥの唇は白くなっている。「我々は元々、寒さにはそんなに強くないので。私はバスか地下鉄で移動します。申し訳ないんですけど、バイクは姉のマンションに戻してもらえれば」

「それは構わないけど……」戸惑いながら、俺はキーを握った。

「あなた、バイクが好きでしょう?」ウォリドゥがにやりと笑う。「何だか嬉しそうでしたよ」

「昔、乗っていましたからね」

「何ですか? ホンダ?」

「カワサキ」懐かしのZZR400。あれもバケモノの系譜につながる一台だった。

「じゃあ、大丈夫でしょう。何だったら、姉を乗せて戻ってもらっても構いません。それができたら、だいぶ気を許した証拠でしょうね。ただし、姉が運転しないように、気をつけて下さいね」

「それはさすがに無理じゃないかな。骨折してるんだし」バイクに乗るのは、一種の全身運動だ。変な話、左手の小指を骨折しているだけでもクラッチが握れなくなるし、振動は怪我の痛みを増加させる。

「とにかく、よろしくお願いします。また後で連絡を取り合いましょう……ただ、姉には、私とあなたが協力し合っていることは、内緒にしておいた方がいいでしょうね」

「ああ……彼女は厳しそうな人だから」

「実際、厳しいんです。私は頭が上がらないですから」

そういう人が、自分のバイクを他人が乗り回していることをどう思うだろう……不安になったが、ここはウォリドゥに従うことにした。もしかしたら、一台のバイクがきっかけで、アイラ・リンと打ち解けられるかもしれないし。

ウォリドゥが去ってからしばらく、俺はひたすら待ち続けた。待合室を確認し、おそらくアイラ・リンが出て来るであろうルートを想定する。一応、正面の出入り口を張っていればいいだろうと判断した。ウォリドゥによると、アイラ・リンは病院へ行くのに今朝はタクシーを使ったというし、帰りも同じにする可能性が高い。タクシーを呼ぶなら、正面の出入り口を指定するのが普通だ。

待つ間に、俺はラガーン建国に関するニュースをチェックした。日本のメディアは国際問題に弱いから——関心がないとも言える——アメリカのニュースサイトを中心にする。特にニューヨーク・タイムズが詳しかった。いわばお膝元で起きた一件だし、あの新聞は、国際報道でも定評がある。

昨日の出来事の流れを頭に入れてから、各国の反応をチェックした。アメリカとロシアは「情勢を見守る」だったが、フランスとイギリスの声明は、一歩踏みこんで「ラガーンに慎重な対応を求める」ニュアンスだった。「当事者」でもあるイラクは「絶対反対」。それはそうだろう。自分の領土をむざむざ譲り渡すはずがない。

これは、相当ややこしいことになる。自分が関係しているわけではないが、俺はにわかに不安を覚えた。オートバイのシートに横座りになり、両手を膝に乗せたまま、病院の出入り口を凝視する。もしかしたら過激派は、「ＩＬＬ」ではなく「アイラ・リン」を襲ったのではないか？　実は彼女が、ラガーン独立の重要なキーになる人物で、拉致《らち》を狙ったとか。

だとしたら、彼女にくっついている俺も、相当危ないことになる。過激派は、一度襲撃に失敗していると言っていいのだ。もう一度襲わないという保証はない。

エリクソンに連絡すべきかもしれない。捜査は既に軍や公安警察の手に渡っているかもしれないが、対テロ担当のエリクソンが、何もせずに手をこまねているとは思えなかった。こちらの推理を話し、アイラ・リンをどこか安全な場所に匿《かくま》う――無理だ。俺は、彼に何も話していない。秘密を抱えてしまった状態で、どことなく後ろめたいのだ。

一台の車がすっと走ってきて、正面出入り口の前で停まった。ベンツＳクラス……ずいぶん豪勢な車だな、と考えながらぼんやりと見やる。運転席に座っている男はサングラスをかけており、表情ははっきりと窺えない。リアのウィンドウはスモークガラス――何か気になった。

腕時計を見る。十一時四十五分。ここに来てから既に、一時間半が経っていた。午前もそろそろ終わり、アイラ・リンが出て来るかもしれない。

正面入り口を塞ぐように駐車しているベンツのせいで、様子がよく分からない。俺はバイクから降り立ち、建物へ向かった。あまり長く待つことにはならないだろうから、ロビーで時間を潰していても、不審な目で見られることはないだろう。

歩き出した瞬間、アイラ・リンが病院から出て来るのが見えた。どことなく疲れた表情――診察だけでも、病院というのは疲れるものだ。同情しながらも、一刻も早く彼女と話そうと、俺は小走りで近づいた。

ふいに、アイラ・リンの姿が消える。短い悲鳴。何かあった――俺は反射的に駆け出した。見ると、ベンツの陰で、アイラ・リンと男が揉み合っている。アイラ・リンもそれほど小柄ではないから、簡単にはコントロールされていないが、いつまでも抵抗は続けられないだろう。何しろ怪我を負っているのだ。

クソ、白昼堂々、何をする気なんだ？　近くには多くの人がいるのだから、助けてくれてもいいのに――頭の中で恨み節を転がしながらも、俺はダッシュした。

ベンツのトランクルームに飛び乗り、その勢いのままルーフに乗って、一気に飛び降りる。アイラ・リンの右腕を摑んでいた男の脳天に、肘《ひじ》を叩き落とす。肘の堅いところが脳天にぶつかり、男が短い悲鳴を上げながら、アイラ・リンを放して後ずさった。俺はすかさず追撃し、両手で頭を押さえて前屈みになった男の膝に蹴りを入れる。痛めたところを続けて狙うという喧嘩の鉄則からは外れたやり方だが、それでも男は後ろに吹っ飛んだ。

これで大丈夫――と思って振り向くと、第二波の攻撃がアイラ・リンを襲おうとしていた。後部座席のドアが開きかける。俺は慌てて駆け戻り、ドアを蹴飛ばした。勢いよく閉まるドアに足を挟まれ、男が悲鳴を上げる。ドアハンドルを持って思い切り引っ張り開け、さらに体重を乗せてドアを閉める。何かが折れた感触があったが、無視して、その場で呆《ぼう》然《ぜん》と立ち尽くしているアイラ・リンの右腕を摑み、俺は走り始めた。

ホンダのところまで戻ると、彼女にヘルメットを手渡す。一個しかないから、ここは譲るしかない。ヘルメットを持って呆然と立ち尽くしているアイラ・リンに、「早く！」と怒鳴って急かした。

それで再起動したアイラ・リンが、慌てて右手一本を使ってヘルメットを被る。上手く行かず、途中で俺は手を貸した。準備が完了するとバイクに跨《また》がり、エンジンを始動させる。懐かしい、頼もしい振動。左手でクラッチを握り、左足でギアをローに叩きこんだ瞬間に、アイラ・リンが後ろに跨るのが分かった。バックミラーを覗きこむ。ジェット型のヘルメットなので露《あら》わになった顔が、緊張と恐怖で蒼白くなっているのが分かった。それでも、躊躇せず右腕を俺の胴に回す。自分でもバイクに乗る人間は、後ろへの乗り方もよく分かっているのだ。腕一本では不安定だが、左腕が使えないのだから仕方がない。

クラッチをミートし、慎重にアクセルを開ける。CBは「化け物」とまでは言えないバイクだが、気をつけないと、アイラ・リンを振り落としてしまう。

どこへ行くかも分からないまま、俺は病院の敷地内を走り抜け、道路に出た。バックミラーをちらりと見る……振り切れたのではないかと思ったが、ベンツはしっかり追ってきていた。思わずぞっとする。こちらは二人とも「生身」なのだ。撃たれでもしたら一巻の終わりである。

ギアを二段、一気に落とした。クラッチをつなぐと、タコメーターの針が一気に跳ね上がる。アクセルを回す右手に力を入れ、少しだけ体を前に倒した。ノースフェイスのダウンジャケットは強力で、風も寒さも防いでくれたが、むき出しの手はどうしようもない。あっという間に冷えてしまい、じんじんと痛みが走るようになった。この痛みが消えると、手の感覚はほぼ麻痺してしまう。それまであまり時間がないのは、経験で分かっていた。

どこへ逃げる？　できるだけ細い道路だ。すぐに、ガムラスタンが思い浮かぶ。あそこは島全体が毛細血管のような道路に覆われ、大型車が入って行くのはほぼ不可能だ。しかし、今自分がどこへ向かって走っているのかも分からない。

俺は一瞬後ろを振り向き、「ガムラスタン！」と叫んだ。アイラ・リンがうなずいたようにも見えたが、確信はない。風が強く、声など簡単に吹き飛ばされてしまうのだ。

仕方なく前を向き、CBの基本的な機能を理解しようとする。十数年前、学生時代に乗っていたのはカワサキだったが、操作方法にそれほど変化があるわけではない。タコメーターとスピードメーターは一体型で、左側にまとめられている。外周をタコメーターが取り囲み、中にスピードがデジタル表示される。八十二キロ……市街地では明らかに危険なスピードだ。しかしたまたま前が空いていて、邪魔する車もないから、スピードは落とせない。

俺の腰に回したアイラ・リンの手が動いた。左へぐっと押す。左折しろ？　俺は次の交差点で、ウィンカーを出さずにいきなり左へ曲がった。後ろに重い荷重がかかっているので、一気にクリアすることはできず、一時的にスピードが削がれてしまったが、仕方がない。交差点を立ち上がって細い道路に入った直後、ギアを落としてアクセルを捻《ひね》り、スピードを取り戻す。甲高いエンジン音が耳をつんざき、俺は軽い頭痛を覚え始めた。寒さのせいで、むき出しの両手の感覚は既にない。今は、針で突かれても何も感じないだろう。

しばらく走ると、今度はジャケットを右へ引っ張られる感じがした。右折か……指示されるままに、次の交差点を曲がる。いきなり片側二車線の広い道路に出た。

これは危ない――横に並ばれる恐れがある。後部座席のウィンドウが降りて、銃口が出てくるのを考えただけで、腹の底が冷たくなるようだった。ミニで逃走劇を繰り広げた時の緊張と恐怖が蘇る。

緩やかな坂を上り切ると、川の上に出る。横から冷たい風が吹きつけ、俺は一瞬、バイクのバランスが崩れるのを感じた。危ない……ハンドルに伏せるようにして身を低くする。背中に、アイラ・リンの体温をかすかに感じた。自分だけ突っ立って、空気抵抗を大きくするわけにはいかない、と分かっているのだ。目の前でタコメーターの針がじりじりと上がり、スピード表示が百キロになる。前方に緩い右カーブ。クソ、百キロで、しかも後ろに人を乗せてクリアできるか？ 俺はわずかにスピードを落とし、腰をずらして体重を右へ移動した。片腕しか使えないアイラ・リンが、上手くリズムを合わせてくれればいいのだが……大丈夫だ、と自分に言い聞かせてコーナーに飛びこむ。粘れ、とリアタイヤに命じながら、エンジンの回転数を一定に保つことだけを意識する。

──よし。木立の向こうに、カーブの出口が見えてきた。あそこを抜ければ……ただ、自分がどこにいるか分からないから、果たして安全なのかどうかも分からなかった。

カーブの出口で、ふいに左側にベンツの存在を感じた。ちらりと見ると、黒いSクラスが並びかけている。銃口は──と想像して背中が冷たくなったが、そこまで確認している余裕はない。

俺は一気にブレーキをかけた。二人分の体重を支えるために、ハンドルを握る手にぎしぎしと力が入る。これでベンツの後ろに入れば、逃げ切れる──しかしベンツも急ブレーキをかけ、依然として横に並んでいる。そう簡単には引っかからないようだ。口の中で、「クソ」と悪態を吐き、ギアを二段落としてアクセルを思い切り開ける。体が後ろに持っていかれそうな加速に耐えながら、俺はベンツの前に出た。振り切れるとは思えないが、とにかく向こうを慌てさせることができれば……。

アイラ・リンがジャケットを引っ張った。右折か……今、自分はどこにいるのだろう。右へ曲がり終えると、アイラ・リンが細かく道順を指定し始めた。右左折を繰り返し、細い道路に入りこみ——しかしバックミラーには、常にベンツの堂々たるフロントマスクが映っていた。どうやら撃つ気はないようで——チャンスは何度もあったはずだ——それだけが救いだったが、まだ安心はできない。相手の狙いはアイラ・リンであり、生きたまま、何とか拉致しようとするだろう。その際俺は単なる邪魔者で、排除される——殺されてもおかしくはない。

何度か交差点をクリアした後に、川沿いの道に出た。街路樹の樹勢がよく、緑のトンネルのようになっている。アイラ・リンが、突然俺の背中を叩いた——押した。これまでにないサインで意味が分からなかったが、「行け」だと判断する。道路はほぼ真っ直《ます》ぐで、信号も見当たらない。引き離せるかどうかは分からないが、チャレンジしてみない手はない。ただし、俺の両手は麻痺して、悲鳴を上げていたが。このままでは、あとどれぐらい走れるか分からない。感覚がなくなっただけではなく、きちんと動かなくなりそうだ。

高周波のエンジン音が、木立に木霊《こだま》する。左側が川……ちらりと視線を向けると、小型のモーターボートが大量に係留してあるのが見えた。これだけ水が多い街だと、マリンスポーツも盛んになるのだろうか。あの船の一台を奪えれば、と思った。いかにベンツと言えども、水上までは追ってこられない。

俺はタンクに身を伏せたまま、ひたすらアクセルを開け続けた。デジタルのスピードメーターは百キロを超えている。前方にはトラック。こちらの感覚ではのろのろ運転で、道路を塞いでいた。こいつを「壁」に使いたい——反対車線を車が立て続けに走ってくるのが見えたので、俺は勝負に出ることにした。

体をわずかに左側に倒し、反対車線に出た。正確には、左右の車線を分ける中央の白線に、タイヤを乗り上げた感じだった。そこをトレースするよう、トラックと反対車線を行く車の隙間を縫ってCBを走らせる。奇妙なことに、風がやんでいた。ハンドルを握ったまま、右手、左手と順番に動かして感覚を取り戻そうとする。クソ、このトラックはどれだけ長いんだ——よし、見えた。俺はまた一気にアクセルを開け、トラックの前に飛び出した。前方は空いている。思い切りクラクションを鳴らされたが、気にもならない。これで確実にリードを広げられたはずだ。バックミラーを覗いたが、トラックが少しずつ遠ざかるのが分かるだけで、ベンツは見当たらない。

後は念のため、ガムラスタンに入りこんで逃げ切るだけだ。バイクは放棄して、どこかの店に入ってしまえば、見つけるのはほぼ不可能だろう。

俺は少しスピードを落として、振り返った——振り返ろうとした。寒さで筋肉が凍りついたのか、首が上手く動かない。無理に振り返ると、筋肉が引き攣り、首に鋭い痛みが走った。

「ガムラスタンに逃げこみたい！」

スピードが落ちていたせいで、俺の声は風に負けなかったのだろう、今度はアイラ・リンははっきりとうなずいた。

「指示してくれ！」

もう一度叫んで、運転に専念する。アイラ・リンは上手く左右への動きを指示してくれた。彼女は本当に、ストックホルム市内を縦横にバイクで走り回っていたのだと分かる。古い街なので、道路も整然と造られたわけではなく、ひどく走りにくい。上空から見たら、道路は絡まった紐《ひも》のようだろう。しかし彼女の指示に迷いはなかった。タクシーの運転手並みに、道路事情には詳しいようだ。

短い橋を渡る。前方に緑色の尖塔《せんとう》がちらりと見えた。あれは確か……ガムラスタンの中にある教会だ。以前、里香が案内してくれたことがある。

ここまで来れば安心だろう。俺はアクセルを緩め、右折して細い石畳の道路に入った。緩い上り坂で、タイヤが石畳を踏み、細かい振動が体を揺さぶる。俺は左手をハンドルから離し、ぶらぶらと振った。簡単には血の気が戻りそうにない。凍傷になることはないだろうが、しばらくはまともに手を動かせないだろう。

道路幅は狭く、車が停まっているところなど、バイクでようやくすり抜けられるぐらいである。

後はとにかくバイクを処分して、アイラ・リンからゆっくり話を聞こう。先ほど襲撃してきた人間は誰なのか、そもそも何が起きているのか。坂を上り切ると、小さな広場に出た。カフェ……店の外にもテーブルと椅子が持ち出され、クソ寒いにもかかわらず、そこでコーヒーを楽しんでいる人たちがいる。そんなに外気に触れたいものかね、と俺は白けた気分になった。一度バイクを停め、周囲を見回す。広場の真ん中にもテーブルとパラソルが持ち出されていた。

「どうするんですか」アイラ・リンが後ろから訊ねてきた。

「さっきの連中は、誰なんですか」俺は振り返って逆に質問を返したが——その瞬間、視界にベンツが映る。まさか……あの狭い道を、セダンでは一番大きいサイズのSクラスで追ってきたのか？

俺は慌ててクラッチをつなぎ、バイクを出した。ベンツは見る間に迫ってくる。広場の中央にあるテーブル席が邪魔になって、真っ直ぐ進めない。俺は、わずかな隙間を狙ってバイクを突っこませた。膝がぶつかってしまい、椅子が吹き飛ばされた。悲鳴。好奇の目。

バイクの進行方向で、観光客が逃げ惑った。何とか左に曲がり、きつい上り坂を上がって行く。石畳の道でリアタイヤがグリップを失いそうになり、アクセルを緩めざるを得なかった。どこか、逃げこめる場所は……ガムラスタンの通りは基本的に狭く、バイクなら入れるが、車は通れない場所がいくらでもあるはずだ。すぐ先の左側……「進入禁止」の標識が見える。ああいう場所は大抵、うんと細い道のはずだ。

俺はスピードを上げ、一気に坂を駆け上がった。エンジンが唸《うな》り声《ごえ》をあげ、甲高い排気音が道路の両脇に建ち並ぶ建物に木霊して、耳を刺激する。ベンツを置き去りにするよう、鋭角的に曲がらなければならない。二人乗りで不安定になっているうえに、滑りやすい石畳。狭い道。条件は悪いが、何とか力でバイクをねじ伏せてやる。

左へ体重をかける。前輪が、わずかに高くなっている歩道に乗り上げた。大丈夫、まだコントロールできる……しかしそう思った瞬間、バイクはコントロールを失った。突然衝撃が襲い、リアタイヤが流されるような感覚——衝突されたのだ、とすぐに分かった。

その直後、バイクは前輪から建物の壁にぶつかった。俺の体は宙に浮き、頭から道路に突っこんだ。咄嗟《とっさ》に両手を挙げて頭を庇《かば》ったが、ずっと背負っていたバックパックの上に落ちてしまう。何かが割れる嫌な音が響き、直後、俺は気を失った。

（下巻に続く）

『バビロンの秘文字I〜III』二〇一六年一〜三月　中央公論新社刊
（文庫化にあたり、上下巻に分冊しました）

この作品はフィクションです。
実在する個人、団体等とは一切関係ありません。

中公文庫

バビロンの秘文字《ひもじ》（上《じょう》）

2019年１月25日　初版発行
2020年１月30日　５刷発行

著　者　堂《どう》場《ば》瞬一《しゅんいち》

発行者　松田陽三

発行所　中央公論新社
〒100-8152　東京都千代田区大手町1-7-1
電話　販売 03-5299-1730　編集 03-5299-1890
URL http://www.chuko.co.jp/

ＤＴＰ　ハンズ・ミケ
印　刷　三晃印刷
製　本　小泉製本

Published by CHUOKORON-SHINSHA, INC.
Printed in Japan　ISBN978-4-12-206679-3 C1193

堂場瞬一　好評既刊

警視庁失踪課・高城賢吾 シリーズ

舞台は警視庁失踪人捜査課。
厄介者が集められた窓際部署で
中年刑事・高城賢吾が奮闘する

①蝕罪　②相剋　③邂逅　④漂泊
⑤裂壊　⑥波紋　⑦遮断　⑧牽制
⑨闇夜《あんや》　⑩献心

中公文庫既刊より

各書目の下段の数字はISBNコードです。978－4－12が省略してあります。

と-25-44
バビロンの秘文字（下）
堂場瞬一
激化するバビロン文書争奪戦。鷹見は襲撃者の手をかいくぐり文書解読に奔走する。四五〇〇年前に記された、世界を揺るがす真実とは？〈解説〉竹内海南江
206680-9

と-25-32
ルーキー　刑事の挑戦・一之瀬拓真
堂場瞬一
千代田署刑事課に配属された新人・一之瀬。起きる事件は盗難ばかりというビジネス街で、初日から若い男性が被害者の殺人事件に直面する。書き下ろし。
205916-0

と-25-33
見えざる貌　刑事の挑戦・一之瀬拓真
堂場瞬一
千代田署刑事課そろそろ二年目、一之瀬拓真。管内で女性ランナー襲撃事件が発生し、捜査に加わるが、なぜか女性タレントのジョギングを警護することに⁉
206004-3

と-25-35
誘爆　刑事の挑戦・一之瀬拓真
堂場瞬一
オフィス街で爆破事件発生。事情聴取を行った一之瀬は、企業脅迫だと直感する。昇進前の功名心から担当を名乗り出るが……。〈巻末エッセイ〉若竹七海
206112-5

と-25-37
特捜本部　刑事の挑戦・一之瀬拓真
堂場瞬一
公園のゴミ箱から、切断された女性の腕が発見される。その指には一之瀬も見覚えのあるリングが……。捜査一課での日々が始まる、シリーズ第四弾。
206262-7

と-25-40
奪還の日　刑事の挑戦・一之瀬拓真
堂場瞬一
都内で発生した強盗殺人事件の指名手配犯を福島県警から引き取り、駅へ護送中の一之瀬ら捜査一課の刑事たちが襲撃された！　書き下ろし警察小説シリーズ。
206393-8

と-25-42
零れた明日　刑事の挑戦・一之瀬拓真
堂場瞬一
一世を風靡したバンドのボーカルが社長を務める、芸能事務所の社員が殺された。ストーカー絡みの犯行、という線で捜査を進めていた特捜本部だったが……。
206568-0

と-25-14
神の領域 検事・城戸南
堂場瞬一
横浜地検の本部係検事・城戸南は、ある殺人事件の真相を追ううちに、陸上競技界全体を蔽う巨大な闇に直面する。あの「鳴沢了」も一目置いた検事の事件簿。
205057-0

と-25-18
約束の河
堂場瞬一
法律事務所長・北見は、ドラッグ依存症の入院療養から戻ったその日、幼馴染みの作家が謎の死を遂げたことを知る。記憶が欠落した二ヵ月前に何が起きたのか。
205223-9

と-25-21
長き雨の烙印
堂場瞬一
地方都市・汐灘の海岸で起きた幼女殺害未遂事件。ベテラン刑事の予断に満ちた捜査に疑いをもった後輩の伊達は、独自の調べを始める。〈解説〉香山二三郎
205392-2

と-25-23
断絶
堂場瞬一
汐灘の海岸で発見された女性の変死体。県警は自殺と結論づけたが、刑事・石神は独自に捜査を継続、地元政界の権力闘争との接点が浮上する。〈解説〉池上冬樹
205505-6

と-25-26
夜の終焉（上）
堂場瞬一
両親を殺された真野亮介は、故郷・汐灘を捨て、喫茶店を営んでいた。ある日、店を訪れた少女が事故で意識不明に。身元を探るため、真野は帰郷するが——。汐灘サーガ第三弾。
205662-6

と-25-27
夜の終焉（下）
堂場瞬一
父が殺人を犯し、検事になることを諦めた川上譲は、東京で弁護士として仕事に邁進していた。そこに舞いこむ故郷・汐灘からの依頼は、死刑を望む殺人犯の弁護だった。
205663-3

と-25-31
沈黙の檻
堂場瞬一
沈黙を貫く、殺人犯かもしれない男。彼を護り、信じる刑事。時効事案を挟み対峙する二人の傍で、新たな殺人が発生し——。哀切なる警察小説。〈解説〉稲泉連
205825-5

と-25-34
共鳴
堂場瞬一
元刑事が事件調査の「相棒」に指名したのは、ひきこもりの孫だった。反発から始まった二人の関係は調査を通して変わっていく。〈解説〉久田恵
206062-3

各書目の下段の数字はＩＳＢＮコードです。978－4－12が省略してあります。

と-25-36
ラスト・コード
堂場瞬一
父親を惨殺された十四歳の美咲は、刑事の筒井と移動中、何者かに襲撃される。犯人の目的は何か？　熱血刑事と天才少女の逃避行が始まった！〈解説〉杉江松恋
206188-0

と-25-38
Ｓの継承（上）
堂場瞬一
捜査一課特殊班を翻弄する毒ガス事件が発生。その現場で発見された死体は、五輪前夜の一九六三年に計画されたクーデターの亡霊か？
206296-2

と-25-39
Ｓの継承（下）
堂場瞬一
ネット掲示板で国会議員総辞職を求め、毒ガスを盾に国会議事堂前で車に立てこもるＳ。捜査一課は、その正体を探るが……。〈解説〉竹内　洋
206297-9

と-25-41
誤断
堂場瞬一
製薬会社に勤める槙田は、副社長直々にある業務を任される。社会正義と企業利益の間で揺れ動く男たちの物語。警察小説の旗手が挑む、社会派サスペンス！
206484-3

ほ-17-1
ジウＩ　警視庁特殊犯捜査係
誉田哲也
都内で人質籠城事件が発生、警視庁の捜査一課特殊犯捜査係〈ＳＩＴ〉も出動するが、それは巨大な事件の序章に過ぎなかった！　警察小説に新たなる二人のヒロイン誕生!!
205082-2

ほ-17-7
歌舞伎町セブン
誉田哲也
『ジウ』の歌舞伎町封鎖事件から六年。再び迫る脅威から街を守るため、密かに立ち上がる者たちがいた。戦慄のダークヒーロー小説！〈解説〉安東能明
205838-5

ほ-17-11
歌舞伎町ダムド
誉田哲也
今夜も新宿のどこかで、伝説的犯罪者〈ジウ〉の後継者が血まみれのダンスを踊る。殺戮のカリスマvs.新宿署刑事vs.殺し屋集団、三つ巴の死闘が始まる！
206357-0

ほ-17-12
ノワール　硝子の太陽
誉田哲也
沖縄の活動家死亡事故を機に反米軍基地デモが全国で激化。その最中、この国を深い闇へと誘う動きを、東警部補は察知する……。〈解説〉友清　哲
206676-2